아들과 연인 2

Sons and Lovers

세계문학전집 60

아들과 연인 2

Sons and Lovers

D. H. 로렌스

정상준 옮김

민음사

일러두기

이 판본은 로렌스의 완전한 최종 원고에 그가 직접 수정한 것을 반영하여 인쇄한 것이다. 이 텍스트는 케임브리지 대학교 출판부에서 로렌스 학자들을 위해 전문가용으로 출간한 판과 같다.

차례

2부(하)

2부
(하)

9 미리엄의 패배

폴은 자신을 포함하여 모든 것에 대해 불만족스럽게 여겼다. 그의 가장 깊은 사랑은 어머니에게 속했다. 어머니의 마음을 아프게 하거나 그녀에 대한 사랑에 상처를 입혔다고 느꼈을 때 그는 참을 수 없었다. 이제 봄이 되었고 그와 미리엄 사이에는 전쟁이 시작되었다. 금년에 그는 그녀에게 불만이 많았다. 미리엄은 막연하게 그것을 인식했다. 자기가 이 사랑의 제물이 될 것이라는 느낌이 기도할 때 들었고 이 옛 감정이 그녀의 모든 감정과 뒤섞였다. 마음속 깊은 곳에서 미리엄은 자기가 폴을 언젠가 차지하게 되리라고 믿지 않았다. 그녀는 일차적으로 자신을 믿지 않았다. 그녀는 폴이 요구하는 여자가 과연 될 수 있을지 의심스러웠다. 그녀는 폴과 행복하게 인생을 보내는 자신의 모습을 결코 그릴 수 없었다. 미리엄은 자기 앞에 비극과 슬픔과 희생이 놓여 있음을 알았다. 그리고 그녀는 희생 속에서 자부심을 느꼈고 체념 속에서 강해짐을 느꼈다. 그녀는 일상생활을 유지할 자신이 없었기 때문이다. 그녀는 비극과 같은 거창하고 심오한 것들에 준비가 되었다. 그러나 사소한 일상 생활로 충분하다고 믿을 자신은 없었다.

부활절 휴일이 행복하게 시작되었다. 폴은 정직한 자신의 모습이 되었다. 그러나 미리엄은 그것이 잘못될 것이라고 느꼈다. 일요일 오후 그녀는 침실 창문에서 숲 속의 떡갈나무들을 바라보며 서 있었다. 오후의 밝은 하늘 아래로 황혼의 빛이 나뭇가지에 매달려 있었다. 잿빛이 도는 녹색의 장미꽃 모양의 인동덩굴 잎들이 창문 앞에 늘어져 있었고, 그 가운데 일부는 이미 싹이 텄다고 그녀는 상상했다. 봄이 왔고 그녀는 그 계절을 사랑하면서도 두려워했다.

문이 딸깍하는 소리를 들었을 때 미리엄은 긴장한 상태로 서 있었다. 구름이 약간 낀 환한 날이었다. 폴은 자전거를 끌고 정원으로 들어왔고 그가 걸을 때 자전거가 번쩍거렸다. 보통 그는 자전거의 벨을 울렸고 집 쪽을 향해 웃고 있었다. 오늘 그는 입을 다물고 걸었고 행동이 냉정하고 무정했으며 거기에는 단정치 않고 냉소적인 기미가 있었다. 그녀는 이제 그를 잘 알고 있었으며, 날카롭게 보이는 그의 무관심한 젊은 몸을 보면 내부에 무슨 일이 일어나는지 알 수 있었다. 그는 자전거를 정확하고 냉담하게 제자리에 놓았으며 그의 이러한 태도가 그녀의 가슴을 내려앉게 만들었다.

미리엄은 초조하게 아래층으로 내려왔다. 그녀는 그물 무늬의 새 블라우스를 입고 있었으며 그 옷이 잘 어울린다고 생각했다. 작은 주름 깃이 달린 칼라는 높았으며 그것은 그녀에게 스코틀랜드의 메리 여왕의 모습을 떠오르게 했다. 그녀는 그 옷이 그녀를 놀라울 정도로 여자답게 그리고 위엄 있게 보이도록 한다고 생각했다. 스무 살이 된 미리엄은 가슴이 풍만했고 관능적인 외모를 지녔다. 그녀의 얼굴은 여전히 변하지 않는 부드럽고 따뜻한 가면 같았다. 그러나 그녀의 눈은 한번 뜨면 굉장히 멋졌다. 그녀는 그를 두려워했다. 그는 그녀의 새 블라우스를 알아볼 것이다.

폴은 냉정하고 아이러니컬한 기분으로 초기 감리교회에서 그 교단의 잘 알려진 설교자 가운데 한 사람이 주재한 예배를 이야기하며 가족들을 즐겁게 하고 있었다. 그는 식탁의 상석에 앉아 있었다. 그는 다양한 표정을 지었고, 매우 아름다울 수 있는 그의 눈은 부드럽게 빛나거나 웃음으로 춤을 추었다. 지금 그 눈은 그가 흉내 내며 조롱하는 여러 사람에 따라서 그 표정이 바뀌었다. 그의 조롱은 언제나 그녀에게 상처를 주었다. 그것은 너무나 실제에 가까웠다. 그는 너무나 똑똑하고 잔인했다. 그의 눈이 지금처럼 비웃는 증오로 냉정할 때 그가 자신이나 어느 누구도 용서하지 않으리라는 것을 그녀는 느꼈다. 그러나 레이버스 부인은 너무 웃어서 나오는 눈물을 닦고 있었으며 레이버스 씨는 방금 일요일의 낮잠에서 깨어나 즐거워서 머리를 긁적였다. 세 형제는 셔츠 바람으로 머리가 헝클어지고 졸리는 눈을 하고 앉아서 가끔 큰 소리로 웃었다. 가족 전체가 다른 무엇보다 '흉내'를 좋아했다.

폴은 미리엄에게 주의를 기울이지 않았다. 나중에 그녀는 그가 자기의 새 블라우스를 알아차리고 예술가로서 인정한다는 것을 알았지만 그것은 그로부터 조금도 따뜻한 눈길을 받지 못했다. 그녀는 초조해져서 선반의 찻잔도 내릴 수 없었다.

남자들이 우유를 짜러 밖으로 나갔을 때 미리엄은 용기를 내어 그에게 다정하게 말을 걸었다.

“너 늦었네.” 그녀가 말했다.

“그래?” 그가 대답했다.

잠시 침묵이 흘렀다.

“자전거 타고 오기에 힘들었어?”

“별로.”

미리엄은 계속하여 빨리 식탁을 차렸다. 그러고 나서 그녀가 말했다.

“잠깐 기다려야 차가 준비될 거야. 수선화를 보러 가지 않을래?”

폴은 대답하지 않고 일어섰다. 그들은 뒤뜰로 나가 자두나무 밑으로 갔다. 언덕과 하늘이 깨끗하고 차가웠다. 모든 것이 씻겨진 것처럼 보였고 조금 무정하게 보였다. 미리엄은 폴을 흘깃 바라보았다. 그는 창백하고 무표정했다. 자기가 사랑하는 그의 눈과 눈썹이 그렇게 마음을 아프게 할 수 있다는 것이 그녀에게 잔인하게 여겨졌다.

“바람 때문에 피곤했니?” 그녀가 물었다.

그녀는 그가 약간 피곤해한다는 것을 감지했다.

“아니, 그렇지 않았어.” 그가 대답했다.

"자전거 타는 게 힘들었을 거야……. 숲이 저렇게 신음 소리를 내는 걸 보면."

"구름을 보면 남서풍이 분다는 걸 알 수 있을 거야. 여기 오는 데 바람이 도와주었어."

"난 자전거를 타지 않잖아. 그래서 무슨 말인지 모르겠어." 그녀가 낮은 목소리로 말했다.

"자전거를 타야 그걸 알 수 있어?" 그가 말했다.

그녀는 그가 빈정댈 필요가 없다고 생각했다. 그들은 말없이 앞으로 나아갔다. 집 뒤에는 거칠고 덤불이 많은 잔디 주위에 가시나무 울타리가 있었고 그 밑에 수선화가 잿빛의 녹색 잎 다발 사이로 목을 길게 앞으로 빼고 있었다. 꽃들의 뺨이 추위 때문에 녹색빛을 띠었다. 그러나 여전히 일부는 활짝 피었고 황금빛 꽃들이 물결치고 빛을 내었다. 미리엄은 한 송이 앞에 무릎을 꿇고 야생 수선화를 두 손에 쥐고 황금색 얼굴을 자기에게 돌려 몸을 숙여 입과 뺨과 이마를 꽃에 갖다 대고 애무했다. 폴은 주머니에 손을 넣고 그녀를 바라보면서 비켜섰다. 그녀는 노랗게 활짝 핀 수선화 꽃잎을 하나씩 호소하듯이 그에게 쳐들어 보이면서 보라는 듯이 그것을 만졌다.

"굉장하지 않아?" 그녀가 속삭이듯이 말했다.

"굉장하다고! ……좀 빽빽하네! ……예쁘군!"

미리엄은 자신의 찬미에 대해 폴이 혹평하자 다시 그녀의 꽃으로 고개를 숙였다. 그는 그녀가 쪼그리고 앉아 꽃에 열렬하게 키스를 퍼붓는 모습을 바라보았다.

"왜 넌 언제나 뭐든지 그렇게 만지며 귀여워해야 할까!" 그가 짜증을 내며 말했다.

"하지만 난 만지고 싶어." 그녀가 마음이 상해 말했다.

"넌 마치 사물에서 심장을 떼어내는 것처럼 그것을 붙잡지 않고는 좋아할 수가 없니? 왜 좀 더 자제하거나 유보하거나 또는 그 비슷하게 할 수 없을까?"

미리엄은 고통에 가득 차 그를 쳐다보고 나서 다시 주름진 꽃을 입술로 어루만졌다. 꽃의 향기는 폴보다 훨씬 더 친절했고 이 때문에 미리엄은 거의 울고 싶었다.

"넌 사물을 유혹하여 그 영혼을 빼앗아 가지." 그가 말했다. "난 결코 유혹하지 않아……. 어떤 경우에도 정직하게 똑바로 나가."

그는 자신이 무슨 이야기를 하는지 거의 몰랐다. 이러한 말들은 그로부터 기계적으로 나왔다. 그녀는 그를 바라보았다. 그의 몸은 그녀에게 대항하는 단호하고 단단한 하나의 무기 같았다.

"넌 늘 모든 것이 널 사랑하도록 구걸하지." 그가 말했다. "마치 네가 사랑을 구걸하는 거지인 것처럼. 꽃에게조차 넌 비위를 맞추려고 해……."

미리엄은 꽃의 향기를 들이마시며 율동적으로 꽃을 만지고 입술로 꽃을 어루만졌다. 그 향기가 콧구멍에 닿자 그녀는 몸을 떨었다.

"넌 사랑하고 싶어 하지 않은 거야……. 영원하고 비정상적인 네 갈망은 사랑받는 거야. 넌 긍정적이 아니고 부정적이야. 넌 마치 사랑으로 네 자신을 꽉 채워야 하는 것처럼 흡수하고 흡수해. 넌 어딘가가 결핍되어 있으니까."

미리엄은 그의 잔인함에 충격을 받았고 그의 말을 듣지 않았다. 폴은 자기가 무슨 말을 하는지 전혀 몰랐다. 마치 그의 초조하고 고통받는 영혼이 거부당한 열정으로 달아올라 전기 불꽃처럼 이런 말들을 분출하는 것 같았다. 그녀는 그의 말을 아무것도 이해할 수 없었다. 그의 잔인함과 증오심 아래 쪼그리고 앉아 있을 뿐이었다. 미리엄은 즉시 깨달은 적이 없었다. 그녀는 모든 것에 대해 숙고하고 또 숙고했다.

차를 마신 후 폴은 에드가와 남자 형제들과 함께 있었고 미리엄에게 관심을 보이지 않았다. 그녀는 기대했던 휴일에 극도로 불행한 상태에서 그를 기다렸다. 그리고 마침내 폴이 마음이 누그러졌는지 그녀에게 다가왔다. 그녀는 그의 이러한 기분의 근원을 추적해 보려고 마음먹었다. 그녀는 그것이 기분 이상의 것이라고 여기지 않았다.

"우리 숲으로 조금 가 볼까?" 미리엄은 폴이 직접적인 요청을 거부한 적이 결코 없었다는 것을 알고 그에게 물었다.

그들은 토끼 사육장을 따라갔다. 가운데 난 길에서 그들은 토끼의 내장을 미끼로 놓고 작은 전나무 가지로 좁은 말발굽 모양의 울타리로 만든 함정을 지났다. 폴이 얼굴을 찡그리고 그것을 바라보았다. 두 사람의 눈길이 마주쳤다.

"끔찍하지 않아?" 그녀가 물었다.

"모르겠어! 이게 족제비가 그 이빨로 토끼의 목을 물어뜯는 것보다 더 심하니…… 족제비 한 마리냐 토끼 여러 마리냐? ……족제비가 아니면 토끼가 반드시 사라져야 해!"

그는 삶의 쓰라림을 힘들게 받아들이고 있었다. 미리엄은 그가 안됐다는 느낌이 들었다.

"우리 집으로 돌아가자." 그가 말했다. "밖에서 걷고 싶지 않아."

그들은 청동색 잎눈이 벌어져 나오는 라일락나무를 지났다. 소금기둥처럼 네모로 만든, 갈색의 기념탑 같은 건초 더미에는 남은 것이 얼마 없었다. 지난번에 베어 낸 건초가 조금 펼쳐져 있었다.

"여기 잠시 앉자." 미리엄이 말했다.

그는 내키지 않았지만 딱딱한 건초 더미에 등을 기대고 앉았다. 그들은 석양에 빛나는 원형 극장과 같은 둥근 언덕을 바라보았다. 흰색의 자그만 농장들이 두드러져 보였고 들판은 황금빛으로 변했으며 숲은 어둡지만 빛났고 멀리 나무 꼭대기가 포개져 있는 것이 분명하게 보였다. 저녁이 밝아졌고 동쪽이 자홍빛으로 부드러워지고 그 아래 대지는 조용하고 풍요롭게 보였다.

"아름답지 않아?" 그녀가 간청하듯이 말했다.

그러나 그는 얼굴을 찌푸릴 뿐이었다. 그 순간 그는 오히려 추악한 풍경을 원했다.

그때 커다란 불 테리어가 입을 벌리고 달려와 청년의 어깨에 두 앞발을 얹고 그의 얼굴을 핥았다. 폴은 웃으면서 뒤로 물러났다. 빌은 그에게 커다란 구원자였다. 그는 개를 한편으로 밀쳤지만 개는 다시 뛰어 달려왔다.

"저리 가." 청년이 말했다. "가지 않으면 한 대 맞을 거야."

그러나 그 개는 물러나려고 하지 않았다. 그래서 폴은 이 짐승과 작은 전투를 벌여야 했다. 그는 가엾은 빌을 자기로부터 떼어 내었지만 개는 기쁨에 사로잡혀 격렬하게 버둥거리며 다시 돌아올 뿐이었다. 청년은 마지못해 웃었고 개는 만족하여 이를 온통 드러내 놓고 웃으며 둘은 함께 싸웠다. 미리엄은 그들을 지켜보았다. 폴에게는 어딘가 애처로운 데가 있었다. 그는 몹시 사랑하고 싶어 하고 부드러워지고 싶어 했다. 그가 개를 거칠게 넘어뜨리는 것은 사실상 사랑이었다. 빌은 행복감으로 헐떡거리며 일어나 흰 얼굴에 갈색 눈알을 굴리면서 다시 달려왔다. 그는 폴을 매우 좋아했다. 청년은 얼굴을 찌푸렸다.

"빌, 됐어, 그만하면 충분해." 그가 말했다.

그러나 그 개는 그의 허벅지 위에 사랑으로 떠는 무거운 두 다리로 서서 그에게 붉은 혀를 날름거릴 뿐이었다. 그는 뒤로 물러났다.

"안 돼." 그가 말했다. "안 돼…… 난 됐어."

그리고 잠시 후 그 개는 빠른 걸음으로 행복하게 물러나 다른 즐거움을 찾으러 갔다.

그는 건너편의 언덕을 슬프게 응시하면서 그 조용한 아름다움을 시기했다. 그는 돌아가서 에드가와 함께 자전거를 타고 싶었다. 그러나 미리엄을 떠날 용기가 없었다.

"너 왜 슬퍼 보여?" 그녀가 겸손하게 물었다.

"슬프지 않아. 그럴 이유가 없는걸." 그가 대답했다. "난 정상일 뿐이야."

그녀는 그가 불쾌할 때마다 정상적이라고 주장하는 이유가 궁금했다.

"그러면 무슨 문제니?" 그녀는 그를 달래어 구슬리면서 간청하듯 말했다.

"아무 일도 없어!"

"그렇지 않아!" 그녀가 낮은 목소리로 말했다.

그는 나뭇가지를 집어서 땅바닥을 찌르기 시작했다.

"이야기하지 않는 게 훨씬 나아." 그가 말했다.

"하지만 난 알고 싶은걸……." 그녀가 대답했다.

그는 화를 내며 웃었다.

"언제나 그렇지." 그가 말했다.

"내게 심한 거 아냐." 그녀가 낮게 말했다.

그는 마치 안달의 열기에 싸여 있는 것처럼 뾰족한 가지로 흙덩이를 파내면서 땅을 쑤시고, 쑤시고, 쑤셨다.

그녀는 부드럽고 단호하게 자기의 손을 그의 손목 위에 놓았다.

"그만해!" 그녀가 말했다. "저리 치워."

폴은 까치밥나무 덤불로 나뭇가지를 던져 버리고 뒤로 기대었다. 이제 그는 화를 억누르고 있었다.

"무슨 일이야?" 그녀가 부드럽게 애원했다.

그는 꼼짝도 하지 않고 누워 있었다. 그의 눈만 살아 있었고 그것은 고통으로 가득 차 있었다.

"그런데." 마침내 그가 조금 피곤한 듯 말했다. "그런데……우리 헤어지는 게 낫겠어."

그것은 그녀가 두려워하던 것이었다. 즉시 그녀의 눈앞이 캄캄해지는 것 같았다.

"왜!" 그녀가 낮게 말했다. "무슨 일이 생겼어?"

"아무 일도 없었어…… 우리 처지를 깨달았을 뿐이야…… 소용없어……."

미리엄은 말없이, 슬프게, 참으면서 기다렸다. 그에게 조바심을 내어 봐야 소용이 없었다. 어쨌든 그는 이제 무엇이 자기를 괴롭히는지 그녀에게 이야기할 것이다.

"우린 친구로 지내기로 했지." 그가 지루하고 단조로운 목소리로 계속했다. "얼마나 자주 우린 친구로 지내기로 했던가! 그렇지만…… 우리 관계는 거기서 멈추지도 않고 다른 곳으로 가지도 않아."

그는 다시 말이 없었다. 그녀는 곰곰이 생각했다. 그가 의미하는 것이 무엇인가? 그는 너무나 지쳐 있었다. 그가 말하지 않는 무엇인가가 있었다. 그러나 그녀는 그에게 참을성이 있어야 했다.

"난 우정을 줄 수 있을 뿐이고…… 그게 내가 할 수 있는 전부야……. 그건 내 성격적인 결함이야…… 한쪽으로 관계가 기울어져 있어……. 난 균형이 깨지는 것이 싫어……. 우리 끝내자."

그의 마지막 말에는 뜨거운 분노가 담겨 있었다. 그의 말은 그가 그녀를 사랑하는 것보다 그녀가 그를 더 사랑한다는 의미였다. 아마도 그는 그녀를 사랑할 수 없었을 것이다. 아마도 그녀는 자기 속에 그가 원하는 것을 가지고 있지 않았을 것이다. 그것은 그녀의 영혼에서 가장 깊은 동기인 자기 불신이었다. 그것은 너무나 깊이 뿌리 박혀 있어서 그녀는 감히 그것을 인식하지도 인정하려고도 하지 않았다. 아마도 그녀는 결함이 있었을 것이다. 몹시 미묘한 수치심처럼 그것은 그녀를 언제나 뒤로 물러나게 했다. 만약 그렇다면 그녀는 그 사람 없이 지내리라. 그녀는 자기가 그를 원하도록 결코 허용하지 않을 것이다. 그녀는 단지 바라볼 것이다.

"그런데 무슨 일이 있었어?" 그녀가 말했다.

"아무 일도 없었어. 모든 게 내가 속으로 생각하던 거야……. 그게 바로 지금 밖으로 나왔을 뿐이야……. 우린 부활절 무렵에는 늘 이렇지."

폴이 너무나 무력하게 헤매고 있어서 미리엄은 그를 동정했다. 적어도 그녀는 그렇게 비참한 방식으로는 결코 버둥거리지 않았다. 결국 일차적으로 모욕을 당한 것은 바로 그였다.

"네가 원하는 게 뭐야?" 그녀가 그에게 물었다.

"글쎄…… 자주 와서는 안 되겠어. 그게 전부야. 왜 내가 널 독점해야 해. 난……. 너한테 나는 무엇인가 부족해."

그는 그녀를 사랑하지 않으며 따라서 그녀에게 다른 남자를 만날 기회를 주어야 한다고 말하고 있었다. 그는 얼마나 어리석고 눈멀고 수치스러울 정도로 서투른 사람인가! 다른 남자들이 내게 무엇인가! 도대체 남자들이 내게 무엇인가! 그를 제외하고는, 아, 난 그의 영혼을 사랑했다. 그에게 무엇인가 결핍되어 있는 게 아닌가? 아마도 그런 모양이었다.

"하지만 난 이해하지 못하겠어." 그녀가 쉰 목소리로 말했다. "어제는……."

황혼이 사라지고 밤이 오고 시끄러워지니까 폴은 짜증이 났다. 그리고 그녀는 고통스러워서 고개를 숙이고 있었다.

"난 알아." 그가 소리쳤다. "넌 결코 이해하지 못할 거야. 넌 내가 할 수 없다는 걸 믿지 않을 거야…… 육체적으로 말이야. 그건 내가 종달새처럼 날 수 없는 것과 마찬가지야."

"뭐라고?" 그녀는 말을 더듬었다. 이제 그녀는 두려웠다.

"널 사랑하는 것 말이야."

그녀를 고통스럽게 만들었기 때문에 그 순간 그는 그녀를 신랄하게 증오했다. 자기를 사랑하지 않는다고! 그녀는 그가 자기를 사랑한다는 것을 알았다. 그는 진정으로 그녀에게 속했다. 육체적으로, 몸으로 자기를 사랑하지 않는다는 이 말은 심술이 나서 하는 말에 지나지 않았다. 자기가 그를 사랑한다는 것을 그도 알고 있었기 때문이다. 그는 어린아이처럼 어리석었다. 그는 그녀에게 속했다. 그의 영혼은 그녀를 원했다. 그녀는 누군가가 그에게 영향력을 행사하고 있다고 짐작했다. 그녀는 그에게서 견고하고 이질적인 그 영향력을 느꼈다.

"집에서는 뭐라고들 해?" 그녀가 물었다.

"그게 문제가 아냐." 그가 대답했다.

그 순간 미리엄은 그것이 문제라는 것을 알았다. 그녀는 그의 가족들의 평범함을 경멸했다. 그들은 어떤 것이 진정으로 가치가 있는지 몰랐다.

그들은 그날 밤 더 이상 별로 이야기하지 않았다. 결국 그는 에드가와 자전거를 타려고 그녀 곁을 떠났다.

폴은 어머니에게 돌아왔다. 그녀와의 유대는 그의 삶에서 가장 강한 것이었다. 그가 여러 가지 생각을 할 때 미리엄의 존재는 축소되었다. 그녀에게는 막연하고 비현실적인 느낌이 있었다. 그리고 어느 누구도 중요하지 않았다. 이 세상에 비현실성으로 녹지 않고 탄탄한 곳이 한 군데 있었다. 그곳은 그의 어머니가 있는 곳이었다. 다른 사람들은 모두 그에게 그림자처럼, 거의 존재하지 않을 수 있었지만 그녀는 그럴 수 없었다. 그의 어머니는 그의 삶의 축과 기둥과 같아서 그는 거기로부터 벗어날 수 없었다.

그리고 같은 방식으로 모렐 부인은 폴을 기다렸다. 그녀의 삶은 이제 폴의 마음속에 자리 잡았다. 결국 저세상의 삶은 그녀에게 별로 제공할 것이 없었다. 그녀는 행동할 수 있는 우리의 기회가 이곳에 있고 그녀에게 행동은 중요했다. 폴은 그녀가 옳았다는 것을 증명해 줄 것이다. 그는 어떠한 것도 회피하지 않는 사람이 될 것이다. 그는 중요한 어떤 방식으로 지구의 표면을 변화시킬 것이다. 그가 어디로 가든지 그녀는 자기의 영혼이 그와 함께 있다고 느꼈다. 그가 무슨 일을 하든지 그녀는 자기의 영혼이 그의 곁에서, 말하자면 그에게 그의 도구를 건넬 준비를 하고 서 있다고 느꼈다. 그녀는 그가 미리엄과 함께 있으면 참을 수 없었다. 윌리엄은 죽었다. 그녀는 폴을 지키기 위하여 싸울 것이다.

폴은 어머니에게 돌아왔다. 그리고 그는 그녀에게 충실했기 때문에 그의 영혼에는 자기 희생의 만족감이 있었다. 그녀는 그를 가장 사랑했고 그는 그녀를 가장 사랑했다. 그러나 폴은 어머니의 사랑만으로 충분하지 않았다. 그의 새롭고 젊은 삶은 너무나 강력하고 긴박해서 다른 것을 향하여 돌진했다. 그것은 그를 미칠 정도로 불안하게 만들었다. 그녀는 이것을 알아차렸고 미리엄이 그의 이 새로운 삶만 가져가고 그 뿌리는 자기에게 남겨 주는 여인이기를 쓰라리게 원했다. 그는 미리엄에 대해 싸우는 것과 마찬가지로 그의 어머니에 대해서 싸웠다.

폴은 일주일이 지나서 다시 윌리 농장으로 갔다. 미리엄은 그동안 대단히 고통을 받았고 그를 다시 보기가 두려웠다. 이제 그녀는 그가 자기를 버리는 수모를 견딜 수 있을까? 그것은 표면적이고 일시적인 것일 뿐이리라. 그는 돌아올 것이다. 자기는 그의 영혼의 열쇠를 쥐고 있었다. 그러나 그와 싸우는 동안 그가 자기를 얼마나 고문할 것인가. 그녀는 이런 문제를 피했다.

부활절 다음 일요일에 폴이 차를 마시러 왔다. 레이버스 부인은 그를 보게 되어 반가웠다. 그녀는 무엇인가가 폴을 초조하게 만들어서 폴이 힘들어한다고 느꼈다. 그는 위안을 찾아 그녀에게 표류해 온 것 같았다. 그녀는 폴에게 친절하게 대했다. 그녀는 거의 존경심으로 그를 대우하는 대단한 친절을 베풀었다.

폴은 앞뜰에서 아이들과 함께 있는 레이버스 부인을 만났다.

"와서 반갑구나." 크고 매력적인 갈색 눈으로 그를 바라보며 부인이 말했다. "오늘은 정말 날씨가 화창해…… 금년 들어 처음으로 들판에 가 보려던 참이었어."

폴은 레이버스 부인이 자기가 함께 가기를 원한다고 느꼈다. 그것이 그에게 위안이 되었다. 그들은 간단한 이야기를 하면서 갔다. 그는 점잖고 겸손했다. 폴은 부인이 자기를 존중해 주어서 고마운 마음에 울음이 나올 것 같았다. 그는 수치심을 느꼈다.

그들은 건초 더미 아래에서 개똥지빠귀 둥지를 발견했다.

"알을 꺼내 볼까요?" 그가 말했다.

"그래!" 레이버스 부인이 대답했다. "알들이 봄을 알리는 전령처럼 아주 희망에 차 보이는구나."

폴은 가시를 옆으로 밀어내고 알을 꺼내 손바닥에 놓았다.

"꽤 뜨거워요…… 우리 때문에 어미새가 놀라 달아나 버린 것 같아요." 그가 말했다.

"아, 불쌍한 것" 레이버스 부인이 말했다.

미리엄은 알을 만져보지 않을 수 없었고, 그 알을 아주 잘 다루는 그의 손도 만졌다.

"이상스럽게 따뜻해!" 그녀는 그의 곁으로 다가가며 낮은 목소리로 말했다.

"혈온(血溫)이야." 그가 대답했다.

미리엄은 그가 알들을 제자리에 두는 모습을 지켜보았다. 그는 손으로 새알들을 조심스럽게 감싸고 몸을 산울타리에 붙이고 가시 덤불 사이로 팔을 천천히 뻗었다. 그는 그 행위에 열중하고 있었다. 그런 폴의 모습을 보자 미리엄에게 그를 사랑하는 마음이 일어났다. 그는 너무나 단순하고 스스로 충분한 것처럼 보였다. 그리고 그녀는 그에게 다가갈 수 없었다.

차를 마시며 폴은 레이버스 부인과 성금요일의 설교에 대해 이야기했다. 이제 교회에 가는 것은 그녀에게 너무 먼 길이었다. 그래서 그녀는 폴을 통해, 그의 논평과 주장과 함께 설교를 듣는 것을 더 좋아했다. 다른 식구들도 듣고 있었다. 덩치가 크고 거친 그녀의 아들들조차 주의를 기울이고 관심을 보였으며 그의 이야기에서 양식을 얻었다.

"목사님은 '우리의 기록을 믿는 자들'의 장을 택했는데, 전 그게 마음에 들었어요."

레이버스 부인의 큰 갈색 눈이 이사야서의 그 장을 생각하며 반짝거렸다.

"그런데 목사님은 그 장을 완전히 망쳤어요…… 그걸 망쳤어요."

그는 갑자기 미리엄을 흘깃 바라보았다. 그녀는 그의 곁에 있었다.

"그의 설교는……."

폴은 진지하고 노기등등하게 설교를 반복했다. 이런 폴을 미리엄은 사랑했다. 그녀는 그를 바라보았고 깊은 만족감으로 충만했다. 그녀는 마리아가 베타니1)에서 예수를 사랑했던 것과 같은 방식으로 그를 사랑했다. 그의 내부에서 남성이 솟아오를 때에만 그들 사이에 갈등이 생겼다. 그리고 문제는 그의 내부에서 사도와 남성 가운데 어느 것이 더 강한가에 있었다.

---

1) Vethany(베다니아, 베다니). 신약 성서에서 예수와 절친하게 지냈던 마리아와 마르타 그리고 라자로(나사로)의 집이 있던 곳이다.

그녀는 사도라고 믿고 그렇게 생각했다.

미리엄이 찻잔을 치우고 있을 때 폴이 조금 부자연스러운 어조로 말했다.

"다 치우고 나서 우리 밖으로 나가자."

그리고 그는 식기실에서 그녀가 그릇 닦는 것을 도왔다. 그녀는 걱정이 되어 약간 몸을 떨었다. 그러나 그녀는 그날 밤 그가 화를 낸 일 때문에 겁낼 이유가 없었다.

"책을 가져갈까?" 미리엄은 자기가 좋아하는 폴그레이브의 『영국 명시집』을 집으며 말했다. 그들은 시를 읽을 때 가장 좋은 사이가 된다.

"그것 말고." 그가 말했다.

그녀의 가슴이 내려앉았다. 그녀는 책꽂이에서 주저하며 서 있었다. 폴은 『타라스콩의 타르타랭(Tartarin de Tarascon)』을 집었다. 그들은 다시 건초 더미 아래에 둑처럼 쌓은 짚단 위에 앉았다. 그는 도데의 소설을 몇 페이지 읽었지만 거기에 별로 마음이 가지 않았다. 개가 다시 달려와서 지난번의 장난을 되풀이했다. 개는 그의 가슴에 자기 주둥이를 박았다. 폴은 잠시 개의 귀를 만지작거렸다. 그리고 나서 그는 개를 밀쳤다.

"빌, 저리 가." 그가 말했다. "지금은 싫어."

빌은 슬금슬금 물러났고 미리엄은 앞으로 다가올 일이 궁금하고 두려웠다. 그를 감도는 침묵 때문에 미리엄은 겁이 나서 가만히 있었다. 미리엄이 두려워한 것은 그의 분노가 아니라 그의 조용한 결의였다.

미리엄이 자기를 볼 수 없도록 얼굴을 한쪽으로 약간 돌리고 폴은 천천히, 그리고 고통스럽게 이야기를 시작했다.

"내가 자주 찾아오지 않으면…… 너 다른 사람을 좋아하게 될 것 같아…… 다른 남자 말이야…… 어떻게 생각하니?"

바로 이것이 그가 여전히 되풀이하는 말이었다.

"하지만 난 다른 남자들은 아무도 몰라…… 왜 물어봐?" 그녀가 그를 분명히 비난하듯이 낮은 어조로 대답했다.

"왜냐고." 그가 불쑥 말했다. "왜냐하면 내가 이렇게 올 권리가 없다고들 하니까…… 우리가 결혼할 것이 아니라면."

미리엄은 누구든지 그들 간의 문제를 강요하면 분개했다. 그녀는 자기 아버지가 폴에게 웃으면서 왜 그가 그렇게 자주 오는지 안다고 말했을 때에도 격렬하게 화를 냈었다.

"누가 그래?" 그녀는 자기 식구들 가운데 누가 관련이 있는지 궁금해하며 물었다. 그들은 아니었다.

"어머니와…… 그 밖의 다른 사람들이야. 이런 상태면 누구나 내가 약혼한 것으로 여길 거고 나도 스스로를 그렇게 여겨야 한다고들 그래. 그렇지 않으면 네게 불공평하니까……. 그래서 난 내 마음을 알려고 애를 썼어. 그런데 난 남편이 아내를 사랑하는 것처럼 널 사랑하는 것 같지는 않아……. 넌 어떻게 생각해?"

미리엄은 우울하게 머리를 숙였다. 그녀는 이러한 갈등을 겪어야 하는 데 화가 났다. 왜 사람들은 자기들을 내버려 두지 않는가.

"난 모르겠어." 그녀가 낮게 말했다.

"넌 우리가 결혼할 정도로 서로를 사랑한다고 생각해?" 그가 분명하게 물었다. 이 질문에 미리엄은 몸을 떨었다.

"아니." 그녀가 정직하게 대답했다. "그렇게 생각지 않아. 우린 너무 젊어."

"난 아마도……." 그가 비참하게 계속했다. "네가 모든 면에서 더 치열하니까 내게 더 주었을 거라고 생각했어. 내가 너한테 줄 수 있는 것보다도 말이야……. 지금이라도…… 네가 그게 더 낫다고 생각한다면…… 우린 약혼할 수 있어."

이제 미리엄은 울부짖고 싶었다. 그리고 그녀는 화가 났다. 그는 언제나 저렇게 어린아이였고 사람들이 그를 자기들 마음대로 할 수 있었다.

"아냐, 난 그렇게 생각하지 않아." 그녀가 단호하게 말했다.

폴은 잠시 생각에 잠겼다.

"있잖아……." 그가 말했다. "난…… 난 한 사람이 날 독점한다든지…… 내게 전부가 되는 건 생각해 본 일이 없어. 그런 일은 결단코 없을 거야."

이런 것에 대해 미리엄은 고려해 보지 않았다.

"그래." 그녀가 낮게 말했다. 그리고 잠시 후 그녀는 그를 바라보았고 그녀의 검은 눈이 번쩍였다.

"문제는 네 어머니야." 그녀가 말했다. "그녀가 날 좋아하지 않는다는 걸 나도 알아."

"아냐, 아냐, 그렇지 않아." 그가 성급하게 말했다. "이번에 엄마가 말한 것은 널 위해서야. 엄마는 내가 너하고 관계를 계속한다면 내가 약혼한 것으로 생각해야 한다고 하셨을 뿐이야." 침묵이 흘렀다. "그리고 언제든지 우리 집으로 오라고 부탁하면 발걸음을 끊진 않겠지, 그렇지?"

그녀는 대답하지 않았다. 이제 그녀는 몹시 화가 났다.

"그러면, 우리 어떻게 할까?" 그녀가 쌀쌀하게 물었다. "불어 공부는 그만두는 게 낫겠어. 이제 불어와 막 친해지기 시작했지만…… 하지만 혼자서 계속할 수 있을 거야."

"불어 공부를 그만둘 필요는 없어." 그가 말했다. "네게 불어를 가르쳐 줄 수 있어. 문제 없어."

"글쎄…… 그리고 일요일 밤에는. 교회는 계속 나갈 거야. 난 교회 나가는 게 좋고 나에겐 그게 사회 생활의 전부니까. 하지만 날 집까지 바래다줄 필요는 없어. 혼자 돌아올 수 있으니까."

"좋아." 폴이 조금 놀라며 대답했다. "그리고 내가 에드가에게 부탁하면 그는 언제나 함께 우리 집에 가 줄 거야. 그러면 아무도 무슨 말을 할 수 없겠지."

침묵이 흘렀다. 그렇게 되면 결국 미리엄은 별로 잃을 것이 없었다. 그 집 식구들이 온갖 말을 했지만 별 차이가 없게 되었다. 그녀는 그들이 남의 일에 간섭하지 말고 자시들 일에나 신경 쓰기를 바랐다.

"그리고 넌 그 문제를 생각하지 말고 그것 때문에 골치를 썩히지 마. 알았지?" 그가 물었다.

"오, 알았어." 그를 바라보지 않고 미리엄이 대답했다.

폴은 말이 없었다. 미리엄은 그가 불안정하다고 생각했다. 그는 확고한 목적이 없었고 그를 붙잡아줄 올바른 닻이 없었다.

"왜냐하면……." 그가 계속했다. "남자는 자전거를 타고 건너간다든지, 일하러 간다든지, 온갖 일을 하지. 하지만 여자들은 생각만 하고 있어."

"아냐, 난 그런 걸 문제삼지 않아." 미리엄이 말했다. 그리고 그녀는 진심이었다.

날씨가 조금 쌀쌀해졌다. 그들은 집안으로 들어갔다.

"폴이 너무 창백해 보이는구나!" 레이버스 부인이 소리쳤다. "미리엄, 바깥에서 폴이 그렇게 오래 있도록 하면 어떡하니…… 감기 든 것 같아, 폴?"

"오, 아니에요!" 그가 웃었다.

그러나 그는 녹초가 되어 있었다. 마음의 갈등은 그를 지치게 만들었다. 이제 미리엄은 그를 동정하기 시작했다. 그러나 그는 상당히 일찍, 9시가 되기 전에 가려고 일어났다.

"집에 가려는 게 아니지?" 레이버스 부인이 걱정스럽게 물었다.

"집에 가려고 해요." 그가 대답했다. "일찍 들어간다고 말했어요."

그는 매우 어색해 보였다.

"하지만 아직 이르잖아." 레이버스 부인이 말했다.

미리엄은 흔들의자에 앉아서 아무 말도 하지 않았다. 폴은 보통 때처럼 그녀가 일어나 함께 그의 자전거가 있는 헛간까지 가 주기를 기대하며 엉거주춤하고 있었다. 미리엄은 그대로 의자에 앉아 있었다. 그는 당황했다.

"그럼…… 모두들 안녕히 계세요!" 그는 말을 더듬었다.

미리엄은 다른 식구들과 함께 잘 가라고 인사를 했다. 그러나 그는 창문을 지나가면서 그는 집 안을 들여다보았다. 미리엄은 그가 창백하고, 이제 버릇이 되었듯이 미간을 약간 찌푸리고 검은 눈이 고통으로 가득 찬 것을 보았다.

미리엄은 일어나서 현관으로 가 그가 대문을 지날 때 손을 흔들어 잘 가라고 했다. 폴은 소나무 아래로 천천히 자전거를 타고 갔다. 그는 비겁하고 비참하게 느꼈다. 그의 자전거는 기울어져 언덕으로 되는 대로 내려갔다. 그는 자기 목이라도 부러지면 위안이 될 것이라고 생각했다.

이틀 후 그는 그녀에게 책과 짧은 메모를 보내 그걸 읽고 시간을 보내라고 권했다.

그러나 폴은 그 이후 다른 사람이 되었다. 그는 자기의 입장을 알았다. 그는 자기가 그녀와 결혼하기를 원치 않는다는 것을 알았다. 그가 그녀를 사랑하는 이유는 그가 그녀와 결혼하기를 원하는 이유와 달랐고 그는 이 문제를 결정했다. 그리고 그의 어머니는 현재의 이 상황이 영원히 갈 수 없다는 사실을 귀가 따갑도록 그에게 일러 주었고, 미리엄에 대해 심하게 부당한 말을 했다. 그래서 그는 미리엄과 가능한 한 거리를 두었다. 그는 그녀를 냉정하고 딱딱하게 대했다. 그녀는 이 모든 것을 쓰디쓰게 느꼈고 그것을 그의 어머니 탓으로 돌리고 기다렸다. 미리엄은 폴이 혼자 결정으로 자신을 떠날 수 없다는 것을 알았다. 그러나 폴은 그들, 즉 자기와 그녀 사이에 장벽을 세우고 그녀로부터 물러나 그 뒤에 있으려고 노력하고 있는 것 같았다. 미리엄은 꽤 심하게 고통을 받았다.

이 무렵 폴은 모든 우정을 에드가에게 쏟았다. 그는 그 집 가족들을 매우 좋아했으며 그 농장도 매우 좋아했다. 그곳은 그에게 이 세상에서 가장 소중한 곳이었다. 자기 집은 그렇게 마음에 들지 않았다. 그곳은 어머니를 의미했다. 그러나 그는 어머니와 함께라면 어디에 있든지 행복했다. 반면에 그는 윌리 농장을 열정적으로 사랑했다. 그는 그 작고 초라한 부엌을 사랑했다. 그곳을 남자들은 부츠를 신고 돌아다녔으며 개는 밟히지 않으려고 한쪽 눈만 감고 잠을 잤다. 밤이면 식탁 위에 등이 켜져 있었고 모든 것이 너무나 조용했다. 그는 길고 낮은 거실과 그곳의 꽃과 책, 그리고 높은 자단 피아노를 사랑했다. 거실에는 미리엄처럼 로맨스의 분위기가 났다. 그는 정원과 지붕이 빨간 건물도 사랑했다. 그 건물은 들판의 벌거벗은 가장자리에 마치 아늑함을 찾는 듯이 숲 쪽으로 기어가고 있었다. 헐벗은 들판은 계곡으로 내려오다가 반대편의 숲이 우거진 언덕으로 이어졌다. 그곳에 있는 것만으로 폴은 유쾌하고 기뻤다. 그는 비세속적이고 기이하게 냉소적인 레이버스 부인을 사랑했다. 그는 따뜻하고 활기차고 매력적인 레이버스 씨를 사랑했다. 그는 자기가 오면 활기를 띠는 에드가를 사랑했고 그의 형제들과 아이들과 빌…… 그리고 돼지 키르케와 티푸라는 이름의 아메리카 원주민 싸움닭조차 사랑했다. 그는 미리엄 이외에도 이 모든 것을 사랑했다. 그는 이곳을 포기할 수 없었다.

그리하여 폴은 이전과 마찬가지로 자주 찾아왔지만 주로 에드가와 함께 있었다. 한번은 저녁에 레이버스 씨를 포함한 모든 가족이 몸짓으로 알아맞추는 게임을 했다. 나중에 미리엄이 그들을 함께 모았고 그들은 1페니짜리 책들 가운데 『맥베스』를 골라 각자 역할을 맡아 읽었다. 모두가 대단히 재미있어했다. 미리엄과 레이버스 부인도 즐거워했고 레이버스 씨도 그것이 재미있었다. 그리고 나서 그들은 모두 난로 주위에 둘러앉아 토닉솔파 기보법(記譜法)을 배우면서 함께 노래를 불렀다. 그러나 이제 폴과 미리엄은 단둘이 있는 경우는 매우 드물었다. 그녀는 기다렸다. 그는 그녀와 에드가와 함께 교회나 베스트우드의 문학 모임에서 집으로 돌아올 때 당시로서 매우 이단적인 이야기를 매우 열정적으로 했고 그녀는 그것이 자기를 위한 것임을 알았다. 그러나 미리엄은 에드가가 부러웠다. 그는 폴과 자전거를 같이 탔고 금요일 밤을 함께 지냈으며 매일 들판에서 일했다. 그녀의 금요일 밤과 불어 공부는 사라졌다. 그녀는 거의 언제나 혼자였고 생각에 잠겨 숲 속에서 산책을 하거나 책을 읽고 공부하고 꿈꾸고 그리고 기다렸다. 그리고 폴은 그녀에게 자주 편지를 썼다.

어느 일요일 저녁 그들은 오랜만에 예전의 조화를 되찾았다. 에드가는 모렐 부인과 함께 성찬식까지 남아 있었다. 그는 성찬식이 어떤 것인지 궁금해했다. 그래서 폴은 미리엄과 함께 둘이서 자기 집으로 돌아왔다. 그는 다소간 다시 그녀에게 매혹되어 있었다. 옛날처럼 그들은 설교에 대해 이야기했다. 그는 이제 불가지론 쪽으로 한창 나아가고 있었지만 미리엄은 그러한 종교적인 불가지론을 심하게 겪진 않았다. 그들은 르낭2)의 『예수의 삶』을 읽는 단계에 있었다. 타작 마당에 도리깨질을 하듯이 폴은 미리엄에게 자신의 모든 믿음을 도리깨질했다. 폴은 자신의 생각을 그녀의 영혼에 도리깨질하는 동안 그에게 진리가 찾아왔다. 그녀만이 그의 타작 마당이었다. 그가 인식에 도달하도록 돕는 사람은 미리엄뿐이었다. 거의 무감각하게 그녀는 그의 주장과 해석에 따랐다. 그리고 그는 아무튼 그녀로 인해 점차 자신의 잘못을 깨달았다. 그리고 그가 깨달은 것을 그녀도 깨달았다. 미리엄은 자기 없이는 폴이 살 수 없다고 느꼈다.

그들은 아무도 없는 집으로 왔다. 폴이 식기실 창문에서 열쇠를 꺼내 그들은 함께 들어갔다. 그동안에도 폴은 내내 자신의 주장을 계속했다. 그는 가스등을 켜고 난롯불을 되살리고 식료품 저장실에서 미리엄을 위해 케이크를 조금 가져왔다. 그녀는 접시를 무릎에 놓고 소파에 조용히 앉았다. 그녀는 분홍색조의 꽃들로 장식된 큰 흰색 모자를 쓰고 있었다. 그것은 싸구려 모자였지만 그는 그 모자를 좋아했다. 모자 밑의 얼굴은 평온하고 생각에 잠겨 있었으며 황금빛 갈색의 건강한 혈색이었다. 귀는 언제나 짧은 곱슬머리에 가려져 있었다. 미리엄은 폴을 바라보았다.

미리엄은 일요일의 폴을 좋아했다. 일요일에 폴은 검은색 정장을 입었고 그것은 그의 유연한 몸놀림을 잘 보여 주었다. 그의 모습은 깨끗하고 깔끔했다. 그는 자기의 생각을 그녀에

---

2) 조제프 에르네스트 르낭(Joseph Ernest Renan, 1823~1892). 프랑스의 철학자, 역사가이자 종교학자다. 7권으로 된 『그리스도교 기원사』로 유명한데, 특히 제1권 『예수의 삶』은 그리스도의 인간화를 부각시킨 내용으로 당시 국내외에 커다란 파문을 불러일으켰다.

게 계속 이야기했다. 갑자기 그가 성경을 집으려고 팔을 뻗었다. 미리엄은 그가 몸을 내뻗는 방식을 좋아했다. 그것은 날카롭고 바로 목표를 향해 갔다. 그는 빠르게 성경의 페이지를 넘기다가 요한복음의 한 장을 그녀에게 읽어 주었다. 그는 안락의자에 앉아서 열중해서 읽고 있었으며 그의 목소리는 생각만 하고 있었다. 미리엄은, 마치 사람들이 몰두하는 일에 도구를 사용하는 것처럼 그가 무의식적으로 자기를 이용하는 것처럼 느꼈다. 그녀는 그것을 사랑했다. 그리고 동경에 찬 그의 목소리는 어딘가로 도달하려고 노력하는 것 같았고 그녀는 그와 함께 그곳에 도달할 것 같았다. 미리엄은 그와 떨어져 소파에 기대어 앉아 있었지만 자기는 폴이 손으로 움켜쥔 바로 그 도구라고 느꼈다. 그것은 그녀에게 대단한 즐거움을 주었다.

곧 폴은 말을 더듬고 자신을 의식하기 시작했다. 그리고 '여인이 출산할 때에는 그 시간이 도래하였기 때문에 비탄에 잠긴다.'는 구절에 이르렀을 때 그는 그것을 빠뜨렸다. 미리엄은 그가 점점 불편해하는 것을 느꼈다. 그녀는 잘 알려진 구절이 뒤따르지 않자 움츠러들었다. 폴이 계속 읽어 나갔지만 미리엄은 듣고 있지 않았다. 비통함과 수치심이 그녀로 하여금 고개를 숙이게 했다. 육 개월 전이라면 이것을 그냥 읽었을 것이다. 지금까지 지속된 두 사람의 관계에는 이제 상처가 생겼다. 이제 그들 사이에는 진정으로 적대적인 무엇인가가, 그들이 수치스러워하는 무엇인가가 있다고 느꼈다.

미리엄은 케이크를 기계적으로 먹었다. 폴은 자기 주장을 계속하려고 했지만 적절한 어조로 되돌아갈 수 없었다. 곧 에드가가 들어왔다. 모렐 부인은 친구 집으로 갔다. 세 사람은 윌리 농장으로 출발했다.

미리엄은 폴과 자기 사이의 균열에 대해 깊이 생각했다. 그는 다른 어떤 것을 원했다. 그는 만족할 수 없었고 그녀에게 아무런 평화를 줄 수 없었다. 이제 그들 사이에는 언제나 싸움의 소지가 있었다. 미리엄은 그에게 증명하고 싶었다. 그녀는 그가 삶에서 가장 필요한 것은 그녀 자신이라고 믿었다. 그녀가 자신과 폴에게 그것을 증명할 수 있다면 나머지 일은 문제가 되지 않을 것이라 여겼다. 그녀는 미래에 모든 것을 맡기기만 하면 되었다.

그리하여 5월에 미리엄은 폴에게 도스 부인을 만나러 윌리 농장으로 오라고 요청했다. 그가 갈망하는 무엇인가가 있었다. 그들이 클라라 도스에 대해 이야기할 때 미리엄은 폴이 고무되고 약간 화를 내는 것을 알았다. 그는 클라라를 좋아하지 않는다고 말했다. 그러나 그는 그녀에 대해 매우 알고 싶어 했다. 그렇다면 그는 자신을 시험해 봐야 했다. 미리엄은 폴에게 고상한 욕망과 저급한 욕망이 공존하고 있으며 결국 고상한 것에 대한 욕망이 승리할 것이라고 믿었다. 어쨌든 그는 시도해 보아야 했다. 그녀는 '고상한' 것과 '저급한' 것에 대한 자신의 기준이 임의적이라는 사실을 잊었다.

폴은 윌리 농장에서 클라라를 만난다는 생각에 약간 흥분했다. 도스 부인은 하루를 지내러 왔다. 그녀는 숱이 많은 암갈색 머리카락을 똘똘 감아서 머리 위에 얹었다. 그녀는 흰색 블라우스와 짙은 감색 스커트를 입었고, 그녀의 존재는 어디에서나 주위를 보잘것없고 하찮게 보이도록 했다. 그녀가 방에 있을 때 부엌은 온통 너무 작고 초라해 보였다. 미리엄의 아름다운 황혼 같은 거실도 딱딱하고 시시해 보였다. 레이버스가의 모든 사람들이 촛불처럼 가려졌다. 그들은 그녀를 조금 견디기 어려운 사람이라고 여겼다. 그러나 그녀는 매우 상냥했고 또 무관심하면서 조금 냉담했다.

폴은 오후가 되어서 왔다. 그는 일찍 왔다. 미리엄은 그가 자전거에서 훌쩍 내려서 집을 열심히 둘러보는 모습을 보았다. 그는 방문객이 오지 않았으면 실망할 것으로 보였다. 미리엄은 햇빛 때문에 고개를 숙이고 그를 맞이하러 나갔다. 금련화가 초록색 잎의 시원한 그늘 아래에서 진홍색으로 피어 있었다. 검은머리의 미리엄이 반갑게 그를 맞았다.

"클라라가 아직 안 왔어?" 폴이 물었다.

"왔어." 미리엄이 음악적인 어조로 대답했다. "지금 책을 읽고 있어."

그는 자전거를 헛간으로 끌고 갔다. 그는 조금 자랑스럽게 여기는 멋있는 넥타이를 매고 거기에 어울리는 양말을 신었다.

"오늘 아침에 왔어?" 폴이 물었다.

"그래." 미리엄이 그의 곁에서 걸으면서 대답했다. "리버티 직물점 사람한테서 온 편지를 가져오겠다고 했는데. 기억나?"

"오, 젠장, 잊어버렸어!" 그가 말했다. "하지만 날 들볶아야 네가 받을 거야."

"난 널 들볶는 걸 좋아하지 않아."

"어쨌든 그렇게 해줘. 그런데 클라라는 좀 상냥해졌나?" 그가 계속 말했다.

"난 늘 클라라가 상당히 상냥한 사람이라고 생각해."

폴은 말이 없었다. 그가 오늘 열심히 일찍 온 것은 분명히 새로운 방문객 때문이었다. 미리엄은 벌써 고통을 받기 시작했다. 그들은 함께 집 쪽으로 갔다. 그는 바지에서 클립을 끌렀다. 그러나 그가 게을러서 양말과 넥타이와는 대조적으로 구두는 솔질이 되어 있지 않았다.

클라라는 서늘한 거실에서 책을 읽고 있었다. 폴은 그녀의 흰 목덜미와 거기서 빗어 올린 가는 머리카락을 보았다. 그녀는 폴을 아무렇지 않게 바라보며 일어났다. 그녀는 악수를 하려고 팔을 똑바로 들었다. 그 동작은 그와 거리를 유지하면서도 그에게 무엇인가를 내던지는 방식이었다. 폴에게 블라우스 속의 부푼 가슴과 모슬린 천 아래 보이는 팔 끝에서 뻗은 아름다운 어깨의 곡선이 눈에 띄었다.

"아주 좋은 날을 택했군요." 폴이 말했다.

"우연히 그렇게 됐어요." 클라라가 말했다.

"그렇군요." 그가 말했다. "반가워요."

그녀는 그의 정중함에 고맙다는 말을 하지 않고 앉았다.

"오전 내내 뭘 했어?" 폴이 미리엄에게 물었다.

"음" 미리엄이 쉰 소리로 기침하며 말했다. "클라라는 아버지와 함께 왔어…… 그래서…… 여기 온 지 얼마 안 됐어."

클라라는 초연하게 식탁에 기대어 앉아 있었다. 폴은 그녀의 손이 크지만 잘 가꾸어진 것을 알아차렸다. 손 위의 피부는 거칠고 윤기가 없이 희고 가는 황금색 털이 나 있었다. 그녀는 폴이 자기 손을 관찰하는 것을 개의치 않았다. 그녀는 폴을 경멸할 작정이었다. 그녀의 무거운 팔은 식탁 위에 무관심하게 놓여 있었다. 입은 기분이 상한 듯 닫혀져 있었고 얼굴은 약간 돌리고 있었다.

"지난 밤에 마거릿 본포드의 모임에 계셨지요?" 폴이 그녀에게 말했다. 미리엄은 폴이 이렇게 예의를 갖추는 모습을 본 적이 없었다. 클라라가 그를 흘깃 보았다.

"그래요." 그녀가 말했다.

"그런데." 미리엄이 물었다. "네가 어떻게 알아?"

"기차가 오기 전이라 잠시 들어갔어." 그가 대답했다.

클라라는 다소 경멸하듯이 다시 고개를 돌렸다.

"그 여잔 사랑스럽고 귀여운 여인 같더군요." 폴이 말했다.

"마거릿 본포드 부인 말이군요!" 클라라가 소리쳤다. "그녀는 대부분의 남자들보다 훨씬 똑똑해요."

"글쎄요, 그렇지 않다고 말하진 않았어요." 폴이 못마땅하다는 듯이 말했다. "똑똑하겠지만 그럼에도 불구하고 사랑스러웠어요."

"물론 그게 가장 중요하지요." 클라라가 무관심하게 말했다.

그는 조금 당황하고 짜증을 내며 머리를 긁적였다.

"난 그게 똑똑한 것보다 더 중요하다고 생각해요." 그가 말했다. "똑똑한 것이 그녀가 천국으로 가는 데 별로 도움이 안 될 거예요."

"그녀가 얻으려는 것은 천국이 아니에요…… 그건 이 세상에서의 정당한 몫이에요." 클라라가 쏘아붙였다. 그녀는 마치 본포드의 궁핍함이 폴에게 책임이라도 있는 것처럼 말했다.

"글쎄요." 폴이 말했다. "그녀는 따뜻하고 매우 친절하게 보이더군요. 너무 연약해 보이기도 했지만. 난 그녀가 편하고 평화로웠으면 해."

"'남편의 스타킹을 꿰매면서' 말이지요." 클라라가 신랄하게 말했다.

"그녀는 내 스타킹을 꿰매는 일도 개의치 않을 거라고 확신해요." 그가 말했다. "그리고 분명히 그 일을 잘할 거예요…… 그리고 그녀가 원한다면 나도 기꺼이 그녀의 부츠에 구두약을 칠해 닦아 주겠어요."

그러나 클라라는 폴의 이 재치 있는 반격에 대답하지 않았다. 그는 잠시 미리엄에게 이야기했다. 클라라는 초연하게 있었다.

"그런데……." 그가 말했다. "에드가를 보러 갈려고 하는데. 농장에 있어?"

"그럴 거야." 미리엄이 말했다. "석탄을 가지러 갔어. 바로 돌아올 거야."

"그러면 마중가야겠네." 그가 말했다.

미리엄은 그들 세 사람이 할 수 있는 것을 감히 제안할 수 없었다. 폴은 일어나서 나갔다.

가시금작화가 피어 있는 윗길에서 폴은 에드가가 암말과 함께 느릿느릿 걸어오는 모습을 보았다. 말은 석탄을 철거덕거리며 끌면서 하얀 별 모양의 반점이 있는 이마를 끄덕거렸다. 친구를 보자 젊은 농부의 얼굴이 밝아졌다. 에드가는 잘생겼으며 눈이 검고 따뜻했다. 옷은 낡고 초라했지만 그는 아주 당당하게 걸었다.

"잘 지냈어!" 폴이 모자를 쓰지 않은 모습을 보고 그가 말했다. "어디 가?"

"널 마중 나왔어. '더이상안돼' 부인을 견딜 수 없었어."

에드가는 이빨을 드러내며 즐겁게 웃었다.

"누가 '더이상안돼' 부인이야?" 에드가가 물었다.

"그 여자…… 도스 부인…… '더이상안돼'를 인용한 사람은 까마귀 부인이었을 거야."

에드가는 매우 즐겁게 웃었다.

"너 도스 부인을 좋아하지 않아?" 에드가가 물었다.

"전혀!" 폴이 말했다. "그런데, 넌 좋아해?"

"아니!" 자신만만하게 그가 대답했다.

"좋아하지 않아!" 에드가는 입술을 오므렸다. "내 취향에 맞지 않아." 그는 잠시 생각에 잠겼다가 물었다. "그런데 너는 왜 그 여자를 '더이상안돼' 부인이라고 불러?"

"글쎄." 폴이 말했다. "그 여자는 남자를 보면 오만하게 '더 이상 안 돼'라고 말하고, 거울에서 자신의 모습을 보면 경멸적으로 '더 이상 안 돼'라고 말하고 과거를 회상하면 역겨워하면서 그렇게 말하고 미래를 생각하면 냉소적으로 그렇게 말하거든……."

에드가는 이 말을 생각했지만 제대로 이해하지 못했다. 그래서 웃으면서 말했다.

"그 여자가 남성 혐오자라고 생각해?"

"그 여자는 그렇다고 생각할걸." 폴이 대답했다.

"그런데 넌 그렇게 생각지 않지?"

"그래." 폴이 대답했다.

"그러면 네게 친절하던?"

"그 여자가 누구에게 친절할 것 같아?" 폴이 물었다.

에드가는 웃었다. 그들은 함께 석탄을 뜰에 내려놓았다. 폴은 클라라가 창밖을 내다보면 자기를 볼 수 있다고 여겼기 때문에 다소 자신을 의식했다. 그녀는 내다보지 않았다.

토요일 오후는 말을 솔질하고 돌보는 날이었다. 폴과 에드가는 지미와 플라워의 털에서 나오는 먼지 때문에 재채기를 하면서 함께 일했다.

"나한테 가르쳐 줄 새 노래 없나?" 에드가가 물었다.

에드가는 쉬지 않고 계속해서 일했다. 그가 몸을 구부릴 때 햇볕에 타서 붉은 그의 목덜미가 드러났고 솔을 잡고 있는 그의 손가락은 굵었다. 폴은 가끔 그를 지켜보았다.

"「메리 모리슨」이 어때?" 폴이 제의했다.

에드가가 동의했다. 그는 훌륭한 테너 음성을 가지고 있었고 마차로 짐을 나를 때 부르려고 폴이 자기에게 가르쳐 줄 수 있는 노래를 모두 배우고 싶어 했다. 폴은 매우 평범한 바리톤이었지만 귀가 뛰어났다. 그러나 그는 클라라가 들을까봐 두려워서 나지막하게 노래를 불렀다. 에드가는 맑은 테너로 가사를 따라했다. 가끔 그들은 둘 다 재채기를 터뜨렸고 차례로 말에게 욕을 했다.

미리엄은 남자들을 참을 수 없었다. 그들을 즐겁게 하는 것은 너무 쉬웠다. 폴조차 그랬다. 그가 사소한 일에 그렇게 철저하게 열중할 수 있는 것을 보고 비정상적이라고 미리엄은 생각했다.

차 마실 시간이 되어서야 그들은 일을 끝냈다.

"그건 무슨 노래였어?" 미리엄이 물었다.

에드가가 그녀에게 말해 주었다. 대화가 노래로 바뀌었다.

"우리는 아주 즐거운 시간을 가지곤 하죠." 미리엄이 클라라에게 말했다.

도스 부인은 천천히 위엄 있게 음식을 먹었다. 남자들이 있을 때 그녀는 언제나 쌀쌀했다.

"노래를 좋아해요?" 미리엄이 클라라에게 물었다.

"좋은 노래는요." 그녀가 말했다.

폴은 물론 얼굴을 붉혔다.

"격조가 높고 연습을 많이 한 노래라는 말인가요?" 그가 말했다.

"노래다운 노래가 되기 위해서는 먼저 목소리를 훈련할 필요가 있다고 생각해요." 그녀가 말했다.

"사람들이 말다운 말을 하기 전에 목소리를 훈련해야 한다고 주장하는 것과 같군요." 폴이 대답했다. "실제로, 대개 사람들은 즐기기 위해 노래를 하지요."

"그런데 그게 다른 사람에게는 불쾌할 수도 있어요."

"그러면 그 사람들은 귀마개를 해야지요." 그가 대답했다.

남자들이 웃었다. 침묵이 흘렀다. 폴은 얼굴이 매우 빨개졌고 말없이 먹기만 했다.

대화는 다시 여성의 임금이 남자의 임금과 동일해야 하는가, 라는 문제로 바뀌었다. 레이버스 부인은 남자들은 부양할 가족이 있다고 주장했다. 클라라는 남자든 여자든 일정한 일을 하면 일정하게 보상을 받아야 한다고 말했다. 레이버스 씨는 클라라에게 동의하는 편이었다. 도스 부인이 무엇이라고 말하든 폴은 반대 입장을 취했다. 그는 여성은 노동 시장에서 보조 역할을 할 뿐이며 대개 일시적으로 일이 년 자기 자신을 부양하는 데 지나지 않는다고 주장했다. 클라라는 아버지, 어머니, 자매 등등을 부양하는 여성의 숫자를 인용했다.

"그런데 이 세상의 거의 대부분의 남자들은 서른이 넘으면 아내와 가족을 부양하며…… 대체로 그 아내들은 근로자가 아니에요." 폴이 대답했다.

"생각해 보니……." 클라라가 매우 냉정하게 말했다. "당신 같은 부류를 전에도 만났어요. 자기가 모든 것을 안다고 생각하는 젊은이이지요."

"그리고 당신은 내가 아무것도 모른다고 생각하는 젊은 여성이고요." 그가 반박했다.

"오, 그래요…… 당신은 자기 의견을 다른 사람들이 듣도록 할 줄 아는군요." 그녀가 말했다.

폴은 격분했다. 그리고 웃음을 터뜨렸다.

"여성 참정권론자의 회의처럼 들리는군요." 그가 말했다. "당신은 단상에 있고요."

그러자 클라라가 머리카락 끝까지 얼굴이 빨개졌다.

"난 나 자신일 뿐인데 왜 '남자들'이라고 불려야 하지요?"

그가 계속했다.

"마치 그걸로는 충분하지 않은 것처럼" 에드가가 웃었다.

"그리고……." 폴이 다시 계속했다. "난 보아디스카 여왕으로부터 「셔츠의 노래」에 이르기까지 영국 역사의 모든 죄에 대해 책임을 져야 하게 되었어요. 그건 공정하지 않아요. 난 남자가 현대 사회에 존재할 권리가 있기를 원해요……. 그의 머리를 누일 어떤 공간 같은 것 말이에요."

"그런데……." 레이버스 부인이 농담조로 말했다. "남자의 위치는 별로 변한 게 없고 우리 여자들은 현재 있는 곳에 있게 되지요."

그러나 클라라를 제외하고는 이 미묘한 농담을 이해할 수 없었다. 클라라는 분개했다.

차를 마시고 나서 폴을 제외한 다른 남자들이 모두 나갔을 때 레이버스 부인이 클라라에게 말했다.

"그래 이전보다 행복해요?"

"끝없이요."

"그리고 만족하고?"

"자유롭고 독립할 수 있는 한에서는요."

"그리고 삶에서 빠진 것은 없어요?"

"이제는 그런 것은 잊고 살아요."

폴은 이 대화가 계속되는 동안 불편하게 느꼈다. 그는 일어났다.

"당신은 과거에 두고 온 것에 계속 걸려 넘어질 거예요." 폴이 말했다. 그리고 나서 그는 외양간으로 떠났다. 그는 자기가 재치 있는 말을 했다고 느꼈으며 남자로서의 자존심이 높이 섰다. 그는 벽돌길을 걸어가면서 휘파람을 불었다.

미리엄이 잠시 후 그에게 와서 클라라와 셋이서 산책을 가자고 했다. 그들은 스트렐리 밀 농장으로 출발했다. 세 사람이 윌리호 쪽의 개천 곁을 걸어가고 있을 때 덤불 사이로 몇 줄기 햇빛을 받으며 분홍색 동자꽃이 피어 있었다. 그들은 나무 둥지와 엉성한 개암나무 수풀 건너로 어떤 남자가 커다란 적갈색 말을 협곡으로 끌고 가는 것을 보았다. 그 거대한 붉은 짐승은 낭만적으로 녹색의 개암나무 덤불 사이로 희미하게 춤추는 것처럼 보였다. 저쪽 먼 곳은 지난 과거에 속한 것처럼 공기가 얼룩져 있었고 먼 옛날 데어드르[3]나 이졸데[4]를 위해 피었을 블루벨이 시들고 있었다.

세 사람은 매료되어 서 있었다.

"기사가 되어 여기 천막을 지으면 얼마나 좋을까." 폴이 말했다.

"그리고 우리를 안전하게 가두어 둔다면 말이죠?" 클라라가 대답했다.

"그래요." 그가 대답했다. "당신들은 자수를 놓으며 시녀들과 노래를 하고 난 흰색과 녹색과 옅은 자주색으로 된 깃발을 들겠어요. 내 방패에는 자유분방한 여성의 모습 아래 '여성 사

---

3) Deirdre. 아일랜드 얼스터 전설 중에서 감동적인 사랑 이야기인 「우슈네흐가 아들들의 운명(Oidheadh Chloinne Uisneach)」에 나오는 착하고 아름다운 여주인공이다.

4) 켈트족의 사랑 이야기 「트리스탄과 이졸데」에 나오는 여자 주인공이다.

회 정치 연맹(W.S.P.U.)'이라고 새기겠어요."

"틀림없이 당신은……." 클라라가 말했다. "여성들 스스로 싸우도록 하기보다는 여성들을 위해서 싸우겠지요."

"그럴 거예요! 여성들이 스스로 싸우면 거울 앞에서 자기 모습에 미칠 듯이 화를 내는 개처럼 보일 거예요."

"그리고 당신은 거울이고요?" 클라라가 입술을 삐죽거리며 물었다.

"또는 거울에 비친 모습이겠죠." 폴이 대답했다.

"당신은 너무 똑똑해서 문제예요." 그녀가 말했다.

"글쎄요, 착한 것은 당신에게 맡기죠." 그가 웃으면서 응수했다. "좋은 사람이 되도록 하세요, 착한 아가씨, 그리고 똑똑한 건 내게 맡기세요."

그러나 클라라는 그의 경박함에 싫증이 났다. 클라라를 바라보다가 갑자기 폴은 그녀의 치켜든 얼굴이 경멸하고 있는 것이 아니라 비참하다는 것을 알았다. 그의 마음이 모든 사람에게 부드럽게 바뀌었다. 그는 몸을 돌려 그때까지 무관심했던 미리엄에게 부드럽게 대했다.

숲의 가장자리에서 그들은 림을 만났다. 림은 마르고 가무잡잡한 마흔 살의 남자였고 가축 농장인 스트렐리 밀에서 살았다. 그는 피로한 듯이 힘센 종마의 굴레를 아무렇게나 잡고 있었다. 세 사람은 첫 번째 개천의 징검다리를 그가 건널 수 있도록 비켜서 있었다. 폴은 저렇게 거대한 동물이 한없이 넘치는 활력을 지니고 경쾌하게 건너갈 수 있다는 사실에 감탄했다. 림이 그들 앞에서 멈추어 섰다.

"레이버스 양, 아버지에게 그 집가축들이 사흘 넘게 저 아래 울타리를 부수고 다닌다고 전해 주구려." 특이하게 톤이 높고 끽끽거리는 목소리로 그가 말했다.

"어느 울타리 말이세요?" 미리엄이 떨리는 목소리로 대답했다.

거대한 말은 붉은 옆구리를 움직이며 숙인 고개와 늘어뜨린 갈기 아래로부터 놀랍게 큰 눈으로 위쪽을 의심스럽게 쳐다보며 힘들게 숨을 내쉬었다.

"이쪽으로 좀 와 봐요." 림이 대답했다. "내가 보여 주겠소."

림과 종마가 앞으로 나아갔다. 말은 개천에 발이 빠지자 놀라서 발굽 뒤쪽의 흰 털을 흔들며 춤추듯 옆걸음질 쳤다.

"꾀 부리지 마." 림이 말에게 애정어린 목소리로 말했다.

말은 껑충 걸음으로 개천 둑에 올라가서 가늘게 물을 튀기며 두번째 개천을 건넜다. 클라라는 한편으로는 매료되고 다른 한편으로는 경멸하면서 다소 시무룩하게 아무렇게나 말을 지켜보았다. 림은 걸음을 멈추고 버드나무들 밑의 울타리를 가리켰다.

"저기 그놈들이 빠져나간 곳이 보이지." 그가 말했다. "우리 농장 사람이 그놈들을 세 차례나 쫓아 보냈소."

"알겠어요." 미리엄이 마치 잘못이라도 저지른 것처럼 얼굴을 붉히며 대답했다.

"들렀다 가겠소?" 림이 물었다.

"고맙지만 괜찮아요…… 우린 연못가로 가고 싶어서요."

"그럼, 좋을 대로 하시구려." 그가 말했다.

말은 집이 가까워지자 즐겁게 작은 울음소리를 내었다.

"집에 돌아와서 기쁜가 봐요." 말에 관심이 있던 클라라가 말했다.

"맞아요…… 오늘 상당히 먼 길을 걸었어요."

그들은 대문을 지났고, 큰 농장 집에서 작고 가무잡잡하고 쉽게 흥분할 것처럼 보이는 서른다섯 살 정도 되어 보이는 여자가 다가오는 것을 보았다. 그녀의 머리카락은 희끗희끗했으며 검은 눈은 도발적으로 보였다. 그녀는 뒷짐을 지고 걸었다. 그녀의 오빠인 림이 앞으로 나갔다. 거대한 적갈색 종마는 그 여자를 보자 다시 울음소리를 내었다. 그녀는 흥분하여 다가왔다.

"네가 돌아왔구나, 이 녀석!" 그녀는 남자에게 하듯이 말에게 부드럽게 말했다. 거대한 짐승은 머리를 숙이고 그녀에게 몸을 돌렸다. 그녀는 뒤에 감추고 있던 쭈글쭈글한 노란 사과를 말 입에 살짝 넣어 주고 눈 근처에 키스를 했다. 말은 기분이 좋은 듯 크게 한숨을 내쉬었다. 그녀는 말의 머리를 두 팔로 안고 가슴에 당겼다.

"말이 참 멋지군요!" 미리엄이 그녀에게 말했다.

미스 림이 고개를 들었다. 검은 눈이 똑바로 폴을 바라보았다.

"오, 레이버스 양, 안녕하세요." 그녀가 말했다. "오랜만에 이곳으로 왔군요."

미리엄은 클라라와 폴을 소개했다.

"참 훌륭한 말이에요." 클라라가 말했다.

"그렇지요!" 그녀는 다시 말에게 키스했다. "어떤 남자 못지 않게 사랑스럽지요!"

"대부분의 남자보다 사랑스러워요." 클라라가 대답했다.

"참 좋은 녀석이에요!" 다시 말을 껴안으며 그 여자가 소리쳤다.

클라라는 거대한 짐승에 매료되어 다가가서 목을 쓰다듬었다.

"아주 점잖아요." 미스 림이 말했다. "덩치가 큰 놈들이 점잖지요?"

"참 아름다워요!" 클라라가 대답했다.

클라라는 말의 눈을 들여다보고 싶었다. 그녀는 말이 자기 눈을 바라보기를 원했다.

"말을 못 해 유감이에요." 클라라가 말했다.

"오, 할 수 있어요. 단지." 다른 여인이 대답했다.

그때 그녀의 오빠가 말을 데리고 갔다.

"잠깐 들어오지 않겠오? 들어들 오시오, 그런데 누구라고…… 제대로 듣질 못했소."

"모렐 씨예요!" 미리엄이 말했다. "아니에요…… 우린 그냥 가겠어요. 우린 물방아용 저수지가로 가던 참이에요."

"그러시오……. 그렇게들 하시오. 모렐 씨, 낚시를 하시오?"

"아뇨." 폴이 말했다.

"만약 낚시를 한다면 언제든지 와서 낚시를 해도 좋아요." 미스 림이 말했다. "우리는 한 주일 내내 사람의 그림자도 못 보는 경우가 많아요. 와 주면 고맙겠어요."

"저수지에 어떤 물고기가 있어요?" 폴이 물었다.

그들은 앞뜰을 거쳐 수문을 건너 가파른 둑을 올라 저수지로 갔다. 저수지에는 그늘이 드리워져 있었고 나무가 많은 작은 섬이 둘 있었다. 폴은 미스 림과 함께 걸었다.

"여기서 수영을 해도 괜찮겠군요." 그가 말했다.

"그렇게 하세요." 그녀가 대답했다. "하고 싶을 때 오세요. 우리 오빠는 당신과 이야기하는 것을 매우 좋아할 거예요. 말상대가 없어서 말이 없어졌어요. 와서 수영을 하세요."

클라라가 다가왔다.

"아주 깊어 보이는군요." 클라라가 말했다. "그리고 아주 맑고요."

"그래요." 미스 림이 말했다.

"수영할 줄 알아요?" 폴이 말했다. "미스 림이 원하면 언제든지 와서 수영을 해도 좋다고 방금 그러는군요."

"물론이지요. 농장 노동자들도 있지만요." 미스 림이 말했다.

그들은 잠시 이야기하다가 외롭고 눈매가 초췌한 여인을 둑에 남겨 두고 거친 언덕으로 올라갔다.

언덕 허리에는 햇빛이 내리쬐고 있었다. 그곳은 자연 그대로이고 덤불이 많으며 토끼들의 천국이었다. 세 사람은 말없이 걸어갔다. 갑자기 폴이 말했다.

"그 여자는 사람 마음을 불편하게 해."

"미스 림 말이야?" 미리엄이 물었다. "맞아!"

"그녀에게 무슨 문제가 있나? 너무 외로워서 머리가 돌려고 하나?"

"그래." 미리엄이 말했다. "이건 그 여자에게 맞지 않는 생활이야. 그런 곳에 파묻혀 살게 하는 것은 잔인한 일이야. 난 정말 자주 그 여자를 만나러 와야겠어. 하지만…… 그 여자는 날 불편하게 만들어."

"그 여자가 안됐다는 느낌이 들어…… 그래, 그런데 마음에 걸려." 폴이 말했다.

"내 생각에는." 클라라가 갑자기 불쑥 말했다. "그 여자는 남자를 원하고 있어요."

나머지 두 사람은 잠시 말이 없었다.

"하지만 그 여자가 약하게 된 건 외로움 탓이에요." 폴이 말했다.

클라라는 대답하지 않고 성큼성큼 위로 올라갔다. 그녀는 죽은 엉겅퀴와 덤불이 많은 풀밭을 발로 차면서 팔은 느슨하게 늘어뜨리고 머리를 숙이고 다리를 흔들거리면서 걸었다. 그녀의 멋진 몸은 걷는다기보다 언덕 위로 휘청거리며 넘어지는 것 같았다. 뜨거운 파도가 폴을 휩쓸었다. 그는 그녀에 대해 호기심이 생겼다. 아마도 삶이 그녀에게 잔인했을 것이다. 그는 자기에게 이야기를 하면서 걷고 있는 미리엄의 존재를 잊었다. 미리엄은 폴이 자기 말에 대답하지 않는 것을 알고 그를 흘깃 바라보았다. 그의 눈은 앞쪽의 클라라에게 고정되어 있었다.

"아직 클라라가 상냥하지 않다고 생각해?" 그녀가 물었다.

폴은 그 질문이 뜻밖이라고 느끼지 못했다. 그 질문은 그의 생각과 같았기 때문이었다.

"클라라에게는 무언가 문제가 있어." 그가 말했다.

"그래." 미리엄이 대답했다.

언덕 위에 올라가자 감추어진 황량한 들판이 보였다. 들판의 양편은 숲으로 싸여 있었고 다른 두 편은 산사나무와 딱총나무 덤불로 된 성기고 높은 산울타리가 둘러져 있었다. 무성하게 자란 덤불 산울타리 곳곳에 틈이 있어 지금 가축이 있다면 그 사이로 다닐 수 있을 것 같았다. 그곳의 풀은 무명 벨벳처럼 부드러웠고 토끼들이 다니면서 구멍을 내고 있었다. 들판 자체는 거칠었고 한 번도 베어 낸 적이 없어 보이는 키가 크고 거대한 양취란화로 뒤덮여 있었다. 억센 야생화 군락이 거친 겨이삭띠 덤불 위로 곳곳에 올라와 있었다. 그곳은 마치 큰 요정 같은 선박이 붐비는 정박소 같았다.

"아!" 미리엄이 탄성을 지르고 검은 눈을 크게 뜨고 폴을 바라보았다. 그가 미소를 지었다. 그들은 야생화밭을 즐겼다. 클라라는 약간 떨어져서 우울하게 양취란화를 바라보고 있었다. 폴과 미리엄은 소리를 낮추어 이야기하면서 함께 가까이 붙어 있었다. 그는 한쪽 무릎을 꿇고 재빨리 가장 보기 좋은 꽃들을 따 모으며 한 덤불에서 다른 덤불로 끊임없이 움직였다. 그러면서도 그는 부드러운 목소리로 이야기를 계속했다. 미리엄은 애정을 담아서 꽃들을 따서 향기를 맡으며 서성거렸다. 그녀에게 그는 언제나 빠르고 거의 과학적으로 보였다. 그러나 폴의 꽃묶음이 그녀의 것보다 더 자연스러운 아름다움을 지니고 있었다. 그는 꽃묶음을 좋아했지만 그것이 자기 것이고 자기가 권리가 있어서 좋아하는 것 같았다. 하지만 미리엄은 그것을 소중하게 여기면서 좋아했다. 꽃묶음은 그녀가 갖지 못한 무엇인가를 지니고 있었다.

꽃들은 매우 신선하고 예뻤다. 폴은 꽃들을 마시고 싶었다. 꽃을 모으면서 그는 작은 노란색 나팔꽃을 먹었다. 클라라는 여전히 우울하게 돌아다니고 있었다. 폴이 그녀에게 다가가서 말했다.

"꽃을 좀 꺾지 그래요?"

"꽃을 꺾는 걸 좋아하지 않아요. 그대로 피어 있는 게 더 보기가 좋아요."

"하지만 갖고 싶은 꽃도 있죠."

"꽃들은 내버려 두기를 원해요."

"난 그렇게 생각지 않아요."

"난 꽃의 시체를 내 주위에 두고 싶지 않아요." 그녀가 말했다.

"그건 경직된, 인위적인 생각이에요." 그가 말했다. "물에 꽂아 둔다고 뿌리 위에 있을 때보다 꽃이 더 빨리 죽지 않아요…… 게다가 꽃병에 꽂혔을 때 꽃은 보기가 좋고 즐거워 보여요. 그리고 꽃이 시체처럼 보이기 때문에 당신이 시체라고 부를 뿐이에요."

"시체니까 시체처럼 보이는 거죠." 그녀가 반박했다.

"내가 보기에 그건 시체가 아니에요. 죽은 꽃은 꽃의 시체가 아니에요."

클라라는 이제 그를 무시했다.

"그런데 그렇다고 하더라도…… 꽃을 꺾을 권리가 당신에게 있어요?" 그녀가 물었다.

"내가 꽃을 좋아하고 원하기 때문이죠. 그리고 꽃이 아주 많아요."

"그런데 그게 충분한 이유가 되나요?"

"그럼요…… 물론이죠. 노팅엄의 당신 방에 갖다 놓으면 아주 좋은 향기가 날 거예요."

"그리고 난 꽃들이 죽는 모습을 지켜보는 즐거움을 누리고요."

"그렇지만…… 꽃이 죽는 건 문제가 되지 않아요."

그리고 나서 곧 폴은 클라라를 떠나 꽃들이 엉켜서 모여 있는 곳으로 구부정하게 걸어갔다. 꽃들이 파리하게 빛나는 거품 덩이처럼 온통 들판에 흩어져 있었다. 미리엄이 가까이 왔다. 클라라는 무릎을 꿇고 양취란화의 향기를 맡고 있었다.

"내 생각에는……." 미리엄이 말했다. "꽃을 소중하게 여기면서 대한다면…… 해를 끼치지 않는 거야. 어떤 마음으로 꽃을 뽑느냐가 중요해."

"그래." 그가 말했다. "하지만 아냐. 꽃을 꺾는 것은 꽃을 원하기 때문이야. 그게 전부야." 그는 자기 꽃다발을 내밀었다.

미리엄은 말이 없었다. 그는 몇 송이를 더 꺾었다.

"이걸 봐!" 폴이 계속했다. "작은 나무처럼 억세고 원기 좋고, 통통한 다리를 가진 소년들 같고."

클라라의 모자는 멀리 떨어지지 않은 풀밭에 놓여 있었다. 그녀는 무릎을 꿇고 여전히 꽃의 향기를 맡기 위하여 몸을 앞으로 굽혔다. 그녀의 목덜미를 보고 폴은 날카로운 고통을 느꼈다. 그것은 너무나 아름다웠지만 지금은 스스로를 자랑하고 있지 않았다. 클라라의 가슴이 블라우스 안에서 가볍게 흔들렸다. 등의 아치 같은 곡선은 아름답고 강했다. 그녀는 코르셋을 하고 있지 않았다. 갑자기 폴은 자신도 모르게 그는 한 줌의 양취란화를 그녀의 머리와 목에 뿌리고 있었다.

"재는 재로 먼지는 먼지로 하나님이 원치 않으면 악마가 가져야 하나이다." 그가 말했다.

서늘한 꽃들이 그녀의 목에 떨어졌다. 클라라는 폴이 무슨 짓을 하는지 의아해하면서 가엾고 겁먹은 회색 눈으로 그를 올려다보았다. 꽃들이 그녀의 얼굴에 떨어졌고 그녀는 눈을 감았다.

폴은 그녀 위에 서 있다가 갑자기 어색하게 느꼈다.

"당신이 장례식을 원한다고 생각했어요." 그가 거북한 듯 말했다.

클라라는 이상스럽게 웃고 일어나서 자기의 머리카락에서 양취란화를 떼어내었다. 모자를 집어서 머리에 쓰고 핀으로 꽂았다. 꽃 한 송이가 머리카락에 아직 붙어 있었다. 폴은 그것을 보았지만 그녀에게 아무 말도 하지 않았다. 폴은 자기가 그녀 위로 뿌렸던 꽃들을 주워 모았다.

숲 가장자리에서 블루벨이 홍수처럼 들판까지 넘쳐 나왔다. 그러나 그것은 이제 시들고 있었다. 클라라는 두 사람을 떠나 거기로 갔다. 폴은 그녀의 뒤를 따라갔다. 블루벨은 그를 즐겁게 했다.

"블루벨이 숲에서 넘쳐 나와 여기에 피어 있는 모습을 보세요!" 그가 말했다.

그때 클라라가 순간적으로 따뜻하고 고마워하는 눈빛으로 돌아보았다.

"그렇군요!" 그녀가 미소 지었다.

폴의 피가 들끓었다.

"블루벨을 보면 숲 속의 야만인이 생각나요. 탁 트인 들판에 나오면 얼마나 두려울까요?"

"그들이 두려워했을 거라고 생각하세요?" 그녀가 물었다.

"옛 종족들 가운데 누가 더 겁을 먹었는지 궁금해요. 어두운 숲 속에서 뛰쳐나와 확 트인 공간을 맞이하는 종족일까요, 아니면 훤히 트인 들에서 발끝으로 숲 속으로 들어가는 종족일까요."

"후자였을 거예요." 그녀가 대답했다.

"네, 당신은 탁 트인 공간에 속하고 싶어 하는군요…… 어두운 공간으로 자신을 강요하면서요. 그렇지 않아요?"

"내가 어떻게 알겠어요?" 그녀는 이상하게 대답했다.

대화는 여기서 끝났다.

저녁이 대지 위에 깊어가고 있었다. 이미 계곡에는 그늘이 드리워졌다. 반대편에는 사각형 모양으로 크로스레이 뱅크 농장에 햇빛이 비치고 있었다. 언덕 꼭대기에 햇빛이 밝게 춤추고 있었다. 미리엄은 크고 묶지 않은 꽃다발에 얼굴을 파묻고 양취란화가 거품처럼 흩어진 곳에 발목까지 빠진 채 걸으면서 올라왔다. 그녀 뒤쪽에 나무들의 형체가 그늘 속에서 드러났다.

"우리 돌아갈까?" 그녀가 물었다.

세 사람은 발길을 돌렸다. 그들은 모두 말이 없었다. 길을 따라가며 그들은 바로 건너편에 집의 불빛을 볼 수 있었고, 언덕의 능선 위로 가늘고 어두운 윤곽을 따라 작은 불빛을 볼 수 있었다. 그것은 탄광촌이 하늘과 맞닿아 있는 곳이었다.

"참 좋았죠?" 폴이 물었다.

미리엄은 낮은 목소리로 동의를 나타냈다. 클라라는 말이 없었다.

"그렇게 생각하지 않아요?" 폴이 다시 물었다.

그러나 클라라는 머리를 들고 걸어갈 뿐 여전히 대답을 하지 않았다. 그는 그녀가 개의치 않는다는 듯이 움직이는 모습을 보고 그녀가 고통을 받고 있다는 것을 알 수 있었다.

이 무렵 폴은 어머니를 링컨으로 모시고 갔다. 그녀는 보통 때와 다름 없이 명랑하고 열의를 보였지만 열차의 맞은편에 앉아 바라보니 그녀는 연약하게 보였다. 그는 순간적으로 그녀가 그로부터 멀어져 가는 것처럼 느꼈다. 그러자 폴은 그녀를 붙잡아서 매어 두고 싶었고, 거의 묶어 두고 싶었다. 자기 손으로 그녀를 붙잡아야 한다고 느꼈다.

그들은 링컨 시에 거의 도착했다. 두 사람은 차창 밖으로 성당을 찾았다.

"저기 있어요, 엄마!" 폴이 소리쳤다.

그들은 거대한 성당이 들판 위로 웅크리고 누워 있는 것을 보았다.

"아!" 그녀가 감탄했다. "저기 있구나!"

폴은 어머니를 바라보았다. 그녀는 다시 그로부터 멀어져 있는 것처럼 보였다. 하늘을 배경으로 푸르고 고상하게 높이 솟은 성당의 영원한 평온함 속에서 무엇인가가 운명인 것처럼 그녀 속에 반영되었다. 과거에 존재했던 것은 존재했었다! 그의 젊은 의지로 그것을 변경시킬 수 없었다. 폴은 그녀의 얼굴을 보았다. 피부는 여전히 젊고 분홍빛으로 부드러웠지만 눈가에는 주름살이 잡히고 흔들리지 않는 눈꺼풀은 약간 처졌고 입은 언제나 환멸로 다물어져 있었다. 그녀의 얼굴에는 마침내 운명을 깨달았다는 듯한 변함없는 영원한 표정이 있었다. 그는 자기 영혼의 온 힘을 다하여 그것을 강타했다.

"저봐요, 엄마, 성당이 도시 위로 우뚝 솟아 있잖아요! 생각해 보세요. 성당 아래에는 수많은 거리가 있어요. 성당이 도시 전체보다 더 커 보이잖아요."

"그렇구나!" 그녀가 다시 명랑하게 생기를 찾으며 감탄했다. 그러나 폴은 그녀가 앉아서 얼굴과 눈을 고정시키고 차창 밖으로 성당을 응시하며 삶의 냉혹함을 곰곰이 생각하고 있는 모습을 보았다. 눈가의 주름살과 그렇게 굳게 다문 입을 보자 그는 미칠 것 같은 느낌이 들었다.

그들은 식사를 했고 그녀는 그것이 대단히 사치스럽다고 여겼다.

"내가 이걸 좋아할 거라고 생각하지 마." 그녀가 얇게 구운 고기를 먹으며 말했다. "난 이런 걸 좋아하지 않아. 정말 좋아하지 않아! 얼마나 돈을 낭비했나 생각해 봐!"

"제 돈에는 염려하지 마세요." 그가 말했다. "저는 지금 여자 친구와 데이트하고 있는 청년인걸요."

그리고 그는 그녀에게 푸른 제비꽃을 사 주었다.

"신사 양반, 즉시 그만두세요!" 그녀가 명령했다. "내가 그걸 어떻게 해?"

"아무것도 하실 필요가 없어요! 가만히 서 계시면 되요."

그리고 하이 스트리트 한가운데서 그는 꽃을 그녀의 웃옷에 꽂았다.

"나 같은 늙은이가 무슨!" 그녀가 콧소리를 내며 말했다.

"있잖아요." 그가 말했다. "전 사람들이 우리를 대단한 멋쟁이로 봤으면 해요. 그러니 태연하게 계세요."

"네 머리를 한 대 쥐어박아야겠다." 그녀가 웃었다.

"뽐내며 걸어 보세요." 그가 말했다. "공작비둘기처럼요."

어머니와 함께 그 거리를 지나는 데 한 시간이나 걸렸다. 그녀는 글로리홀 다리 위를 걷기도 하고 스톤보우 아치 앞에 서기도 했다. 어느 곳에서나 감탄했다. 한 남자가 다가와서 모자를 벗고 그녀에게 인사를 했다.

"부인, 도시를 안내해 드릴까요?"

"괜찮아요." 그녀가 대답했다. "아들이 있어요."

그리고 나서 폴은 그녀가 더 위엄을 갖추고 대답하지 않았다고 화를 냈다.

"너 저리 가!" 그녀가 소리쳤다. "하, 저게 바로 그 12세기의 유대인 집이구나! 그런데 그 강연을 기억하니, 폴?"

그러나 그녀는 성당 언덕을 거의 올라갈 수 없었다. 폴은 미처 알아차리지 못했다. 그러다가 갑자기 그는 그녀가 말도 못할 정도로 힘들어한다는 것을 알았다. 그는 쉴 곳을 찾아 어머니를 작은 술집으로 모시고 갔다.

"아무렇지도 않다!" 그녀가 말했다. "내 심장이 조금 늙었을 뿐이야. 누구나 그걸 예상해야지."

폴은 대답하지 않고 그녀를 바라보았다. 다시 그의 가슴이 조여지는 것 같았다. 그는 울고 싶었고 분노로 모든 것을 때려 부수고 싶었다.

그들은 한 걸음 한 걸음 천천히 다시 출발했다. 그리고 한 걸음 한 걸음 그의 가슴을 무겁게 짓눌렀다. 그는 가슴이 터질 것 같았다. 마침내 그들은 언덕 위에 올라왔다. 그녀는 성문과 성당의 정면을 바라보고 매료되어 서 있었다. 그녀는 넋을 잃고 잊었다.

"이건 생각했던 것보다 훨씬 훌륭하구나!" 그녀가 탄성을 질렀다.

그러나 폴은 성당이 마음이 들지 않았다. 그는 어디에나 그녀를 따라가면서 생각에 잠겼다. 그들은 성당 안에 함께 앉았다. 그들은 성가대석에서 간단한 예배에 참석했다.

"아무나 참석해도 되는 모양이지?" 그녀가 폴에게 물었다.

"네." 그가 대답했다. "우릴 쫓아낼 건방진 놈은 없을 거예요."

"분명히 있을걸!" 그녀가 외쳤다. "네가 한 말을 들었다면 우릴 쫓아낼 거야."

예배를 보는 동안 그녀의 얼굴은 다시 기쁨과 평화로 빛나는 것 같았다. 그리고 그는 내내 화를 내고 울고 싶었고 모든 것을 때려부수고 싶었다.

나중에 그들이 벽 위로 몸을 내밀고 아래에 있는 도시를 내려다보고 있었을 때 그가 불쑥 말했다.

"왜 남자에게는 젊은 어머니가 없을까요? 왜 어머니들은 나이를 먹을까요?"

"글쎄." 그의 어머니가 웃었다. "어쩔 수 없는 일이겠지."

"그리고 왜 전 장남이 아니에요! 보세요…… 차남들이 이롭다고들 하지요…… 하지만 보세요, 장남들에게는 어머니들이 젊어요. 전 엄마의 장남이었어야 했어요."

"내가 결정한 일이 아니다." 그녀가 항의했다. "생각해 보아라. 너도 나만큼 책임이 있다."

폴은 눈을 부릅뜨고 창백하게 그녀를 돌아보았다.

"왜 나이가 드셨어요!" 그는 자신의 무력함에 화가 나서 말했다. "왜 걸을 수 없어요? 왜 저와 함께 이곳저곳으로 돌아다닐 수 없어요?"

"한때는……." 그녀가 대답했다. "내가 저 언덕을 너보다 훨씬 더 잘 오를 수 있었다."

"그게 저한테 무슨 소용이 있어요?" 그가 주먹으로 벽을 치며 소리쳤다. 그리고 나서 애처롭게 말했다. "엄마가 편찮으시니 너무 슬퍼요, 엄마. 그건……."

"아프다니!" 그녀가 소리쳤다. "난 조금 늙었지만 네가 참아야지 어쩌겠냐. 그렇지."

그들은 말이 없었다. 그러나 그들은 더 이상 참을 수 없었다. 그들은 차를 마시면서 다시 명랑해졌다. 브레이포드 항구에서 배를 바라보며 앉아 있다가 폴은 어머니에게 클라라에 관해 이야기했다. 그의 어머니는 수없이 질문을 했다.

"그러면 그 여자는 누구와 함께 사니?"

"블루벨 힐에서 어머니와 살고 있대요."

"그럼 먹고살 수는 있어?"

"그렇지 않나 봐요. 레이스 만드는 일을 한대요."

"그런데 그 여자의 매력은 뭐냐, 얘야?"

"매력적인지 모르겠어요, 엄마. 하지만 괜찮은 사람이에요. 그리고 솔직해요…… 전혀 감추는 게 없어요, 전혀."

"하지만 너보다 훨씬 더 나이가 많지 않으냐."

"그 여잔 서른이고, 전 스물셋이 돼요."

"왜 그 여자가 마음에 드는지 아직 말하지 않았다."

"왜 그런지 모르겠어요…… 그 반항적인 태도 때문인지…… 화난 태도 때문인지……."

모렐 부인은 숙고했다. 알 수 없지만 아마도 그녀의 몫을 남겨 둘 여인과 아들이 사랑에 빠졌으니 기뻐할 일이었다. 그러나 폴은 너무나 초조해했고 너무나 갑자기 화를 냈으며 그리고는 다시 우울해졌다. 그녀는 그가 좋은 여자를 알기를 원했다. 그녀 자신도 자기가 뭘 원하는지 정확히 몰랐지만 막연한 채 내버려 두기로 했다. 어쨌든 그녀는 클라라에 대해 적대감을 가지지 않았다.

애니도 곧 결혼하게 되었다. 레너드는 버밍엄으로 가서 일하고 있었다. 어느 주말 그가 집에 왔을 때 모렐 부인이 그에게 말했다.

"너 안색이 별로 좋지 않구나, 얘야."

"글쎄요." 레너드가 말했다. "이것도 아니고 저것도 아니에요, 어머니."

레너드는 그의 천진난만한 방식으로 그녀를 이미 어머니라고 불렀다.

"하숙집은 분명히 괜찮아?" 그녀가 물었다.

"네에. 단지…… 차를 직접 따라야 하고…… 차를 받침잔에 따라 마시더라도 불평할 사람이 없는 게 문제예요. 어쩐지 그렇게 하면 차의 맛이 달아나는 것 같아요."

모렐 부인이 웃었다.

"그래, 그게 널 힘들게 만드니?" 그녀가 말했다.

"모르겠어요…… 전 결혼하고 싶어요." 그가 손가락을 꼬고 부츠를 내려다보면서 불쑥 말했다. 침묵이 흘렀다.

"하지만!" 그녀가 놀라서 큰 소리로 말했다. "네가 일 년 더 기다리겠다고 말한 걸로 기억하는데."

"맞아요. 그렇게 말했어요." 그가 고집스러운 어조로 말했다.

그녀는 다시 깊이 생각했다.

"그리고." 그녀가 말했다. "애니는 약간 씀씀이가 헤픈 아이야. 아직 11파운드밖에 모으지 못했어…… 게다가 얘야, 너도 얼마 모으지 못한 것 같은데."

그는 귀밑까지 빨개졌다.

"제가 가진 건 23파운드예요." 그가 말했다.

"많지는 않구나." 그녀가 대답했다.

그는 아무 말이 없었고 손가락만 꼬았다.

"그런데……." 그녀가 말했다. "난 가진 게 없어……."

"전 그런 걸 원하지 않아요, 어머니!" 얼굴이 매우 빨개지고 힘들어하며 항의하듯이 소리쳤다.

"안다, 얘야. 내가 알지……. 단지 내가 부자였으면 하고 바랐을 뿐이야. 결혼식 치르고 여러 가지 물건 사는 데 5파운드쯤 들겠지. 그러면 29파운드가 남는구나……. 그걸로 별로 할 수 있는 게 없을 것 같구나."

그는 고개를 들지 못하고 무력하고 고집스러운 모습으로 여전히 손가락을 꼬았다.

"하지만 너 정말 결혼하고 싶니?" 그녀가 물었다. "결혼해야 한다고 느끼니?"

레너드는 푸른 눈을 들어 그녀를 똑바로 바라보았다.

"네!" 그가 말했다.

"그렇다면." 그녀가 대답했다. "우리 모두 최선을 다해 보자, 얘야."

다음번에 레너드가 왔을 때 눈에 눈물이 맺혀 있었다.

"전 애니가 부족함을 느끼지 않길 바라요!" 그가 몸부림치며 말했다.

"얘야." 그녀가 말했다. "넌 착실해…… 그리고 괜찮은 집도 가지고 있고. 한 남자가 나를 필요로 했다면 난 그 남자가 일주일 번 돈만 있어도 결혼했을 거야. 가난하게 시작하니까 애니가 조금 힘들어할 거야. 젊은 여자들이란 다 그런 거야. 그들은 자기들이 좋은 집을 가질 거라고 기대하지. 나도 비싼 가구가 있었단다! 하지만 그게 전부가 아냐."

그리하여 결혼식이 곧바로 거행되었다. 아서가 집으로 왔고 군복을 입은 그의 모습은 근사했다. 비둘기 잿빛 옷이 애니에게 잘 어울렸고 그녀는 그 옷을 외출할 때 입을 수 있을 것이다. 모렐은 결혼한다는 딸을 바보라고 불렀고 사위에게 냉담했다. 모렐 부인은 보닛에 흰 깃털을 꽂고 블라우스에는 하얀 장식을 했다. 그리고 두 아들로부터 멋낸다고 놀림을 받았다. 레너드는 명랑하고 다정했으며 끔찍하게 자기가 바보 같은 느낌이 들었다. 폴은 왜 애니가 결혼하고 싶어 하는지 제대로 이해할 수 없었다. 폴은 누나를 좋아했고 애니도 동생을 좋아했다. 그러나 그는 약간 우울해하면서 이 결혼이 잘되기만을 바랐다. 분홍색과 노랑색 군복을 입은 아서는 놀랄 정도로 멋있었고 그 자신도 그 사실을 알고 있었다. 그러나 마음속으로는 군복을 수치스럽게 여겼다. 애니는 어머니를 떠나게 되어 부엌에서 눈물이 마르도록 울었다. 모렐 부인도 조금 울다가 딸의 등을 두드려 주며 말했다.

"울지 마, 얘야. 레너드가 잘해 줄 거야."

모렐은 발을 굴렀고 결혼을 해서 스스로 자신을 속박하다니 바보라고 애니에게 말했다. 레너드는 창백하고 긴장되어 보였다. 모렐 부인이 그에게 말했다.

"애니를 네게 맡긴다, 얘야. 그 애를 책임져야 해."

"걱정 마세요." 결혼식의 시련으로 거의 녹초가 된 상태로 레너드가 말했다. 그리고 모든 것이 끝났다.

모렐과 아서가 잠자리에 든 후 폴은 종종 그랬듯이 어머니와 이야기하면서 앉아 있었다.

"애니가 결혼해도 섭섭하지 않으시죠, 엄마. 그렇지요?" 그가 물었다.

"걔가 결혼해서 섭섭하지는 않다. 하지만…… 그 애가 나를 떠나야 하다니 이상하구나. 걔가 자기 레너드에게 가는 걸 더 좋아할 수 있다니 이해하기 힘들기까지 하구나. 이렇게 느끼는 게 엄마들의 마음이겠지……. 이게 어리석다는 건 안다."

"애니 때문에 불행해할 거예요?"

"내 결혼식 날을 생각하면 그렇다." 어머니가 대답했다. "그 애 삶은 나와 다르기를 바랄 뿐이야."

"하지만 레너드가 애니에게 잘할 거라고 믿지요?"

"그래. 그래! 레너드가 애니에게 부족하다고들 하지. 하지만 걔처럼 남자가 진실하고 여자가 그를 좋아한다면…… 그렇다면…… 괜찮아. 레너드는 애니만큼 괜찮은 애야."

"그럼 걱정하지 않으시죠?"

"정말 진실하다고 내가 느끼지 않는 남자와 내 딸이 결혼하도록 결코 허락하지는 않았을 거야…… 하지만 이제 애니가 가 버리고 나니 마음이 허전하구나."

모렐 부인과 폴은 모두 슬펐고 애니가 다시 돌아오기를 원했다. 하얀 색깔로 약간 장식한 새 검은 실크 블라우스를 입은 어머니가 폴에게는 외로워 보였다.

"어쨌든 엄마, 전 절대 결혼하지 않을 거예요." 폴이 말했다.

"그래, 다들 그렇게 말한단다, 얘야. 넌 아직 좋은 사람을 만나지 못했어. 일이 년만 더 기다려 보렴."

"하지만 전 결혼하지 않을 거예요, 엄마…… 전 엄마와 살 거예요. 그리고 하인도 둘 거고요."

"글쎄, 얘야…… 그렇게 말하기는 쉽단다. 어디 한번 두고 보자."

"언제까지 두고 봐요? 전 스물셋이 다되었는데."

"그래…… 넌 결혼을 일찍 하지는 않을 거야. 하지만 한 삼 년이 지나면……."

"지금과 마찬가지로 엄마와 살고 있겠죠."

"두고 보자, 얘야, 두고 봐."

"하지만 제가 결혼하는 것을 원치 않으시지요?"

"널 돌봐 주는 사람도 없이 네가 살아가는 모습은 생각하고 싶지 않구나. 그건 아니야……."

"그러면 제가 결혼해야 한다고 생각하세요?"

"조만간 모든 남자들은 해야지."

"하지만 어머니는 나중이기를 더 원하지요."

"힘들 거야…… 몹시 힘들 거야. 사람들이 말하지. '아들은 아내를 얻기 전까지만 내 아들이지 하지만 내 딸은 평생 내 딸이야.'"

"그러면 아내가 절 엄마한테서 빼앗아 가는 걸 제가 내버려 둘 거라고 생각하세요?"

"글쎄, 네 여자한테 너뿐만 아니라 네 엄마하고도 결혼해 달라고 하지는 않겠지." 모렐 부인이 미소 지었다.

"그 여자는 자기가 원하는 걸 할 수 있겠죠…… 방해할 필요가 없을 거예요."

"방해하지 않을 거야…… 널 차지할 때까지는…… 차지하고 나면 두고 봐야지."

"두고 볼 것 없어요. 저는 엄마가 살아 계시는 동안에는 절대 결혼하지 않아요. 결혼하지 않을 거예요."

"하지만 아무도 없이 두고 가기 싫다, 얘야." 그녀가 소리쳤다.

"엄마는 절 떠나지 않을 거죠? 엄마가 누구예요…… 쉰셋! 적어도 일흔다섯까지는 사세요. 자, 보세요. 전 살이 찌고 마흔네 살이에요. 그때 묵직한 사람과 결혼하죠. 아시겠죠!"

어머니는 앉아서 웃었다.

"가서 자거라." 그녀가 말했다. "자거라."

"그리고 우리는 엄마와 전 아름다운 집에서 하인을 두고 살 거고. 정말 괜찮을 거예요…… 전 제 그림으로 부자가 될 거예요."

"자러 가거라!"

"그러면 엄마는 조랑말이 끄는 마차를 탈 거예요. 상상해 보세요, 총총걸음으로 돌아다니는 귀여운 빅토리아 여왕님"

"그만 자러 가라니까." 그녀가 웃었다.

폴은 어머니에게 키스를 하고 방으로 갔다. 미래에 대한 그의 계획은 언제나 같았다.

모렐 부인은 앉아서 딸과 폴과 아서에 대해서 곰곰이 생각했다. 그녀는 애니를 시집 보낸 데 대해 속이 답답했다. 가족들은 유대 관계가 매우 강했다. 이제 자식들을 위해서 살아야 한다고 느꼈다. 그녀에게 삶은 매우 풍요로웠다. 폴이 자기를 원했고 아서도 마찬가지였다. 아서는 자기가 얼마나 깊이 어머니를 사랑하는지 몰랐다. 그는 순간을 사는 아이였다. 아직도 아서는 자신을 인식하지 못했다. 군대에서 몸은 단련되었지만 영혼은 아니었다. 그는 더할 나위 없이 건강했으며 매우 멋있었다. 검고 윤기 있는 머리카락은 다소 작은 머리에 보기 좋게 짧았다. 코는 어린아이 같은 데가 있었고 검푸른 눈 주위는 거의 소녀 같은 느낌을 주었다. 그러나 갈색 콧수염 아래 두툼하고 붉은 입술은 남자다웠으며 턱은 강인하게 보였다. 입은 아버지의 입을 닮았고 코와 눈은 잘생겼지만 의지가 약한 외가를 닮았다. 모렐 부인은 아서가 걱정스러웠다. 일단 정말 방탕스럽게 살고 나면 그는 안전했다. 그렇지만 그가 어디까지 갈 것인가?

군대는 진정으로 아서에게 좋은 영향을 주지는 못했다. 그는 하급 장교들의 권위에 격렬하게 분개했다. 그는 동물처럼 복종해야 하는 것을 증오했다. 그러나 그는 반항할 정도로 어리석진 않았다. 그래서 그는 군대에서 좋은 경험을 하기로 마음을 먹었다. 그는 노래를 잘 불렀고 재미있는 친구였다. 종종 사고를 쳤지만 너그럽게 눈감아 줄 수 있는 남자다운 사고였다. 그래서 자존심을 억제하면서 군대에서 좋은 시간을 보냈다. 잘생긴 용모와 멋진 몸매, 그리고 세련된 태도, 상당한 교육 등에 기대어 원하는 것을 최대한 얻으며 실망하지 않았다. 그러나 항상 마음이 들떠 있었다. 그의 내부에서 무엇인가가 그를 괴롭혔다. 그는 결코 가만 있지 못했고 혼자 있지 못했다. 어머니에게 그는 다소 겸손했다. 그는 폴을 아끼고 사랑했지만 약간 경멸했다. 폴도 그를 아끼고 사랑했지만 약간 경멸했다.

모렐 부인은 친정아버지가 남겨 준 돈이 좀 있어서 아들을 군대에서 빼내기로 마음먹었다. 그는 기뻐서 어쩔 줄 몰랐다. 휴가를 얻은 소년과 같았다.

아서는 전부터 비어트리스 와일드를 좋아했고 휴가 동안 그녀와 다시 사귀었다. 그녀는 아서보다 더 강하고 건강했다. 두 사람은 종종 오래 산책을 했고 아서는 그녀의 팔을 군인들 방식으로 약간 뻣뻣하게 잡았다. 그리고 그녀가 와서 피아노를 치면 그는 노래를 불렀다. 그럴 때 아서는 군복 상의의 칼라를 풀곤 했다. 얼굴에 홍조를 띠고 눈을 빛내며 남성적인 테너로 노래를 불렀다. 나중에 그들은 함께 소파에 앉았다. 그는 자기 몸을 과시했다. 비어트리스도 그의 튼튼한 가슴, 허리, 꼭 맞는 바지의 허벅지 등을 의식했다.

비어트리스와 이야기할 때 아서는 즐겨 사투리로 서서히 빠져들었다. 그녀는 가끔 그와 함께 담배를 피웠다. 어떤 때는 그의 담배를 몇 모금 빨 뿐이었다.

"안 돼." 어느 날 저녁 비어트리스가 자기 담배를 잡으려고 손을 뻗자 아서가 말했다. "안 돼, 넌 피우면 안 돼. 괜찮으면 연기 키스를 해 줄게."

"담배를 피고 싶은 거지 키스를 하고 싶은 게 아냐." 그녀가 대답했다.

"그래…… 그럼 한 모금 빨아 봐." 그가 말했다. "키스와 함께."

"네 담배를 피우고 싶다니까." 그녀가 소리치고 그의 입에서 담배를 낚아채려 했다.

아서는 어깨를 그녀에게 대고 앉아 있었다. 그녀는 몸이 작았고 번개처럼 빨랐다. 그는 겨우 피했다.

"네게 연기 키스를 해 줄게." 그가 말했다.

"못되고 귀찮게 굴지 마, 아서 모렐" 그녀가 소파에 기대어 앉으며 말했다.

"연기 키스를 받아!"

그 군인은 미소를 지으며 몸을 앞으로 수그렸다. 그의 얼굴이 그녀의 얼굴 가까이 갔다.

"하지 마!" 그녀가 고개를 돌리며 대답했다.

아서는 담배를 한 모금 빨고 나서 입술을 오므리고 그녀에게 가까이 가져갔다. 암갈색의 짧게 깎은 콧수염이 솔처럼 튀어나왔다. 비어트리스는 오므린 진홍색 입술을 바라보다가 갑자기 그의 손가락에서 담배를 가로채서 달아났다. 아서는 그녀를 쫓아 뛰어가다가 그녀의 검은 머리에서 빗을 잡았다. 그녀는 돌아서서 아서를 향해 담배를 던졌다. 그는 그것을 집어 입에 물고 다시 앉았다.

"귀찮은 자식!" 그녀가 소리쳤다. "내 빗 돌려줘!"

비어트리스는 일부러 아서를 위해 치장한 자기 머리가 내려올까 봐 겁이 났다. 그녀는 손을 머리에 대고 서 있었다. 그는 빗을 무릎 사이에 숨겼다.

"난 빗을 안 가지고 있어." 그가 말했다.

웃으면서 말을 하는 바람에 그의 입술 사이에서 담배가 흔들렸다.

"거짓말쟁이!" 그녀가 말했다.

"정말 안 가지고 있어." 손을 펴보이며 아서가 웃었다.

"이 뻔뻔스러운 개구쟁이!" 아서가 무릎 사이에 숨긴 빗을 뺏으려고 달려가 싸우면서 그녀가 외쳤다. 비어트리스는 그의 부드럽고 꼭 끼는 바지를 입은 허벅지를 당기면서 그와 씨름했다. 아서는 웃고 있다가 마침내 너무 우스워 그대로 소파에 드러누웠다. 담배가 그의 입에서 떨어져 나와 그의 목이 델 뻔했다. 보기 좋게 탄 그의 피부에 핏기가 돌았고 그는 푸른 눈이 감기고 목이 부어올라 거의 숨이 막힐 때까지 계속 웃었다. 그리고 나서 그는 똑바로 앉았다. 비어트리스는 빗을 꽂았다.

"날 간질였어, 비트." 그가 굵직하게 웃었다.

섬광처럼 그녀의 작고 하얀 손이 뒤로 가더니 그의 얼굴을 갈겼다. 아서는 놀라서 벌떡 일어나 그녀를 노려보았다. 그들은 서로를 뚫어지게 바라보았다. 천천히 그녀의 뺨이 붉어지기 시작했고 그녀가 눈을 내리깔고 고개도 숙였다. 아서는 골이 나서 앉아 있었다. 비어트리스는 머리를 매만지려고 식기실로 갔다. 그곳에서 그녀는 혼자 눈물을 조금 흘렸지만 그 이유를 알 수 없었다.

거실로 돌아와서 그녀는 입을 꾹 다물고 있었다. 그러나 그것은 그녀의 열정을 싸고 있는 엷은 막에 불과했다. 아서는 헝클어진 머리를 하고 소파 위에 부루퉁하게 앉아 있었다. 그녀는 반대편의 안락의자에 앉았고 아무도 말하지 않았다. 정적 속에서 시계 소리가 요란하게 났다.

"넌 고양이 새끼야, 비트." 아서가 마침내 사과하듯이 말했다.

"글쎄, 뻔뻔스럽게 굴지 마." 그녀가 대답했다.

다시 긴 침묵이 이어졌다. 아서는 몹시 흥분한 사람처럼, 그러나 반항하듯이 혼자서 휘파람을 불었다. 갑자기 그녀가 그가 다가와서 키스를 했다.

"됐지? 가엾은 사람." 그녀가 놀렸다.

아서는 기묘하게 웃으면서 얼굴을 들었다.

"한 번 더 해." 그가 요청했다.

"내가 못 할 것 같아?" 그녀가 말했다.

"해 봐!" 그가 입을 내밀면서 재촉했다.

천천히, 그리고 온 몸으로 퍼져 나가는 것처럼 보이는 독특한 떨리는 미소를 머금고 비어트리스는 자기 입을 아서 입에 맞추었다. 곧바로 그가 그녀를 껴안았다. 긴 키스가 끝나자 그녀는 머리를 빼어 내고 풀어 젖힌 칼라 속으로 작은 손가락을 넣어 그의 목을 만졌다. 그리고 눈을 감고 다시 키스에 자신을 맡겼다.

비어트리스는 자기의 자유 의지에 따라 행동했다. 그녀는 자기가 하고 싶은 것을 했고 다른 사람에게 책임을 돌리지 않았다.

폴은 자기 주위에 삶이 변화하는 것을 느꼈다. 젊음의 분위기는 사라졌다. 이제 집은 성인들의 집이 되었다. 애니는 결혼한 여자였고 아서는 식구들이 모르는 방식으로 자신의 쾌락을 좇고 있었다. 너무나 오랫동안 그들은 모두 집에서 살았고 시간을 보내기 위하여 바깥으로 나갔다. 그러나 이제 애니와 아서에게 삶은 어머니의 집 바깥에 놓여 있었다. 그들은 휴가 때와 휴식을 위해 집으로 왔다. 그래서 집안에는 마치 새가 날아가 버린 것처럼 이상하고 반쯤 비어 버린 느낌이 들었다.

폴은 더욱더 불안정했다. 애니와 아서는 가 버렸다. 그도 그들 뒤를 따르고 싶었다. 그러나 그에게 집은 그의 어머니 곁이었다. 그렇지만 다른 무엇인가가, 그가 원하는 무엇인가가 집 바깥에 있었다.

폴은 더욱더 안정을 잃어 갔다. 미리엄은 그에게 만족을 주지 못했다. 그녀와 함께 있고자 하는 이전의 미칠 듯한 욕망은 차츰 약해졌다. 가끔 그는 노팅엄에서 클라라를 만났고 간혹 함께 회합에 가기도 하고 어쩌다 윌리 농장에서 그녀를 보기도 했다. 그러나 윌리 농장에서는 긴장감이 돌았다. 폴과 클라라와 미리엄 사이에는 적대감의 삼각관계가 있었다. 폴은 클라라에게 뽐내고 세속적이고 조롱하는 태도를 취했다. 그것은 미리엄을 대하는 방식과는 정반대의 것이었다. 과거에 일어났던 일은 중요하지 않았다. 그는 미리엄과 친밀하기도 하고 슬퍼하기도 했다. 그런데 클라라가 나타나자마자 그것은 모두 사라졌고 그는 새로 등장한 사람에 맞추어 행동을 했다.

어느 날 미리엄은 폴과 건초 더미에서 아름다운 저녁을 보냈다. 그는 말로 써레질을 했고 그 일이 끝나자 마른 풀을 건초 더미에 쌓는 것을 도우러 미리엄에게 왔다. 그때 그는 그녀에게 자신의 희망과 절망에 대해 이야기했고 그의 영혼 전체가 그녀 앞에 적나라하게 놓여 있는 것 같았다. 미리엄은 그의 내부에 있는 삶의 떨리는 요체 자체를 지켜보는 것처럼 느꼈다. 달이 떴고 그들은 집으로 함께 걸어갔다. 폴은 그녀가 몹시 필요하여 찾아온 것 같았고 그녀는 그의 말에 귀를 기울였고 모든 사랑과 믿음을 주었다. 미리엄은 폴이 자기의 가장 중요한 부분을 그녀에게 간직하라고 가져온 것처럼 여겼고 그 것을 평생 보호할 것이라고 생각했다. 하늘도, 자기가 폴 모렐의 영혼을 보호하듯이, 별들을 확실하고 영원히 지키지 않으리라. 미리엄은 그렇게 믿으면서 기뻤고 고양된 마음을 느끼며 집으로 혼자 왔다.

그리고 다음 날 클라라가 왔다. 그들은 풀밭에서 차를 마실 작정이었다. 미리엄은 저녁이 황금빛으로 저물어 가는 모습을 지켜보았다. 그리고 폴은 내내 클라라와 장난을 했다. 그는 건초 더미를 더욱더 높이 만들었고 그것을 뛰어넘었다. 미리엄은 이 게임을 좋아하지 않았기 때문에 비켜서 있었다. 에드가와 제프리와 모리스와 클라라와 폴이 뛰어넘었다. 몸이 가벼운 폴이 이겼다. 클라라의 피가 자극을 받았다. 그녀는 아마존의 여전사처럼 달렸다. 폴은 그녀가 가슴을 출렁이고 숱이 많은 머리카락이 풀어진 채 단호하게 건초 더미로 달려가서 뛰어넘어 다른 쪽으로 내리는 모습을 사랑했다.

"닿았어요!" 그가 소리쳤다. "닿았어."

"아니에요!" 그녀가 에드가를 향하며 눈을 번쩍였다. "난 닿지 않았어요, 그렇죠? 닿지 않았죠?"

"난 몰라요." 에드가가 웃었다.

그들 가운데 아무도 알 수 없었다.

"하지만 닿았어요." 폴이 말했다. "당신은 졌어요."

"난 닿지 않았어요." 그녀가 소리쳤다.

"너무나 분명해요." 폴이 말했다.

"나 대신 한 대 갈겨 주세요." 그녀가 에드가에게 소리쳤다.

"안 되겠는데요." 에드가가 웃었다. "난 감히 그렇게 못 해요. 직접 하세요."

"어떻게 해도 닿았다는 사실을 변경할 수 없어요." 폴이 웃었다.

클라라는 폴에게 격렬하게 화가 났다. 이 남자들 앞에서 거둔 그녀의 작은 승리가 사라졌다. 그녀는 놀이에 몰두해 있었다. 지금 폴이 그녀를 깎아내리려 하고 있었다.

"당신은 비열하군요!" 그녀가 말했다.

폴이 다시 웃었다. 그가 웃는 방식이 미리엄에게 고통을 주었다.

"그리고 난 당신이 저 더미를 뛰어넘을 수 없다는 것을 알고 있었어요." 그가 놀렸다.

클라라는 폴에게 등을 돌렸다. 그러나 그녀가 귀를 기울이고 의식하고 있는 사람이 폴뿐이라는 것을 누구나 알 수 있었고 폴도 클라라만 의식했다. 그들 간의 이러한 전투를 보는 것은 남자들에게 즐거운 일이었다. 그러나 미리엄은 고통을 받았다.

폴이 고상한 것 대신에 저급한 것을 선택할 수 있다는 것을 미리엄은 보았다. 그는 자신에게 충실하지 않을 수 있고 진정한, 깊은 폴 모렐에게 충실하지 않을 수 있었다. 그는 경박스러워지거나, 아서 부류나 자기 아버지처럼 자기 만족을 쫓는 사람이 될 위험이 있었다. 그가 클라라와 하찮은 말을 천박하게 주고받으며 자기 영혼을 집어던진다고 생각하니 미리엄은 비통해졌다. 그녀는 비통하고 말없이 걸었고 폴과 클라라는 티

격태격 싸웠으며 폴은 까불었다.

나중에 폴은 그것을 인정하려고 하지 않았지만 다소 자신을 수치스럽게 여기고 미리엄 앞에 항복했다. 그리고 나서 그는 다시 반격했다.

"경건해지는 것만이 꼭 종교적인 건 아냐." 폴이 말했다. "까마귀가 하늘을 날아갈 때 그 까마귀는 종교적이라고 생각해. 하지만 까마귀가 하늘을 나는 이유는 자기가 영원하다고 생각해서가 아니라 자기가 가는 곳으로 이끌려 간다고 느끼기 때문이야."

그러나 미리엄은 사람은 모든 일에 종교적이어야 하고 신이 어떠한 존재이든지 신이 모든 일에 현존해야 한다고 믿었다.

"난 신이 자신에 대하여 그렇게 많이 알고 있다고 믿지 않아." 그가 소리쳤다. "신은 사물을 알지 못해. 그는 사물 자체야…… 그리고 신은 감정이 충만하지 않아."

그러나 미리엄은 폴이 자신의 방식을 고집하고 자신의 쾌락을 위하여 신을 자기편으로 주장하고 있다고 여겼다. 두 사람 사이에는 오랜 기간 전투가 계속되었다. 폴은 그녀 앞에서조차 그녀에게 몹시 불성실했다. 그리고 나서 그는 수치심을 느끼고, 회개했다. 그리고 그는 그녀를 증오했고 다시 떠나갔다. 이런 상태가 끊임없이 반복되었다.

미리엄은 영혼의 밑바닥까지 폴을 초조하게 만들었다. 거기에서 그녀는 슬프고 생각에 잠겨 숭배자로 있었다. 그는 그녀에게 슬픔을 불러일으켰다. 폴은 그녀 때문에 마음이 아프기도 하고 그녀를 증오하기도 했다. 미리엄은 그의 양심이었다.

그리고 그는 어쩐지 자기가 지나친 양심을 가지고 있다고 느꼈다. 한편으로 미리엄이 그의 최선의 모습을 잡고 있었기 때문에 그는 그녀를 떠날 수 없었다. 그렇다고 그는 그녀와 함께 머물러 있을 수 없었다. 왜냐하면 그녀는 그의 사분지 삼이나 되는 나머지 부분들을 받아들이려고 하지 않았기 때문이다. 그리하여 폴은 자신에게 화가 났고 미리엄에게 함부로 대했다.

미리엄이 스물한 살이 되었을 때 폴은 그녀에게만 쓸 수 있었던 그런 편지를 썼다.

> 네 생일 편지를 써야 할까? ……의도적으로 편지를 쓰는 것은 사악한 짓으로 보여. 그렇게 생각하지 않아? 왜냐하면 내가 분명히 허세를 부리고 과장할 테니까.

그리고 그의 허세가 얼마 동안 이어졌다.

> 지난번 편지에서 난 네가 성년이 된다는 사실을 기뻐하도록 준비를 시켰지. 넌 유산을 물려받을 자리에 앉게 된 상속녀 같은 느낌이 들지 않니? 이제 넌 공적으로 너 자신을 완전히 소유하게 되었어. 너 자신보다 더 많이 가지려고 해? ……그건 불가능해!

이제 그는 자의식의 고통을 느끼기 시작했다. 그는 발판을 잃고 스스로 서 있을 수 없어 계속 허우적거려야 하는 것처럼 보였다.

내가 이번에 마지막으로 우리의 오래된 낡은 사랑에 대해 이야기해 볼까? 사랑 역시 변하고 있지, 그렇지 않니? 말하자면 그 사랑의 몸체는 죽고 남은 것은 죽지 않는 영혼이 아닌가! 난 네게 정신적 사랑을 줄 수 있어. 지난 오랜 세월 동안 그렇게 해 왔지. 하지만 그건 몸으로 구현된 열정이 아니었어. 넌 수녀야. 난 네게 성스러운 수녀에게 바칠 것을 주어 왔던 거야…… 신비로운 승려로서 신비로운 수녀에게 말이지. 물론 넌 그걸 최선으로 평가해. 하지만 다른 부분을 후회하고 있어…… 아니 후회해 왔어. 우리의 관계에서 육체는 전혀 들어오지 않아. 난 네게 감각을 통해 이야기하지 않아…… 정신을 통해서만 이야기하지. 그게 바로 우리가 상식적으로 사랑할 수 없는 이유야. 네게 이야기할 때 난 종종 널 바라보지 않아. 왜냐하면 네 눈이 검고 보기 좋지만 난 네 눈으로 이야기하지도 않고, 비단 같은 머리카락이 우아하게 드리워진 아래 숨겨져 있는 네 귀에게 이야기하지도 않아. 이해할 수 있겠어…… 대신 저 너머 멀리 떨어져 있는 내부의 너에게 이야기하지. 만약 운명이 개입하지 않는다면 난 그렇게 평생을 계속할 거야. 알겠어? 그리고 왜 내가 네게 겨우살이 밑의 키스를 해야 하는지 이해하겠어? 이해하겠어? ……그런데 난 이해하고 있나? ……그게 더 낫다고 생각해? 난 너무 세련되고 문명화된 모양이야. 많은 사람들은 그럴 거야.

넌 내 마음에 어느 누구도 채울 수 없는 자리를 차지하고 있어. 넌 내가 성장하는 데 근본적인 역할을 해 왔어. 그리고 우리 두 영혼 간의 구름 같은 이 번민이 가시기 시작하고 있지 않나? 우리의 애정은 일상적인 것이 아냐. 아직까지 우리는 죽어야 할 운명이고 우리가 서로 곁에서 산다는 것은 두려운 일이야. 왜냐하면 어쩐지 난 너와는 오랜 시간 평범할 수 없고 이 죽기 마련인 상태를 늘 초월하는 것은 이 상태를 잃어버리는 것이기 때문이지. 사람이 결혼을 하면 애정을 지닌 인간으로 함께 살아야 할 것이고, 그것은 서로 어색하게 느끼지 않고 서로에게 평범할 수 있다는 의미야…… 두 영혼으로서가 아니라. 난 그렇게 느껴.

난 앞으로 결혼할지도 모르지. 그 상대는 내가 키스하고 안을 수 있고 내 아이들의 엄마로 만들 수 있고 내가 장난스럽게, 평범하게, 진지하게, 하지만 결코 이렇게 무섭고 심각하지 않게 말할 수 있는 여자일 거야. 운명이 세상을 어떻게 정리하는지 봐. 넌, 넌 네 앞에서 불처럼 자신을 쏟아 내지 못하는 남자와 결혼할 거야. 네가 이해할지 궁금해…… 내가 내 자신을 이해하고 있는지조차 궁금해. 하지만 넌 이러한 것들이 날 역겹게 만든다는 것을 알고 있고, 이제 이 문제에 대해 우리의 이야기를 끝내자. 이 모든 것에 대해 날 용서해 줘…… 부자연스럽다는 걸 알지만…… 이 편지를 태워 버리고 더 이상 생각하지 마. 아니 내가 생각할게. 그래서 우리의 짐을 견디어 나가는 데 도움이 될 수 있도록.

존 매켄지의 『윤리 교본』을 어떻게 생각해? 네가 좋아할 거야. 그리고 우리 그것에 대해 이야기하고 배울 수 있어…… 오 그래. 그리고 네가 더 풍부해질 거야. 그렇지 않아? ……우리의 친밀한 관계가 한 가지 작은 잘못을 제외하면 모두 아름다웠으리라는 걸 넌 알지.

넌 이제 스물한 살이야. 난 네가 이제 독립할 수 있는 여자인 것이 너무나 기뻐. 넌 나처럼 강해. 그렇지 않아? ……그래 더 강해. 오, 우리가 살아야 한다면 우리는 지혜로워야 하고 자신을 지나치게 몰아붙여서는 안 돼. 우리는 평범해야 하고 고통이 아니라 아름다움을 추구해야 해. 그렇지 않으면 우리는 곤경에 빠질 거야. 거기에 주목하도록 해. 주목해야 해. 아직까지 민감한 것에 대해서는 한마디도 하지 않았어.

오 우리는 토요일 파티에서 즐거울 거야. 난 슬프지 않아, 지금 가슴속에서 전혀 슬프지 않아.

내가 이 편지를 보내야 할까…… 난 의심스러워. 하지만…… 이해하는 것이 최선이야…… 안녕.

미리엄은 이 편지를 두 번 읽고 나서 그것을 봉했다. 일 년 후에 그녀는 봉한 것을 뜯고 그것을 어머니에게 보여 주었다.

'넌 수녀야…… 넌 수녀야.' 이 말이 그녀의 가슴에 계속 파고들었다. 그가 한 많은 말 가운데 이처럼 그녀에게 치명적인 상처를 주고 깊숙이, 확고하게 들어온 말은 없었다.

미리엄은 파티를 하고 나서 이틀 후에 그에게 답장을 보냈다. '우리의 친밀한 관계가 한 가지 작은 잘못을 제외하면 모두 아름다웠을 것이다.'라는 구절을 그녀는 인용했다. '그 잘못이 내 잘못이었니?'

거의 즉시 폴은 노팅엄에서 오마르 카이얌의 작은 시집과 함께 그녀에게 답장을 보냈다.

넌 이 작은 책의 얇은 표지 사이에서 많은 것을 발견할 거야. 내가 이 시집을 산 이유는 우리가 삶의 붉은 포도주를 마시고 그것이 잠시 우리를 즐겁게 하도록 내버려 두자는 교훈 때문이야. 난 또한 네게 로제티의 『축복받은 다모젤』을 가져가 너와 로제티와 함께 저녁을 보내고 싶어.

'작은 잘못이 네 잘못'이냐고 물었지? 글쎄, 어떻게 누구 혼자의 잘못이겠어! 그 잘못에서 네 몫이 찬란하고 영원하다는 거지. 하지만 내 잘못은…… 깨지기 쉽고…… 딱딱하고…… 가두는…… 질그릇에 대한 흔들리지 않는 인식이야. 그리고 난 나 자신의 흙으로 만든 부분을 증오하기도 하고 사랑하기도 했어. 내가 그것을 사랑했을 때 네게 잔인했고 증오했을 때 나 자신과 모든 것에게 잔인했지. 내가 매우 잔인한 속성을 지니지 않았나?

네 생일에 내가 여전히 조금 성질을 부렸다면 그것은 태양처럼 밝은 수요일의 네 모습이 진눈깨비 내리는 긴 과거를 가린다고 생각했기 때문이었어. 난 너처럼 내 전투를 앉아서 싸우고 해결하지 않아. 난 적의 목을 잡아 흔들고 그가 악한이고 개라고 말해 주지. 그리고 난 그에게 가라고 명하고 잠시 동안 자유롭게 돼. 그리고 나서 그가 약한 우스개거리라고 말하고 웃지. 잠시 후 그가 사라지거나 죽은 게 아니라는 것을 발견하고 난 다시 암흑 속으로 추락하지…… 이것이 견딜 수 없으면 그에게 다시 세차게 돌진해. 그러한 게릴라 전투에서 내가 성공하기도 하고 실패하기도 해. 승리도 없고 워털루도 없어. 그래서 난 그렇게 날카롭게 고통을 받지 않고 덜 안정되어 있어. 결국 '우리'

라는 것은 웃기는 일이 아니니?

네가 답장을 보내서 기뻐…… 네가 너무 침착하고 자연스러워서 난 부끄러웠어. 얼마나 내가 큰소리로 떠들어 댔는지! 하지만 난 계속해야 해. 넌 내가 적들 주위를 돌면서 어떻게 춤을 추어야 하는지 이해하지 못해. 난 그들에게 고함을 지르고 그들을 염탐하고 내게 닥치는 것은 무엇이든지 해야 하고 이따금 난투도 벌려야 해. 내가 모든 것과 담을 쌓고 너처럼 슬픔을 가슴속에 간직한다면 난 지쳐서 죽어 버리고 말 거야. 이런 점에서 우리의 성격은 근본적으로 달라.

그래서 우리는 공감하지 못하는 경우가 종종 있어. 하지만 근본에 있어서 우리는 언제나 함께일 수 있다고 생각해.

내 그림에 대해 공감해 줘서 고마워. 많은 스케치들은 널 위해 그린 거야. 네 비판을 정말 기대하고 있어. 그건 내게는 수치스럽기도 하고 영광스러운 것인데, 언제나 네 뛰어난 안목이 드러나지. 그건 아름다운 놀이였어.

안녕. 이제 난 지독하게 재미없는 정산을 해야 해. 네가 이 편지들을 태우기를 바라. 편지는 모두 태워 버리는 게 내 원칙이야…… 편지에 적혀 있는 즐거움을 회상할 수도 없고 대부분은 내가 달아나고 싶은 눈물이 잔뜩 숨어 있기 때문이야.

폴이 겪은 사랑의 경험의 첫 단계는 이렇게 끝이 났다. 그는 이제 스물세 살쯤 되었고 아직 총각이었지만 미리엄이 그렇게 오랫동안 고상하게 만든 성적 본능은 유난히 강렬해졌다. 그가 클라라 도스에게 말했듯이 종종 그의 피가 진하게 되고 빨라지며 무엇인가가 그 속에 살아 있는 것처럼 이상스럽게 가슴이 응축되는 순간이 왔다. 새로운 자아 혹은 새로운 의식의 중심이 그에게 조만간 이 여자나 저 여자가 필요할 것이라고 경고했다. 그러나 그는 미리엄에게 속해 있었다. 그것을 그녀는 너무나 굳게 믿었고 폴은 그녀의 권리를 허용했다.

10 클라라

스물세 살 때 폴은 노팅엄의 캐슬 미술관에서 개최한 겨울 전시회에 풍경화 한 점을 보냈다. 미스 조던은 폴에게 대단한 관심을 가져서 그를 집으로 초대했고 그곳에서 폴은 다른 화가들을 만났다. 그는 야심을 가지기 시작했다.

어느 날 아침 폴이 식기실에서 막 세수를 하고 있을 때 우체부가 왔다. 갑자기 그는 어머니의 흥분한 큰 목소리를 들었다. 부엌으로 달려가 보니 어머니가 벽난로 깔개 위에서 미친 듯이 편지를 격렬하게 흔들면서 '만세!' 하고 소리를 지르고 있었다. 폴은 깜짝 놀랐고 겁이 났다.

"왜 그러세요, 엄마!" 그가 소리쳤다.

그녀는 그에게 달려와서 잠시 그를 격렬하게 안고 있다가 울면서 편지를 흔들었다.

"얘야, 만세다. 이렇게 될 줄 알았단다!"

폴은 머리카락이 희끗희끗해져 가고 체구가 작고 엄격한 어머니가 갑작스럽게 격렬하게 흥분하여 걱정되었다. 우체부가 무슨 일이 생겼나 우려되었는지 달려 돌아왔다. 그들은 짧은 커튼 너머로 그가 비스듬하게 쓴 모자를 보았다. 모렐 부인이 문으로 달려갔다.

"프렛, 우리 아들 그림이 일등상을 차지했어요." 그녀가 소리쳤다. "그리고 20기니에 팔렸어요."

"저런, 정말 대단한 일이군요!" 그들이 오래전부터 알고 지낸 젊은 우체부가 말했다.

"그리고 모턴 소령이 그림을 샀어요." 그녀가 큰 소리로 말했다.

"대단한 일이군요, 모렐 부인." 우체부는 푸른 눈을 반짝이며 말했다. 그는 그런 행운의 편지를 배달해서 기뻤다. 모렐 부인은 집 안으로 들어가 앉아서 부들부들 떨었다. 폴은 그녀가 편지를 잘못 읽고 결국 실망하지나 않을까 걱정이 되었다. 그는 편지를 한 번, 두 번 철저히 읽었다. 그래, 폴은 그것이 사실이라고 확신했다. 그리고 그는 앉았다. 그의 가슴이 기쁨으로 뛰었다.

"엄마!" 그가 큰 소리로 말했다.

"이렇게 될 거라고 말했잖아?" 울지 않는 척하면서 그녀가 말했다.

폴은 주전자를 불에서 내려놓고 차를 갈았다.

"엄마는 이렇게 되리라 생각하지 않았지요, 엄마……." 그가 주저하며 말했다.

"그래, 얘야…… 이렇게까지는…… 하지만 기대는 많이 했단다."

"그렇지만 이렇게까지는 아니었지요." 그가 말했다.

"그래, 그래…… 하지만 이렇게 되리라는 것은 알았어."

그리고 나서 그녀는 적어도 표면적으로는 평정을 회복했다. 폴은 셔츠를 뒤로 젖히고 젊은 목을 여자처럼 드러내고 앉았다. 손에는 수건을 들고 있었으며 머리는 젖어서 들러붙어 있었다.

"20기니예요, 엄마! 그건 엄마가 아서를 데려오기 위해 원했던 바로 그 금액이에요. 이젠 돈을 빌릴 필요가 없어요. 이걸로 됐어요."

"정말 다 필요하지는 않아!" 그녀가 말했다.

"왜요?"

"필요하지 않으니까."

"그러면…… 20파운드를 가지세요. 제가 9파운드를 가질게요."

그들은 20기니를 어떻게 나눌지 서로 주장했다. 그녀는 5파운드만 필요하다며 그것만 가지려고 했다. 폴은 그 말을 들으려고 하지 않았다. 그래서 그들은 말다툼을 하면서 흥분된 감정을 극복했다.

모렐이 밤에 탄광에서 집으로 돌아와 말했다.

"폴의 그림이 일등상을 받아서 헨리 벤틀리 경에게 50파운드에 팔았다고 하던데 사실이오?"

"오, 사람들이 하는 이야기란!" 그녀가 소리쳤다.

"하!" 그가 대답했다. "그건 분명히 거짓말이라고 내가 말했소. 하지만 당신이 프렛 호지킨슨에게 그렇게 말했다는구려."

"내가 그런 말을 우체부에게 한 것 같군요!"

"하!" 광부가 동의했다.

그러나 그럼에도 불구하고 모렐은 실망했다.

"폴이 일등상을 받은 것은 사실이에요." 모렐 부인이 말했다.

광부는 의자에 무겁게 앉았다.

"그게 정말이야!" 그가 소리쳤다.

그는 방 건너편을 뚫어지게 바라보았다.

"하지만 50파운드라는 건, 그건 말도 안 돼요!" 그녀는 잠시 말이 없었다. "모턴 소령이 20기니에 샀어요. 그건 사실이에요."

"20기니라고! 왜 그 말을 하지 않았소!" 모렐이 큰소리로 말했다.

"사실이에요. 그만한 가치가 있어요."

"그걸 의심하지는 않소…… 하지만 한두 시간 만에 뚝딱 그려 내는 그림 조각 하나에 20기니라!" 그는 자기 아들에 대한 자부심으로 말이 없었다. 모렐 부인은 남편의 반응은 아무것도 아니라는 듯이 콧소리를 냈다.

"그러면 언제 그 돈을 만지게 되오?" 광부가 물었다.

"그건 당신에게 말할 수 없군요…… 아마도 그림을 집으로 보낼 때겠지요."

침묵이 흘렀다. 모렐은 저녁을 먹지 않고 설탕 그릇을 응시했다. 검은 팔과 일로 온통 마디진 손이 식탁에 놓여 있었다.

그의 아내는 그가 손등으로 눈을 문지르는 것도 그의 검은 얼굴에 석탄 먼지 자국이 있는 것도 보지 못한 척했다.

"그래, 큰놈도 죽지 않았으면 그 정도는 했을 거요." 그가 조용히 말했다.

윌리엄에 대한 생각이 모렐 부인의 마음에 차가운 칼날처럼 지나갔다. 그녀는 피곤하고 쉬고 싶다는 느낌이 들었다.

폴은 미스 조던의 집에 저녁 초대를 받았다. 나중에 그가 말했다.

"엄마 저 야회복이 있으면 좋겠어요."

"그래, 나도 그렇게 생각했다." 그녀가 말했다. 그녀는 기뻤다. 잠시 침묵이 흘렀다. "윌리엄의 옷이 하나 있어." 그녀가 계속했다. "내 기억에 4파운드 10실링을 주었어. 그리고 윌리엄이 세 번밖에 입지 않았지."

"제가 그 옷을 입으면 좋겠어요, 엄마?" 그가 물었다.

"그래. 네게 잘 맞을 거야…… 적어도 웃옷은. 바지는 줄여야 할 거야."

폴은 2층으로 가서 웃옷과 조끼를 입었다. 플란넬 칼라와 와이셔츠 가슴판, 그리고 야회복 저고리와 조끼를 입고 내려오는 그의 모습은 이상하게 보였다. 그 옷은 약간 컸다.

"재단사가 잘 맞게 고쳐 줄 거야." 그녀가 손으로 어깨 부분을 매만지며 말했다. "멋있는 옷이야. 네 아버지에게 이 바지를 입히고 싶은 생각은 추호도 없었다. 그런데 지금 아주 기쁘구나."

모렐 부인은 손으로 실크 칼라를 만지면서 큰아들을 생각했다. 그러나 이 아들이 살아서 그 옷을 입고 있지 않은가. 그녀는 이 아들을 느끼기 위해 등을 쓸어내렸다. 폴은 살아 있으며 그녀의 것이었다. 큰아들은 죽었다.

폴은 윌리엄이 입었던 야회복을 입고 여러 차례 저녁을 먹으러 나갔다. 그때마다 그의 어머니의 마음은 자부심과 기쁨으로 든든했다. 그는 이제 세상에 진출한 것이었다. 그녀와 아이들이 윌리엄을 위해 샀던 장식 단추가 와이셔츠 가슴판에 달려 있었다. 폴은 윌리엄의 야회복 셔츠 가운데 하나를 입었다. 그는 우아한 몸매를 가지고 있었다. 그의 얼굴은 다듬어지지 않았지만 따뜻하고 약간 유쾌하게 보였다. 특별하게 신사처럼 보이지는 않았지만 그녀는 폴이 매우 남자답게 보인다고 생각했다.

폴은 자기에게 일어난 모든 일과 사람들이 말한 모든 것을 어머니에게 이야기했다. 그녀는 마치 그곳에 자신이 가 있었던 것 같았다. 그리고 그는 정찬을 7시 30분에 먹는 이 새로운 중산층 친구들을 그녀에게 매우 소개하고 싶었다.

"그만둬." 그녀가 말했다. "그 사람들이 무엇 때문에 날 알고 싶겠니?"

"정말 알고 싶어 해요!" 그가 분연히 소리쳤다. "그들이 절 알고 싶으면, 그런데 그렇다고 해요…… 그러면 엄마도 알고 싶어 할 거예요……. 왜냐하면 엄마는 저만큼 아주 영리하니까요."

"그만두거라, 얘야." 그녀가 웃었다.

그러나 그녀는 손을 아끼기 시작했다. 그녀의 손 역시 이제 일로 마디가 졌다. 피부는 뜨거운 물에 자주 담가 번질거렸고 손마디는 약간 부풀었다. 이제 그녀는 손을 중탄산 소다 물에 담그지 않으려고 조심하기 시작했다. 그녀는 이전에 손이 아주 작고 정교했던 모습을 그리워했다. 그리고 나이에 어울리는 더 멋진 블라우스를 입으라고 애니가 주장했을 때 그 말에 따랐다. 심지어 검은 벨벳의 나비매듭 리본으로 머리를 장식하기까지 했다. 그리고 나서 그녀 특유의 풍자적인 방식으로 콧소리를 내고 자기가 꼴불견일 것이라고 확신했다. 그러나 폴은 그녀가 모턴 소령 부인처럼 숙녀로 보인다고, 아니 훨씬, 훨씬 더 멋있다고 선언했다. 가족들은 나아가고 있었다. 오직 모렐만이 변하지 않았고 오히려 천천히 나빠지고 있었다.

폴은 어머니와 삶에 대해 길게 이야기를 나누었다. 종교는 배경으로 자취를 감추었다. 여태까지 폴은 자기를 속박하는 모든 믿음을 거부하고 새로운 지평을 개척했으며 사람은 옳고 그른 것에 대해 자신의 내부에서 느껴야 하고 자신의 신을 점진적으로 인식하기 위하여 인내심을 가져야 한다는 믿음에 이럭저럭 도달했다. 이제 삶은 그에게 더욱 흥미로웠다.

"있잖아요." 폴이 어머니에게 말했다. "전 부유한 중산층에 속하고 싶지 않아요. 전 저와 같은 노동자 계층의 사람들이 가장 좋아요. 전 노동자 계층에 속해요."

"하지만 다른 사람이 그렇게 말한다면, 얘야, 너 눈물을 흘리지 않겠니. 네 자신이 어떤 신사와도 대등하다고 여기고 있잖아."

"제 자신에 대해서 그래요." 폴이 대답했다. "제 계층이나 교육이나 예절에 관해서는 그렇지 않아요. 제 자신 속에 제가 존재해요."

"좋다. 그렇다면 노동 계층 사람들 얘기는 왜 하니?"

"왜냐하면…… 사람들 간의 차이는 계층이 아니라 그들 자신에게 있기 때문이죠…… 중산층에게서만 사상을 얻고 노동자 계층들로부터는…… 삶 그 자체, 따뜻함을 얻어요. 그들의 증오와 사랑을 느끼지요."

"모두 다 좋다, 얘야……. 하지만 그러면 넌 왜 아버지 친구들에게 가서 그들과 이야기하지 않니?"

"하지만 그들은 조금 달라요."

"전혀 다르지 않다. 그들이 노동자 계층이야. 결국 지금 네가 노동자 계층의 사람들 가운데서 어울리고 있는 사람은 누구냐? 중산층처럼 사상을 주고받는 사람들 아니냐. 나머지 노동자 계층에게 넌 관심이 없어."

"하지만…… 삶이 있어요."

"네가 교육받은 여자…… 말하자면 미스 머턴 같은 여자보다 미리엄으로부터 삶을 더 많이 얻는다고 난 믿지 않는다. 계층에 대해 속물 근성을 가진 사람은 바로 너야."

그녀는 폴이 중산층으로 올라가기를 솔직하게 원했고 그것이 별로 어렵지 않다는 것을 알았다. 그리고 그가 결국 숙녀와 결혼하기를 원했다.

이제 그녀는 폴이 불안하고 초조해하는 데 대해 그와 싸우기 시작했다. 그는 여전히 미리엄과의 관계를 유지했고 자유롭게 될 수도 약혼까지 할 수도 없었다. 그리고 이러한 우유

부단함이 그의 에너지를 앗아 가는 것 같았다. 더욱이 어머니는 폴이 자기도 모르는 사이에 클라라에게 끌리고 있다고 의심했다. 그러나 클라라는 결혼한 여자이기 때문에 그가 좀 더 나은 여자와 사랑에 빠지기를 원했다. 그러나 아들은 어리석게도 그러한 여자는 사회적으로 자기보다 우월하기 때문에 그런 여자를 사랑하거나 심지어는 동경하는 것조차 거부했다.

"얘야." 어머니가 폴에게 말했다. "네가 아주 똑똑하고 인습적 틀에서 벗어나서 삶을 네 손에 쥐고 있지만 별로 행복해 보이지 않는구나."

"무엇이 행복인가요!" 그가 소리쳤다. "그건 제게 아무것도 아니에요! 제가 어떻게 행복할 수 있어요?"

갑작스러운 질문이 그녀를 불안하게 했다.

"그건 네가 판단할 문제야, 얘야. 하지만 널 행복하게 해 줄 수 있는 좋은 여자를 만나서…… 생활을 안정시키기 시작한다면…… 네게 수단이 있을 때 말이다…… 그래서 네가 이렇게 초조해하지 않고 일할 수 있다면…… 그게 훨씬 더 좋을 거야."

폴은 얼굴을 찡그렸다. 어머니는 미리엄에 대한 그의 상처의 생살을 건드렸다. 폴은 이마로 내려온 머리를 쓸어 올렸고 그의 눈은 고통과 격앙된 감정으로 가득 찼다.

"편안한 게 행복하다는 말씀이죠, 엄마." 그가 외쳤다. "그게 삶에 대한 여자들의 모든 원리지요…… 영혼의 편안함과 육체적 안락 말이에요. 그런데 전 그런 것을 혐오해요."

"오, 그러냐!" 그의 어머니가 대답했다. "그러면 네 원리는 신성한 불만이라고 부를 작정이냐?"

"그래요…… 전 신성에 대해서는 관심이 없어요. 하지만 엄마가 말씀하시는 행복은 저주해요! 삶이 충만한 한 행복하든 않든 상관없어요. 전 엄마가 이야기하는 그 행복이 지겹지 않을까 걱정돼요."

"넌 그걸 시도해 본 적이 없어." 그녀가 말했다. 그러다가 갑자기 아들에 대해 그녀가 지닌 모든 번민이 뜨거운 감정으로 폭발했다. "상관이 있어!" 그녀가 소리쳤다. "넌 반드시 행복해야 해. 넌 반드시 행복하려고 노력해야 해. 행복하게 살려고 노력해야 해. 네 삶이 행복하지 않은 걸 어떻게 내가 차마 생각할 수 있겠니!"

"엄마의 삶 자체도 꽤 좋지 않았어요, 엄마. 하지만 그렇다고 해서 엄마가 행복한 사람들보다 훨씬 불행하지는 않았어요. 전 엄마가 잘해 오셨다고 생각해요. 그리고 저도 마찬가지예요. 제가 꽤 괜찮은 상태에 있지 않아요?"

"그렇지 않단다, 얘야. 싸우고…… 또 싸우고…… 그리고 괴로워하고. 내가 보기엔 그게 네가 하는 전부야."

"하지만 왜 그러면 안 되죠, 엄마? 전 그게 최선이라고 말하고 싶어요……."

"그건 최선이 아냐! ……그리고 사람은 행복해야 한다. 사람은 그래야 해."

이러는 동안 모렐 부인은 격렬하게 몸을 떨고 있었다. 이런 갈등은 폴의 죽고 싶어 하는 의지에 맞서 그녀가 그의 삶 자체를 위해 싸울 때 그들 사이에 종종 생겼다. 폴은 그녀를 그의 가슴에 안았다. 그녀는 아팠고 애처로웠다.

“걱정하지 마세요, 엄마!” 그가 중얼거렸다. “삶이 하찮고 비참한 것이라고 엄마가 느끼시지 않는 한 행복하든 불행하든 그건 문제가 되지 않아요.”

그녀는 그를 꼭 안았다.

“하지만 난 네가 행복하기를 원한단다.” 그녀가 애절하게 말했다.

“아, 엄마⋯⋯ 제가 살기를 원한다고 말씀하세요.”

모렐 부인은 아들 때문에 가슴이 터지는 듯했다. 이런 상태로는 그가 살지 못하리라는 것을 알았다. 폴은 자신과 자신의 고통과 삶에 대해 신랄하게 무관심한 태도를 취했고 그것은 천천히 자살하는 형태였다. 그녀의 가슴이 터지는 것 같았다. 그녀는 자신의 강한 성격에서 나오는 모든 열정을 다해 이렇게 미묘한 방식으로 아들의 기쁨을 침식하는 미리엄을 증오했다. 미리엄이 어쩔 수 없었다고 해도 그것은 그녀에게 문제가 되지 않았다. 어쨌든 미리엄이 원인이었고 그녀는 미리엄을 증오했다.

그녀는 폴의 상대로 적당한, 교육도 잘 받고 강한 여자와 그가 사랑에 빠지기를 몹시 원했다. 그러나 폴은 계층상 자기보다 높은 사람은 바라보려고도 하지 않았다. 그는 도스 부인을 좋아하는 것처럼 보였다. 어쨌든 그 감정은 건전한 것이었다. 어머니는 그가 쇠약해지지 않도록 그를 위해 기도하고 또 기도했다. 그것이 그녀가 하는 기도의 전부였다. 그의 영혼이나 정직함을 위한 기도가 아니라 그가 쇠약해지지 않도록 해 달라는 기도였다. 그리고 아들이 자는 동안 몇 시간이고 그를 생각하고 그를 위해 기도했다.

폴은 눈에 띄지 않았지만 자기도 모르는 사이에 미리엄으로부터 멀리 표류해 왔다. 아서는 단지 결혼하기 위해 군대를 떠난 것 같았다. 결혼한 지 육 개월 만에 아이가 태어났다. 모렐 부인은 아서에게 전에 다니던 회사에 주급을 21실링 받는 일자리를 다시 구해 주었다. 그리고 비어트리스 어머니의 도움으로 방이 둘인 작은 집을 마련해 주었다. 아서는 이제 꼼짝 못 하게 되었다. 그가 어떻게 튀어 오르고 발버둥치는지는 중요하지 않았다. 그는 빨랐다. 얼마 동안 아서는 안달을 냈고 자기를 사랑하는 젊은 아내에게 짜증을 냈다. 그는 약한 갓난아이가 울거나 말썽을 부리면 거의 미칠 지경이었다. 어머니에게 여러 시간 동안 불평을 늘어놓았다. 그녀는 "글쎄, 얘야, 네가 한 짓이니 네가 알아서 잘해야지."라고 말할 뿐이었다. 그러면 그에게서 용기가 나왔다. 그는 진지하게 일을 했고 책임을 다했으며 자기가 아내와 아이에게 속한다는 것을 인정하고 최선을 다했다. 아서는 가족과 매우 긴밀한 관계를 맺은 적이 없었다. 이제 그는 완전히 가 버렸다.

세월은 천천히 흘렀다. 폴은 클라라와 알고 지냈기 때문에 노팅엄의 사회주의자나, 여성 참정권론자, 일신론자들과도 이럭저럭 관계를 맺게 되었다. 어느 날 폴은 자기와 클라라의 친구이며 베스트우드에 사는 사람한테서 도스 부인에게 메시지를 전해 달라는 부탁을 받았다. 폴은 저녁에 스나인턴 시장을 지나 블루 힐로 갔다. 클라라의 집은 홈이 팬 암청색 벽돌로 인도가 깔려 있고 화강암 자갈로 포장된 초라하고 좁은 거리에 있었다. 정문은 행인들의 발길이 시끄럽고 떠들썩한 울퉁불퉁한 인도에서 한 계단 높이 있었다. 문에 칠한 갈색 페인트는 너무 오래되어 갈라진 틈으로 생나무가 보였다. 폴은 아래쪽 한길에 서서 노크를 했다. 무거운 발 소리가 다가왔고 몸집이 크고 건장한 예순쯤 된 여자가 나타나서 그를 위에서 내려다보았다. 그는 인도에서 그녀를 쳐다보았다. 약간 엄격해 보이는 얼굴이었다.

그 여자는 거리 쪽의 거실로 폴을 안내했다. 거실은 작고 답답하고 죽은 방이었고 카본지에 세상을 떠난 사람들을 확대한 적갈색의 죽은 듯한 사진들이 걸려 있었다. 래드포드 부인이 그를 남겨 두고 나갔다. 노부인은 위엄 있고 거의 군인처럼 보이는 여자였다. 잠시 후 클라라가 나타났다. 그녀는 몹시 얼굴을 붉혔고 폴은 당황했다. 그녀는 자기 집에서의 모습을 다른 사람이 발견하는 것을 원치 않는 듯이 보였다.

"당신 목소리일 리는 없다고 생각했어요." 그녀가 말했다.

그러나 클라라는 이왕 내친 김에 끝까지 갔다. 그녀는 장려한 무덤 같은 거실에서 나와 부엌으로 폴을 안내했다.

부엌도 좁고 어두웠지만 흰 레이스가 가득 차 있었다. 클라라의 어머니는 찬장 옆에 앉아서 거대한 레이스 덩이에서 실을 풀어내고 있었다. 보풀 더미와 엉킨 무명실이 노부인의 오른쪽에 있었고 2센티미터 넓이의 레이스가 왼편에 쌓여 있었다. 그리고 앞에는 레이스 덩이가 난로 깔개 위에 산더미처럼 쌓여 있었다. 긴 레이스 밑에서 잡아 빼낸 곱슬곱슬한 무명실이 난로 위에 흩어져 있었다. 폴은 널려 있는 흰색 더미들을 밟을까 무서워서 감히 앞으로 나가지 못했다.

식탁 위에는 레이스를 감는 방적기가 있었다. 갈색 마분지 사각형들 한 벌, 레이스빗 한 벌, 핀이 든 작은 상자가 있었다. 그리고 소파에는 레이스 더미가 놓여 있었다.

그곳은 온통 레이스밖에 없었다. 그리고 매우 어둡고 따뜻하여 흰 눈 같은 레이스가 더 눈에 잘 띄었다.

"안으로 들어오면 일에 신경 쓸 필요가 없을 거요." 래드포드부인이 말했다. "우리가 레이스에 둘러싸여 있다는 걸 안다오. 하지만 앉아요."

클라라는 몹시 당황하며 하얀 레이스 더미 반대편의 벽 쪽에 의자를 권했다. 그리고 나서 수치스러운 듯이 소파에 앉았다.

"흑맥주 한 잔 하겠소?" 래드포드 부인이 물었다. "클라라, 저 청년에게 흑맥주 한 병 갖다주지."

폴은 마시지 않겠다고 했지만 래드포드 부인은 고집했다.

"한잔했으면 하는 얼굴인데." 노부인이 말했다. "얼굴색이 항상 그렇수?"

"제 피부가 두꺼워서 그래요. 그래서 핏줄이 보이지 않아요." 그가 대답했다.

클라라는 창피하고 화가 나서 흑맥주 한 병과 잔을 그에게 가져왔다. 폴은 검은 액체를 조금 따랐다.

"자." 폴이 잔을 들며 말했다. "건강을 위하여!"

"고마워요." 래드포드 부인이 말했다.

그는 흑맥주를 들이켰다.

"그리고 담배를 피워요. 집에 불만 내지 않는다면." 래드포드 부인이 말했다.

"고맙습니다." 그가 대답했다.

"아니오. 내게 고마워할 필요 없소." 노부인이 대답했다. "이 집에서 담배 냄새를 다시 좀 맡을 수 있으면 기쁘겠소. 내 생각에는 여자들만 사는 집은 불이 없는 집처럼 죽어 있소. 난 구석진 곳을 좋아하는 거미 같은 사람이 아니오. 딱딱거리기만 하더라도 주위에 남자가 있는 게 좋다오."

클라라는 일하기 시작했다. 그녀의 방적기가 낮게 윙 소리를 내며 돌더니 손가락 사이에서 얼레빗으로 하얀 레이스가 옮겨졌다. 그것이 차자 레이스를 자르고 그 끝을 접은 레이스에 핀으로 꽂았다. 그리고 방적기에 새 카드를 넣었다. 폴은 그녀를 지켜보았다. 그녀는 똑바로 품위 있게 앉아 있었다. 그녀의 목과 팔이 드러나 있었다. 귀 아래는 아직까지 빨갰고 보잘것없는 자신에 대한 수치심으로 고개를 숙이고 있었다. 얼굴은 하고 있는 일에 고정되어 있었다. 흰색의 레이스 곁에서 그녀의 팔은 크림색이었고 활기가 넘쳐 보였다. 크고 잘 가꾼 손은 서두를 것이 아무것도 없다는 듯이 균형 있게 움직이며 일을 했다. 폴은 자신도 모르게 그녀를 지켜보았다. 그는 그녀가 머리를 숙일 때 어깨에서 목에 이르는 곡선을 보았다. 그는 감아올린 암갈색 머리를 보았다. 그는 그녀의 윤기 나는 팔이 움직이는 모습을 지켜보았다.

"클라라로부터 댁 이야기를 좀 들었수." 그녀의 어머니가 계속했다. "조던 회사에서 일한다고." 클라라는 쉬지 않고 레이스를 뽑아냈다.

"네."

"아, 토머스 조던이 내게 토피 캔디를 달라고 하던 때가 기억나는군."

"그랬어요?" 폴이 웃었다. "그래서 주셨어요?"

"이따금 주었지. 가끔은 주지 않았고……. 나중에는 그랬어. 왜냐하면 그 사람은 받기만 하고 아무것도 주지 않는 부류니까…… 그는 그런 사람이야…… 아니 그런 사람이었소."

"전 그분이 매우 점잖다고 생각해요." 폴이 말했다.

"그래, 그런데 그 말을 들으니 좋군."

래드포드 부인은 계속 폴을 건너다보았다. 노부인에게는 그가 좋아하는 어떤 단호한 면이 있었다. 얼굴은 늘어졌지만 눈은 조용했고, 늙은 것이 아니라 단지 주름살이 늘고 뺨이 느슨해졌을 뿐이며, 강인한 면이 있어서 나이보다 젊어 보였다. 한창 때의 여인처럼 힘과 태연함을 지니고 있었다. 노부인은 느리고 품위 있는 동작으로 계속 레이스를 뽑아냈다. 큰 웹이 앞치마에 필연적으로 왔고 긴 레이스가 노부인 옆으로 떨어졌다. 팔은 섬세하게 생겼지만 오래된 상아처럼 번질번질하고 누런색이었다. 그것은 폴이 매력을 느끼는 클라라의 팔과는 달리 독특하고 희미한 윤기가 없었다.

"그래, 미리엄 레이버스와 사귀고 있다던데?" 클라라의 어머니가 폴에게 물었다.

"글쎄요……." 그가 대답했다.

"그래, 좋은 아이지." 노부인이 계속 말했다. "아주 좋은 애야. 하지만 약간 지나치게 이 세상을 초월해서 내 취향에는 맞지 않아요."

"좀 그런 면이 있어요." 폴이 동의했다.

"그 애는 날개를 달고 모든 사람 머리 위로 날아다니기 전에는 결코 만족하지 못할 거요. 결코 만족하지 못하지."

클라라도 대화에 끼어들었고 폴은 부탁받은 말을 전했다. 그녀는 그에게 정중하게 말했다. 그는 지겨운 일을 하고 있는 그녀를 갑자기 찾아왔던 것이다. 클라라가 정중한 것을 보고 폴은 기대에 차서 고개가 올라가는 것처럼 느꼈다.

"이 일이 좋아요?" 그가 물었다. "여자가 무슨 일을 할 수 있겠어요!" 그녀가 신랄하게 대답했다.

"착취지요?"

"그런 셈이에요. 여자들의 일이란 게 모두 그렇지 않아요? 그게 남자들이 고안해 낸 또 다른 책략이지요. 우리 스스로 노동 시장으로 나왔으니까요."

"자, 남자들 이야기는 그만하거라." 어머니가 말했다. "여자들이 바보니까 남자들이 나쁘게 되는 거야. 그게 내가 하고 싶은 말이야……. 그래, 내게 복수를 한다든지 그렇게 나빴던 남자는 없었어. 하지만 남자들이 비열한 무리라는 점, 그건 부인해 봐야 소용없어."

"그렇지만 남자들이 정말 괜찮지 않아요?" 그가 물었다.

"글쎄…… 남자들은 여자들과는 좀 다르다오." 노부인이 대답했다.

"조던사에 되돌아가고 싶어요?" 폴이 클라라에게 물었다.

"그러고 싶지 않아요." 그녀가 대답했다.

"아니, 돌아가고 싶어 해요!" 그녀의 어머니가 외쳤다. "돌아갈 수 있다면 그 행운에 감사해야 해. 클라라의 말을 곧이 듣지 말아요. 저 애는 높은 말 위에 앉은 양 영원히 잘난 척할 거요. 하지만 그 말은 굶주려서 등이 말랐고 곧 저 애를 두 동강 내고 말 거라우."

클라라는 어머니로부터 심한 고통을 받았다. 폴은 놀라서 자신의 눈이 매우 커지는 것을 느꼈다. 그는 결국 클라라의 성난 부르짖음을 너무 심각하게 받아들였던 것이 아닌가? 그녀는 쉬지 않고 일을 했다. 폴은 클라라가 자기의 도움을 필요로 할지도 모른다고 생각하면서 환희의 전율을 느꼈다. 그녀는 너무나 많이 거부당하고 빼앗겼다. 그리고 결코 기계에 정복되어서는 안 될 팔은 기계적으로 움직였고, 결코 숙이지 말아야 할 머리는 레이스에 숙이고 있었다. 클라라는 삶이 내던진 쓰레기 가운데서 방적기를 돌리며 좌초된 것처럼 보였다. 삶이 아무런 소용이 없는 것처럼 그녀를 제쳐 둔 것은 쓰라린 일이었다. 클라라가 저항하는 것은 당연한 일이었다.

클라라는 현관까지 그를 바래다주었다. 폴은 문 아래 초라한 거리에 서서 그녀를 쳐다보았다. 클라라의 자세와 태도는 너무나 훌륭하여 그에게 폐위된 주노 여신을 상기시켰다. 현관에 서자 그녀는 거리와 주위 환경에 주춤했다.

"그러면 호지킨슨 부인과 허크놀에 가겠군요?"

폴은 단지 클라라를 바라보며 아주 무의미하게 말했다. 클라라의 잿빛 눈이 마침내 그의 눈과 마주쳤다. 그 눈은 모욕감으로 무감각하게 보였고 다소 넋이 빠진 것처럼 고통스럽게 애원하고 있었다. 폴은 냉정함을 잃고 당황했다. 그는 그녀가 오만하고 강하다고 생각했다.

클라라와 헤어지고 나서 폴은 달리고 싶었다. 그는 꿈이라도 꾸는 듯 역까지 갔고 집에 와서도 그녀가 사는 거리에 계속 머물러 있는 것 같았다.

폴은 나선과의 여공 감독인 수잔이 곧 결혼할 계획이라는 것을 알았다. 그는 다음 날 그녀에게 물었다.

"이봐요, 수잔, 결혼한다는 소문을 들었는데 사실이에요?"

수잔이 얼굴을 붉혔다.

"누가 그랬어요?" 그녀가 대답했다.

"아무도 말하지 않았어요…… 단지 당신이 생각하고 있다는 소문을 들었어요."

"음, 생각하고 있어요…… 하지만 다른 사람들한테 이야기하지 마세요. 결혼할 생각이 없다면 얼마나 좋겠어요!"

"아니, 수잔, 그 말을 믿을 것 같아요?"

"그래요? 하지만 당신은 내 말을 믿을 수 있어요. 난 평생 이곳에 있고 싶어요."

폴은 어리둥절했다.

"왜죠, 수잔?"

수잔은 몹시 얼굴을 붉혔고 눈을 반짝였다.

"그게 이유예요!"

"그런데도 결혼을 해야 해요?"

대답 대신 그녀는 폴을 바라보았다. 폴은 정직하고 부드러웠으며 그래서 여자들은 그를 믿었다. 그는 수잔을 이해했다.

"아, 미안해요." 폴이 말했다. 눈물이 그녀의 눈에 나왔다.

"하지만 결국 잘될 거예요. 당신은 잘해 나갈 거예요." 그는 다소 생각에 잠겨 말했다.

"별 도리가 없어요."

"아니죠. 더 나쁘게 될 수도 있어요. 잘되도록 노력하세요."

폴은 얼마 후 시간을 내어 다시 클라라를 방문했다.

"조던사에 돌아오고 싶은 생각이 있어요?" 그가 말했다.

클라라는 하던 일을 놓고 아름다운 팔을 탁자 위로 놓으며 대답 없이 잠시 그를 바라보았다. 차차 그녀의 뺨이 홍조를 띠었다.

"왜요?" 그녀가 물었다.

폴은 약간 어색하게 느꼈다.

"음…… 왜냐하면 수잔이 회사를 떠날 생각을 하고 있어요." 폴이 말했다.

클라라는 일을 계속했다. 흰 레이스가 카드 위로 약간 뛰어오르면서 쌓였다. 폴은 기다렸다. 고개를 들지 않고 마침내 클라라가 유별나게 낮은 목소리로 말했다.

"이 일에 대해 누구한테 말을 했어요?"

"당신 말고는 한마디도 하지 않았어요."

다시 긴 침묵이 흘렀다.

"광고가 나오면 그때 신청하겠어요." 그녀가 말했다.

"그전에 신청하세요. 정확하게 언젠지 알려 줄게요."

클라라는 작은 기계를 계속 돌렸고 그의 말을 반박하지 않았다.

클라라는 조던사로 돌아왔다. 패니를 비롯하여 나이 든 여공들 가운데 일부는 클라라가 전에 지배하던 것을 기억했고 그 기억을 정말 싫어했다. 클라라는 언제나 말이 적고 거만했다. 그녀는 그들과 여공으로서 결코 어울리지 않았다. 비난할 일이 있으면 클라라는 냉정하고 아주 정중하게 비난했다. 잘못한 사람은 그러한 태도에서 화를 낼 때보다 더 큰 모욕을 느꼈다. 가난하고 과민한 패니에 대해 클라라는 언제나 동정적이고 부드러웠지만 그 결과 패니는 다른 감독들이 거친 말을 할 때보다 더욱 쓰린 눈물을 흘렸다.

클라라에게는 폴이 싫어하는 면이 있었고 불쾌한 점이 많았다. 클라라가 주위에 있으면 그는 언제나 그녀의 강한 목이나 솜털처럼 짧게 금발이 자라 있는 목덜미를 바라보았다. 그녀의 얼굴과 팔에는 거의 보이지 않는 가는 솜털이 나 있었고 한 번 그것을 보고 난 후 폴은 늘 그것을 바라보았다.

폴이 오후에 그림을 그리고 있을 때 종종 클라라가 와서 전혀 움직이지 않고 그의 근처에 서 있었다. 그러면 말도 하지 않고 그를 건드리지도 않았지만 그는 그녀의 존재를 느꼈다. 클라라는 1미터쯤 떨어져 서 있었지만 폴은 그녀와 서로 몸을 맞대고 자기 몸이 그녀의 온기로 가득 차는 것을 느꼈다. 그럴 때 그는 더 이상 그림을 그릴 수 없었다. 그는 붓을 내동댕이치고 돌아앉아 그녀와 이야기를 했다.

클라라는 그의 작품을 칭찬하기도 했고 이따금 비판적이

고 냉정하기도 했다.

"저 그림에서 당신은 과장하고 있어요." 그녀가 가끔 말했다. 그러면 그녀의 비판에 일말의 진실이 있었기 때문에 그의 피는 분노로 끓어올랐다.

그러면 "이건 어때요?"라고 폴은 매우 열심히 물었다.

"흠!" 그녀는 작고 의심스러워하는 소리를 내었다. "그 그림엔 별로 관심이 없어요."

"이해하지 못해서 그래요." 그가 반박했다.

"그렇다면 왜 물어봐요?"

"알 걸로 생각했기 때문이죠."

클라라는 그의 작품을 비웃으며 어깨를 으쓱하곤 했다. 그녀는 폴을 미치도록 만들었다. 그는 화가 나서 펄펄 뛰었다. 그리고 그녀를 비난하며 자기 그림을 열정적으로 설명하기 시작했다. 이것이 그녀를 즐겁게 하고 자극했다. 그러나 클라라는 자기가 틀렸다는 것을 결코 인정하지 않았다.

여성 운동에 관여한 십 년 동안 클라라는 상당히 교육을 받았다. 그리고 미리엄과 마찬가지로 배움에 대한 열정을 가지고 있었기 때문에 불어를 스스로 배웠고 어렵게나마 불어를 읽을 수 있었다. 그녀는 자신이 다른, 특히 자신의 계층과는 다른 여자라고 느꼈다. 나선과의 여공들은 모두 좋은 집안 출신이었다. 그 일은 소규모의 특별한 산업이었고 어느 정도 특성이 있었다. 작업장에는 세련된 분위기가 있었다. 그러나 클라라는 동료 여공들과도 떨어져 있었다.

그러나 그녀는 이러한 것들을 폴에게 전혀 드러내지 않았다. 클라라는 자신을 드러내는 부류가 아니었다. 그녀에게는 신비로운 느낌이 있었다. 그녀는 아주 말이 적어서 폴은 그녀가 감추어야 할 것이 많을 것이라고 느꼈다. 표면적으로는 그녀의 개인사가 밝혀져 있었지만 내면적인 의미는 모든 사람들에게 감추어져 있었다. 그것은 흥미로운 것이었다. 게다가 가끔 폴은 그녀가 거의 은밀하고 우울하게 그를 눈썹 아래로부터 자세히 바라보는 것을 알아차렸고 그것은 그를 빨리 움직이게 했다. 종종 그녀는 그의 눈을 마주 보았다. 그러나 그때 그녀의 눈은 말하자면 온통 가려져 있어서 아무것도 드러내지 않았다. 그녀는 그에게 가볍고 다정하게 미소를 지었다. 그녀는 상당한 지식을 지니고 있는 것 같았고 그가 할 수 없었던 경험을 해왔기 때문에 폴에게 대단히 자극적인 존재였다.

어느 날 폴은 클라라의 작업 벤치에서 도데의 『내 물방앗간의 편지』를 발견했다.

"불어 책을 읽는군요?" 그가 소리쳤다.

클라라는 무관심하게 주위를 둘러보았다. 그녀는 나선 기계의 균형을 잡고 천천히 규칙적으로 돌리면서 탄력 있는 엷은 자주색 실크 스타킹을 만들고 있었다. 그리고 가끔 몸을 숙여 자기가 한 일을 보거나 바늘을 조정했다. 그러면 솜털과 가는 연필 같은 털이 난 멋진 목이 번쩍거리는 엷은 자주색 실크에 대비되어 하얗게 빛났다. 그녀는 몇 번 더 기계를 돌리고 멈추었다.

"뭐라고 했어요?" 그녀가 감미롭게 웃으며 물었다.

폴의 눈이 자기에 대한 그녀의 오만한 무관심에 반짝 빛났다.

"불어 책을 읽는 줄 몰랐어요." 폴이 매우 정중하게 말했다.

"그랬어요?" 클라라가 희미하게 경멸적인 미소를 띠고 대답했다.

"무례하고 건방진 여자 같으니라고!" 폴이 말했지만 들릴 만큼 큰소리는 아니었다.

폴은 클라라를 쳐다보며 화가 나서 입을 다물었다. 클라라는 자신이 기계적으로 하고 있는 일을 경멸하는 것처럼 보였다. 그러나 그녀가 만든 스타킹은 거의 완벽했다.

"여기서 하는 일을 좋아하지 않는군요." 폴이 말했다.

"오, 글쎄요, 어떤 일이든 다 일이에요." 클라라는 일에 관해 모르는 것이 없다는 듯 대답했다. 폴은 클라라의 냉정함에 놀랐다. 그는 무슨 일을 하든지 열심히 했다. 그녀는 분명히 특이한 사람이었다.

"무슨 일을 하고 싶어요?" 그가 물었다.

클라라는 그의 말에 응석이라도 받아주듯이 웃고 나서 말했다.

"내게 선택 가능성이 거의 없는 상황에서 그 문제를 생각하느라고 시간을 낭비한 적이 없었어요."

"파!" 이번에는 폴이 경멸적으로 말했다. "그러니까 당신은 자존심이 너무 강해서 원하는 것을 얻을 수 없다는 사실을 고백할 수 없다는 거군요."

"날 아주 잘 아는군요." 클라라가 차갑게 대답했다.

"당신이 자신을 대단하고 굉장한 사람이라고 생각하는 걸 알아요. 그리고 공장에서 일하는 것을 영원히 모욕 받고 있는 것으로 여기지요." 폴은 몹시 화가 났고 매우 무례했다. 클라라는 비웃듯이 고개를 돌릴 뿐이었다. 그는 작업실을 따라 걸어가면서 힐다에게 시시덕거리고 웃었다.

나중에 그는 혼자 생각했다.

'내가 왜 클라라에게 그렇게 무례하게 굴었을까?' 그는 자신에게 약간 짜증이 났고 동시에 기쁜 마음이다.

'그녀를 제대로 대우하라…… 그녀에게는 말없는 자존심의 고약한 냄새가 난다.' 그는 화를 내며 자신에게 말했다.

폴은 여러 날 클라라를 보는 것도 피했다. 그러나 마침내 그는 아래층으로 내려가서 그녀와 주문을 논의해야 했다. 표면적으로 화를 내고 불편해했지만 늘 그렇듯이 폴은 명랑하고 유쾌했다.

"꽃을 꽂고 있군요." 폴이 말했다. "당신의 원칙에 어긋나는 것 같은데요."

"난 원칙이 없어요." 조금 상처가 난 빨간 장미 꽃송이를 부드럽게 올리며 그녀가 말했다.

"그래요. 물론이겠지요. 단지 선호하는 게 있겠죠. 하지만 당신은 원칙적으로 참수한 꽃의 시들어가는 머리를 가슴에 꽂으려고 선택하지는 않지요."

클라라는 날카로운 동작으로 장미가 떨어지도록 내버려 두었다.

"이건……." 그녀가 말했다. "내가 길에서 주운 꽃이에요."

"길 잃은 숙녀의 폐기물이군요." 그가 말했다. "내가 당신이라면 그것과 대화를 하겠어요…… 빅토르 위고의 「장미와 무덤」, 이 시를 알아요?"

"몰라요." 그녀가 말했다.

"당신이 불어학자인 줄 알았어요." 폴이 조롱했다. 클라라의 뺨이 빨개졌다. 그녀가 심술 궂어지려는 순간 그가 그녀를 막았다.

"당신은 그 시를 배울 수 있어요." 폴이 히죽 웃으며 말했다. "그리고 우리가 연기를 하는 거예요. 난 장미를 복화술로 말하고 당신은 무덤 역할을 하는 거예요."

"내 생각엔," 그녀가 말했다. "당신은 예절부터 배워야겠군요."

"나한테 이익이 된다면 그렇게 하겠어요." 그는 냉정함을 잃기 시작했다. "그리고 난 모든 미덕이 내 쪽에 있기를 원치는 않아요…… 게다가 당신은 무덤 역을 아주 잘할 거예요. 모든 사람들이 당신의 비밀을 몰래 알고 싶어 하는 것 같아요."

이제 폴은 냉정함을 잃고 정도를 지나쳤다.

"하지만 실례하겠어요." 그가 자제하면서 말했다.

클라라는 차갑게 고개를 돌렸다. 그는 2층으로 달아났다.

오후에 폴이 다시 아래층으로 내려왔다. 무엇인가 그의 가슴을 무겁게 만들었고 그는 그것을 없애고 싶었다. 그는 클라라에게 초콜릿을 줌으로써 마음을 편하게 하려고 했다.

"하나 먹겠어요?" 그가 말했다. "단 걸 좋아해서 여러 개 샀어요."

클라라가 초콜릿을 받아서 폴은 마음이 크게 놓였다. 그는 그녀 곁에 있는 의자에 앉아서 손가락에 실크 조각을 꼬아 감았다. 클라라는 젊은 동물 같은 예기치 않은 그의 날랜 몸놀림을 좋아했다. 생각에 잠겨서 그는 다리를 흔들었다. 초콜릿들이 의자에 널려 있었다. 클라라는 몸을 구부리고 기계를 규칙적으로 돌리다가 무거워서 아래로 늘어져 있는 스타킹을 보려고 허리를 굽혔다. 폴은 그녀의 멋진 등의 곡선과 바닥에 물결치는 앞치마의 실 끝을 바라보았다.

"당신은 언제나 무엇인가 기다리는 것 같아요." 폴이 말했다. "어떤 일을 하든지 당신은 거기에 있지 않아요. 당신은 기다리고 있어요…… 베를 짜고 있던 페넬로페처럼요." 그는 심술이 치솟는 것을 어쩔 수 없었다. "난 당신을 페넬로페라고 부르겠어요."

"그렇게 부른다고 달라질 게 있겠어요?" 클라라가 조심스럽게 바늘 하나를 빼면서 말했다.

"내 마음에 들면 상관없어요…… 자, 내가 당신의 보스라는 사실을 잊어버린 모양이군요. 방금 그 생각이 떠올랐어요."

"그런데 그게 무슨 의미죠?" 그녀가 차갑게 말했다.

"내가 당신을 감독할 수 있는 권리를 가지고 있다는 의미예요."

"내게 불만이 있어요?"

"오, 말하자면, 당신이 심술궂을 필요가 없다는 것 따위지요." 폴이 화를 내며 말했다.

"원하는 게 뭔지 알 수 없군요." 그녀가 일을 계속하며 말했다.

"친절하게 존중하며 나를 대해 주면 좋겠어요."

"그러면 '나리'라고 부를까요?" 그녀가 조용히 물었다.

"그래요, 나리라고 불러요. 그것 듣기 좋군요."

"그러면 위층으로 가 주세요, 나리."

폴은 입을 다물었고 얼굴을 찌푸렸다. 그가 갑자기 발을 굴렀다.

"당신은 정말 고약하게 거만한 사람이군요." 그가 말했다.

그리고 폴은 다른 여공들에게로 갔다. 그는 자기가 필요 이상으로 화를 낸다고 느꼈다. 사실상 자기가 뽐내고 있는 게 아닌가 조금 의심스러웠다. 그러나 그렇다 하더라도 그는 그렇게 할 것이다. 클라라는 옆방에서 폴이 여공들과 함께 웃는 소리를 들었고 그가 웃는 방식이 마음에 들지 않았다.

저녁에 여공들이 가고 난 후 그 부서를 점검하면서 폴은 클라라의 기계 앞에 초콜릿이 손도 대지 않은 채 놓여 있는 것을 보았다. 그는 그대로 내버려 두었다. 아침에 초콜릿은 여전히 거기 있었고 클라라는 작업 중이었다. 나중에 공장에서 푸시라는 별명을 가진 미미가 그를 불렀다.

"헤이, 초콜릿 없어요?"

"미안해요, 푸시" 폴이 대답했다. "그걸 권할 생각이었는데 나갔다가 잊어버렸어요."

"그런 것 같군요." 미미가 대답했다.

"오늘 오후에 몇 개 가져오겠어요. 저기 놓여 있던 것들은 원치 않지요?"

"오, 난 까다롭지 않아요." 푸시가 미소 지었다.

"오, 아니에요." 폴이 말했다. "먼지가 묻었을 거예요."

폴은 클라라의 작업대로 갔다.

"이걸 늘어놓고 가서 미안해요." 그가 말했다.

그녀의 얼굴이 빨갛게 되었다. 폴은 초콜릿을 한 손에 모았다.

"이제 더러워졌을 거예요." 폴이 말했다. "가져가지 그랬어요. 왜 그러지 않았어요? 그러길 원했는데."

폴은 그것들을 창밖으로 집어 던졌고 아래뜰에서 떨어지는 소리가 났다. 그는 클라라를 흘깃 보았다. 그녀는 그의 눈길에 움찔했다.

오후에 그는 또 한 상자를 들고 갔다.

"좀 들겠어요?" 그는 그것을 먼저 클라라에게 내밀며 말했다. "새 거예요."

클라라는 하나를 받아서 의자에 놓았다.

"오, 여러 개 집어요. 그래야 운이 좋아요."

클라라는 두 개를 더 집어서 그것도 의자에 놓았다. 그리고 나서 그녀는 당황해하면서 일을 시작했다. 그는 작업실 저쪽으로 갔다.

"여기 있어요, 푸시" 그가 말했다. "욕심 내지 말아요!"

"전부 푸시 거예요?" 다른 여공들이 몰려들며 외쳤다.

"물론 아니지요." 그가 말했다.

여공들이 떠들어 댔다. 푸시는 동료들로부터 빠져나왔다.

"비켜!" 그녀가 소리쳤다. "내가 먼저 고를 권리가 있어. 그렇죠, 폴?"

"동료들에게 친절하도록 해요." 그가 말하고 떠났다.

"당신은 좋은 사람이에요." 여공들이 소리쳤다.

"10펜스어치밖에 안 돼요." 그가 대답했다.

그는 말없이 클라라를 지나갔다. 그녀는 세 개의 초콜릿 크림에 손을 대면 자기가 타 버릴 것처럼 느꼈다. 그것을 앞치마 주머니에 밀어넣는 데 모든 용기를 다 내야 했다.

여공들은 폴을 좋아하기도 하고 무서워하기도 했다. 그는 친절할 때는 몹시 친절했지만 화가 나면 너무나 쌀쌀해지고 그들이 거의 존재하지도 않는 듯이 또는 실패자에 불과한 것처럼 그들을 대했다. 게다가 건방지게 굴면 "일을 계속하지 않겠어요?"라고 조용히 말하고 서서 지켜보았다.

폴이 스물세 번째 생일을 맞았을 때 집안에는 문제가 생겼다. 아서는 막 결혼할 참이었다. 어머니는 건강이 좋지 않았다. 아버지는 사고로 절뚝거리고 노인이 되어 가면서 보잘것없고 하찮은 일만 맡았다. 미리엄은 영원한 비난거리였다. 폴은 미리엄에게 빚을 졌다고 느꼈지만 자신을 줄 수 없었다. 더구나 집안 형편이 그를 필요로 했다. 모든 방향에서 그를 잡아당겼다. 생일이라도 기쁘지 않았다. 그것은 그를 비통하게 만들었다.

그는 8시에 일하러 갔다. 사무원들은 대부분 나타나지 않았다. 여공들은 8시 30분까지 나오게 되어 있었다. 그가 웃옷을 갈아입고 있을 때 뒤에서 목소리가 들렸다.

"폴, 폴, 이리 와 보세요."

그것은 곱사등이 패니였다. 그녀는 아래층 계단 위에 서 있었고 얼굴은 비밀로 빛났다. 폴은 놀라서 그녀를 바라보았다.

"이리 와 봐요." 패니가 말했다. 그는 어쩔 줄 모르고 서 있었다.

"이리 오라니까요." 패니가 구슬렸다. "일을 시작하기 전에 와 봐요."

그는 예닐곱 계단을 내려가 패니의 좁고 건조한 '마감'실로 갔다. 패니가 앞서서 걸었다. 그녀의 검은 조끼는 너무나 짧아서 허리가 겨드랑이 아래 있었다. 그리고 폴의 매우 우아한 걸음과는 대조적으로 패니가 앞장 서서 큰 걸음으로 활달하게 걸어갈 때 그녀가 입은 암갈색 케시미어 스커트는 매우 길어 보였다. 그녀는 마감실의 끝에 있는 자기 자리로 갔다. 그곳 창문에서는 굴뚝 통풍관이 보였다. 그녀는 앞에 놓인 작업대에 펼쳐져 있는 흰 앞치마를 흥분한 듯이 꼬았다. 그녀의 가는 손과 생기 없는 붉은 손목이 폴의 눈에 들어왔다. 패니는 망설였다.

"우리가 당신을 잊었다고 생각하지 않았겠지요?" 패니는 책망하듯이 물었다.

"무슨 일이에요?" 그가 물었다. 그는 자신이 자기의 생일을 잊고 있었다.

"'무슨 일'이냐고요! '무슨 일'이냐! 여길 봐요!" 패니가 달력을 가리켰고 검은 색의 큰 숫자 '21' 주위에 연필로 그은 수백 개의 작은 십자 표시가 있었다.

"오, 내 생일을 위한 키스라니!" 그가 웃었다. "어떻게 알았어요?"

"그래, 그걸 알고 싶지요?" 패니가 매우 기뻐하며 그를 놀렸다. "모두가 하나씩 그렸어요…… 귀부인 클라라는 제외하고…… 그리고 둘씩 그린 사람도 있어요. 하지만 내가 몇 개를 그렸는지는 말하지 않을 거예요."

"아, 당신이 바람둥이라는 걸 알아요." 그가 말했다.

"그건 틀렸어요." 패니가 화를 내며 소리쳤다. "난 그렇게 부드러울 수 없었어요." 그녀의 목소리는 힘있는 콘트랄토였다.

"언제나 그렇게 냉혹한 말괄량이인 척하지만……." 폴이 웃었다. "당신은 자신이 감상적이라는 걸 알아요."

"그래도 냉동 인간보다는 감상적이라고 불리는 게 나아요." 패니가 내뱉었다. 폴은 그녀가 클라라를 가리킨다는 것을 알고 미소를 지었다.

"나를 두고 그렇게 험악한 말을 해요?" 폴이 웃었다.

"아니에요, 폴." 곱사등이 여인이 더없이 부드럽게 대답했다. 그녀는 서른아홉이었다. "아니에요, 폴. 당신은 자신이 대리석으로 빚은 잘생긴 사람이고 우리는 겨우 흙으로 만든 사람이라고 생각하지 않지요. 내가 당신만큼 좋은 사람 아니에요, 폴?" 그 질문은 그녀의 마음에 들었다.

"그래요, 우린 서로 더 나은 사람이 없어요." 그가 대답했다.

"하지만 난 당신만큼 좋은 사람이지요. 그렇지 않아요, 폴?" 그녀는 용감하게 주장했다.

"물론이죠. 선이라는 면에서는 당신이 더 낫지요."

패니는 이 상황이 약간 우려되었다. 그녀는 신경질적이 될지 몰랐다.

"다른 사람들보다 여기 먼저 오려고 생각했어요…… 내 속이 깊다고 다른 사람들이 말하지 않겠어요! ……이제 눈을 감아요." 그녀가 말했다.

"그리고 입을 벌리고 하나님이 뭘 보냈는지 봐요." 폴이 말을 이었다. 그는 그대로 행동하면서 초콜릿을 기대했다. 앞치마 스치는 소리와 금속성 물체가 부딪치는 희미한 소리가 났다.

"뭔지 보겠어요." 그가 말했다.

폴은 눈을 떴다. 긴 뺨이 빨개지고 푸른 눈을 빛내면서 패니가 그를 응시하고 있었다. 그의 앞에 있는 작업대 위에 작은 그림물감 꾸러미가 놓여 있었다. 그의 얼굴이 하얗게 되었다.

"아니에요, 패니." 그가 급히 말했다.

"우리 모두가 준비했어요." 그녀가 서둘러 대답했다.

"아니에요 하지만……."

"제대로 골랐어요?" 그녀가 기뻐서 몸을 흔들며 물었다.

"그럼요! ……이건 카탈로그에 있는 것 가운데 최고예요."

"그런데 제대로 골랐어요?" 그녀가 외쳤다.

"비싸서 나중에 살려고 했던 물건이에요." 그는 입술을 깨물었다.

패니는 감정이 복받쳤다. 그녀는 대화를 돌려야 했다.

"이 일에 모두가 걱정하고 모두가 얼마씩 돈을 냈어요. 시바 여왕님을 제외하고는 모두가요."

시바 여왕은 클라라였다.

"그럼 클라라는 끼려고 하지 않았어요?" 폴이 물었다.

"기회가 없었어요…… 우리가 말하지 않았어요…… 우린 이 일에 그 여자가 보스처럼 굴 기회를 주지 않았어요. 우리는 그 여자가 끼는 게 싫어요."

폴은 패니에게 웃었다. 그는 매우 감동했다. 마침내 그는 가봐야 했다. 그녀는 곁에서 매우 가까이 있었다. 갑자기 그녀가 팔로 그의 목을 껴안고 격렬하게 키스를 했다.

"오늘은 당신에게 키스를 할 수 있어요." 패니가 변명하듯이 말했다. "너무 창백하게 보여서 내 가슴이 아팠어요."

폴은 패니에게 키스를 하고 그곳을 나왔다. 패니의 팔이 가엾을 정도로 가늘어서 폴의 가슴도 아팠다.

그날 그는 점심 시간에 손을 씻으러 아래층으로 내려가다가 클라라를 만났다.

"점심시간까지 남아 있었군요!" 그가 소리쳤다. 클라라는 이런 경우가 별로 없었다.

"네…… 오래된 수술 기구를 먹은 것 같아요. 밖으로 나가야겠어요. 그렇게 하지 않으면 퀴퀴한 고무 냄새가 몸 속까지 밸 것 같아요."

클라라가 머뭇거렸다. 폴은 즉시 그녀가 원하는 것을 알아차렸다.

"어디 가려고 해요?" 그가 물었다.

그들은 함께 캐슬까지 갔다. 바깥에서 클라라는 추하다고 할 수 있을 정도로 아주 단순하게 옷을 입었다. 건물 안에서는 언제나 보기가 좋았다. 그녀는 폴의 곁에서 고개를 숙이고 그를 외면한 채 망설이는 발걸음으로 걸었다. 초라하게 옷을 입고 늘어진 모습은 그녀에게 불리하게 보였다. 예전의 당당한 자세는 마치 깊이 잠들어 버린 것처럼 찾아볼 수 없었다. 사람들의 시선 앞에서 위축되고 구부정한 자세로 키가 작아

보이는 그녀는 거의 보잘것없는 모습이었다.

캐슬 주위는 매우 푸르고 신선했다. 가파른 언덕을 오르며 폴은 웃고 떠들었지만 클라라는 말이 없었고 무엇인가를 곰곰이 생각하는 듯이 보였다. 절벽 위에 서 있는 납작하고 네모난 건물 안으로 들어갈 시간이 거의 없었다. 그들은 절벽이 고급 주택가로 바로 이어지는 성벽에 기대었다. 그들 밑에 있는 모래바위의 구멍에는 비둘기들이 부리로 날개를 다듬고 구구거렸다. 바위 밑으로 멀리 떨어진 길에는 작은 나무들이 그림자를 형성하고 서 있었으며 작게 보이는 사람들이 거의 우스꽝스럽게 종종걸음으로 달리고 있었다.

"저 사람들을 올챙이처럼 국자로 떠서 한줌에 잡을 수 있을 것 같군요." 폴이 말했다.

"그래요…… 균형 잡힌 시각에서 보려고 그렇게 멀리 나갈 것도 없어요. 나무들이 훨씬 더 의미가 있지요." 클라라가 웃으며 대답했다.

"부피뿐이지요." 그가 말했다.

클라라가 냉소적으로 웃었다.

거리 너머에는 가는 금속 줄무늬가 철로 위로 보였고 철도가에는 작은 목재 더미들이 쌓여 있었다. 그 옆에는 장난감 같은 엔진이 연기를 뿜으며 야단법석이었다. 그리고 실 같은 은빛 운하가 검은 더미 가운데 아무렇게나 뻗어 있었다. 그 너머에는 강변 평지에 매우 밀집하게 집들이 있었다. 그 집들은 마치 검은 독초가 빽빽한 화단에 두꺼운 줄을 이루고 나가다 가끔 키 큰 나무에 끊기듯이, 강이 평지를 가로질러 상형 문자처럼 빛나는 곳까지 뻗어 있었다. 강 건너편의 가파른 안쪽 절벽은 대단찮게 보였다. 거대한 평지는 나무들로 어둡게, 그리고 옥수수 밭으로 밝게 얼룩져 있었다. 그것은 언덕이 잿빛 너머 푸르게 솟아 있는 곳까지 희미하게 펼쳐져 있었다.

"도시가 더 이상 나아가지 못한다고 생각하니 위안이 되는군요. 그것은 아직까지 평원에 작은 종기에 불과해요."

"작은 딱지 같군요." 폴이 말했다.

클라라는 몸을 떨었다. 그녀는 도시를 싫어했다. 금지된 평원을 쓸쓸하게 바라보는 그녀의 무감각하고 창백하고 적대적인 얼굴을 보고 폴은 비통하고 후회하는 천사를 연상했다.

"하지만 도시는 괜찮아요." 그가 말했다. "도시는 일시적일 뿐이에요. 그건 도시라는 것이 무엇인지 우리가 발견할 때까지 계속 행해 온 거칠고 서툰 미봉책이지요. 도시는 결국 괜찮아질 거예요."

"의도적으로 낙관주의자군요!" 그녀가 조롱하며 미소했다.

"그렇지 몰라요. 하지만 난 도시를 증오하지 않아요. 도시는 서투른 노력일 뿐이에요. 우리는 아직 함께 사는 법을 배우지 못했어요."

"하지만 우리가 그런 걸 배우고 싶어 하는 것 같아요?" 그녀가 말했다.

"당신은 언제나 이런 식인가요?" 그가 물었다. "당신 뼈에 붙어 있는 바로 그 살과 당신 입에서 나오는 말을 싫어하는군요."

"도시는 부자연스러워요." 그녀가 대답했다. "자연스러울 때 모든 것이 아름답지요."

"그런데 무엇이 자연스럽지 않은가요?"

"남자들이 만든 모든 것." 그녀가 대답했다. "그 자신을 포함해서."

"하지만 여자들이 남자를 만들었어요." 그가 대답했다. "게다가 도스는 자연스럽지 않았어요?"

클라라는 몹시 얼굴을 붉히고 폴을 외면했다.

"그 문제는 이야기하지 않기로 하죠." 그녀가 말했다.

"좋아요…… 하지만 난 그가 다소 지나치게 자연스럽다고 생각해요. 다소 지나치게 타고난 짐승에 가까워요."

"동물의 버릇을 나쁘게 할 수 있어요." 그녀가 말했다.

"정말 그렇지요. 그는 자기 자리에서는 괜찮을 거예요. 우린 단지 뒤섞였을 뿐이에요. 침팬지에서 나까지, 다시 시인과 예수까지 700만 단계나 되지요. 도스는 힐다에게 맞아요."

"당신은 다른 사람의 감정을 존중하는 걸 아직 배우지 못했군요." 클라라가 차갑게 말했다. 폴이 웃었다.

"내가 야단을 맞았군요." 그가 계속 말했다. "하지만 그게 무슨 상관이 있겠어요! 난 그 문제에 관해 생각해요…… 난 관심이 있기 때문에 말할 뿐이에요. 그리고 이 순간에 우리는 '하늘에 있는 두 케루빔 천사처럼 세상 위에 너무 높이 있어.' 요…… 그리고 맙소사, 그 남자가 저 아래에서 거들먹거리며 걷는 하찮은 인간 도스라면, 논의의 주제로는 너무 보잘것없다고 느끼지 않아요?"

태평스러운 무지함 속에서 폴은 클라라의 내밀한 장소에

침입했고 그것은 그녀의 분노를 가시게 했다. 그녀는 속으로 그에게 미소를 지었다. 그는 흥미로운, 그렇지만 아주 젊은 남자였다.

"난 곧 당신을 '올되고 깜찍한 아이'라고 부르지 않을 수 없겠군요." 그녀가 미소 지으며 말했다. 그녀는 연단에서 연설하는 것처럼 말하는 재주를 가지고 있었다.

"당신이 원하는 대로 날 부르세요." 폴이 대답했다. "장미는 어떻든 감미로운 향기가 날 거예요."

암벽의 홈에 있는 비둘기가 앉아 있는 덤불 사이에서 기분 좋게 구구 소리를 내며 울었다. 왼편에는 거대한 세인트 메리 교회가 도시의 파편 더미 위로 캐슬과 가까운 동지처럼 하늘로 솟아올랐다. 도스 부인은 평원을 바라보며 밝게 미소 지었다.

"기분이 나아졌어요." 그녀가 말했다.

"고마워요." 그가 대답했다. "그 말은 대단한 칭찬이에요!"

"오, 이 사람 좀 봐!" 그녀가 웃었다.

"흠! ……그건 오른손으로 주었던 것을 왼손으로 도로 낚아채 가는 거예요. 실수 없이." 그가 말했다.

그녀는 즐겁게 웃었다.

"그런데 무슨 문제가 있나요?" 그가 물었다. "특별한 일을 깊이 생각하는 모습이던데. 그 흔적이 아직 얼굴에 남아 있어요."

"이야기하지 않을 거예요." 그녀가 말했다.

"좋아요…… 그 문제를 안고 있어요." 그가 대답했다.

클라라는 얼굴을 붉히고 입술을 깨물었다.

"사실은……." 그녀가 말했다. "여공들에 관한 문제예요."

"여공들이 어떻게 했어요?" 폴이 물었다.

"지금 일주일간 무슨 일인가 꾸미고 있어요. 오늘은 특히 그 일에 몰두하고 있는 것 같아요. 모두가 한결같이 내게는 비밀로 하고서 날 모욕하고 있어요."

"그래요?" 폴이 우려하듯 물었다.

"비밀이 있다는 사실을 내 얼굴에 내밀지 않는다면……." 클라라가 금속성의 화난 목소리로 계속했다. "난 개의치 않을 거예요."

"꼭 여자들이 할 만한 방식이군요." 그가 말했다.

"그들이 비열하게 고소해하는 모습은 정말 싫어요." 그녀가 격렬하게 말했다.

폴은 말이 없었다. 그는 여공들이 고소해하는 것이 무엇인지 알았다. 그는 자신이 이 새로운 알력의 원인이라는 것이 유감스러웠다.

"그들은 세상의 모든 비밀을 가진들 어때요." 쓰라리게 숙고하면서 그녀가 계속했다. "하지만 비밀이 있다고 거침없이 뻐기고 내가 어느 때보다 소외되어 있다는 걸 느끼게 만들어요. 그건…… 그건 참기 어려워요."

폴은 잠시 생각했다. 그는 아주 당황했다.

"무슨 일인지 내가 말해 줄게요." 폴은 얼굴이 창백해지고 안절부절 못하면서 말했다. "오늘이 내 생일이에요. 여공들이 좋은 물감을 한 벌 사 주었어요. 모든 여공들이요. 그들은 당신을 질투하고 있어요."

폴은 클라라가 '질투'라는 말에 차갑게 굳어지는 것을 느꼈다.

"단지 내가 가끔 당신에게 책을 가져가기 때문이지요." 그가 천천히 덧붙였다. "하지만…… 음…… 이건 사소한 일일뿐이에요. 개의치 말아요. 알겠죠…… 왜냐하면……." 그가 재빨리 웃었다. "글쎄요…… 그들이 승리했지만 우리가 지금 여기 있는 걸 본다면 뭐라고 할까요!"

클라라는 자신들의 현재 친밀한 모습을 폴이 모양 없게 가리키는 것에 화가 났다. 그는 거의 오만했다. 그러나 폴이 너무 조용하여 그녀는 애써 그를 용서했다.

그들의 두 손은 성벽의 거친 돌 난간에 놓여 있었다. 폴은 어머니로부터 섬세한 손을 물려받았는지 손이 작고 활발했다. 클라라의 손은 큰 몸에 맞게 컸으며, 희고 강하게 보였다. 그 손을 보았을 때 폴은 그녀를 알았다. "이 여자는 누군가가 자신의 손을 잡기를 원하고 있어…… 우리를 그렇게 경멸하지만." 폴이 자신에게 말했다. 그리고 클라라는 폴의 두 손 말고는 아무것도 보지 않았다. 그것은 아주 따뜻하고 활기가 있으며 그녀를 위해 사는 것처럼 보였다. 그는 이제 골이 난 듯 미간을 찌푸리고 들판 너머를 응시하며 생각에 잠겨 있었다. 작고 흥미로운 다양한 형체들이 경치에서 사라졌다. 남아 있는 것은 슬픔과 비극의 거대하고 어두운 행렬뿐이었다. 집들과 강의 평평한 배들, 사람들과 새 등 모든 것들이 모습만 다를 뿐 똑같이 그렇게 보였다. 그리고 형체가 녹아 없어져 버린 느낌과 함께 모든 풍경을 이루고 있는 덩어리만, 투쟁과 고통의 어두운 덩어리만 남았다. 공장, 여공들, 그의 어머니, 거대하게 솟은 교회, 도시의 잡목숲 등 모든 것이 어둡고 우울하고 슬픈 분위기에 잠겼다.

"지금 2시 종소리예요?" 도스 부인이 놀라며 말했다.

폴도 놀랐고 모든 것이 갑자기 형체를 갖추었으며 개별성과 망각성, 그리고 활기를 되찾았다.

그들은 서둘러 일터로 돌아왔다.

폴이 패니의 작업실에서 올라온 다리미질 냄새가 나는 제품을 검사하며 야간 우편물을 서둘러 준비하고 있었을 때 야간 우체부가 들어왔다.

"폴 모렐 씨." 그가 폴에게 소포를 건네며 웃었다. "여인의 필체예요! 여공들이 보지 못하게 하세요."

우체부 자신도 여공들에게 인기가 있었으며, 그는 폴이 여공들에게 인기가 있는 것에 대해 놀리기를 좋아했다.

그것은 간단한 메모가 든 시집이었다. '이 시집을 보냅니다. 나를 소외에서 벗어나게 해 주세요. 또한 당신과 공감하며 행운을 빌어요. C. D.' 폴은 얼굴이 빨개졌다.

"맙소사…… 도스 부인이! 그녀는 이럴 여유가 없는데. 맙소사…… 누가 이런 일을 생각할 수 있었을까!"

폴은 갑자기 격렬하게 감동했다. 그는 클라라의 따뜻함으로 가득 찼다. 그는 후끈 달아서 마치 클라라가 그곳에 있는 것처럼 그녀를 느낄 수 있었다. 그녀의 팔, 어깨, 가슴을 보고 느끼며 안고 있는 느낌이 들었다.

클라라 쪽에서의 이러한 움직임으로 인해 그들의 관계는

더욱 친밀해졌다. 폴이 도스 부인을 만날 때 그의 두 눈이 올라가고 독특하고 밝게 그녀를 맞이한다는 것을 다른 여공들은 알아차렸고 그것이 무엇을 의미하는지 알 수 있었다. 폴이 이 사실을 인식하지 못한다는 것을 알고서 클라라는 우연히 폴을 마주치면 아는 체하지 않고 얼굴을 옆으로 돌렸다.

그들은 점심시간에 매우 종종 함께 산책을 했다. 그것은 꽤 공개적이고 공공연했다. 주위에서는 폴이 자신의 감정 상태를 거의 인식하지 못하고 있으며 잘못된 것이 없다고 느끼는 것처럼 보였다. 폴은 클라라와 이야기할 때, 이전에 미리엄과 이야기할 때처럼 일종의 치열함을 보였지만 전처럼 이야기 자체에 관심이 없었다. 그리고 결론에 개의치 않았다.

10월의 어느 날 그들은 차를 마시러 램블리로 나갔다. 그들은 언덕 위에서 갑자기 멈추어 섰다. 폴은 대문 위에 올라가 앉았고 클라라는 산울타리 계단에 앉았다. 더할 나위 없이 조용한 오후였다. 희미하게 아지랑이가 피어오르고 노란 밀다발이 빛나고 있었다. 그들은 말이 없었다.

"결혼할 때 몇 살이었어요?" 폴이 조용히 물었다.

"스물둘."

그녀의 목소리가 거의 유순할 정도로 부드러웠다. 그녀는 이제 그에게 말을 할 것이다.

"팔 년 전이군요?"

"네."

"그리고 언제 그를 떠났어요?"

"삼 년 전에."

"오 년 동안이군요! ……결혼할 때 그를 사랑했어요?"

그녀는 잠시 말이 없었다. 그리고 나서 천천히 말했다.

"그렇다고 생각했어요…… 조금은. 그것에 대해 별로 생각하지 않았어요. 그 사람이 나를 원했으니까요. 그때는 아주 숙녀인 척했어요."

"그러면 별생각 없이 걸어 들어간 셈이군요."

"그래요! 난 거의 평생을 잠자고 있었던 것 같아요."

"잠자며 살았다? 하지만…… 언제 깨어났어요?"

"어릴 때부터…… 그런 적이 있었는지, 아니 있는지 모르겠어요."

"여자로 성장하면서 잠이 들었다고요? 참 이상하군요! 그가 당신을 깨우지 않았어요?"

"아뇨…… 그는 그곳까지 오지 못했어요." 그녀가 단조로운 목소리로 대답했다.

갈색의 새들이 빨간색의 적나라한 들장미 열매가 달린 산울타리 위로 날아왔다.

"어디에 오지 못했어요?"

"내게요. 그 사람은 진정으로 내게 중요한 적이 없었어요."

오후는 너무나 부드럽게 따뜻하고 어슴푸레했다. 작은 집들의 붉은 지붕이 푸른 아지랑이 속에서 불탔다. 폴은 이런 날을 사랑했다. 그는 클라라가 말하고 있는 것을 느낄 수 있었지만 이해할 수 없었다.

"하지만 왜 그를 떠났어요? ……그가 당신에게 끔찍했어요?"

클라라는 가볍게 몸서리를 쳤다.

"그 사람은…… 말하자면 나의 가치를 떨어뜨렸어요. 날 차지하지 못했기 때문에 내게 협박하고 싶어 했어요. 그리고 난 내가 묶이고 속박당한 것 같아서 달아나고 싶었죠. 또한 그는 더러워 보였어요."

"알겠어요."

그는 전혀 알지 못했다.

"그는 늘 더러웠어요?" 그가 물었다.

"약간은." 그녀가 천천히 대답했다. "그리고 정말 나에게 도달하지 못하는 것처럼 보였어요. 그리고 사나워졌고…… 난폭했어요!"

"그런데 왜 마침내 그를 떠났어요?"

"왜냐하면…… 왜냐하면 내게 불성실했기 때문이죠."

그들은 잠시 모두 말이 없었다. 클라라는 문기둥을 손으로 잡고 균형을 유지하고 있었다. 폴은 자기 손을 그녀의 손 위에 놓았다. 그의 심장이 빠르게 뛰었다.

"하지만 당신은…… 한 번이라도…… 당신은 그에게 기회를 준 적이 있나요?"

"기회라뇨? ……어떻게?"

"그가 가까이 올 수 있도록 말이에요."

"난 그와 결혼했어요…… 그리고 난 기꺼이……."

두 사람 모두 자신들의 목소리가 흔들리지 않도록 애썼다.

"난 그가 당신을 사랑한다고 믿어요." 그가 말했다.

"그런 것 같아요." 그녀가 대답했다.

폴은 손을 빼내고 싶었지만 그렇게 할 수 없었다. 그녀가 자신의 손을 빼내어 그를 구해 주었다. 잠시 말이 없다가 폴이 다시 계속했다.

"당신은 그를 항상 떠났어요?"

"그가 날 떠났어요." 그녀가 말했다.

"그러면 그가 당신의 모든 것이 되도록 할 수 없었다는 말이군요?"

"날 위협해서 그렇게 하려고 애썼지요."

그러나 대화는 그들 모두를 구렁에 빠지게 했다. 갑자기 폴이 뛰어 내려왔다.

"이리 와요." 그가 말했다. "차 마시러 가요."

그들은 작은 찻집을 발견했고 시원한 방에 앉았다. 클라라가 차를 따라 주었다. 그녀는 매우 조용했다. 폴은 그녀가 다시 자기에게서 물러나 있다고 느꼈다. 차를 마신 후 그녀는 내내 결혼 반지를 돌리면서 생각에 잠겨 찻잔을 응시했다. 그녀는 아무런 생각 없이 반지를 손가락에서 빼내어 탁자 위에 세우고 돌렸다. 금반지가 투명하게 반짝이는 공이 되었다. 반지가 넘어져서 탁자 위에서 떨고 있었다. 그녀는 그것을 계속 돌렸다. 폴은 매료되어 바라보았다.

그러나 클라라는 결혼한 여자였고 폴은 단순한 우정을 믿었다. 그리고 자기가 그녀에 대하여 전적으로 명예를 지키고 있다고 여겼다. 그것은 품위 있는 사람이면 가질 수 있는 남자와 여자 간의 우정일 따름이었다.

폴은 자기 나이의 수많은 젊은 남자들과 마찬가지였다. 섹스가 그의 마음에 너무나 복잡한 문제가 되어 그는 클라라나 미리엄, 그 밖에 자기가 알고 있는 여자를 원할 수 있다는 것을 부인하려 했다. 또한 성적인 욕망은 여자에게는 속하지 않는 일종의 초연한 것이라고 생각했다. 그는 영혼으로 미리엄을 사랑했다. 클라라를 생각하면 뜨거워졌고 그녀와 싸웠으며 자기 내부에서 만들어진 것처럼 클라라의 가슴과 어깨의 곡선을 알고 있었다. 그러나 적극적으로 클라라를 성적으로 원하지 않았다. 그는 그것을 영원히 부인했을 것이다. 그는 자신이 진정으로 미리엄에게 묶여 있다고 생각했다. 먼 훗날 결혼을 한다면 미리엄과 결혼하는 것이 의무라고 생각했다. 그는 클라라가 그것을 이해해 주기 원했고 그녀는 아무 말 없이 폴이 자기 길을 가도록 내버려 두었다. 그는 기회가 있을 때마다 도스 부인을 찾아갔다. 그리고 미리엄에게 자주 편지를 쓰고 이따금 그녀를 방문했다. 그는 이렇게 겨울을 보냈다. 그러나 그는 초조해 보이지 않았다. 어머니는 그에 대하여 이전보다 마음을 놓았다. 그녀는 폴이 미리엄에게서 벗어나고 있다고 느꼈다.

미리엄은 이제 클라라의 매력이 폴에게 얼마나 강한지 알았다. 그러나 여전히 그의 가장 좋은 부분이 결국 승리할 것이라고 확신했다. 도스 부인에 대한 그의 감정은 (더욱이 그녀는 유부녀이기 때문에) 자신에 대한 사랑과 비교해 볼 때 피상적이고 일시적인 것이라 생각했다. 미리엄은 폴이 자기에게 돌아올 것이라고 확신했다. 아마도 젊음의 신선함은 일부 사라졌겠지만 자기 이외의 다른 여자들이 줄 수 있는 저급한 것들에 대한 욕망은 고쳐졌을 것이다. 폴이 내부적으로 그녀에게 진실하고 다시 돌아온다면 그녀는 모든 것을 참을 수 있었다.

폴은 자기 입장에서 비정상적인 것을 아무것도 발견할 수 없었다. 미리엄은 오랜 친구이자 연인이었으며 베스트우드와 집과 그의 젊음에 속했다. 클라라는 새로운 친구였으며 노팅엄과 삶과 세상에 속했다. 그것은 폴에게 대단히 간단하게 보였다.

도스 부인과 폴은 서로 별로 만나지 않는 냉담한 기간이 여러 차례 있었다. 그러나 그들은 언제나 다시 만났다.

"백스터 도스에게 끔찍한 일을 하지 않았어요?" 폴이 도스 부인에게 물었다. 이 문제가 그를 괴롭히는 것처럼 보였다.

"어떤 식으로 말인가요?"

"아, 모르겠어요. 하지만 그 사람에게 끔찍한 일을 하지 않았어요? 그를 산산조각 낼 짓을 하지 않았어요?"

"도대체 어떤 일 말인가요?"

"모른다고 했잖아요."

"그렇다면 왜 없는 일을 만들어 내죠!"

"왜냐하면 당신이 그 사람에게 어떤 짓을 했다고…… 말하자면 그를 파괴했다고…… 그의 남자다움을 파괴했다고 느끼기 때문이죠. 어떤 짓을 했어요?"

"내가 그 사람의 남자다움을 파괴했다면 그 남자다움이란 아주 쉽게 부숴 버릴 수 있는 것이군요."

"당신에게는 쉬울지 모르지요…… 하지만 당신은 우월한 존재였어요. 당신이 그 사람보다 우위에 있었다는 걸 난 알아요. 당신은 나보다도 우위에 있죠. 하지만 난 개의치 않아요."

"언제 내가 당신보다 우위에 있나요?"

"예컨대 지금이 그렇지요. 하지만 그건 상관없어요. 난 그가 당신을 손상시킨 데 못지않게, 아니 더 당신이 그를 손상시켰다고 믿어요. 아마도 그 사람의 기반을 파괴하여 그가 수치심을 느끼게 만들었을 거예요."

"그는 수치스럽게 보여요! 그렇지 않은가요." 그녀가 빈정거렸다.

"그 사람이 자기는 아무것도 아니라고 느끼게 하는 거죠…… 난 알아요." 폴이 선언했다.

"당신은 너무 영리하군요." 그녀가 쌀쌀하게 말했다.

대화는 거기서 중단되었다. 그러나 그 이후 클라라는 얼마 동안 그에게 냉담했다.

클라라는 이제 미리엄을 거의 만나지 않았다. 두 여자 간의 우정이 끝나지는 않았지만 상당히 약해졌다.

"일요일 오후의 음악회에 오지 않겠어요?" 클라라가 크리스마스 직후 폴에게 물었다.

"윌리 농장에 가기로 약속했어요." 그가 대답했다.

"오, 잘됐군요."

"신경 쓰지 않겠지요?" 그가 물었다.

"그럴 이유가 있어요?" 그녀가 대답했다.

클라라의 대답이 그를 거의 화나게 만들었다.

"미리엄과 나는 내가 열여섯 살 때부터 서로에게 대단한 존재였어요…… 이제 칠 년이 되었어요." 그가 말했다.

"긴 세월이군요." 클라라가 대답했다.

"그래요. 하지만 어쩐지 미리엄은…… 일이 잘 되질 않는군요."

"어떻게요?" 클라라가 물었다.

"미리엄은 나를 끌어당기고 또 끌어당기는데, 내 머리카락 하나라도 자유롭게 떨어지고 날아가 버리도록 내버려 두려고 하지 않아요…… 그것을 간직하려고 하지요."

"하지만 당신은 그걸 원하잖아요."

"아니에요." 그가 말했다. "그렇지 않아요. 난 정상적으로 주고받는 관계를 원해요…… 당신과 나 사이처럼 말이에요. 나는 여자가 나를 간직하기를 원하지만 호주머니 속은 아니에요."

"하지만 당신이 미리엄을 사랑한다면 그렇게 생각하는 건 정상적일 수 없어요. 나와 당신 사이와는 다르지요."

"그래요…… 그럴 경우에는 내가 그녀를 더 사랑해야지요. 미리엄은 말하자면 나를 너무나 원해서 나 자신을 줄 수 없어요."

"어떻게 원해요?"

"내 몸에서 영혼 전체를 원해요. 그녀로부터 움츠러들지 않을 수 없어요."

"하지만 당신은 그녀를 사랑하지요?"

"아니에요. 난 그녀를 사랑하지 않아요. 난 그녀에게 키스한 적도 없어요."

"왜 하지 않았어요?" 클라라가 물었다.

"모르겠어요."

"무서운 모양이군요." 그녀가 말했다.

"무섭지 않아요. 마음속의 무엇인가가 미리엄으로부터 지독하게 뒷걸음을 치게 만들어요. ……그녀는 아주 훌륭한데 난 그렇지 않거든요."

"미리엄이 어떤 사람인지 어떻게 알아요?"

"난 알아요! 미리엄은 일종의 영적 결합을 원하고 있어요."

"하지만 그녀가 무엇을 원하는지 어떻게 알아요?"

"난 그녀와 칠 년 동안 알고 지냈어요."

"그런데도 당신은 미리엄에 대해서 가장 기본적인 사실도 발견하지 못했군요."

"그게 뭐예요?"

"미리엄은 영혼의 교류 같은 것을 원하지 않는다는 거죠. 그것은 당신 자신의 상상일 뿐이에요. 그녀는 당신을 원해요."

그는 이 말에 대해 곰곰이 생각했다. 어쩌면 그가 틀렸을지도 모를 일이었다.

"하지만 그녀는 보기에……." 그가 말하기 시작했다.

"당신은 시도해 본 적도 없어요." 클라라가 대답했다.

11 미리엄의 시련

봄과 함께 해묵은 광기와 전투가 찾아왔다. 이제 폴은 미리엄에게 가야 하리라는 것을 알았다. 그러나 꺼려지는 이유는 무엇인가? 그것은 미리엄과 자기 내부에 있는 두 사람 모두 극복할 수 없는 지나치게 강한 처녀성일 뿐이라고 자신에게 말했다. 폴은 미리엄과 결혼할 수도 있었다. 그러나 집안 형편 때문에 어려웠고 더욱이 그는 아직 결혼 자체를 원치 않았다. 결혼은 생활을 위한 것이었다. 그리고 미리엄과 자기가 가까운 반려자라고 해서 두 사람이 필연적으로 부부가 되어야 한다고 생각하지 않았다. 그는 자기가 미리엄과의 결혼을 원한다고 느끼지 않았다. 그는 그렇게 느끼기를 원했다. 미리엄과 결혼하고 그녀를 가지고 싶은 즐거운 욕망을 느꼈다면 목숨이라도 걸고 그렇게 했을 것이다. 그렇다면 왜 그것을 실행할 수 없었나? 거기에는 약간의 장애가 있었다. 그 장애물은 무엇이었나? 그것은 육체적인 구속에 있었다. 그는 육체적 접촉에 움츠러들었다. 그러나 왜? 미리엄과는 자기 마음속에서 결합되어 있다고 느꼈다. 그는 바깥으로 나가 그녀에게 갈 수가 없었다. 무엇인가가 그의 내부에서 싸우고 있었지만 그는 그녀에게 도달할 수 없었다. 왜? 그녀는 그를 사랑했다. 클라라는 미리엄이 자기를 원하기까지 한다고 했다. 그렇다면 왜 그는 그녀에게 가서 그녀를 사랑하고 키스할 수 없었을까? 그들이 산책할 때 미리엄이 머뭇거리며 팔짱을 끼면 왜 그는 사납게 폭발할 것처럼 느끼고 뒷걸음질쳤을까? 그는 그녀에게 빚이 있었다. 그는 그녀에게 속하고 싶었다. 아마 그녀로부터 물러나고 뒷걸음질치는 것은 사랑이 시작될 때 격렬하게 수줍어하는 것인지도 몰랐다. 그는 그녀에 대해 전혀 혐오감이 없었다. 아니 정반대였다. 그것은 강렬한 욕망이 훨씬 더 강렬한 수줍음과 처녀성을 상대로 전쟁을 벌이는 것이었다. 마치 처녀성이 두 사람의 내부에서 싸우고 승리한 긍정적인 힘인 것 같았다. 그리고 미리엄과 함께 처녀성을 극복하는 것이 매우 힘들다고 느꼈다. 그러나 그는 미리엄에게 가장 가까이 있었고 그녀와 함께라야 의도적으로 돌파할 수 있었다. 그리고 그는 그녀에게 빚이 있었다. 그렇다면 그들이 사태를 바르게 할 수 있다면 결혼할 수도 있었다. 그러나 그는 결혼의 기쁨을 강하게 느낄 수 없다면 결혼하지 않을 작정이었다. 절대 결혼하지 않을 생각이었다. 그런 결혼은 어머니에게도 면목이 서지 않을 것이다. 원하지 않는 결혼을 하여 자신을 희생하는 것은 자기를 낮추는 일이고 삶 전체를 망치고 무가치하게 만드는 짓이라고 여겼다. 그는 자기가 할 수 있는 일을 시도할 것이다.

그는 미리엄에게 몹시 애정을 느꼈다. 그녀는 언제나 슬펐고 자신의 종교를 꿈꾸고 있었다. 그리고 미리엄에게 자기는 거의 종교와 같았다. 그는 그녀를 실망시키는 일은 견딜 수 없었다. 그들이 노력을 하면 일이 제대로 되리라.

폴은 주위를 둘러보았다. 그가 아는 상당히 많은 좋은 사람들이 자기와 마찬가지로 순결의 문제에 구속되어 벗어나지 못하고 있었다. 그들은 사랑하는 여자들에게 너무나 민감해서 그들에게 상처를 주거나 부당하게 대하느니 차라리 애인 없이 영원히 살고자 했다. 그들의 어머니는 남편 때문에 꽤 난폭하게 여성적인 존엄성에 상처를 입은 여인들이었다. 그래서인지 그들 자신은 아주 소심하고 수줍었다. 그들은 여자로부터 비난을 받기보다는 오히려 자신을 부인하려고 했다. 왜냐하면 여자는 그들의 어머니와 같은 존재였고 그들은 어머니에 대한 느낌으로 가득 차 있었기 때문이었다. 그들은 사랑하는 여자를 위태롭게 하기보다는 자신이 독신의 비참함을 겪고자 했다.

그와 미리엄 간에 오간 모든 이야기와 추상적 개념, 모든 영리함과 깨달음, 그것은 모두 그가 미리엄에게 했어야 할 키스를 의식의 용어들로 번역한 것이 아니고 무엇이겠는가. 그것은 그녀를 따뜻하게 품속에 안고 있어야 했던 것을 사고와 철학으로 변형시킨 것이었다. 그리고 사고와 깨달음은 무엇이었나…… 그것은 그를 소모시켰을 뿐이다. 그것은 삶도 결실도 아니었다. 그것은 사망의 형식이었고 삶의 충동이 추상으로 변형된 것이었다. 그는 이제 중단할 것이다. 그들은, 그와 미리엄은 이러한 추상 작용을 중단할 것이다.

폴은 미리엄에게 돌아갔다. 그녀를 바라보았을 때 그녀 내부의 무엇인가가 그의 눈에 거의 눈물이 나오도록 했다. 어느 날 미리엄이 노래를 부를 때 폴은 그녀 뒤에 서 있었다. 애니가 피아노를 연주해 주고 있었다. 미리엄이 노래할 때 그녀의 입은 어찌 할 도리가 없었다. 미리엄은 수녀가 천국을 향해 노래하듯이 노래를 불렀다. 그것은 너무나 영적이었고, 폴에게 보티첼리의 마돈나 곁에서 노래하는 수녀의 입과 눈을 상기시켰다. 폴의 내부에서 쇠처럼 뜨거운 고통이 다시 솟아 나왔다. 왜 미리엄에게 영적인 것만 요구해야 하는가? 왜 자기의 피는 미리엄과 전투를 벌여야 하는가? 그녀와 함께 환상과 종교적인 꿈의 공기를 호흡하면서 언제나 그녀에게 점잖고 부드러울 수만 있다면 그는 자기의 오른손을 주었을 것이다. 그녀에게 상처를 주는 것은 옳은 일이 아니었다. 그녀에게는 영원한 순결성이 있는 것 같았다. 그리고 미리엄의 어머니를 생각하자 겁에 질려 충격을 받은, 처녀의 큰 갈색 눈이 떠올랐다. 일곱 명의 자식을 낳고 순결한 처녀 시절을 벗어났지만, 그러나 완전히 벗어나지 못한 눈이었다. 그녀의 자식들은 거의 그녀를 고려하고 태어난 것이 아니었고 그녀가 낳은 것이 아니라 그녀에게 단지 부과되었다. 그래서 그녀는 그들을 소유한 적이 없었기 때문에 그들이 떠나도록 결코 내버려 둘 수 없었다.

모렐 부인은 폴이 다시 미리엄에게 자주 가는 것을 보고 깜짝 놀랐다. 폴은 어머니에게 아무 말도 하지 않았다. 자신을 설명하지도 변명하지도 않았다. 늦게 집으로 돌아와서 그녀가 책망했을 때 폴은 얼굴을 찡그리고 위압적인 태도로 그녀에게 돌아섰다.

"제가 집에 오고 싶을 때 올 거예요." 그가 말했다. "전 어린 애가 아니에요."

"미리엄이 이 시간까지 널 붙잡아 두어야 하니?"

"제가 계속 남아 있었어요." 그가 대답했다.

"그리고 미리엄은 널 그대로 두고…… 잘하는구나." 그녀가 말했다.

어머니는 폴을 위해 문을 열어 놓은 채 잠자리에 들었다. 그러나 누워서 폴이 올 때까지, 종종 폴이 온 후에도 귀를 기울이고 있었다. 그가 미리엄에게 다시 가는 것은 그녀에게 대단히 쓰라린 일이었다. 그러나 그녀는 더 이상 간섭하는 것이 쓸모 없다는 것을 깨달았다. 그는 윌리 농장에 이제는 청년이 아니라 남자로서 갔다. 그녀는 그에 대해 아무런 권리가 없었다. 그와 그녀 사이에는 냉랭한 기운이 흘렀다. 그는 그녀에게 거의 아무 이야기도 하지 않았다. 그녀는 버려진 채 그에게 시중을 들고 여전히 그를 위해 음식을 만들고 기꺼이 노예처럼 일했다. 그러나 그녀의 얼굴은 다시 가면처럼 닫혔다. 이제 집안일 외에는 그녀가 할 일이 없었다. 나머지 시간에 그는 미리엄에게 가 버리고 없었다. 그녀는 그를 용서할 수 없었다. 미리엄은 그의 기쁨과 따뜻함을 죽였다. 그는 그렇게 명랑한 아이였고 따뜻한 애정이 넘쳤다. 이제 그는 점점 더 차가워지고 안절부절못하고 우울해졌다. 그것은 그녀에게 윌리엄을 상기시켰다. 그러나 폴은 더 심했다. 그는 모든 일을 더욱더 치열하게 했으며 그가 하는 일에 대해 분명히 인식하고 있었다. 어머니는 아들이 여자가 필요해서 얼마나 고통을 겪는지 알았고 그가 미리엄에게 가는 것을 보았다. 그가 결심을 했다면 세상의 어느것도 그의 마음을 바꿀 수 없을 것이다. 모렐 부인은 피곤했다. 그녀는 마침내 포기하기 시작했다. 그녀는 끝났다. 그녀는 방해가 되었다.

폴은 단호하게 나아갔다. 그는 어머니가 어떻게 느끼는지 대강 알았다. 그러나 그것은 그의 영혼을 단련시킬 뿐이었다. 그는 어머니에게 자신을 무감각하게 만들었다. 그것은 자신의 건강에 무감각한 것과 마찬가지였다. 그는 빠르게 약해졌다. 그러나 그는 고집스럽게 계속했다.

어느 날 저녁 폴은 윌리 농장에서 안락의자에 누워 있었다. 그는 몇 주째 미리엄에게 이야기를 하고 있었지만 요점에 이르지 못했다. 이날 그가 갑자기 말했다.

"난 스물네 살이 다 되어 가."

미리엄은 깊이 생각하고 있었다. 그녀는 갑자기 놀라서 그를 쳐다보았다.

"그래! ……왜 그런 말을 하는 거야?"

긴장된 공기에는 그녀가 두려워하는 무엇인가가 있었다.

"토머스 모어 경은 스물네 살이면 결혼할 수 있다고 했어."

미리엄이 기묘하게 웃으며 말했다.

"결혼하는 데 토머스 모어 경의 허가가 필요한가?"

"아니…… 하지만 그때쯤이면 누구나 결혼해야 해."

"그래!" 미리엄이 곰곰이 생각하며 대답했다. 그리고 기다렸다.

"난 너와 결혼할 수 있어." 그가 천천히 계속했다. "지금은 아니고. 왜냐하면 우리는 돈이 없으니까…… 그리고 가족들이 내게 의존하고 있으니까."

미리엄은 앞으로 나올 말을 반쯤 짐작하고 앉아 있었다.

"하지만 난 지금 결혼하고 싶어……."

"결혼하고 싶다고?" 그녀가 반복했다.

"여자…… 넌 내가 무슨 말을 하는지 알 거야."

미리엄은 말이 없었다.

"자, 마침내, 난 해야 해." 그가 말했다.

"그래." 그녀가 대답했다.

"그런데 넌 날 사랑해?"

미리엄이 씁쓸하게 웃었다.

"왜 그것을 수치스러워하지." 그가 말했다. "넌 네 신 앞에서 수치스러워하지 않을 거야. 왜 사람들 앞에서는 수치스러워해?"

"아니야." 그녀가 낮게 말했다. "난 수치스럽지 않아."

"넌 그래!" 그가 신랄하게 말했다. "그리고 그것은 내 잘못이야. 하지만 내가 어쩔 수 없다는 것을 넌 알 거야…… 현재 모습 그대로야…… 알지?"

"네가 어쩔 수 없다는 걸 알아." 미리엄이 대답했다.

"난 널 지독하게 사랑해…… 그런데 부족한 게 있어."

"어디에?" 그녀가 그를 바라보며 말했다.

"오, 내 마음속에! 수치스러워해야 하는 건 바로 나야…… 마치 영적인 불구자처럼. 난 수치스러워. 비참해. 왜 그럴까?"

"몰라." 미리엄이 대답했다.

"그리고 난 모르겠어." 그가 되풀이했다. "넌 우리가 소위 우리의 순결에 너무 빠져 있었다고 생각하지 않아? 너무 그렇게 무서워하고 싫어하는 것이 일종의 추악함이라고 생각하지 않아?"

미리엄은 놀란 검은 눈으로 폴을 바라보았다.

"넌 그런 종류의 것이면 어떤 것에도 뒷걸음치고 나도 네게서 신호를 받아 뒷걸음질을 치지…… 어쩌면 더 심하게……."

잠시 방안에 침묵이 흘렀다.

"그래." 그녀가 말했다. "사실이 그래."

"우린" 그가 말했다. "여러 해 동안 친하게 지냈어. 난 네게 다 드러내 놓았다고 느껴. 이해하겠지?"

"그렇게 생각해." 그녀가 대답했다.

"그런데 너 날 사랑해?"

미리엄이 웃었다.

"비통해하지 마!" 그가 애원했다.

미리엄은 그를 바라보고 가엾게 느꼈다. 그의 눈은 고통으로 어두웠다. 그녀는 그를 가엾게 느꼈다. 이 비껴 가는 사랑을 하는 것은, 결코 제대로 짝을 맺지 못할 자신보다 그에게 더 힘든 일이었다. 그는 영원히 앞으로 나아가고 탈출구를 찾으려고 노력하면서 불안정했다. 그는 원하는 대로 할 것이며 자기로부터 원하는 것을 가져갈 것이다.

"아냐." 그녀가 부드럽게 말했다. "난 비통하지 않아."

그녀는 폴을 위해서라면 어떤 것도 참을 수 있고 폴 대신에 기꺼이 고통도 겪을 것이라고 느꼈다. 그는 의자에 앉아 앞으로 몸을 숙이고 있었다. 그녀는 그의 무릎에 자기 손을 얹었다. 그는 손을 잡고 거기에 키스했다. 그러나 그렇게 하는 것이 마음에 아팠다. 그는 자신을 옆으로 밀어 놓는다고 느꼈다. 그는 그녀의 순수함에 희생 제물로 앉아 있었고, 그것은 무가치하게 느껴졌다. 그가 그녀의 손에 열렬하게 키스하면 그녀는 달아나 버리고 남는 것은 고통밖에 없을 터인데 어떻게 그렇게 할 수 있겠는가? 그러나 그는 천천히 그녀를 끌어당겨 키스를 했다.

그들은 서로를 너무나 잘 알아서 어떤 것도 가장할 수 없었다. 그녀는 그에게 키스하면서 그의 눈을 바라보았다. 그것은 특이한 어두운 불꽃을 담고서 방 건너편을 응시하고 있었으며, 그녀를 매료시켰다. 그는 전혀 움직이지 않았다. 그녀는 그의 심장이 가슴에서 무겁게 뛰는 것을 느낄 수 있었다.

"너 무슨 생각 하고 있어?" 그녀가 물었다.

그의 눈의 불꽃이 떨리더니 모호해졌다.

"난 그동안 널 사랑한다고 늘 생각하고 있었어. 난 고집스러웠지."

미리엄은 머리를 그의 가슴에 묻었다.

"그래?" 그녀가 대답했다.

"그게 전부야." 그가 말했다. 그리고 그의 목소리는 확신에 찬 것 같았다. 그의 입은 그녀의 목에 키스하고 있었다.

미리엄은 머리를 들고 사랑이 넘치는 시선으로 그의 눈을 응시했다. 눈 속에 불꽃이 몸부림치고 있었고 그녀로부터 달아나려고 애쓰는 것처럼 보이다가 꺼졌다. 그는 급히 자기 머리를 옆으로 돌렸다. 그것은 고뇌의 순간이었다.

"내게 키스해 줘." 그녀가 속삭였다.

그는 눈을 감고 그녀에게 키스했다. 그의 팔이 그녀를 꽉꽉 껴안았다.

미리엄이 들판을 건너 그와 함께 집으로 걸어갈 때 폴이 말했다.

"내가 네게 돌아와서 기뻐. 너와 함께 있으면 아주 단순하게 느껴…… 아무것도 감출 것이 없는 것 같아. 우린 앞으로 행복할까?"

"그럼" 미리엄이 중얼거렸고 눈에서 눈물이 나왔다.

"우리 영혼에 있는 뒤틀린 무엇인가……." 그가 말했다. "우리가 진정으로 원하는 것을 원하지 않도록 만들고 그것으로부터 달아나도록 만들어. 그것에 대항해 싸워야 해."

"그래." 미리엄이 말했다. 그리고 그녀는 크게 놀랐다.

미리엄이 길가의 어둠 속에서 늘어진 가시나무 아래 섰을 때 폴은 그녀에게 키스했고 손으로 그녀의 얼굴을 어루만졌다. 그녀를 볼 수 없고 느낄 수밖에 없는 어둠 속에서 열정이 그를 휩쌌다. 그는 그녀를 꼭 껴안았다.

"언젠가 네가 허락하겠지?" 그가 얼굴을 그녀의 어깨에 감추고 중얼거렸다. 그 말은 매우 힘들었다.

"지금은 안 돼." 그녀가 말했다.

그의 희망과 그의 가슴이 내려앉았다. 쓸쓸함이 그를 감쌌다.

"아냐." 그가 말했다.

그녀를 껴안은 그의 팔이 느슨해졌다.

"거기 네 팔을 느끼는 게 좋아!" 등과 옆구리가 만나는 곳에 그의 팔을 누르면서 미리엄이 말했다. "그렇게 하면 편해져."

폴은 미리엄을 편하게 해주려고 그녀의 허리 쪽을 감고 있는 팔에 힘을 주었다.

"우린 서로에게 속해 있어." 그가 말했다.

"그래."

"그러면 왜 우리는 완전히 서로에게 속해서는 안 될까?"

"하지만……." 그녀가 말을 더듬었다.

"난 그게 많은 것을 요구하는 것이란 걸 알아." 그가 말했다. "하지만 네게 정말 위험이 많은 건 아냐…… 『파우스트』의 그레첸처럼 되지 않아. 넌 날 믿을 수 있지?"

"오, 난 널 믿을 수 있어!" 그 대답은 빠르고 힘있게 나왔다. "그래서가 아냐…… 전혀 그래서가 아냐…… 하지만……."

"그러면 뭐야?"

미리엄은 가엾게 가늘게 울면서 얼굴을 그의 목에 묻었다.

"모르겠어." 그녀가 울부짖었다.

그녀는 일종의 공포에 사로잡힌 듯 다소 히스테리컬하게 보였다. 그의 심장이 그의 내부에서 박동을 멈추었다.

"넌 그게 추하다고 생각하지 않지?" 폴이 물었다.

"아니…… 지금은 아냐. 그렇지 않다고 네가 가르쳐 주었어."

"무서워?"

미리엄은 빠르게 마음을 가라앉혔다.

"그래, 무서울 뿐이야." 그녀가 말했다.

그는 부드럽게 키스했다.

"걱정하지 마." 그가 말했다. "네가 하고 싶은 대로 해."

갑자기 미리엄은 그를 껴안고 그녀의 몸에 딱딱하게 힘을 주었다.

"날 가져도 좋아." 이빨을 꽉 깨물며 그녀가 말했다.

폴의 가슴이 다시 불같이 뛰었다. 그는 그녀를 꽉 껴안았고 그의 입은 그녀의 목에 있었다. 미리엄은 그것을 견딜 수 없었다. 그녀는 빠져나왔다. 폴은 미리엄을 풀어주었다.

"늦지 않겠어?" 그녀가 부드럽게 물었다.

폴은 미리엄이 하는 말을 거의 듣지 못하고 한숨을 내쉬었다. 미리엄은 그가 가기를 바라면서 기다렸다. 마침내 폴은 그녀에게 급하게 키스를 하고 담을 올라갔다. 뒤를 돌아다보니 늘어진 나무 아래 어둠 속에서 미리엄의 얼굴이 하얗게 보였다. 이 창백한 얼굴 이외에는 더 이상 그녀가 없었다.

"안녕!" 그녀는 부드럽게 말했다. 그녀는 육체가 없었고 오직 목소리와 희미한 얼굴만 있었다. 그는 돌아서서 주먹을 힘있게 쥐고 길을 따라 달려 내려갔다. 그가 호수 위쪽 담으로 왔을 때 그는 거의 아연하여 기대서서 검은 물을 바라보았다.

미리엄은 들판을 지나 집으로 서둘러 갔다. 그녀는 사람들이 뭐라고 말하든 겁내지 않았다. 그러나 폴과의 문제는 두려웠다. 그래, 그가 고집했다면 자기를 가지라고 내버려 두려고 했다. 그러나 나중에 생각해 보자 가슴이 내려앉았다. 그는 실망할 것이고 만족을 얻어 내지 못할 것이고 떠날 것이다. 그러나 그는 매우 고집스러웠다. 그리고 자기에게는 별로 중요하지 않은 이 일 때문에 그들의 사랑이 깨어질 것이다. 결국 폴은 다른 남자들과 마찬가지로 자기의 만족을 추구할 뿐이었다. 오 그러나 그에게는 그 이상의 무엇이, 더 깊은 무엇인가가 있었다! 그의 모든 욕망에도 불구하고 그것에 자신을 맡길 수 있었다. 그는 소유하는 것이 삶에서 중요한 순간이라고 말했다. 모든 강력한 감정이 거기에 집중되어 있다고 했다. 그럴지도 모른다. 그것에 신성한 것이 있었다. 그렇다면 희생적 행위를 종교적으로 받아들이자. 그는 자기를 가져야 한다. 그 생각에 미리엄의 몸 전체가 무엇엔가 부딪히듯이 자기도 모르게 딱딱하게 경직되었다. 그러나 삶은 그녀에게 이 고통의 문도 지나라고 강요했고 그녀는 복종할 것이다. 어쨌든 그렇게 하면 그가 원하는 것을 주게 되며, 그것이 그녀의 가장 깊은 소원이었다. 미리엄은 폴을 받아들이는 쪽으로 숙고하고, 숙고하고, 또 숙고했다.

폴은 이제 연인처럼 미리엄에게 사랑을 호소했다. 종종 폴이 뜨거워졌을 때 그녀는 그의 얼굴을 밀어내고 두 손으로 그의 얼굴을 잡고 그의 눈을 바라보았다. 폴은 미리엄의 시선을 마주 볼 수 없었다. 사랑에 가득 차고 진지하고 탐색하는 듯한 미리엄의 검은 눈을 보고 폴은 고개를 돌렸다. 한순간도 그녀는 그가 자신을 잊도록 하지 않았다. 다시 폴은 자신을 괴롭혀 자기의 책임감과 그녀의 책임감을 상기하지 않을 수 없었다. 결코 느긋하게, 결코 자신을 갈급하고 비인간적인 열정에 내맡길 수 없었다. 그는 사고하고 반성하는 동물로 되돌아와야만 했다. 마치 열정이 쇠진한 것처럼 미리엄은 그를 왜소한 상태로, 개인적인 관계로 다시 불러들였다. 그는 그것을 견딜 수 없었다. '날 홀로 내버려 둬, 날 혼자 내버려 둬!'라고 외치고 싶었다. 그러나 미리엄은 그가 사랑이 넘치는 눈으로 자기를 바라보기를 원했다. 그의 눈은 욕망의 어둡고 비인간적인 불로 가득 차서 그녀에게 속하지 않았다.

농장에서는 버찌를 많이 수확했다. 집 뒤에 있는 매우 크고 높은 나무들의 짙은 잎 아래로 빨간색과 진홍색의 방울 같은 열매들이 빽빽하게 매달렸다. 어느 날 저녁 폴과 에드가는 열매를 따고 있었다. 날씨가 몹시 더웠고 이제 막 거무스름하고 따뜻한 구름이 하늘에 지나가고 있었다. 폴은 건물의 빨간 지붕보다 높이 나무 위로 올라갔다. 바람이 지속적으로 신음을 내며 미묘하게 전율을 느끼도록 나무 전체를 흔들어 그의 피를 자극했다. 폴은 가는 가지에 불안하게 앉아 약간 취했다고 느낄 때까지 흔들리다가 구슬 같은 진홍색 버찌가 무겁게 달려 있는 잔가지에 손을 뻗어 매끄럽고 시원한 열매를 한줌씩 계속해서 땄다. 그가 앞으로 몸을 뻗었을 때 버찌가 그의 귀와 목을 간질였고 그 시원한 촉감에 그의 핏속으로 무엇인가 섬광처럼 퍼졌다. 금빛 주홍색으로부터 짙은 진홍색에 이르기까지 온갖 종류의 빨간색이 어두운 나뭇잎 밑에서 빛나게 그의 눈에 들어왔다.

해가 지면서 갑자기 흩어진 구름이 걸렸다. 엄청난 양의 황금빛이 하늘까지 부드럽게 빛나는 노란색으로 쌓여 남동쪽으로 퍼졌다. 지금까지 그늘이 지고 잿빛이던 세상이 놀란 듯 황금빛을 반사했다. 모든 곳에서 나무, 풀, 멀리 떨어진 물 등이 황혼에 잠에서 깨어 빛을 발했다.

미리엄이 경탄하며 밖으로 나왔다.

"오!" 폴은 미리엄의 부드럽고 아름다운 목소리를 들었다. "놀랍지 않아!"

폴은 아래로 내려다보았다. 그를 향한 미리엄의 얼굴에 아주 부드러운 금빛이 희미하게 나타났다.

"정말 높이 올라갔네!" 미리엄이 말했다.

그녀 곁에 있는 대황(大黃) 잎 위에 죽은 새가 네 마리 놓여 있었다. 그것은 총에 맞은 도둑들이었다. 폴은 버찌씨들이 살이 없어지고 해골처럼 색깔이 바래서 매달려 있는 것을 보았다. 그는 다시 아래로 미리엄을 내려다보았다.

"구름이 불타고 있어!" 그가 말했다.

"아름다워." 그녀가 소리쳤다.

미리엄은 저 아래에서 너무나 작고 너무나 부드럽고 너무나 섬세하게 보였다. 폴은 그녀에게 버찌를 한줌 던졌다. 미리엄은 깜짝 놀라 겁을 냈다. 폴은 낮게 낄낄거리고 웃으며 그녀에게 버찌를 던졌다. 그녀는 피하면서 버찌를 주웠다. 그녀는 예쁘고 빨간 두 쌍의 버찌를 귀에 걸고 다시 위를 쳐다보았다.

"충분히 따지 않았어?" 그녀가 물었다.

"거의. 여기 올라오니 마치 배를 탄 것 같아."

"그래, 언제까지 거기 있을 거야?"

"석양이 계속되는 동안"

미리엄은 울타리로 가서 거기에 앉아 황금빛 구름이 산산조각이 나고 거대한 장밋빛 폐허 속에서 어둠 속으로 가는 것을 바라보았다. 황금빛이 치열한 밝음 속에서 고통

처럼 빨간색으로 불타올랐다. 그리고 빨간색이 장밋빛으로, 다시 진홍색으로 가라앉더니 빠르게 하늘에서 열정이 사라졌다. 온 세상이 어두운 잿빛이었다. 폴은 바구니를 가지고 재빨리 기어내려 왔다. 내려오다가 셔츠의 소매가 찢어졌다.

"버찌가 예뻐." 미리엄이 버찌를 만지며 말했다.

"소매가 찢어졌어." 폴이 대답했다.

미리엄이 세모로 찢어진 곳을 잡고 말했다.

"꿰매야겠네."

찢어진 곳은 어깨 근처였다. 미리엄이 찢어진 곳으로 손가락을 넣었다.

"정말 따뜻하네!" 그녀가 말했다.

폴이 웃었다. 그의 웃음소리에는 새로운 이상한 느낌이 있었고 그것은 미리엄을 두근거리게 만들었다.

"바깥에 더 있을까?" 폴이 말했다.

"비가 오지 않을까?" 미리엄이 물었다.

"아니. 잠시 걷자."

그들은 들판을 지나 전나무와 소나무가 빽빽한 숲으로 들어갔다.

"숲 속으로 들어갈까?" 그가 물었다.

"그러고 싶어?"

"응."

전나무 숲은 매우 어두웠고 날카로운 잎이 미리엄의 얼굴을 찔렀다. 그녀는 겁이 났다. 폴은 말이 없고 이상했다.

"난 어둠이 좋아." 폴이 말했다. "더 어두웠으면 좋겠어…… 훌륭한, 짙은 어둠."

그는 미리엄을 한 개인으로 의식하지 않는 것 같았다. 그 순간 미리엄은 그에게 여자일 뿐이었다. 그녀는 무서웠다.

그는 소나무에 기대서서 그녀를 품에 안았다. 그녀는 그에게 자신을 맡겼다. 하지만 그것은 희생이었고 그 속에서 그녀는 공포를 느꼈다. 이 탁한 목소리의 몰두한 남자는 그녀에게 낯선 사람이었다.

잠시 후 비가 오기 시작했다. 소나무에서 매우 강한 냄새가 났다. 폴은 땅바닥에 깔린 소나무잎 위에 머리를 대고 날카로운 비 내리는 소리를 들으며 누워 있었다. 계속 날카로운 소리가 났다. 그의 가슴은 매우 무겁게 가라앉았다. 이제 그는 미리엄이 자기와 언제나 함께 있지 않았고 그녀의 영혼은 일종의 공포감에 떨고 있었다는 것을 깨달았다. 그는 육체적으로 안도감을 느꼈지만 그것뿐이었다. 가슴속은 매우 쓸쓸하고 매우 슬프고 매우 상처를 받은 채 그는 손가락으로 그녀의 얼굴을 애처롭게 더듬었다. 그러자 미리엄에게 그를 깊이 사랑하는 마음이 다시 생겼다. 그는 부드럽고 아름다웠다.

"비야!" 폴이 말했다.

"그래…… 네게 떨어지고 있어?"

미리엄은 빗방울이 폴에게 떨어졌는지 알아보려고 손으로 그의 머리와 그의 어깨를 만졌다. 그녀는 그를 끔찍이 사랑했다. 그는 죽은 소나무 잎 위에 얼굴을 대고 누워 아주 편안했다. 그는 빗방울이 자기에게 떨어져도 개의치 않았다. 계속 누워서 흠뻑 젖을 것이다. 아무것도 중요하지 않으며, 자기 삶이 가깝고 꽤 사랑스러운 저승으로 알아보지 못하게 옮겨가는 것 같았다. 이렇게 이상하고 부드럽게 죽음으로 손을 뻗는 것은 그에게는 새로운 느낌이었다.

"우린 돌아가야 해." 미리엄이 말했다.

"그래." 그는 대답은 했지만 움직이지 않았다.

그에게 지금 삶은 그림자, 밤과 같았다. 낮은 하얀 그림자였다. 죽음과 정적과 무활동, 그것이 존재처럼 보였다. 살아 있는 것, 긴박하고 고집하는 것, 그것은 존재하지 않는 것이었다. 모든 것 가운데 가장 높은 것은 어둠에 용해되어 위대한 존재와 하나가 되어 거기서 나부끼는 것이었다.

"우리에게 비가 떨어지고 있어." 미리엄이 말했다.

그가 일어나서 그녀를 일으켜 주었다.

"유감스러운 일이야." 그가 말했다.

"뭐가?"

"가야 한다는 게. 너무 평온한 느낌이거든."

"평온하다고!" 그녀가 반복했다.

"여태까지 살아오면서 어느 때보다 평온해."

폴은 미리엄의 손을 잡고 걸어갔다. 미리엄은 약간 두려움을 느끼고 그의 손가락을 꼭 잡았다. 이제 그는 그녀에게 초연한 것 같았다. 그녀는 그를 잃어버리지 않을까 두려움을 느꼈다.

"전나무는 어둠의 존재들 같아. 한 그루가 하나의 존재일 뿐이야."

미리엄은 무서웠고 아무 말도 하지 않았다.

"일종의 침묵 같아. 밤 전체가 궁금해하고 잠들어 있어. 우리가 죽으면 이럴 거라는 생각이 들어. 이상해하면서 자는 것."

아까 미리엄은 폴의 내부에 있는 짐승을 두려워했다. 지금은 이런 신비로움이 두려웠다. 그녀는 그의 곁에서 말없어 터벅터벅 걸었다. 비가 나무 위로 무거운 '쉬!' 소리를 내며 떨어졌다. 마침내 그들은 짐마차를 두는 헛간에 왔다.

"여기서 잠깐 있다 가자." 그가 말했다.

빗소리가 모든 것을 삼키고 요란하게 들렸다.

"난 모든 것과 더불어 아주 이상하고 평온한 느낌이야." 폴이 말했다.

"그래." 미리엄이 참을성 있게 대답했다.

그는 그녀의 손을 꼭 쥐고 있었지만 다시 그녀를 의식하지 않는 것 같았다.

"우리의 의지이며 노력인 개별성을 제거하는 것…… 애쓰지 않고 살며 일종의 의식적인 수면 상태에 있는 것…… 그게 아주 아름답다는 생각이 들어…… 그것이 우리의 내세일 거야…… 우리의 불멸이야."

"그래?"

"그래…… 그리고 그렇게 되면 아주 아름다울 거야."

"전에는 그렇게 말하지 않았어."

"않았지."

잠시 후 그들은 집 안으로 들어갔다. 가족들이 두 사람을 호기심어린 눈으로 바라보았다. 폴의 눈은 여전히 조용하고 무거운 표정을 담고 있었고 목소리는 가라앉았다. 본능적으로 가족들은 그를 혼자 내버려 두었다.

이 무렵 우드린턴의 아주 작은 집에 살던 미리엄의 할머니가 병이 나서 미리엄이 그 집을 돌보러 갔다. 그곳은 아름답고 작은 곳이었다. 앞쪽에 붉은 벽돌담으로 둘러싸인 큰 정원이 있었고 벽을 따라 자두나무가 서 있었다. 뒤편에는 또 다른 정원이 있었고 오래된 높은 산울타리가 정원과 들판을 갈라놓았다. 매우 아름다운 곳이었다. 미리엄은 별로 할 일이 없어서 좋아하는 독서와 원래 흥미를 가진 자기 성찰적인 짧은 글을 쓰기 시작했다.

폴의 휴가 무렵 상태가 나아진 할머니가 딸네 집에 하루이틀 있으려고 마차를 타고 더비로 갔다. 변덕스러운 노인네여서 다음 날에 돌아올지 그다음 날 돌아올지 몰랐다. 미리엄은 작은 집에서 혼자 있었고, 그것이 또한 그녀를 즐겁게 했다.

폴은 종종 자전거를 타고 놀러 왔고 그들은 대체로 평화롭고 행복한 시간을 가졌다. 그는 그녀를 별로 당황하게 하지 않았다. 그러나 휴일의 월요일에 그는 하루 종일을 그녀와 보내게 되었다.

그날은 더없이 날씨가 좋았다. 폴은 어디로 가는지 이야기하고 어머니를 떠났다. 그녀는 하루 종일 혼자 있을 것이다.

그 생각이 그를 우울하게 했다. 그러나 그에게는 자기 마음대로 시간을 보낼 수 있는 사흘이 있었다. 아침에 자전거를 타고 길을 달려가는 것은 유쾌한 일이었다.

폴은 11시쯤 그 집에 도착했다. 미리엄은 점심을 준비하느라 바빴다. 불그레한 채 바쁘게 움직이는 그녀의 모습은 작은 부엌과 너무나 완벽하게 어울렸다. 폴은 그녀에게 키스를 하고 앉아서 지켜보았다. 방은 작고 아늑했다. 소파는 오래되고 자주 빨았지만, 빨간색과 옅은 파란색의 네모 무늬가 있는 예쁜 리넨 천으로 덮여 있었다. 구석의 찬장 위에 박제한 올빼미가 케이스에 들어 있었다. 창문에 있는 향기로운 제라늄의 잎 사이로 햇빛이 들어왔다. 미리엄은 그를 위해 닭고기를 요리하고 있었다. 그날 동안 이 집은 그들의 집이었고 그들은 남편과 아내였다. 폴은 그녀를 위해 계란의 거품을 내었고 감자 껍질을 벗겼다. 그는 자기 어머니와 거의 비슷하게 미리엄이 가정적인 느낌을 준다고 생각했다. 그리고 곱슬머리가 아래로 흘러내리고 불빛으로 얼굴이 발개졌을 때 어느 누구도 그녀보다 아름답게 보일 수 없었다.

점심은 아주 만족스러웠다. 폴은 젊은 남편처럼 고기를 베어 나누었다. 그들은 지칠 줄 모르는 열정으로 내내 이야기를 했다. 그리고 나서 그는 그녀가 씻은 접시를 닦고 그들은 벌판으로 나갔다. 아주 가파른 둑 아래의 맑고 작은 시내가 습지로 흘렀다. 여기에서 그들은 돌아다니면서 늪지의 금잔화 몇 송이와 푸른색의 큰 물망초를 잔뜩 꺾었다. 그리고 미리엄은 손에 꽃을 가득 쥐고 둑에 앉았다. 그것은 대부분 황금색의 금잔화였다. 그녀가 얼굴을 금잔화로 가져갔을 때 그녀의 얼굴은 온통 노란색 빛으로 뒤덮였다.

"네 얼굴이 빛나." 그가 말했다. "마치 변용(變容) 같아."

미리엄은 미심쩍어하며 그를 바라보았다. 폴은 그녀에게 애원하듯 웃으면서 자기 손을 그녀의 손에 얹었다. 그리고 그는 그녀의 손가락과 얼굴에 키스했다.

주위가 온통 햇빛에 적셔졌고 몹시 고요했지만 잠들어 있지는 않고 일종의 기대로 떨고 있는 것 같았다.

"이처럼 아름다운 곳을 본 적이 없어." 폴이 말했다. 폴은 미리엄의 손을 내내 꼭 잡고 있었다.

"시냇물이 흐르면서 스스로에게 노래하고 있어…… 마음에 들지?"

미리엄이 사랑이 가득한 눈으로 그를 바라보았다. 그의 눈은 매우 검고 밝았다.

"오늘이 굉장한 날인 것 같지 않아?" 폴이 물었다.

미리엄이 속삭이는 목소리로 동의를 표시했다. 그녀는 행복했고 폴은 그것을 알았다.

"오늘은 우리들의 날이야…… 우리 둘만의 날" 그가 말했다.

그들은 그곳에 잠시 더 머물러 있었다. 얼마 후 감미로운 백리향 향기에 일어났고 폴은 미리엄을 그냥 내려다보았다.

"갈까?" 그가 물었다.

그들은 손을 잡고 말없이 집으로 돌아왔다. 닭들이 길에서 미리엄에게 급히 달려왔다. 폴은 문을 잠갔고 그 작은 집은 그들만의 것이 되었다.

칼라를 풀면서 폴은 미리엄이 침대에 나체로 누워 있는 모습을 보았다. 그는 그것을 절대 잊지 못했다. 처음 그는 그녀의 아름다움만 보았고 그것에 눈이 멀었다. 미리엄의 엉덩이는 그의 상상을 초월할 정도로 아름다웠다. 그녀를 바라보며 그의 얼굴은 경이에 차 가벼운 미소를 지었다. 그는 움직이거나 말할 수 없었다. 곧 그는 그녀를 원했고 옷을 벗었다. 폴이 다가가자 미리엄은 애원하듯이 손을 위로 올렸고 그는 그녀의 얼굴을 보고 멈추었다. 그녀의 큰 갈색 눈이 체념과 사랑에 넘쳐 조용히 그를 바라보고 있었다. 그녀는 마치 자신을 제물로 바치듯이 누워 있었다. 그에게 그녀는 자신의 몸을 맡겼다. 그러나 그녀의 눈 뒤에 담긴 표정은 희생을 기다리는 동물과 같았다. 그것은 그를 멈추게 했고 그의 모든 격정이 사라졌다.

"정말로 날 원해?" 차가운 그림자가 그를 덮친 것처럼 그가 물었다.

"응, 정말이야."

미리엄은 매우 조용하고 침착했다. 그녀는 자기가 그를 위해 무엇인가를 하고 있다고 생각했을 뿐이었다. 폴은 그것을 거의 견딜 수 없었다. 미리엄은 그를 너무나 사랑했기 때문에 그를 위해 희생하려고 누워 있었다. 그리고 그는 그녀를 희생시키지 않을 수 없었다. 순간적으로 그는 자기가 중성이거나 죽었으면 하고 바랐다. 그리고 다시 그녀에게 눈을 감았고 그의 피는 다시 뛰었다.

그리고 얼마 후 그는 그녀와 관계를 맺었다. 그의 존재의 마지막 조직까지 그녀에게 불태웠다. 그는 그녀와 잤다. 그러나 어쩐지 울고 싶었다. 그녀를 위하여 무엇인가 그가 견딜 수 없는 것이 있었다. 그는 상당히 밤늦게까지 그녀와 함께 있었다. 집으로 자전거를 타고 가면서 그는 마침내 개안이 되었다고 느꼈다. 그는 이제 소년이 아니었다. 그렇지만 왜 영혼에 무거운 고통을 느낄까? 왜 죽음에 대한 생각이, 내세가 그렇게 감미롭게 보이고 위안이 될까?

폴은 주말을 미리엄과 함께 보냈고 그의 열정이 없어지기도 전에 그 열정으로 그녀를 지치게 했다. 그는 언제나 거의 일부러 그녀를 무시하고 야수 같은 자신의 감정에 따라 행동했다. 그리고 그는 그렇게 자주 할 수 없었고 나중에는 언제나 실패감과 죽음의 느낌이 남았다. 그가 진정으로 그녀와 함께 있으려면 그는 자신과 자기의 욕망을 제쳐 두어야 했다. 반면에 그녀를 가지려면 그녀를 제쳐두어야 했다.

"내가 네게 다가갈 때……." 고통과 수치로 어두워진 눈으로 폴이 물었다. "넌 진정으로 날 원하는 건 아니지?"

"아, 원하고 있어!" 미리엄이 재빨리 대답했다.

그는 그녀를 바라보았다.

"아냐." 그가 말했다.

그녀는 떨기 시작했다.

"그런데……." 그녀가 그의 얼굴을 잡고 자기 어깨로 끌어당기며 말했다. "그런데…… 지금 상태에서…… 어떻게 내가 네게 익숙해질 수 있겠어? ……우리가 결혼하면 괜찮아지겠지."

폴은 고개를 들고 미리엄을 바라보았다.

"그게 언제나 그렇게 충격이란 말이야?"

"그래…… 그리고……."

"넌 언제나 내게 닫혀 있어."

미리엄은 격정에 몸을 떨었다.

"있잖아……." 그녀가 말했다. "난 그 생각에 익숙하지 않아."

"최근에는 익숙해졌어." 그가 말했다.

"하지만…… 엄마가 내게 말했어…… 평생 '결혼에서 언제나 무서운 한 가지가 있지만 넌 그것을 참아야 한다.' 그런데 난 그 말을 믿었어."

"그리고 여전히 믿고 있지." 그가 말했다.

"아니야!" 그녀가 급히 소리쳤다. "나도 너와 마찬가지로 사랑이 그런 방식에서조차 삶의 절정을 나타낸다고 믿어."

"그렇다고 해도 네가 그것을 결코 원하지 않는다는 사실은 바뀌지 않아."

"그래." 그녀가 그의 머리를 품에 안고 절망으로 몸을 흔들며 말했다. "그렇게 말하지 마! 넌 이해 못 해." 그녀는 고통으로 몸을 떨었다. "내가 네 아이를 원하지 않니?"

"하지만 날 원하진 않아."

"어떻게 그렇게 말할 수 있어? 하지만 아이를 가지려면 결혼을 해야 해."

"그러면 결혼할까? 난 네가 내 아이를 갖기를 원해."

폴은 미리엄의 손에 경건하게 키스했다. 그녀는 그를 바라보고 슬프게 생각에 잠겼다.

"우린 너무 어려." 마침내 미리엄이 말했다.

"스물네 살과 스물세 살……."

"아직은 아냐." 그녀가 비탄에 잠겨 몸을 흔들며 애원했다.

"그럼 언제야." 그가 말했다.

미리엄은 고개를 무겁게 숙였다. 폴이 이 말을 할 때의 절망적인 어조가 그녀의 마음을 몹시 아프게 했다. 그들 사이에서 그것은 언제나 실패였다. 암묵적으로 그녀는 그가 느꼈던 것을 인정했다.

그리고 일주일간의 사랑이 끝난 후 어느 일요일 밤 잠자리에 들기 직전에 폴은 어머니에게 불쑥 말했다.

"미리엄의 집에 자주 가지 않겠어요, 엄마."

그녀는 깜짝 놀랐다. 그러나 그에게 아무것도 물어보려고 하지 않았다.

"좋을 대로 하렴." 그녀가 말했다.

그리고 그는 자러 갔다. 폴에게는 전에 없던 조용함이 느껴졌고 그녀는 궁금했다. 그녀는 거의 짐작했다. 그러나 그를 혼자 내버려 둘 작정이었다. 서두르면 일을 망칠 수 있었다. 그녀는 그가 결국 어디로 갈지 궁금해하면서 그의 고독 속에서 그를 지켜보았다. 그는 힘이 없어 보였고 그로서는 너무나 조용했다. 그는 늘 미간을 가볍게 찌푸렸다. 그녀는 그가 갓난아이일 때 그러는 것을 보았지만 그 이후 오랫동안 사라졌었다. 이제 그 표정이 다시 돌아왔다. 그리고 그녀는 그를 위해 아무것도 할 수 없었다. 그는 홀로 자기의 길을 따라 나아갈 수밖에 없었다.

폴은 미리엄에게 계속 충실했다. 하루 동안 그는 그녀를 완전히 사랑했었다. 그러나 그것은 결코 다시 돌아오지 않았다.

실패감은 점점 더 강해졌다. 처음에 그것은 슬픔일 뿐이었다. 그러다가 그는 계속할 수 없다고 느끼기 시작했다. 그는 달아나든 외국으로 가든 무엇이든 하고 싶었다. 점차 그는 그녀에게 자기를 가지라고 요청하는 것을 그만두었다. 그것은 그들을 함께 결합시켜 주는 대신 그들을 떨어지게 만들었다. 곧 그는 그것이 좋지 않다는 것을 의식적으로 깨달았다. 애를 써도 소용없었다. 그것은 그들 사이에서 결코 성공을 거두지 못할 것이다.

몇 달 동안 폴은 클라라를 거의 보지 않았다. 그들은 점심 때 가끔 30분 정도 산책을 나갔다. 그러나 그는 언제나 미리엄을 위해 자신을 남겨 두었다. 그러나 클라라와 함께 있으면 그의 찌푸린 얼굴이 펴졌고 다시 명랑해졌다. 그녀는 폴이 어린아이인 것처럼 응석을 받아 주었다. 그는 자기가 개의치 않는다고 생각했다. 그러나 마음속 깊은 곳에서 그녀의 태도는 그의 감정을 상하게 했다.

가끔 미리엄이 말했다.

"클라라는 어때? 요즘 아무 소식도 못 들었어."

"어제 함께 20분쯤 산책했어." 폴이 대답했다.

"그런데 무슨 이야기를 해?"

"몰라. 나 혼자서 지껄였을 거야. 보통 그래…… 파업과 여공들이 그걸 어떻게 받아들이는지에 대해 말했던 것 같아."

"그래."

이렇게 그는 자신을 설명했다.

그러나 자신도 알지 못하는 사이에 클라라에게서 느꼈던

따뜻함이 그가 책임을 느끼며 속해 있다고 느끼는 미리엄으로부터 그를 떼어 놓았다. 그는 자기가 미리엄에게 매우 충실하다고 생각했다. 한 여자에 대한 남자의 감정이 얼마나 강하고 따뜻한지를 정확하게 평가하기란 그 남자가 감정에 압도되기 전에는 쉬운 일이 아니다.

폴은 남자들과 지내는 시간이 더 많아지기 시작했다. 미술학교에 제솝이 있었고 대학교에서 화학 실험 조수인 스웨인과 선생인 뉴턴이 있었다. 그 외에 에드가와 미리엄의 동생들이 있었다. 일을 핑계로 그는 제솝과 함께 스케치를 하고 공부를 했다. 대학으로 스웨인을 찾아가 함께 '시내'로 나갔다. 뉴턴과 함께 기차를 타고 집으로 오다가 '달과 별들'에서 당구를 쳤다. 미리엄에게 남자 친구들을 핑계로 변명을 하면 자기가 정당화된다고 느꼈다. 그의 어머니는 안도하기 시작했다. 그는 자기가 어디에 있었는지 언제나 어머니에게 말했다.

여름에 클라라는 소매가 느슨한 부드러운 면 드레스를 가끔 입었다. 그녀가 손을 들어올릴 때 소매가 내려가서 그녀의 아름답고 튼튼한 팔이 빛을 발했다.

"잠시만요." 그가 소리쳤다. "팔을 그대로 들고 있어요."

폴은 클라라의 손과 팔을 스케치했고 그것은 실제 그녀의 손과 팔이 그에게 주는 매력을 일부 담고 있었다. 그의 책과 서류를 언제나 꼼꼼하게 살피던 미리엄이 그 그림을 보았다.

"클라라가 매우 아름다운 팔을 가지고 있어." 폴이 말했다.

"정말! 언제 그림을 그렸어?"

"화요일에 작업실에서. 구석에 작업할 공간이 있는 거 알지.

종종 부서에서 해야 할 일을 점심시간 전에 모두 끝낼 수 있어. 그러면 오후에는 내 일을 하고 밤에 일이 제대로 되었나 확인만 해."

"그래." 미리엄이 그의 스케치북을 넘기면서 말했다.

종종 그는 미리엄을 증오했다. 그는 미리엄이 몸을 굽히고 그의 물건들을 자세히 볼 때 그녀를 증오했다. 그는 마치 자기가 끝없는 심리학적 계산서인 것처럼 그녀가 그를 참을성 있게 계산하는 방식을 증오했다. 미리엄과 있을 때 그는 그녀가 자신을 이해하는 것 같지만 실제로 이해하지 못하는 데 대해 그녀를 증오하고 괴롭혔다. 그녀는 취하기만 하고 아무것도 주지 않는다고 그는 말했다. 적어도 그녀는 살아 있는 온기를 주지 못했다. 그녀는 살아 있는 적이 없었고 생명력을 풍기는 적이 없었다. 그녀를 찾는 것은 존재하지 않는 무엇인가를 찾는 것과 같았다. 그녀는 그의 양심일 뿐 그의 배우자가 아니었다. 그는 그녀를 격렬하게 증오했고 그녀에게 더욱더 잔인해졌다. 그들은 다음 여름까지 질질 끌었다. 그는 클라라를 더욱더 자주 만났다.

마침내 폴이 말했다. 어느 날 저녁 그는 집에서 앉아 일하고 있었다. 그와 그의 어머니는 드러내 놓고 서로의 결점을 찾으려는 사람들처럼 기이한 상태에 있었다. 모렐 부인은 다시 굳건하게 서 있었다. 그는 미리엄에게 집착하지 않을 것이다. 잘됐어, 그녀는 그가 무슨 말을 할 때까지 초연하게 있을 것이다. 그가 그녀에게 다시 돌아올 때 그의 내부에 있는 격정의 폭발은 오랫동안 기다린 것이었다. 오늘 저녁에 모자 간에는 특이한 긴장 상태가 조성되었다. 폴은 자신으로부터 도피하기 위해 미친 듯이 기계적으로 작업을 했다. 밤이 깊었다. 열린 문틈으로 흰 백합의 향기가 마치 널리 헤매고 있는 것처럼 은밀하게 들어왔다. 갑자기 그는 일어나서 문 밖으로 나왔다.

밤의 아름다움에 그는 소리를 지르고 싶었다. 어스레한 황금빛 반달이 그 빛으로 하늘을 우중충한 보라색으로 물들이며 정원 끝에 있는 검은 단풍나무 뒤로 지고 있었다. 가까이에는 희미한 흰색의 나리 울타리가 정원을 가로질렀고 주위의 공기는 마치 살아 있는 향기처럼 움직이는 것 같았다. 폴은 나리의 흔들리는 짙은 냄새를 날카롭게 뚫고 강렬한 향기가 풍겨오는 패랭이꽃밭을 지나 하얀 꽃이 줄지어 서 있는 곳으로 갔다. 마치 숨이 차는 듯이 꽃들이 모두 느슨하게 축 늘어져 있었다. 향기가 그를 취하게 만들었다. 그는 달이 지는 모습을 보기 위해 벌판으로 갔다.

흰눈썹뜸부기가 건초장에서 끈질기게 울었다. 달은 더욱 홍조를 띠고 꽤 빠르게 아래로 미끄러져 내려갔다. 그의 뒤에는 큰 꽃들이 마치 노래를 부르듯이 고개를 숙이고 서 있었다. 곧 또 다른, 순수하고 거친 향기가 그를 자극했다. 주위를 살피다가 그는 보라색의 붓꽃을 발견하고 그 살찐 목과 검은 손을 만졌다. 어쨌든 그는 중요한 것을 발견했다. 붓꽃은 어둠 속에 뻣뻣하게 서 있었다. 그것의 향기는 혹독했다. 달이 언덕 위에서 녹듯이 지고 있었다. 달이 사라지고 사방이 어두워졌다. 흰눈썹뜸부기가 계속 울었다.

패랭이꽃을 꺾어 들고 폴은 갑자기 집안으로 들어갔다.

"들어오너라, 얘야." 어머니가 말했다. "잠잘 시간이야."

폴은 패랭이꽃을 입술에 대고 서 있었다.

"미리엄과 헤어질 거예요, 엄마." 그가 조용히 말했다.

그녀는 안경 너머로 그를 쳐다보았다. 그는 동요하지 않고 어머니를 응시했다. 그녀는 잠시 그와 마주 바라보다가 안경을 벗었다. 그는 창백했다. 그의 남성적 속성이 마음속에 강하게 솟아 있었다. 그녀는 그를 너무 분명하게는 보고 싶지 않았다.

"하지만 내 생각에는……." 그녀가 말을 시작했다.

"글쎄요." 그가 말했다. "전 미리엄을 사랑하지 않아요……. 미리엄과 결혼하고 싶지 않아요……. 그러니 끝내야겠어요."

"하지만!" 그의 어머니가 놀라서 외쳤다. "요즘 네가 그녀를 갖겠다고 결심한 것 같더니. 그래서 아무 말도 하지 않았다."

"가졌어요…… 제가 원했어요. 하지만 이제 원하지 않아요. 아무 소용이 없어요. 전 일요일에 헤어질 거예요. 그래야 할 것 같지 않아요?"

"네가 가장 잘 알 거야. 내가 오래전에 그래야 한다고 이야기하지 않았니."

"전 이제 어쩔 수 없어요. 일요일에 헤어지겠어요."

"글쎄……." 어머니가 말했다. "그게 최선인 것 같다. 하지만 최근에 그 애를 갖겠다고 결심을 해서 난 아무 말도 하지 않기로 마음먹었다. 그리고 아무 말도 하지 않았어야 했다. 하지만 내가 늘 말했듯이 다시 말하마. 그 애는 네게 맞지 않아."

"일요일에 헤어질 거예요." 그가 패랭이꽃의 향기를 맡으며 말했다. 그는 꽃을 입에 물었다. 그는 생각 없이 이빨을 드러내고 꽃을 천천히 깨물고 꽃잎을 한입 가득 물었다. 그는 그것을 불에다 내뱉고 어머니에게 키스를 하고 자러 갔다.

일요일에 폴은 오후 일찍 농장으로 갔다. 그는 미리엄에게 들판을 지나 허크놀까지 걸어가자고 편지를 썼다. 어머니는 그에게 매우 부드러웠다. 그는 아무 말도 하지 않았다. 그러나 그녀는 폴이 얼마나 애쓰고 있는지 알았다. 그의 얼굴에 기묘하게 자리 잡은 표정이 그녀를 조용하게 만들었다.

"걱정하지 마라, 얘야." 그녀가 말했다. "일이 다 끝나고 나면 훨씬 더 나아질 거다."

폴은 놀라고 화난 눈초리로 어머니를 흘깃 보았다. 그는 동정을 원치 않았다.

미리엄은 길 끝에서 그를 만났다. 그녀는 소매가 짧고 무늬가 있는 새 모슬린 옷을 입고 있었다. 이 짧은 소매와 그 밑에 있는 갈색 피부의 팔, 그렇게 가엾고 체념한 팔이 그에게 너무나 고통을 주어서 그가 오히려 잔인하게 되는 데 도움을 주었다. 미리엄은 그를 위해 자기 자신을 그렇게 아름답고 신선하게 보이도록 만들었다. 그녀는 그만을 위해 꽃피는 것처럼 보였다. 이제는 성숙한 젊은 여자이며 새 옷을 입고 아름다운 그녀를 바라볼 때마다 폴의 가슴은 자기가 부여한 속박으로 거의 터질 것 같았다. 그러나 그는 결심했고 그것은 돌이킬 수 없었다.

언덕 위에서 그들은 앉았고 폴은 미리엄의 무릎을 베고 누웠고 미리엄은 폴의 머리카락을 손가락으로 만졌다. 미리엄은,

그녀가 표현했듯이, '그가 거기에 있지 않다'는 것을 알았다. 폴과 함께 있었을 때 미리엄이 폴을 찾지만 발견할 수 없는 경우가 종종 있었다. 그러나 오늘 오후에 그녀는 그런 폴에 대해 준비되어 있지 않았다.

거의 5시가 되어서야 폴이 미리엄에게 말을 꺼냈다. 그들은 개천의 둑에 앉았고, 그곳에는 풀밭의 가장자리가 노란 흙으로 된 움푹 들어간 둑 위에 약간 떠 있었다. 폴은 막대기로 흙을 헤집었고 그것은 그가 혼란스럽고 잔인할 때 하는 행동이었다.

"줄곧 생각해 봤는데……." 그가 말했다. "우린 헤어져야 해."

"왜?" 그녀가 깜짝 놀라 소리쳤다.

"계속해도 소용이 없으니까."

"왜 소용이 없어?"

"소용이 없어. 난 결혼하고 싶지 않아. 난 결코 결혼하고 싶지 않아. 그리고 결혼을 하지 않는다면 계속 만나 봐야 소용없어."

"하지만 왜 그걸 지금 말해?"

"이제 결심을 했으니까."

"그러면 지난 몇 달간은, 그리고 내게 말한 것들은 어떻게 돼?"

"어쩔 수 없어…… 계속하고 싶지 않아."

"날 더 이상 원치 않는 거야?"

"난 우리가 헤어지기를 원해…… 넌 나로부터 자유로워지고 난 너로부터 자유로워지고."

"그러면 지난 몇 달간은 어떻게 돼?"

"모르겠어. 내가 진실이라고 생각하는 것만 말하는 거야."

"그렇다면 지금은 왜 다른 거야?"

"난 다르지 않아…… 난 마찬가지야…… 단지 계속해 봐야 소용이 없다는 걸 알 뿐이지."

"왜 소용이 없는지 내게 말하지 않았어."

"왜냐하면 내가 계속하기를 원치 않기 때문이야…… 그리고 난 결혼하고 싶지 않아."

"몇 번이나 내게 결혼하자고 제안하고…… 내가 하지 않겠다고 했지?"

"알아…… 하지만 난 우리가 헤어지기를 원해."

잠시 침묵이 흘렀고 폴은 심술궂게 땅을 팠다. 미리엄은 고개를 숙이고 생각에 잠겼다. 그는 분별력이 없는 어린아이였다. 컵에 든 것을 다 마시고 나면 컵을 내버리고 부숴 버리는 어린아이와 같았다. 미리엄은 폴을 바라보았고, 그를 붙잡아서 어떤 일관성을 짜낼 수 있다고 느꼈다. 그러나 그녀는 무력했다. 그러자 그녀는 소리를 질렀다.

"네가 겨우 열네 살이라고 말한 적이 있는데…… 지금 보니 겨우 네 살이야!"

그는 여전히 심술궂게 땅을 팠다. 그는 미리엄이 하는 말을 들었다.

"넌 네 살짜리 아이야." 미리엄은 화가 나서 반복했다.

폴은 대답하지 않았지만 마음속으로 말했다. '그래, 내가 네 살 난 아이라면 왜 날 원해. 난 엄마를 한 사람 더 원하지 않아.' 그러나 그는 그녀에게 아무 말도 하지 않았고 침묵이 흘렀다.

"가족들에게 얘기했어?" 미리엄이 물었다.

"엄마한테 말했어."

다시 긴 침묵이 이어졌다.

"그런데 네가 원하는 게 뭐야?" 미리엄이 물었다.

"글쎄…… 난 우리가 헤어지기를 원해. 우리는 여태까지 서로를 의지하고 살았어…… 이제 끝을 내자. 난 너 없이 내 길을 가고 넌 나 없이 네 길을 가는 거야. 그러면 넌 네 자신의 독립된 삶을 갖는 거지."

미리엄은 괴로웠지만 이 말에는 그녀가 명심하지 않을 수 없는 일면의 진실이 있었다. 미리엄은 폴에게 일종의 구속을 느꼈으며 자신이 그것을 통제할 수 없기 때문에 그 상태를 증오한다는 것을 알았다. 미리엄은 폴에 대한 사랑이 내부에서 너무 강렬하게 자라던 순간부터 그 사랑을 증오했다. 그리고 마음속 깊은 곳에서 자기가 그를 사랑하고 그가 자기를 지배하기 때문에 그를 증오했다. 미리엄은 폴의 지배에 저항했다. 그녀는 폴로부터 자유로워지려고 끝까지 싸웠다. 그러니 이제 그가 그녀로부터 자유로워졌다기보다 그녀가 그로부터 자유로워진 것이다.

"그리고……." 폴이 계속 말했다. "우리는 언제나 어딘가 서로에게 짐이 될 거야. 넌 날 위해 많은 것을 했고 난 널 위해 그렇게 했어. 이제 우리 각자 혼자서 살아가 보자."

"뭘 하기를 원해?" 미리엄이 물었다.

"아무것도 없어. 그냥 자유로워지는 것뿐이야." 그가 대답했다.

그러나 미리엄은 마음속으로 폴의 해방에는 클라라의 영향력이 있다는 것을 알았다. 그러나 그녀는 아무 말도 하지 않았다.

"그런데 엄마에게는 뭐라고 말할까?" 미리엄이 물었다.

"난 엄마한테 헤어진다고 말했어…… 깨끗하고 완전히" 그가 대답했다.

"난 가족들에게 말하지 않을 거야." 그녀가 말했다.

폴이 얼굴을 찡그리며 말했다. "좋을 대로 해."

폴은 자기가 미리엄을 난처한 지경에 빠뜨려 놓고 돕지 않고 내버려 두고 있다는 것을 알았다. 그것이 그를 화나게 했다.

"가족에게 나하고 결혼할 생각이 없고 결혼하지 않을 것이며 헤어졌다고 말해." 그가 말했다. "그건 사실이잖아."

미리엄은 우울하게 손가락을 물어뜯었다. 그녀는 그들의 관계 전체를 곰곰이 생각했다. 그녀는 결국 이렇게 되리라는 것을 줄곧 알았다. 내내 알고 있었다. 그것은 그녀의 쓰라린 기대에 꼭 들어맞았다.

"언제나, 우리 사이는 언제나 그랬어!" 미리엄이 소리쳤다. "우리 사이는 긴 전쟁이었어…… 넌 내게서 떠나려고 싸웠지."

이 말은 번갯불처럼 부지불식간에 미리엄에게서 나왔다. 그 남자의 심장이 멎었다. 이것이 그녀가 본 모습인가?

"하지만 함께 있을 때 우린 가끔 완벽한 시간을, 가끔 완벽한 순간을 가졌어." 폴이 항의했다.

"결코 그렇지 않았어!" 미리엄이 소리쳤다. "결코! 넌 언제나 날 물리치려고 싸웠어."

"항상 그랬던 건 아냐…… 처음에는 그렇지 않았어." 그가 항의했다.

"언제나 그랬어…… 바로 시작부터…… 언제나 같았지."

미리엄은 말을 끝냈다. 그렇지만 그녀는 할말을 충분히 했다. 폴은 깜짝 놀라 앉아 있었다. 그는 '좋았지만 이제 끝났어'라고 말하고 싶었다. 그는 자기 자신을 경멸할 때도 미리엄의 사랑을 믿었다. 그런데 그녀는, 그녀는 그들의 사랑이 사랑이었던 적이 있었다는 사실을 부인했다. '자기가 언제나 그녀를 떠나려고 싸웠다?' 그렇다면 그것은 끔찍한 일이었다. 그들 사이에는 진정으로 아무것도 결코 없었던 것이다. 그가 중요하다고 상상했던 순간마다 실제로는 아무것도 없었던 것이다. 그리고 그녀는 알고 있었다. 그녀는 다 알고 있으면서도 그에게는 거의 이야기를 하지 않았다. 그녀는 내내 알고 있었다. 항상 이것이 그녀의 마음속 깊이 있었다!

폴은 쓰라린 마음으로 말없이 앉아 있었다. 마침내 그에게 상황 전체가 냉소적인 측면에서 보였다. 자기가 미리엄을 가지고 논 것이 아니라 사실은 미리엄이 자기를 가지고 놀았다. 그녀는 모든 비난을 감추었고 자기의 비위를 맞추면서 자기를 경멸했다. 그녀는 이제 자기를 경멸했다. 폴은 이지적이고 잔인해졌다.

"넌 널 숭배하는 남자와 결혼해야 해." 폴이 말했다. "그러면 그 남자를 네 마음대로 할 수 있을 거야. 네가 남자들의 성격 가운데 개인적인 면을 향상시키면 많은 남자들이 널 숭배할 거야. 넌 그런 사람과 결혼해야 해. 그들은 결코 널 물리치려고 애쓰지 않을 거야."

"고마워." 미리엄이 말했다. "하지만 다른 사람과 결혼하라고 더 이상 내게 충고하지 마. 넌 전에도 그렇게 했어."

"좋아." 그가 말했다. "더 이상 말하지 않겠어."

폴은 일격을 가하는 대신 한 방 맞은 것처럼 느끼며 조용히 앉아 있었다. 그들의 팔 년간의 우정과 사랑이, 팔 년간의 그의 삶이 무효가 되었다.

"언제 이 문제를 생각했어?" 미리엄이 물었다.

"목요일 밤에 분명하게 생각했어."

"이런 일이 오리라는 걸 알았어." 그녀가 말했다.

이 말은 그를 신랄하게 즐겁게 했다. '오 그래, 네가 알고 있었다면 그렇게 큰 충격은 아니겠네.' 그는 생각했다.

"그런데 클라라에게 무슨 말을 했어?" 그녀가 물었다.

"아니…… 하지만 이제 말해야지."

침묵이 흘렀다.

"작년 이맘때 네가 했던 말들을 기억해…… 내 할머니 집에서…… 아니, 심지어 지난달에 한 말도?"

"그래." 그가 말했다. "모두 기억해! 그리고 진심이었어. 어쩔 수 없이 실패했지만."

"네가 다른 것을 원하기 때문에 실패한 거야."

"뭘 원하든지 관계없이 실패했을 거야. 넌 결코 날 믿지 않았어."

미리엄이 이상하게 웃었다.

폴은 말없이 앉아 있었다. 그는 미리엄에게 속았다는 느낌으로 가득 찼다. 자기를 숭배한다고 생각하고 있었을 때 그녀는 경멸하고 있었다. 그녀는 잘못된 것을 말하게 해 놓고는 반박하지 않았다. 그리고 자기가 홀로 싸우도록 그녀는 내버려 두었다. 그러나 숭배한다고 생각했을 때 그녀가 경멸하고 있었다는 생각이 폴의 목구멍에 걸렸다. 그녀가 잘못을 발견했을 때에 그녀는 말해야 했었다. 그녀는 정당하게 게임을 하지 않았다. 폴은 미리엄을 증오했다. 지난 몇 년간 자기가 영웅인 것처럼 대우하면서 그녀는 속으로는 어린애, 어리석은 어린애로 생각했던 것이다. 그렇다면 왜 그녀는 어리석은 아이를 어리석게 내버려 두었는가. 폴의 마음은 미리엄에게 냉혹해졌다.

미리엄은 쓰라림에 가득 차 앉아 있었다. 그녀는 내내 알고 있었다. 오, 그녀는 내내 잘 알고 있었다. 폴과 떨어져 있을 때는 언제나 그녀는 그를 평가했고 그가 옹졸하고 비열하고 어리석다는 것을 알았다. 그녀는 자기의 영혼을 그로부터 보호하려고까지 했다. 그녀는 지금 거꾸러지거나 엎어지거나 심지어 그렇게 심하게 상처를 받지도 않았다. 그녀는 내내 알고 있었다. 단지 그가 저기 앉아 있을 때 왜 여전히 자기에게 이 이상한 지배력을 가지고 있는가. 그의 움직임 자체가 그녀가 그의 최면술에 걸리기라도 한 것처럼 그녀를 매료했다. 하지만 그는 경멸할 만하고 불성실하고 변덕스럽고 비열했다. 그런데 왜 그는 자기에게 이런 구속을 주는가? 왜 그가 팔만 움직여도 그것은 이 세상에서 다른 어떠한 것도 할 수 없는 방식으로 자기를 동요하게 만드는가? 왜 자기는 그에게 매달렸는가? 왜 이 순간조차 그가 자기를 바라보고 명령을 한다면 복종하지 않을 수 없는 것일까? 그가 아무렇게나 하는 명령에도 자기는 복종할 것이다. 그러나 일단 그에게 복종하면 그를 지배하고 원하는 곳으로 그를 이끌 수 있다는 것을 알았다. 미리엄은 자신이 있었다. 단지, 이 새로운 영향력! 아, 그는 남자가 아니었고 새로운 장난감을 달라고 우는 어린아이였다. 그의 영혼을 전부 붙잡아도 그를 잡지 못할 것이다. 좋아, 그는 가야 할 것이다. 그렇지만 새로운 감정에 싫증이 나면 돌아올 거야.

폴은 미리엄이 안달이 나서 죽을 지경이 될 때까지 땅을 팠다. 그녀가 일어섰다. 그는 개천으로 흙덩이를 집어 던지며 앉아 있었다.

"어디 가서 차를 마실까?" 그가 물었다.

"그래." 그녀가 대답했다.

그들은 차를 마시면서 무의미한 주제에 대해 잡담을 했다. 그는 장식의 사랑과 (작은 찻집의 거실이 그를 그 화제로 이끌었다.) 그것의 미학과의 관련성에 관해 장황하게 이야기했다. 그녀는 냉담하고 말이 없었다. 그들이 집으로 걸어갈 때 그녀가 물었다.

"우린 앞으로 서로 보지 못하겠지?"

"그래…… 아마 드물게 보겠지." 그가 대답했다.

"편지를 쓰지도 않고?" 그녀가 거의 비꼬듯이 물었다.

"하고 싶은 대로 해." 그가 대답했다. "우린 모르는 사람들이 아니잖아…… 무슨 일이 있어도 그렇게 되어선 안 되지. 난 네게 가끔 편지를 쓸 거야. 넌 네가 좋을 대로 해."

"알았어." 그녀가 차갑게 대답했다.

그러나 폴은 다른 어떤 것도 그에게 상처를 줄 수 없는 상태에 있었다. 그는 그의 삶에서 중요한 분기점을 건너고 있었다. 그들의 사랑이 언제나 갈등 상태였다고 미리엄이 말했을 때 그는 큰 충격을 받았다. 어느것도 더 중요하지 않았다. 그들의 사랑이 결코 대단한 적이 없었다면 그것이 끝났다고 야단법석을 떨 필요도 없었다.

폴은 길 끝에서 미리엄과 헤어졌다. 한쪽에서 미리엄이 새 드레스를 입고 홀로 집으로 가서 가족들과 있을 때 그는 여전히 수치와 고통에 싸여 그가 그녀에게 준 고통에 대해 생각하며 큰길에 서 있었다.

폴은 자존심을 회복하기 위한 반발심에서 술을 한잔 마시러 '윌로 트리'로 들어갔다. 거기에는 여공 네 명이 외출을 나와 작지 않은 잔으로 포트와인을 마시고 있었다. 그들의 식탁에는 초콜릿이 몇 개 놓여 있었다. 폴은 위스키를 들고 가까이 앉았다. 그는 여공들이 속삭이고 팔꿈치로 서로 찌르는 것을 보았다. 곧 예쁘장하고 거무스름한 말괄량이처럼 보이는 한 명이 몸을 그에게 기대고 말했다.

"초콜릿 들겠어요?"

다른 여공들이 그녀의 뻔뻔스러운 태도에 크게 웃었다.

"좋아요." 폴이 말했다. "단단한 걸 줘요…… 호두가 든 걸로요. 크림은 좋아하지 않아요."

그녀는 초콜릿을 손가락 사이에 쥐고 있었다. 폴은 입을 벌렸다. 그녀는 초콜릿을 입에 넣어 주고 얼굴을 붉혔다.

"정말 친절하군요." 폴이 말했다.

"글쎄요." 그녀가 대답했다. "우린 당신이 우울해 보인다고 생각했어요. 그래서 얘들이 내가 당신에게 초콜릿을 줄 용기가 있으면 해 보라고 했어요."

"하나 더 주겠어요? 다른 종류면 좋겠어요." 폴이 말했다.

곧 그들은 모두 함께 웃고 있었다.

폴은 9시쯤 되어 집에 돌아왔고 그때는 어둠이 깔렸다. 그는 말없이 집으로 들어왔다. 어머니가 기다리고 있다가 걱정스럽게 일어났다.

"미리엄에게 말했어요." 폴이 말했다.

"잘했다!" 그의 어머니가 크게 안도하며 대답했다.

그는 피곤한 듯이 모자를 걸었다.

"완전히 끝났다고 말했어요." 폴이 말했다.

"잘했구나, 얘야." 어머니가 말했다. "지금은 그 애에게 힘들겠지만 결국은 그게 최선의 길이다. 난 안다. 넌 걔와 맞지 않았어."

폴은 앉으며 몸을 떨면서 웃었다.

"술집에서 여공들 몇 명과 아주 즐거운 시간을 보냈어요." 그가 말했다.

어머니는 폴을 바라보았다. 저 애가 이제 미리엄을 잊었구나. 윌로 트리에서 만난 여자들에 대해 이야기하고 있지 않은가. 모렐 부인은 아들을 바라보았다. 그는 쾌활한 척했지만 그것은 진실로 보이지 않았다. 그 이면에는 너무나 많은 공포와 고통이 있었다.

"자, 저녁을 좀 먹으렴." 그녀가 몹시 부드럽게 말했다.

나중에 폴이 생각에 잠겨 말했다.

"미리엄은 처음부터 자기가 절 가질 거라고 생각한 적이 없었대요, 엄마…… 그래서 미리엄은 실망하지 않았어요."

"내 생각에는……." 어머니가 대답했다. "그 애가 아직 희망을 포기하지 않았구나."

"그래요." 폴이 말했다. "어쩌면 그럴지도 모르죠."

"끝내는 게 더 낫다는 걸 네가 알게 될 거다." 그녀가 말했다.

"전 모르겠어요." 폴은 절망적으로 말했다.

"그래, 그 애는 혼자 내버려 두어라." 어머니가 대답했다.

이렇게 폴은 미리엄을 떠났고 미리엄은 혼자가 되었다. 그녀를 좋아하는 사람은 얼마 없었고 그녀가 좋아하는 사람도 별로 없었다. 그녀는 혼자 남아 기다리고 있었다.

12 열정

폴은 점차 그림으로 생계를 유지할 수 있게 되었다. 리버티에서 그가 여러 가지 디자인을 받아 주었고 또한 자수품, 제대포(祭臺布) 등의 디자인을 한두 군데 팔 수 있었다. 현재 수입은 그렇게 대단하지 않았지만 앞으로 전망이 밝았다. 또한 도자기 공장의 디자이너와 친구가 되었고 이 새 친구의 예술에 대해서 일부 지식을 얻고 있었다. 폴은 응용 미술에 대단한 관심을 가졌다. 동시에 자기 그림에 대해서 서서히 진력했다. 그는 거대한 인물을 밝은 색깔로 그리는 것을 좋아했지만 그것은 인상파들처럼 단지 빛과 던져진 그림자로 이루어진 것이 아니었다. 오히려 미켈란젤로의 일부 인물들처럼 어떤 빛나는 속성을 지닌 분명한 인물들이었다. 그리고 이러한 인물들을 풍경 속에 놓고 거기서 진정한 균형을 생각했다. 그는 주로 기억을 통해서, 자기가 아는 사람들을 모두 이용하여 작업을 했다. 그는 그의 작품을 굳게 믿었으며 그것이 훌륭하고 가치가 있다고 믿었다. 일시적으로 우울하고 위축되는 등 여러 가지 상황에도 불구하고 그는 자기 작품을 믿었다.

폴이 어머니에게 처음으로 자신 있게 말했을 때 그는 스물네 살이었다.

"엄마." 폴이 말했다. "전 사람들의 주목을 받는 화가가 될 거예요."

모렐 부인은 그녀 특유의 콧소리를 냈다. 그것은 즐겁게 어깨를 으쓱하는 것과 같았다.

"그래, 얘야. 한번 두고 보자." 그녀가 말했다.

"두고 보세요, 엄마. 언젠가는 엄마가 뽐낼 수 있게 될 거예요."

"난 지금도 상당히 만족하고 있단다, 얘야." 그녀가 미소 지었다.

"하지만 바뀌셔야 해요. 엄마가 미니를 어떻게 대하는지 보세요."

미니는 열네 살 된 어린 하녀였다.

"그래, 미니가 어때서?" 모렐 부인이 위엄을 갖추고 물었다.

"오늘 아침 비 올 때 엄마가 석탄을 가지러 나가니까 미니가 이러더군요. '에, 모렐 부인, 제가 그 일을 하려던 참이에요.'" 폴이 말했다. "엄마가 하녀를 참 잘 다루시더군요."

"글쎄다…… 그 애가 착해서 해 주었을 뿐이다." 모렐 부인이 말했다.

"그리고 엄마는 그 애에게 변명을 하지요. '네가 두 가지 일을 한꺼번에 할 수 있겠냐?'"

"개는 청소하느라고 정말 바빴다." 모렐 부인이 대답했다.

"그러니까 그 애가 뭐라고 했죠? '조금 더 기다렸다 해도 되는 건데. 지금 아줌마 발이 물에 젖어 질척거리잖아요!'"

"그래, 이 잘난 녀석아!" 모렐 부인이 웃으며 말했다.

"그러면서 잘 다룬다고 할 수 있겠어요?"

모렐 부인이 콧소리를 냈다.

"엄마 하녀들이 하도 잘해서 엄마는 그들이 뭐라고 할까 무서워 꼼짝하지도 못할 거예요." 폴이 말했다.

"그 문제라면……." 어머니가 갑자기 큰소리로 말했다. "네가 어제 복도로 갈 때 하던 말을 들었다. '에, 거기로 가지 마세요.' 미니가 말했지. '왜 안 돼?' 네가 말하더군. '내가 방금 닦았어요.' 그러자 네가 그러더라. '그러면, 내가 매트까지 점프해 갈게.' 그러니, 신사 양반, 당신이 내게 할 말이 뭐가 있겠소?"

"오, 하지만 전 위엄 있게 사람들을 부릴 수 있어요."

그의 어머니는 웃음을 터뜨렸다.

"내가 보증하마." 그녀가 놀렸다.

"전 그렇게 할 수 있어요. 엄마가 절 봐야 해요." 그가 주장했다.

"그래야지." 그녀가 웃었다.

"여공들은 제 발자국 소리만 듣고도 벌벌 떨어요. 하지만 엄마는 하녀를 백만 명 거느리고 있어도 제대로 부리지 못할 거예요."

그녀는 그저 그에게 웃을 뿐이었다.

"그렇지만 엄마가 식당에 앉아서 부츠를 벗고 싶을 때 종으로 알린다면 근사하지 않겠어요?"

"그렇겠군!" 그녀가 회의적으로 말했다.

"정말 그렇게 될 거예요. 두고 보세요. 엄마는 진짜 터키산 카펫을 가지게 될 거예요."

"좋아, 좋구나, 얘야. 내가 갖게 될 때까지 기다리마. 그런데 넌 카펫을 네 집에 원하겠지."

"어느 집이요…… 이게 제 집이에요!"

"언제나 그렇지는 않을 거야."

"언제나 그럴 거예요."

"아, 조금 기다려 봐!"

"오, 그래요. 기다릴게요. 밀로의 비너스가 내게 올 때까지 기다릴게요."

"뭐라고, 밀로의 비너스 같은 여자를 좋아한다고?" 어머니가 웃었다.

"그런 여자는 더 거창한 사람을 좋아할 거예요." 그가 말했다. "글래드스턴 씨와 잘 어울리겠죠."

"글래드스턴 부인은 얼마나 가엾을까!" 모렐 부인이 웃었다. "네가 아주 친절하구나!"

"그래요…… 그래, 글래드스턴 부인은 남편을 숭배했어요…… 그는 자기를 숭배하는 아내를 가져야 했을 거예요. 밀로의 비너스 부인은 그러지 않을 거예요. 전 그녀를 좋아할 거예요. 하지만 그녀는 다소 나이가 들었어요. 어쨌든 그녀가 오면 보지요."

폴은 웃으면서 어머니를 바라보았다. 그녀의 마음은 다시 그에 대한 사랑으로 매우 따뜻하고 장밋빛이 되었다. 잠시 햇빛이 온통 그녀를 비추는 것 같았다. 그는 기쁘게 일을 계속했다. 그녀는 행복할 때 매우 건강해 보였고 그는 어머니의 흰 머리를 잊었다.

그해 휴가 때 그녀는 폴과 함께 와이트섬으로 갔다. 그것은 그들 모자에게 너무나 즐거웠고 너무나 아름다웠다. 모렐 부인은 기쁨과 경의로 가득 찼다. 그러나 폴은 어머니가 지나치게 걷도록 했다. 그녀는 한 차례 심하게 졸도를 했다. 그녀의 얼굴이 잿빛으로 변하고 입술이 새파랗게 되었다. 폴은 괴로웠다. 그는 누군가 자기 가슴에 칼을 꽂은 것처럼 느꼈다. 그러다가 그녀는 다시 나아졌고 곧 잊어버렸다. 그러나 그의 마음속에는 불안함이 아물지 않는 상처처럼 남아 있었다.

미리엄을 떠난 후 폴은 거의 곧바로 클라라에게 갔다. 결별하고 다음 날인 월요일에 폴은 작업실로 내려갔다. 클라라가 그를 쳐다보고 미소를 지었다. 그들은 모르는 사이에 매우 가까워졌다. 클라라는 그에게서 전에 없던 밝은 분위기를 느꼈다.

"자, 시바의 여왕이여!" 폴이 웃으며 말했다.

"그런데 무슨 일이에요?" 클라라가 물었다.

"당신에게 잘 어울려요. 새 드레스를 입었군요."

그녀가 얼굴을 붉히고 물었다.

"그래서요?"

"잘 어울려요…… 몹시! 내가 당신 옷을 디자인해 줄 수도 있어요."

"그 옷은 어떨까요?"

폴은 클라라 앞에 서서 눈을 반짝이며 설명했다. 그는 그녀의 눈을 뚫어지게 바라보았다. 그러다가 갑자기 그녀를 붙잡았다. 그녀는 놀라서 물러났다. 그는 그녀의 블라우스를 당겨서 가슴 위로 매끈하게 폈다.

"이런 식으로 말이에요!" 그가 설명했다.

그러나 그들은 두 사람 다 얼굴이 붉게 달아올랐고 폴은 즉시 달아났다. 자기가 그녀를 만졌다. 그의 몸 전체가 그 감각으로 떨었다.

이미 그들 사이에는 일종의 비밀스러운 이해가 생겼다. 다음 날 저녁 폴은 기차 시간이 되기 전에 클라라와 몇 분 동안 영화관으로 들어갔다. 자리에 앉았을 때 그녀의 손이 그의 가까이 놓여 있었다. 잠시 그는 감히 그 손을 만지지 못했다. 장면이 춤을 추고 떨렸다. 곧 그는 그녀의 손을 잡았다. 크고 단단한 손이었으며 그의 손을 가득 채웠다. 그는 그녀의 손을 굳게 잡았다. 그녀는 움직이지도 않고 어떤 신호를 보내지도 않았다. 그들이 나왔을 때 그의 기차 시간이 다됐다. 폴은 망설였다.

"잘 가요." 클라라가 말했다. 그는 쏜살같이 길 건너로 달려갔다.

다음 날 폴이 다시 클라라에게 와서 이야기를 했다. 클라라는 폴에게 약간 오만했다.

"월요일에 산책을 갈까요?" 그가 물었다.

클라라가 얼굴을 옆으로 돌렸다.

"미리엄에게 말할 거예요?" 그녀가 비웃듯이 대답했다.

"난 미리엄과 헤어졌어요." 폴이 말했다.

"언제요?"

"지난 일요일에."

"다투었어요?"

"아뇨! 결심을 했어요. 내 자신이 자유로운 것으로 생각한다고 아주 분명하게 미리엄에게 말했어요."

클라라는 대답하지 않았고 폴은 자기 일자리로 돌아갔다. 클라라는 몹시 조용했고 너무나 눈부셨다!

토요일 저녁 폴은 클라라에게 일이 끝난 후에 레스토랑에서 커피를 마시자고 요청했다. 클라라가 왔는데 아주 삼가는 듯하고 쌀쌀하게 보였다. 그의 기차 시간까지는 45분이 남아 있었다.

"잠시 걸을까요." 폴이 말했다.

클라라가 동의했고 그들은 캐슬을 지나 파크 고급 주거지로 갔다. 폴은 클라라가 무서웠다. 그녀는 그의 곁에서 시무룩하게 걸었다. 심사가 뒤틀리고 마음이 내키지 않으며 화난 것처럼 보였다. 폴은 그녀의 손을 잡기가 무서웠다.

"어느 쪽으로 갈까요?" 어둠 속을 걸어가며 폴이 물었다.

"상관없어요."

"그럼 계단으로 올라가요."

폴이 갑자기 돌아서 갔다. 그들은 파크 지역의 계단을 지났었다. 클라라는 폴이 갑자기 자기를 버려 두고 간 데 화가 나서 가만히 서 있었다. 폴이 그녀를 찾았다. 클라라는 초연하게 서 있었다. 폴이 갑자기 그녀를 품에 안고 잠시 부자연스럽게 안고 있다가 키스를 했다. 그리고 나서 그녀를 놓아주었다.

"자 이리로 와요." 그가 뉘우치듯 말했다.

클라라는 그를 따라갔다. 폴은 그녀의 손을 잡고 손가락 끝에 키스를 했다. 그들은 아무 말도 하지 않았다. 밝은 곳으로 왔을 때 그는 그녀의 손을 놓아주었다. 역에 닿을 때가지 누구도 말이 없었다. 그러다가 서로의 눈을 바라보았다.

"잘 가요." 클라라가 말했다.

폴은 기차로 갔다. 그의 몸은 기계적으로 움직였다. 사람들이 그에게 말을 걸었다. 그들에게 대답하는 자기 목소리가 희미한 메아리처럼 들렸다. 폴은 일시적 착란 상태에 있었다. 월요일이 즉시 오지 않으면 미칠 것 같았다. 월요일에 그녀를 다시 볼 것이다. 그의 모든 것이 미리 월요일로 내던져졌다. 일요일이 사이에 끼어 있었다. 그것은 견딜 수 없는 일이었다. 월요일까지는 그녀를 볼 수 없었다. 그런데 일요일이 끼어 있었다. 긴장된 한 시간, 한 시간이었다. 폴은 객차의 문에 머리를 부딪고 싶었다. 그러나 가만히 앉아 있었다. 집으로 오는 도중에 위스키를 조금 마셨지만 그것은 상태를 나쁘게 할 뿐이었다. 어머니를 근심하게 해서는 안 된다는 생각이 전부였다. 그는 감정을 감추고 재빨리 잠자리에 들었다. 침대에서 그는 옷을 입은 채 턱을 무릎에 대고 창밖으로 불빛이 희미하게 반짝이는, 멀리 떨어진 언덕을 응시했다. 아무런 생각도 들지 않았고 잠이 오지도 않았다. 움직이지 않고 조용히 앉아 언덕을 바라보고만 있었다. 마침내 너무 추워서 정신이 들었을 때 그의 시계는 2시 반에 멈춰 있었다. 3시가 넘었다. 그는 지칠 대로 지쳤지만 아직 일요일 아침밖에 되지 않았다는 것을 알고 여전히 고통을 느꼈다. 그는 침대로 가 잠이 들었다. 그리고 낮에는 지칠 때까지 하루 종일 자전거를 탔다. 그는 자기가 어디에 있었는지 거의 알지 못했다. 그러나 다음 날은 월요일이었다. 그는 4시까지 잤다. 그리고 누워서 생각을 했다. 그는 점점 자기 자신에게 가까워지고 있었다. 그는 자기 앞에 자신의 모습을 뚜렷이 볼 수 있었다. 그녀가 오후에 자기와 산책을 갈 것이다. 오후! 그것은 수십 년이 지나야 올 것 같았다.

시간은 천천히 지나갔다. 아버지가 일어났다. 아버지가 이리저리 어슬렁거리는 소리가 들렸다. 그리고 나서 그의 무거운 부츠가 뜰을 지나는 소리가 났고 그는 탄광으로 출발했다. 수탉들이 계속 울고 있었다. 수레가 지나가고 있었다. 어머니가 일어났다. 그녀는 불을 탁탁 쳤다. 곧 그녀가 자기를 부드럽게 불렀다. 그는 자고 있는 것처럼 대답했다. 그의 가면은 그럴 듯했다.

그는 역을 향해 걸어가고 있었다. 1킬로미터 반만 더! 기차가 노팅엄에 가까워졌다. 기차가 터널 앞에서 멈추지 않을까? 그래도 상관없는 일이었다. 점심시간까지는 도착할 테니까. 그는 조던사에 와 있었다. 반 시간 후면 클라라가 올 것이다. 근처에는 와 있을 것이다. 그는 편지를 끝냈다. '클라라가 왔을까?' 어쩌면 오지 않았을지도 몰랐다. 그는 아래층으로 달려갔다. 아, 유리문 너머로 클라라의 모습이 보였다. 일하느라고 약간 숙인 그녀의 어깨를 보니 가까이 갈 수가 없었다. 그대로 서 있을 수도 없었다. 그는 안으로 들어갔다. 창백하고 초조하고 어색하고 매우 차갑게 보였다. 클라라가 날 제대로 이해할까. 이런 겉모습으로는 속마음을 드러낼 수 없었다.

"오늘 오후에……." 그는 겨우 말했다. "갈 수 있어요?"

"그러죠." 그녀가 낮은 소리로 대답했다.

그는 그녀 앞에 서서 한마디도 할 수 없었다. 클라라는 그로부터 얼굴을 감추었다. 또다시 의식을 잃을 것 같은 느낌이 들었다. 그는 이를 굳게 물고 위층으로 갔다. 여태까지처럼 계속 모든 일을 정확하게 하리라. 클로로포름에 마취된 사람처럼 오전 내내 모든 일이 멀리 떨어져 있는 것 같았다. 그 자신은 꽉 죄는 압박 밴드에 묶여 있는 것 같았다. 그리고 먼 곳에 일을 하고 장부를 기입하는 그의 또 다른 자아가 있었고 이 분리된 자아가 아무런 실수도 하지 않도록 그는 주의 깊게 지켜보았다.

그러나 그러한 고통과 긴장은 더 길게 갈 수 없었다. 그는 쉬지 않고 일했다. 그러나 여전히 12시밖에 되지 않았다. 그의 옷이 책상에 못이라도 박힌 것처럼 그는 책상 앞에 서서 있는 힘을 다 짜내어 일을 했다. 1시가 되기 15분 전이었다. 이제 정리하고 나갈 수 있었다. 그는 바로 아래층으로 달려갔다.

"음료 분수대에서 2시에 만나요." 그가 말했다.

"2시 반이 되어야 갈 수 있어요."

"그래요." 그가 말했다.

클라라는 폴의 어둡고 미친 듯한 눈을 보았다.

"2시 15분까지 가도록 해 보겠어요."

그는 이것으로 만족해야 했다. 나가서 점심을 조금 먹었다. 여전히 클로로포름에 마취되어 있는 것 같았고 1분 1분이 끝없이 연장되었다. 그는 몇 킬로미터나 걸었다. 그는 2시 5분에 분수대에 도착했다. 그 후 15분간의 고통은 표현할 수 없을 정도로 미묘한 것이었다. 그것은 살아 있는 자아와 가면을 결합시키는 고통이었다. 마침내 클라라의 모습이 보였다. 그녀가 왔다! 그리고 그는 거기 있었다.

"늦었어요." 폴이 말했다.

"겨우 5분이에요." 클라라가 대답했다.

"난 결코 당신을 기다리게 하지 않았을 거예요." 그가 웃었다.

클라라는 암청색의 옷을 입고 있었다. 폴은 클라라의 아름다운 모습을 바라보았다.

"꽃을 사 드릴까요?" 가까운 꽃집으로 가면서 그가 말했다.

클라라는 말없이 그를 따라갔다. 폴은 그녀에게 진홍색과 붉은 벽돌색 카네이션 한 다발을 사 주었다. 그녀는 얼굴을 붉히며 그것을 외투에 꽂았다.

"색깔이 아름다워요!" 폴이 말했다.

"난 좀 더 부드러운 색깔이 좋아요." 클라라가 말했다.

폴은 웃었다.

"주홍색 얼룩이 거리를 걸어가는 것 같군요!" 그가 말했다.

클라라는 만나는 사람들의 눈을 피해 고개를 숙이고 걸어갔다. 폴은 그녀를 곁눈질로 보았다. 그녀의 귀 근처에 기가 막힌 은밀한 솜털이 나 있었고 그는 그것을 만지고 싶었다. 그리고 그녀에게서 느껴지는 어떤 무거움, 바람에 가볍게 고개를 숙인 꽉 찬 이삭의 무거움이 폴을 어지럽게 했다. 그는 빙빙 돌며 거리를 걸어가는 것 같았고 모든 것이 돌아가고 있는 것 같았다.

그들이 전차를 타고 앉자 클라라는 무거운 어깨를 폴에게 기댔고 그는 그녀의 손을 잡았다. 그는 마취에서 깨어나 숨을 쉬기 시작한다고 느꼈다. 그녀의 금발에 반쯤 숨어 있는 귀가 가까이 있었다. 그것에 키스하고 싶은 유혹이 너무나 강렬했다. 그러나 차 위에는 다른 사람들이 있었다. 그는 그 귀에 키스하지 못했다. 결국 그는 자기 자신이 아니었고 그녀를 비추는 햇빛처럼 그녀의 부속물 가운데 일부였다.

폴은 재빨리 시선을 돌렸다. 비가 내리고 있었다. 평평한 도시에 우뚝 솟은 캐슬의 거대한 벽이 비를 맞아 줄이 졌다. 그들은 미들랜드 철로의 넓고 검은 공간을 가로질러 하얗게 눈에 띄는 가축 우리를 지나갔다. 그리고 나서 지저분한 윌포드 로드를 달렸다.

클라라는 전차의 움직임에 따라 가볍게 흔들렸고 그에게 기대고 있었기 때문에 흔들림이 그에게 전해졌다. 폴은 지칠 줄 모르는 에너지를 지닌, 원기 왕성하고 날씬한 남자였다. 그의 얼굴은 노동자처럼 이목구비가 투박하고 거칠었다. 그러나 짙은 눈썹 아래 그의 눈은 너무나 생명력으로 가득 차 있어 클라라를 매혹시켰다. 그 눈은 춤추는 듯하면서도 잔잔했고,

조금만 웃어도 작은 미소로 흔들렸다. 그의 입에서도 그의 눈에서처럼 승리의 웃음으로 터져나올 듯하다가 멈추었다. 그에게는 날카로운 긴장감이 돌고 있었다. 클라라는 입술을 우울하게 깨물었다. 그의 손은 그녀의 손을 꼭 잡고 있었다.

그들은 회전식 십자문에서 각각 반 페니를 내고 다리를 건넜다. 트렌트 강은 물이 가득 차 있었다. 강물이 다리 아래로 부드럽게 한 덩이가 되어 조용하고 교활하게 흐르고 있었다. 최근 비가 대단히 많이 왔었다. 강변에는 넘친 강물이 군데군데 빛나고 있었다. 하늘은 잿빛이었고 곳곳에 은빛으로 빛났다. 윌포드 묘지에는 다알리아가 짙은 진홍색 공처럼 비에 흠뻑 젖어 있었다. 강가의 푸른 풀밭이나 느릅나무 가로수를 따라 난 길 위에는 아무도 다니지 않았다.

은빛의 어두운 강물과 푸른 들판의 둑, 그리고 황금빛으로 번쩍이는 느릅나무 위에 희미한 안개가 피어올랐다. 강물이 어떤 민감하고 복잡한 생명체처럼 그 내부에서 서로 얽혀 한 덩어리가 되어 아주 조용하고 빠르게 흘러갔다. 클라라는 그의 곁에서 우울하게 걸었다.

"왜……." 마침내 클라라가 조금 거슬리는 어조로 물었다. "미리엄을 떠났어요?"

폴은 얼굴을 찡그렸다.

"떠나고 싶어서요." 폴이 말했다.

"왜죠?"

"계속하고 싶지 않아서요. 그리고 결혼하고 싶지 않았어요."

클라라는 잠시 말이 없었다. 그들은 질퍽한 길을 따라 걸었다. 느릅나무에서 물방울이 떨어졌다.

"미리엄과 결혼하고 싶지 않다는 말인가요, 아니면 아예 결혼하고 싶지 않은 건가요?" 클라라가 물었다.

"두 가지 다예요." 폴이 대답했다. "두 가지 다!"

그들은 물웅덩이를 요리조리 피해 산울타리 계단으로 갔다.

"그런데 미리엄이 뭐라던가요?" 클라라가 물었다.

"미리엄 말인가요? 내가 네 살 난 아이이고 언제나 자기를 떼어내려고 전쟁을 했다는군요."

클라라는 한동안 이 말에 대해 생각했다.

"하지만 꽤 오랫동안 미리엄과 진정으로 사귀지 않았어요?" 클라라가 물었다.

"그렇죠."

"그런데 이제 더 이상 그녀를 원하지 않는군요?"

"그래요. 그게 소용없다는 걸 알거든요."

클라라는 다시 숙고했다.

"미리엄에게 심하게 대했다고 생각지 않아요?" 그녀가 물었다.

"그래요! 몇 년 전에 관계를 끝냈어야 했어요. 하지만 계속해 봐야 소용이 없어요. 두 번 잘못한다고 그 잘못이 옳게 되는 건 아니잖아요."

"지금 몇 살이죠?" 클라라가 물었다.

"스물다섯"

"그리고 난 서른이에요." 그녀가 말했다.

"알아요."

"곧 서른하나가 돼요…… 아니 지금 서른한 살인가?"

"그건 알지도 못하고 개의치도 않아요. 그게 무슨 문제예요!"

그들은 그로브 숲 입구에 왔다. 떨어진 나뭇잎이 들러붙은 젖은 황톳길이 풀밭 사이의 가파른 언덕 위로 나 있었다. 길 양편으로 거대한 복도에 서 있는 기둥처럼 느릅나무가 서 있었고 그것이 아치처럼 높은 지붕을 만들어 거기에서 죽은 나뭇잎이 떨어졌다. 모든 것이 텅 비고 조용하고 젖어 있었다. 클라라는 산울타리 층계 위에 서 있었고 폴은 그녀의 두 손을 잡았다. 그녀가 웃으면서 그의 눈을 내려다보았다. 그리고 뛰어내렸다. 클라라의 가슴이 그의 가슴에 닿았다. 그는 그녀를 껴안고 얼굴에 키스를 퍼부었다.

그들은 미끄럽고 가파른 황톳길을 따라 계속 올라갔다. 곧 클라라는 폴의 손을 풀어서 자기 허리에 감도록 했다.

"내 팔을 너무 꽉 잡아서 핏줄이 짓눌리고 있어요." 그녀가 말했다.

그들은 계속 걸어갔다. 폴의 손가락 끝이 클라라의 가슴이 출렁거리는 것을 느꼈다. 모든 것이 고요하고 버려진 것 같았다. 왼편에는 붉게 젖은 경작지가 느릅나무 몸통과 가지 사이의 틈 사이로 보였다. 오른편 아래로 그들은 훨씬 밑에서 자라는 느릅나무 꼭대기를 보고 가끔 강이 흐르는 소리를 들을 수 있었다. 이따금 그들은 아래로 트렌트강이 가득 차 부드럽게 흐르고 젖은 들판에 작은 가축이 흩어져 있는 모습을 보았다.

"어린 키르케 화이트가 왔던 때부터 변한 게 별로 없어요."

폴이 말했다.

그러나 폴은 그녀의 귀밑의 목에서 홍조가 벌꿀 같은 흰색과 만나는 부분과 시무룩하게 삐쭉 내민 그녀의 입을 바라보고 있었다. 걸으면서 그녀의 몸이 폴에게 닿았고 그의 몸은 팽팽한 실처럼 되었다.

느릅나무가 줄지어 서 있는 길을 중간쯤 오자 그로브 숲이 강 위로 가장 높이 올라가는 곳에 이르렀고 그들은 더 이상 앞으로 나아가지 않고 멈추었다. 폴은 길가의 나무 밑에 있는 풀밭으로 클라라를 데리고 갔다. 붉은 흙의 절벽이 나무들과 덤불들을 지나 강까지 급하게 경사져 내렸고 나뭇잎 사이로 강물이 거무스레하고 번쩍거렸다. 훨씬 아래쪽에 있는 젖은 풀밭은 아주 푸르렀다. 그와 그녀는 서로에게 기대어 두려움을 느끼면서 말없이, 내내 몸을 접촉한 채 서 있었다. 아래 있는 강에서 강물이 빠르게 흐르는 소리가 들려왔다.

"왜?" 마침내 폴이 물었다. "백스터 도스를 증오했어요?"

클라라는 눈부시게 기품 있는 움직임으로 그에게 돌아섰다. 그녀의 입과 목이 그에게 바쳐진 듯 보였고 눈은 반쯤 감겼으며 가슴은 마치 그를 요구하듯이 기울어져 있었다. 그는 낮게 웃음을 짓고 눈을 감고는 길고 완전한 키스로 그녀를 맞았다. 그녀의 입과 그의 입은 하나가 되었고 그들의 몸은 봉해지고 단련되었다. 몇 분이 지나서야 그들은 떨어졌다. 그들은 사람들이 다니는 길 옆에 서 있었다.

"강으로 내려갈까요?" 폴이 물었다.

클라라는 자신을 그의 손에 내맡기고 그를 바라보았다. 그는 내리받이길 가장자리로 가서 내려가기 시작했다.

"미끄러워요." 폴이 말했다.

"염려하지 말아요." 클라라가 대답했다.

붉은 진흙길은 거의 수직으로 내려갔다. 그는 덤불을 잡고 나무의 아랫부분에 발 디딜 곳을 만들면서 풀이 많이 나 있는 곳을 차례로 미끄러져 내려갔다. 거기서 그는 흥분해 웃으면서 클라라를 기다렸다. 그녀의 신발은 진흙투성이였다. 내려오기가 그녀에게는 힘들었다. 폴은 얼굴을 찡그렸다. 마침내 폴은 그녀의 손을 잡았고 그녀는 그의 곁에 섰다. 그들 위로 절벽이 솟아 있고 아래로는 낭떠러지였다. 클라라의 얼굴색이 상기되고 눈에 빛이 났다. 폴은 그들 아래의 가파른 비탈을 내려다보았다.

"위험하겠어요." 폴이 말했다. "아니, 어쨌든 성가시겠어요. 돌아갈까요?"

"날 위해서라면 그럴 필요 없어요." 클라라가 재빨리 대답했다.

"좋아요. 그런데, 난 당신을 도울 수 없군요. 방해할 뿐이죠. 그 작은 꾸러미와 장갑을 주세요. 가엾은 당신의 신을 봐요!"

그들은 나무 밑의 가파른 비탈면에 불안하게 서 있었다.

"그럼, 다시 먼저 가요." 폴이 말했다.

폴은 미끄러지고 비틀거리고 다시 미끄러져 다음 나무로 내려가다가 거의 숨이 막힐 정도로 그 나무에 크게 부딪혀 넘어졌다. 클라라는 잔가지와 풀에 매달려 조심스럽게 뒤따라왔다. 이렇게 그들은 한 발씩 서서히 강가로 내려갔다. 그러나 폴의 마음에 들지 않게, 강가에는 물이 넘쳐 길이 없어지고 붉은 비탈이 바로 강물에 닿아 있었다. 그는 발뒤꿈치에 힘을 주고 벌떡 일어섰다. 꾸러미의 끈이 뚝 소리를 내고 끊어지며 갈색 꾸러미가 튀어올라 강물에 떨어져 유유히 떠내려갔다. 그는 나무에 매달렸다.

"제기랄!" 폴은 화가 나서 외쳤다. 곧 그는 웃었다. 클라라는 위태롭게 내려오고 있었다.

"조심해요!" 폴이 그녀에게 경고했다. 그는 나무에 등을 기대고 서서 기다렸다.

"자, 이리 와요." 폴이 팔을 벌리고 외쳤다. 클라라가 달려 내려왔다. 폴이 그녀를 잡았고 그들은 시커먼 강물에 언덕의 험한 가장자리가 파헤쳐지는 모습을 바라보며 서 있었다. 꾸러미는 떠내려가 보이지 않았다.

"별거 아니에요." 그녀가 말했다.

폴은 클라라를 꼭 껴안고 키스를 했다. 그들의 발 넷이 디딜 수 있는 공간밖에 없었다.

"제기랄!" 폴이 말했다. "하지만 바퀴 자국을 보니 사람이 다녔어요. 계속 가면 다시 길이 나올 거예요."

엄청난 강물이 미끄러져 구불거리며 흘러갔다. 건너편 언덕에는 가축 떼가 황량한 평지에서 풀을 뜯고 있었다. 절벽이 폴과 클라라의 오른편에 높이 솟아 있었다. 그들은 강가의 침묵 속에서 나무에 기대어 서 있었다.

"앞으로 나가볼까요." 폴이 말했다. 그들은 붉은 진흙길에서 누군가가 못이 박힌 부츠를 신고 지나간 듯이 팬 자국을 따라 어렵게 걸어갔다. 그들의 몸은 뜨겁고 달아올랐다. 진흙이 달라붙은 그들의 신발은 발걸음을 내디딜 때마다 무거웠다. 마침내 그들은 울퉁불퉁한 길을 발견했다. 그 길에는 물에서 나온 거친 돌이 널려 있었지만 어쨌든 걷기에는 더 쉬웠다. 그들은 나뭇가지로 부츠의 진흙을 닦아 냈다. 폴의 심장이 세차게 뛰었다. 다음 모퉁이를 돌면 산에 둘러싸인 좁은 평지가 있었던 것 같았다. 폴이 앞서 가고 클라라는 말없이 따라왔다. 그녀의 신발과 치맛자락이 진흙으로 뒤덮였다. 그들은 쓰러진 나무 위로 올라갔다. 그녀는 흙이 신발 속에 들어가 잠시 뒤처져 있었다. 그들은 평지까지 거의 다 왔다. 폴의 심장이 세차게 뛰기 시작했다.

좁은 평지로 들어서자 갑자기 폴의 눈에 물가에 말없이 서 있는 두 사람의 모습이 들어왔다. 폴의 가슴이 두근거렸다. 그들은 낚시를 하고 있었다. 폴은 돌아서서 경고하듯이 클라라에게 손을 들어보였다. 그녀는 망설이며 웃옷의 단추를 잠갔다. 두 사람은 함께 나아갔다.

낚시꾼들은 돌아서서 자기들의 은둔과 고독에 침입한 두 사람을 호기심에 차 바라보았다. 불을 피웠던 모양이지만 그것은 거의 꺼져 가고 있었다. 사방이 더할 나위 없이 조용했다. 그들은 다시 낚시로 관심을 돌리고 잿빛으로 반짝이는 강 위에 동상처럼 서 있었다. 클라라는 고개를 숙이고 얼굴을 붉히며 걸었다. 폴은 혼자 웃고 있었다. 곧 낚시꾼은 버드나무에 가려 보이지 않았다.

“이제 그 사람들은 익사했을 거예요.” 폴이 부드럽게 말했다.

클라라는 대답하지 않았다. 그들은 강가의 작은 길을 따라서 힘들게 나아갔다. 갑자기 길이 사라졌다. 새빨간 언덕이 그들 앞에 나타났고 그것은 바로 강으로 들어갔다. 폴은 이를 악물고 서서 혼자서 욕을 했다.

"안 되겠어요." 클라라가 말했다.

폴은 똑바로 서서 주위를 둘러보았다. 바로 앞에 있는 물속에는 고리버들로 덮인 작은 섬이 두 개 있었다. 그러나 그곳으로는 갈 수 없었다. 절벽이 멀리 그들의 머리 위에서 경사진 벽처럼 내려왔다. 뒤쪽에는 멀지 않은 곳에 낚시꾼들이 있었다. 강 건너편에는 멀리서 가축 떼가 황량한 오후에 풀을 뜯고 있었다. 폴은 다시 소리를 죽이고 굵고 나지막하게 욕을 했다. 그는 거대하고 가파른 언덕을 응시했다. 사람들이 다니는 길로 되돌아 올라가는 방법 외에는 희망이 없는 것일까?

"잠깐 기다려요." 폴이 말했다. 그리고 발꿈치로 붉은 흙으로 된 가파른 언덕을 옆으로 파고 잽싸게 오르기 시작했다. 그는 나무의 밑 부분을 모두 살폈다. 마침내 자기가 원하는 것을 발견했다. 언덕에 나란히 서 있는 너도밤나무의 뿌리 사이에 좁고 평평한 공간이 있었다. 거기에는 젖은 나뭇잎이 흩어져 있었지만 그 정도면 될 것으로 보였다. 낚시꾼들은 보이지 않을 정도로 멀리 떨어져 있었다. 폴은 방수옷을 벗어 던지고 클라라에게 오라고 손을 흔들었다.

클라라는 힘들게 폴이 있는 곳까지 왔다. 거기에 이르자 그녀는 축 늘어져서 멍하게 폴을 바라보고 그의 어깨에 머리를 기대었다. 폴은 주위를 돌아보며 그녀를 꼭 껴안았다. 그들은 강 건너의 작고, 외로운 소들을 제외하고는 누구에게도 보일 염려가 없었다. 폴은 클라라의 목에 입술을 대었고 그녀의 느린 맥박이 자기 입술 아래 뛰는 것을 느꼈다. 주위는 더없이 조용했다. 그들 이외에는 그 오후에 아무것도 존재하지 않았다.

클라라가 일어났을 때 폴은 땅바닥을 계속 바라보다가 젖어 있는 검은 너도밤나무 뿌리 위에 수많은 진홍색 카네이션 꽃잎이 핏방울이 튀긴 듯 흩어져 있는 것을 갑자기 보았다. 작고 붉은 꽃잎이 그녀의 가슴에서 옷을 타고 내려와 발밑으로 떨어져 내렸다.

"당신의 꽃이 엉망이 되었어요." 폴이 말했다.

클라라가 머리를 매만지다가 폴을 울적한 표정으로 바라보았다. 갑자기 그가 손가락 끝을 그녀의 뺨에 대었다.

"왜 그렇게 울적하게 보여요?" 그가 그녀에게 비난조로 말했다.

클라라는 본질적으로 혼자라고 느끼는 것처럼 슬프게 미소 지었다. 그는 손으로 뺨을 어루만지고 그녀에게 키스했다.

"그러지 말아요." 그가 말했다. "신경 쓰지 말아요."

클라라는 그의 손가락을 굳게 잡고 떨면서 웃었다. 그리고 나서 손을 떨구었다. 폴은 클라라의 이마에 흘러내린 머리카락을 걷어 올려 주고 그녀의 관자놀이를 쓰다듬고 거기에 가볍게 키스했다.

"걱정하지 말아요." 폴이 애원하듯 부드럽게 말했다.

"아니, 난 걱정하지 않아요." 클라라가 체념한 듯 상냥하게 웃었다.

"아니에요. 당신은 걱정하고 있어요! 걱정하지 말아요." 폴이 애무하면서 간청했다.

"아니에요." 클라라가 폴에게 키스하면서 그를 달랬다.

그들은 가파른 오르막길을 다시 올라가야 꼭대기에 갈 수 있었다. 15분이 걸렸다. 평평한 풀밭에 올라갔을 때 폴은 모자를 벗어 던지고 이마에 흐르는 땀을 닦고 한숨을 내쉬었다.

"이제 다시 평지로 왔어요." 폴이 말했다.

클라라는 덤불 같은 풀밭에 숨을 헐떡이며 앉았다. 그녀의 뺨이 달아올라 분홍색이 되었다. 폴이 키스를 했고 그녀는 즐거움에 자신을 맡겼다.

"자, 이제 누가 봐도 점잖아 보이게 당신의 부츠를 닦아 주겠어요." 폴이 말했다.

폴은 그녀의 발치에 무릎을 꿇고 막대기와 풀 더미를 가지고 열심히 부츠를 닦았다. 클라라는 손으로 그의 머리카락을 만지고 그의 머리를 당겨 거기에 키스했다.

"내가 무슨 일을 하고 있어요?" 폴이 웃으며 그녀를 쳐다보고 말했다. "신발을 닦고 있어요 아니면 사랑의 씨를 뿌리고 있어요? 대답해 봐요!"

"내가 원하는 대로 할 따름이죠." 클라라가 대답했다.

"난 당분간 당신의 부츠를 닦는 사람일 뿐 아무것도 아니에요."

그들은 서로의 눈을 들여다보고 있다가 웃었다. 그리고 물고기가 입질하듯 작은 키스를 계속했다.

"쯧쯧쯧쯧!" 폴이 그의 어머니처럼 혀를 찼다. "주위에 여자가 있으면 아무 일도 할 수 없다니까요."

그리고 그는 낮게 노래를 부르면서 부츠 닦는 일로 되돌아갔다. 클라라는 숱이 많은 그의 머리카락을 만지고 그는 그녀의 손가락에 키스를 했다. 그는 열심히 그녀의 구두를 깨끗이 닦았다. 마침내 남 앞에 내놓을 만하게 되었다.

"자 다 되었어요. 봐요!" 폴이 말했다. "당신을 훌륭한 모습으로 되돌리는 데 재주가 대단하지 않아요? 일어나 봐요! 자, 브리태니아 상(像)처럼 흠잡을 데가 한 곳도 없어요!"

폴은 자기 부츠를 간단하게 닦고 고인 물에 손을 씻고는 노래를 불렀다. 그들은 클리프턴 마을까지 갔다. 그는 미칠 듯이 클라라를 사랑했다. 그녀의 움직임 하나하나와 그녀가 입은 옷의 주름조차 모두 사랑스럽게 보이고 그의 몸에 뜨거운 기운이 퍼지게 했다.

그들이 차를 마시러 간 집 주인인 나이 든 부인이 그들에게 고무되어 명랑해졌다.

"날씨가 좋았더라면 더 좋았을 텐데." 그녀가 어슬렁거리며 말했다.

"아니에요." 폴이 웃었다. "우리는 날씨가 얼마나 좋았는지 이야기하고 있었어요."

나이 든 부인은 폴을 호기심 어린 눈으로 바라보았다. 그에게는 특이한 치열함과 매력이 있었다. 그의 눈은 검고 웃고 있었으며 그는 즐겁게 콧수염을 쓰다듬었다.

"정말 그렇게 말했어요!" 늙은 눈에 빛이 돌면서 그 부인이 소리쳤다.

“정말이에요.” 폴이 웃었다.

“그렇다면 좋은 날이었다고 분명히 믿어요.” 나이 든 부인이 말했다.

그 부인은 법석을 떨면서 그들을 떠나고 싶어 하지 않았다.

“무도 좋아할지 모르겠군요.” 나이 든 부인이 클라라에게 말했다. “그런데 마당에 무가 좀 있다오⋯⋯ 그리고 오이도 있고.”

클라라가 얼굴을 붉혔다. 그녀는 매우 예뻐 보였다.

“무를 좀 주세요.” 클라라가 대답했다.

그러자 그 부인은 즐겁게 느릿느릿 떠났다.

“저 부인이 안다면⋯⋯.” 클라라가 조용하게 폴에게 말했다.

“글쎄요, 그 부인은 몰라요⋯⋯ 어쨌든 그건 본질적으로 우리가 좋은 사람이라는 것을 보여 주는 거예요. 당신은 대천사의 마음도 충분히 사로잡을 것 같고, 난 남에게 해를 끼칠 사람으로 보이지 않을 거예요. 그래서⋯⋯ 당신이 좋은 사람으로 보이도록 만들고 사람들이 우리와 함께 있을 때 그들을 행복하게 만들고 우리를 행복하게 만든다면⋯⋯ 그러면, 우리가 그렇게 속인다고 할 순 없겠지요.”

그들은 식사를 계속했다. 그 자리를 떠날 때 나이 든 부인이 활짝 핀 다알리아 세 송이를 가지고 머뭇거리며 다가왔다. 다알리아는 벌처럼 멋졌고 진홍색과 흰색으로 얼룩덜룩했다. 그 부인은 만족스러워하며 클라라 앞에 서서 말했다.

“마음에 들지 모르겠수.” 그리고 나이 든 손에 든 꽃을 내밀었다.

“오, 너무나 예쁘군요!” 클라라가 꽃을 받으며 소리쳤다.

"이 사람에게 전부 줄 거예요?" 폴이 그 부인을 원망하듯이 말했다.

"그렇다오. 그녀에게 전부 줄 거라오." 그 부인은 기쁨으로 얼굴을 빛내며 대답했다. "당신 몫은 충분히 가지고 있지 않소."

"아, 하지만 이 사람에게 한 송이 달라고 부탁할 거예요." 폴이 놀렸다.

"그런 경우에는 댁이 하고 싶은 대로 하면 되지 않수." 부인이 웃으며 말했다. 그리고는 가볍게 왼발을 빼고 무릎을 굽히고 즐겁게 인사했다.

클라라는 다소 말이 없고 불편해 보였다. 걸어가면서 폴이 말했다.

"죄를 지었다고 느끼지 않죠?"

클라라는 놀란 잿빛 눈으로 그를 바라보았다.

"죄를 짓다뇨!" 그녀가 말했다. "아니에요."

"하지만 잘못한 것처럼 느끼는 듯이 보여요."

"아니에요." 그녀가 말했다. "'사람들이 알게 되면'…… 어떻게 될지를 생각할 뿐이에요."

"사람들이 알게 되면 그들은 이해하지 못할 거예요. 하지만 사실은 사람들은 이해하고 좋아해요. 사람들이 무슨 문제가 돼요! 여기 나무들과 나만 있는 곳에서 당신은 추호도 잘못이라고 느끼지 않잖아요."

폴은 클라라의 팔을 잡고 그녀가 그를 향하게 하고 그녀의 눈을 바라보았다. 무엇인가 그를 초조하게 만들었다.

"우린 죄인이 아니지요, 그렇죠?" 폴이 불안하게 약간 찡그리며 말했다.

"아니에요." 클라라가 대답했다.

폴은 웃으면서 그녀에게 키스했다.

"당신은 약간의 죄의식을 좋아하는군요." 그가 말했다. "이브가 낙원에서 움츠리고 나왔을 때 좋아했다고 믿어요. 그리고 아담은 격노했고 도대체 무엇 때문에 온통 야단법석인지 의아해했을 거예요…… 새들이 원했다면 쪼아먹을 수 있는 작은 사과 아니에요."

그러나 클라라에게서 느껴지는 일종의 열정과 조용함이 그를 기쁘게 만들었다. 기차에 혼자 있게 되었을 때 폴은 격렬하게 행복했으며 사람들이 더없이 친절하며 밤은 아름다웠고 모든 것이 좋게 보였다.

폴이 집에 돌아왔을 때 모렐 부인은 책을 읽고 있었다. 이제 그녀의 건강은 좋지 않았다. 그리고 그녀의 얼굴은 상아색으로 창백해졌다. 이러한 변화를 그는 결코 알아차리지 못했고 나중에 이 색깔을 결코 잊지 못했다. 어머니는 자신의 건강이 좋지 않은 데 대해 폴에게 언급하지 않았다. 결국 그녀가 그 문제를 대수롭지 않게 생각했다.

"늦었구나!" 폴을 바라보며 그녀가 말했다.

그의 눈이 반짝거리고 얼굴이 빛나 보였다. 폴은 어머니에게 미소를 지었다.

"네…… 클라라와 함께 클리프턴 그로브 숲에 갔다 왔어요."

어머니는 다시 그를 바라보았다.

"그런데 사람들이 말이 많지 않을까?" 그녀가 말했다.

"왜요? 사람들은 클라라가 여성 참정권론자이며 또한 어떤 여자인지 알아요. 그리고 사람들이 말을 한들 그게 무슨 상관이 있겠어요!"

"물론 문제가 되지 않을 수 있지." 어머니가 말했다. "하지만 사람들이 어떻다는 걸 알지 않니. 그리고 일단 클라라에 대해 말들이 나오면……."

"글쎄요, 전 어쩔 수 없어요. 사람들의 입은 결국 그렇게 중요하지 않아요."

"네가 클라라를 배려해야 할 것 같구나."

"전 그러고 있어요. 사람들이 무슨 말을 할 수 있어요? ……우리가 함께 산책한다고 할까요. 엄마가 질투하는 것 같은데요."

"클라라가 결혼한 여자만 아니라면 기쁘겠다."

"글쎄요, 엄마…… 클라라는 남편과 떨어져 살고 연단에서 연설을 하지요…… 그래서 벌써 양 떼 가운데서 뽑혔고 제가 보기로는 별로 더 잃을 게 없어요. 그래요…… 그 여자의 삶은 자신에게 아무것도 아니고, 그러니 아무것도 아닌 것이 무슨 가치가 있겠어요. 그 여자는 나와 함께 다니고…… 그게 중요한 일이 되었어요. 그렇다면 그 여자는 그 대가를 지불해야지요. 우리 두 사람이 모두 대가를 치러야 해요. 사람들은 대가를 치르는 걸 겁내죠…… 도리어 굶어 죽기를 원하지요."

"그래, 얘야…… 어떻게 끝나나 두고 보자."

"그래요, 엄마…… 전 끝까지 갈 거예요."

"두고 보자꾸나."

"그리고 클라라는…… 클라라는 엄청나게 좋은 여자예요, 엄마…… 정말 그래요! 엄마는 모르세요!"

"그것과 결혼하는 것과는 별개의 문제야."

"그게 결혼보다 나을 수 있어요."

잠시 침묵이 흘렀다. 폴은 어머니에게 무엇인가 물어보고 싶었지만 두려웠다.

"클라라를 알고 싶으세요?" 폴이 망설였다.

"그래." 모렐 부인이 냉정하게 말했다. "어떤 여잔지 알고 싶구나."

"좋은 여자예요, 엄마. 정말이에요! 그리고 전혀 수준이 낮지 않아요!"

"수준이 낮다고 말한 적 없다."

"하지만 엄마는 클라라가…… 그렇게 좋은 여자가 아니라고…… 여기시는 것 같아요. 그 여자는 백 사람들 가운데 아흔아홉 사람보다 나아요. 그 여자가 더 나아요. 낫고말고요! 공정하고 정직하고 솔직해요…… 음흉하거나 거만한 데가 없어요…… 클라라를 업신여기지 마세요."

모렐 부인은 얼굴을 붉혔다.

"내가 그녀를 업신여기지 않는다는 건 분명히 말할 수 있다. 그녀는 네가 말하는 그대로일 거야…… 하지만……."

"엄마는 찬성하지 않는군요." 그가 결론을 내렸다.

"그러면 찬성하리라고 기대했니?" 그녀가 차갑게 대답했다.

"그래요! ……그래요! ……엄마가 이해한다면 엄마는 기쁠 거예요. 엄마는 클라라를 만나고 싶으세요?"

"그렇다고 말하지 않았니."

"그러면 데려올게요…… 집으로 데려올까요?"

"좋을 대로 하거라."

"그럼 집으로 데려올게요……. 일요일에…… 차 마시러요. 클라라에 대해 끔찍한 생각을 한다면 엄마를 용서하지 않겠어요."

어머니가 웃었다.

"그래 봐야 무슨 차이가 나겠니." 그녀가 말했다. 폴은 자기가 이겼다는 것을 알았다.

"오 클라라와 있으면 너무 기분이 좋아요, 엄마…… 그녀는 자기 나름대로 여왕 같아요."

폴은 예배당에서 돌아오는 길에 여전히 미리엄과 에드가와 함께 가끔 짧게 산책을 했다. 그는 농장까지 가지는 않았다. 그러나 클라라는 과거와 마찬가지로 그를 대했고 폴 또한 그녀가 있어도 난처하게 느끼지 않았다. 어느 날 저녁 그는 미리엄과 단둘이서 함께 갔다. 그들은 책에 대해 이야기하기 시작했다. 책은 그들에게 끊임없는 주제였다. 모렐 부인은 그와 미리엄의 관계는 책을 먹고 살아나는 불과 같아서, 책이 더 없으면 죽어 버리고 말 것이라고 말한 적이 있었다. 미리엄은 자기가 폴을 책처럼 읽을 수 있고 언제든지 자기 손가락으로 몇 장의 몇 행인지 가리킬 수 있다고 자랑스럽게 말했다. 폴은 쉽게 그 말을 받아들이고 자신에 대해 미리엄이 누구보다도 잘 안다고 믿었고 그래서 단순한 이기주의자처럼 자신에 대해 미리엄에게 이야기하는 것이 즐거웠다. 곧 대화는 그가 하는 일로 흘러갔다. 자기가 그녀에게 그렇게 대단한 관심의 대상이라는 것이 폴을 매우 기분 좋게 했다.

"그래 요즘 무슨 일을 했어?"

"난…… 오, 별로 한 일이 없어…… 정원에서 베스트우드를 스케치했고 그게 마침내 거의 제대로 됐어. 그건 백 번 시도해서……."

이렇게 그들은 계속했다. 그러다가 미리엄이 말했다.

"그러면 요즘 바깥으로 나가지 않았겠네?"

"나갔어…… 월요일 오후에 클라라와 함께 클리프턴 그로브 숲에 갔어."

"날씨가 별로 좋지 않았는데." 미리엄이 말했다. "그랬지?"

"하지만 밖으로 나가고 싶었어…… 그리고 괜찮았어. 트렌트강에 물이 꽉 찼더군."

"그러면 바턴에 갔어?" 미리엄이 물었다.

"아니, 우린 클리프턴에서 차를 마셨어."

"그랬구나! 근사했겠네."

"그랬어! 유쾌한 부인이…… 그녀가 우리에게 네가 좋아할 만큼 예쁜 폼폼 달리아를 여러 송이 주었어."

미리엄은 고개를 숙이고 곰곰이 생각했다. 폴은 그녀에게 무엇을 숨기려는 생각이 없었다.

"왜 네게 달리아를 주었을까?" 미리엄이 물었다.

폴이 웃었다.

"그 부인이 우리를 좋아했기 때문이야…… 우리가 즐거워 보였기 때문일 거야."

미리엄은 손가락을 입에 물었다.

"집에는 늦었니?" 미리엄이 물었다.

마침내 폴은 미리엄의 말투에 화가 났다.

"7시 반 기차를 탔어."

"하!"

그들은 말없이 걸었고 그는 화가 났다.

"그런데 클라라는 어떻게 지내?" 미리엄이 물었다.

"꽤 괜찮아 보여."

"잘됐네." 그녀가 약간 비꼬는 투로 말했다. "그런데 그녀의 남편은 어때? 그 남자에 대해서는 아무도 말하지 않아."

"그에게는 다른 여자가 있고 그 사람도 꽤 잘 지내." 그가 대답했다. "적어도, 내가 알기로 그래."

"알겠어…… 분명하게는 모르는구나……. 그러한 처지가 여자에게 힘들다고 생각지 않아?"

"지독하게 힘들지."

"참 부당해!" 미리엄이 말했다. "남자는 자기가 원하는 대로 하고……."

"그렇다면 여자도 그렇게……." 폴이 말했다.

"여자가 어떻게 그럴 수 있어! ……여자가 그렇게 하면, 여자의 처지를 봐!"

"그게 어떤데?"

"글쎄…… 그건 불가능해! ……넌 여자가 무엇을 잃을지 이해하지 못해."

"그래, 못 하겠어…… 하지만 여자가 먹고살 게 자기의 훌륭한 명에밖에 없다면…… 도대체, 그건 빈약한 음식이고, 당나귀도 그걸 먹고는 죽고 말 거야."

그래서 미리엄은 적어도 폴의 도덕적 태도를 이해했고 그가 거기 따라 행동하리라는 것을 알았다. 미리엄은 그에게 결코 직접적으로 물어보지 않았지만 충분히 알게 되었다.

또 다른 날 폴이 미리엄을 만났을 때에는 결혼으로 대화가 넘어갔다가 도스와 클라라의 결혼에 대해 이야기하게 되었다.

"글쎄……." 그가 말했다. "클라라는 결혼이 얼마나 중요한지 전혀 몰랐어. 결혼이 별일 아니라고 생각했어…… 언젠가는 다가올 일로 말이야…… 그리고 도스는…… 글쎄 많은 여자들이 그를 차지하려고 영혼을 바쳤을 거야…… 그래서…… 그 사람인들 가만 있었겠어! ……그러고 나서 클라라는 '이해받지 못한 여자'로 발전했고…… 그에게 심하게 대했지. 틀림없이 그랬을 거야."

"남편이 자기를 이해하지 못한다고 클라라가 떠난 건가?"

"그럴 거야. 클라라는 떠나야 했을 거야. 그건 전적으로 이해의 문제만이 아니라 삶의 문제야. 남편과 함께 있으면 클라라는 반만 살아 있고 나머지는 잠자거나 죽어 있었어. 그리고 잠자는 여자는 '이해받지 못한 여자'야. 그녀는 깨어나지 않을 수 없었어."

"그러면 도스는 어떨까?"

"모르겠어…… 난 그가 클라라를 사랑한다고 생각해…… 그가 할 수 있는 한 대단히. 하지만 그는 멍청이야."

"네 부모님과 같은 관계네." 미리엄이 말했다.

"그래. 하지만 엄마는 처음에는 아버지에게 진정으로 기쁨과 만족을 얻었다고 믿어. 엄마는 아버지에게 열정을 가졌지. 그래서 아버지를 떠나지 않았어. 결국 그들은 서로에게 묶여 있었어."

"그래." 미리엄이 말했다.

"그걸 가져야만 할 거야." 그가 계속했다. "다른 사람을 통해 오는 진정한, 진정한 불 같은 느낌 말이야. 그게 석 달밖에 가지 않더라도 한 번, 단 한 번이라도 가질 만하지. 우리 엄마는 살아가고 발전하는 데 필요한 모든 것을 가진 것처럼 보여. 엄마에게는 메마르다는 느낌이 추호도 없어."

"그래." 미리엄이 말했다.

"그리고 아버지에 대해 처음에는 엄마가 그 진정한 것을 가졌다고 확신해. 엄마는 알아…… 그걸 경험했거든. 엄마와 아버지, 그리고 우리가 매일 만나는 수백 명의 사람들에게 그걸 느낄 수 있지. 그리고 일단 그런 경험을 하면 어떤 일도 감당할 수 있고 성숙해져."

"정확하게 어떤 일이 일어났는데?" 미리엄이 물었다.

"이야기하기는 매우 힘들어…… 하지만 우리가 다른 사람과 진정으로 하나가 될 때 우리를 변화시키는 거대하고 치열한 그런 거야. 그건 우리의 영혼을 풍부하게 하고 우리가 계속 나아가게 하고 성숙하게 만들어 주는 것 같아."

"그런데 네 엄마가 아버지에 대해 그런 것을 가졌다는 거니?"

"그래…… 그리고 마음속 깊은 곳에서 엄마는 그것을 자기에게 준 데 대해 아버지에게 지금까지도 감사하게 느끼고 있어. 지금은 사이가 엄청나게 벌어졌지만."

"그런데 클라라는 그걸 갖지 못했다고 생각해?"

"난 확신해."

미리엄은 이 문제를 곰곰이 생각했다. 미리엄은 폴이 무엇을 추구하는지 알았다. 그것은 열정의 불로 행하는 일종의 세례 같았다. 그녀는 폴이 이것을 갖기 전에는 결코 만족하지 않으리라는 것을 깨달았다. 어떤 남자들에게 메귀리를 뿌리는 일이 필수적이듯이…… 어쩌면 그에게는 이것이 필수적일지 몰라. 그리고 나중에 만족하면 더 이상 불안하게 날뛰지 않고 자리를 잡고서 내게 자기의 삶을 맡길 수 있을 거야. 그렇다면 그가 가야 한다면 가서 자기가 원하는 것…… 그가 말한 대로 거대하고 치열한 그런 것을 갖도록 내버려 두자. 어쨌든 그가 그것을 가지면 더 이상 그것을 원하지 않을 거야. 그가 그렇게 말했지. 그는 다른 것을 원할 것이며 그것을 내가 줄 수 있을 거야. 그는 자기가 일을 할 수 있도록 소유당하기를 원할 거야. 폴이 떠나야 한다는 것은 미리엄에게 쓰라린 일이었다. 그러나 그가 위스키 한잔 마시러 펍에 들어가도록 내버려 둘 수 있듯이 그가 클라라에게 가는 것을 내버려 둘 수 있어. 그것이 그의 내부의 필요를 충족시키고 내가 소유할 수 있도록 그를 자유롭게 해 주기만 한다면 말이다.

"클라라에 대해 엄마에게 말씀드렸니?" 미리엄이 물었다.

미리엄은 이것이 그가 클라라에게 가진 감정이 얼마나 진지한 것인지를 보여 주는 척도가 된다는 것을 알았다. 그녀는 폴이 어머니에게 이야기했다면 그것은 남자들이 쾌락을 얻으려고 창녀에게 가는 것과는 달리 지극히 중요한 것을 구하러 클라라에게 간다는 것을 알았다.

"응." 그가 말했다. "일요일에 차를 마시러 올 거야."

"집으로?"

"그래. 난 엄마가 클라라를 만나 보기를 원해."

"아!"

침묵이 흘렀다. 상황은 미리엄이 생각했던 것보다 빠르게 진행되고 있었다. 자기를 폴이 그렇게 빨리, 그리고 그렇게 완전히 떠날 수 있다는 사실이 갑자기 비통하게 느껴졌다. 그리고 그녀에게는 그렇게 적대적이었던 그의 식구들에게 클라라는 받아들여질까?

"내가 교회 가면서 들러도 괜찮을까?" 그녀가 말했다. "클라라를 본 지 오래됐어."

"그렇게 해." 폴은 놀라고 무의식적으로 화가 난 채 말했다.

일요일 오후에 폴은 역에서 클라라를 만나러 케스턴으로 갔다. 그는 플랫폼에 서 있으면서 자기에게 어떤 예감이 드는지 속으로 따져 보려고 애썼다.

'그녀가 올 거라고 느끼는가.' 폴은 마음속으로 말하고 예감을 발견하려고 노력했다. 그의 가슴이 이상하고 수축되는 것을 느꼈다. 그것은 불길한 전조 같았다. 곧 그는 그녀가 오지 않으리라는 불길한 예감을 느꼈다. 그녀는 오지 않을 거고 그가 상상했던 대로 그녀를 데리고 들판을 지나 집으로 가는 대신 그는 홀로 가야 할 것이다. 기차가 늦었다. 오후를 허비할 것이고 저녁도 마찬가지였다. 그는 오지 않는 그녀를 증오했다. 약속을 지킬 수 없다면 왜 약속을 했을까? 어쩌면 그녀는 기차를 놓쳤을지 모른다. 자기도 늘 기차를 놓치지 않는가. 그러나 그렇다고 해서 그것이 그녀가 이 특정한 기차를 놓칠 이유가 되지는 않았다. 그는 그녀에게 화가 났다. 그는 격분했다.

갑자기 폴은 기차가 모퉁이를 돌아 서서히 오는 것을 보았다. 기차가 왔지만 그녀는 오지 않았다. 녹색의 엔진차가 플랫폼에서 쉬이 소리를 내었고 갈색의 객차들이 섰다. 여러 문이 열렸다. 아냐, 그녀는 오지 않았어! 아냐! 그런데, 아, 그래, 그녀가 있었다. 그녀는 커다란 검은 모자를 쓰고 있었다! 그는 잠시 후 그녀 곁에 있었다.

"오지 않는다고 생각했어요." 폴이 말했다.

클라라는 그에게 손을 내밀면서 조금 숨 가쁘게 웃었다. 그들의 눈이 마주쳤다. 폴은 자기의 감정을 감추기 위해 서둘러 그녀를 플랫폼으로 데리고 가서 빠른 속도로 이야기했다. 클라라는 아름다워 보였다. 그녀의 모자에는 바랜 금빛 비단으로 만든 장미가 꽂혀 있었다. 그녀의 검은 옷은 그녀의 가슴과 어깨에 여간 잘 어울리는 것이 아니었다. 클라라와 함께 걸으면서 그의 자존심이 높아졌다. 그를 아는 역원들이 클라라를 감탄과 찬미의 눈길로 보는 것이 느껴졌다.

"정말 오지 않을 줄 알았어요." 폴이 떨면서 말했다.

클라라는 작은 비명을 지르듯 웃으면서 대답했다.

"그런데 난 기차에서 당신이 나와 있지 않으면 어떻게 해야 하나 생각했어요."

폴은 클라라의 손을 충동적으로 잡았고 그들은 좁은 길을 따라갔다. 그들은 레커닝 하우스 농장을 지나 너트올로 가는 길을 택했다. 맑고 온화한 날이었다. 곳곳에 갈색의 나뭇잎이 흩어져 있었다. 숲가의 산울타리에 수많은 진홍색 들장미 열매가 달려 있었다. 폴은 그녀에게 달아주려고 열매를 좀 모았다.

클라라의 웃옷 가슴에 열매를 꽂으며 폴이 말했다. "정말 당신은 새들 때문에 내가 꽃을 따는 것에 반대해야 해요. 하지만 이곳에는 먹을 것들이 많아서 새들이 들장미를 별로 좋아하지 않아요. 봄철에는 썩어 가는 열매들을 종종 볼 수 있어요."

폴은 클라라의 웃옷 가슴에 열매를 달고 있다는 것만 알 뿐 자기가 무슨 말을 하는지 의식하지도 못하고 이렇게 지껄였다. 그녀는 참을성 있게 그를 위해 서 있었다. 그리고 그의 재빠른 손을 바라보았다. 그 손은 너무나 생기가 넘쳤다. 그녀는 과거에 아무것도 보지 못했던 것처럼 느꼈다. 여태까지는 모든 것이 흐릿했다.

그들은 탄광 가까이 왔다. 탄광은 밀밭 가운데 조용하고 검게 서 있었고 거대한 광재(鑛滓) 더미가 밀밭에서 솟아오른 것처럼 보였다.

"이런 아름다운 곳에 탄광이 있으니 얼마나 딱한 일이에요." 클라라가 말했다.

"그렇게 생각해요?" 폴이 대답했다. "난 이곳에 너무 익숙해져서 그렇게 보이지 않아요…… 아니, 탄광이 여기저기 있는 것이 좋아요. 난 화차가 줄지어 선 모습과 주축대, 낮에 나오는 증기, 그리고 밤의 불빛이 모두 다 좋아요…… 난 어렸을 때 늘 낮의 구름기둥과 밤의 불기둥이 탄광을 지켜 준다고 생각했어요. 증기가 나오고 불이 켜져 있고 갱구는 불타고 있잖아요…… 그리고 하느님은 언제나 탄광의 꼭대기에 있다고 생각했지요."

그들이 집에 가까이 오자 클라라는 말없이 걸었고 머뭇거리는 것처럼 보였다. 폴은 잡고 있던 그녀의 손가락에 힘을 주었다. 그녀는 얼굴을 붉혔지만 아무런 반응을 보이지 않았다.

"우리 집에 가고 싶지 않아요?" 폴이 물었다.

"아뇨, 가고 싶어요." 클라라가 대답했다.

그의 집에서 클라라의 입장이 조금 묘하고 힘들 것이라는 생각이 폴에게는 들지 않았다. 폴은 클라라가 집으로 오는 것을 남자 친구들 가운데 한 명을 어머니에게 소개하는 정도로 여겼고 단지 그것보다 더 좋은 일이라고만 생각했다.

모렐 가의 집은 가파른 언덕을 따라 내려가는 지저분한 거리에 있었다. 그 거리 자체가 끔찍했다. 그 집은 대부분의 다른 집보다 나았다. 낡고 더러웠으며 큰 퇴창이 달려 있었다. 그리고 두 집이 붙은 연립 주택이었다. 그것은 우울하게 보였다. 그런데 폴이 정원으로 들어가는 문을 열자 모든 것이 달라졌다. 다른 세계인 것처럼 화창한 오후가 거기 가득했다. 작은 길가에는 쑥국화와 작은 나무들이 자라고 있었다. 창문 앞에는 햇볕이 잘 드는 잔디밭이 오래된 라일락으로 둘러싸여 있었다. 그리고 햇빛을 받으며 어지럽게 국화가 가득 핀 정원 너며 단풍나무를 지나 들판이 있고 그 너머에는 빨간 지붕의 작은 집들을 몇 채 지나 가을의 오후 햇빛에 흠뻑 잠긴 언덕이 보였다.

모렐 부인은 검은 실크 블라우스를 입고 안락의자에 앉아 있었다. 그녀는 희끗희끗한 갈색 머리를 이마와 높은 관자놀이에서 뒤로 부드럽게 넘겼으며 얼굴은 다소 창백했다. 클라라는 어려움을 견디면서 폴을 따라 부엌으로 갔다. 모렐 부인이 일어났다. 클라라는 그녀가 다소 딱딱하지만 숙녀라고 생각했다. 젊은 여인은 매우 안절부절못했다. 그녀는 생각에 잠기고 거의 체념한 듯한 표정이었다.

"엄마…… 클라라예요." 폴이 말했다.

모렐 부인은 손을 내밀고 미소를 지었다.

"폴에게 이야기를 많이 들었어요." 그녀가 말했다.

클라라의 뺨이 빨개졌다.

"제가 온 게 부담스럽지 않기를 바라겠어요." 클라라가 말을 더듬었다.

"폴이 당신을 데려올 거라고 해서 기뻤어요." 모렐 부인이 대답했다.

폴은 두 사람을 바라보다가 심장이 고통으로 오그라드는 것을 느꼈다. 화려한 클라라 곁에 있는 어머니는 너무나 작고 검고 지쳐 보였다.

"정말 아름다운 날이에요, 엄마!" 폴이 말했다. "우린 어치를 보았어요."

어머니가 폴을 바라보았다. 폴은 돌아서 그녀를 보았다. 모렐 부인은 잘 만든 검은 옷을 입은 폴이 남자답게 보인다고 생각했다. 창백하고 초연해 보이는구나. 어떤 여자라도 지키기가 어렵겠어. 모렐 부인의 가슴이 따뜻해졌다. 그리고 그녀는 클라라가 안됐다고 느꼈다.

“물건은 객실에 두는 게 어떨까요.” 모렐 부인이 젊은 여인에게 친절하게 말했다.

“오, 고마워요.” 클라라가 대답했다.

“이리 와요.” 폴이 말했다. 그리고 앞쪽의 작은 방으로 안내했다. 그 방에는 낡은 피아노와 마호가니 가구와 누런 색깔의 대리석 벽난로가 있었다. 불이 타고 있었다. 책들과 화판이 늘려 있었다.

“물건들을 널어놔요.” 폴이 말했다. “그게 훨씬 편해요.”

클라라는 폴이 예술가로서 필요한 여러 가지 장비와 책, 사람들의 사진이 마음에 들었다. 곧 폴은 그녀에게 말하기 시작했다. 이건 윌리엄이고 이건 이브닝드레스를 입은 윌리엄의 젊은 애인이고, 이건 애니와 그녀의 남편, 이건 아서와 아내와 아이. 클라라는 자기가 가족으로 받아들여진 것처럼 느꼈다. 폴은 그녀에게 사진과 책과 스케치를 보여 주었고 그들은 잠시 이야기했다. 그리고 나서 그들은 부엌으로 돌아갔다. 모렐 부인은 읽던 책을 옆에 놓았다. 클라라는 좁은 흑백 줄무늬가 있는 가는 실크 시폰 블라우스를 입고 있었다. 머리는 단순하게 머리 위로 감아 올렸다. 그녀는 다소 위엄이 있고 삼가는 것처럼 보였다.

“지금 스네이턴가(街)에 살고 있다지요?” 모렐 부인이 말했다. "내가 어릴 때…… 소녀일 때! ……내가 젊었을 때 우리는 미네르바 테라스에서 살았어요."

"오 그러셨군요!" 클라라가 말했다. "거기 6호에 제 친구가 살고 있어요."

그렇게 대화가 시작되었다. 그들은 노팅엄과 노팅엄 사람들에 대해 이야기했다. 그것은 두 사람 모두에게 흥미로운 주제였다. 클라라는 여전히 다소 안절부절못했고 모렐 부인은 여전히 다소 위엄을 지키고 있었다. 그녀는 아주 분명하고 정확하게 단어를 발음했다. 그러나 폴은 그들이 곧 잘 어울릴 것이라는 것을 알았다.

모렐 부인은 젊은 여인에 비추어 자신을 판단했고 자기가 더 강하다는 것을 쉽게 알았다. 클라라는 공손했다. 클라라는 폴이 어머니를 놀랄 정도로 존경하는 것을 알았고 그녀가 다소 엄격하고 차가운 사람이라고 예상했으며 그녀와 만나는 것을 두려워했다. 클라라는 이 자그마하고 흥미로운 여인이 그렇게 자진하여 이야기하는 것을 보고 놀랐다. 그리고 그녀는 폴에게 느꼈던 것과 마찬가지로 모렐 부인에게 방해가 되고 싶지 않다고 곧 느꼈다. 그의 어머니에게는 평생 결코 의심한 적이 없는 것처럼 매우 단단하고 확실한 무엇인가가 있었다.

얼마 안 있어 모렐이 오후 잠에서 깨어나 헝클어진 머리에 하품을 하며 내려왔다. 그는 회색빛이 도는 머리를 긁적이고 스타킹을 신고서 셔츠 위에 입은 양복조끼의 단추를 잠그지 않고 있었다. 어울리지 않는 모습이었다.

"도스 부인이에요, 아버지." 폴이 말했다.

그러자 모렐은 자신을 가다듬었다. 클라라는 모렐에게서 폴이 인사하고 악수하는 방식을 보았다.

"오, 그래요!" 모렐이 소리쳤다. "만나서 아주 반가워요, 반가워요, 정말 반가워요. 그대로 있어요…… 그냥 있어요…… 그냥! 편하게 있어요. 그리고 아주 환영해요."

클라라는 나이 든 광부의 환대에 깜짝 놀랐다. 아주 정중하고 당당하지 않은가! 그녀는 그가 매우 유쾌한 사람이라고 생각했다.

"그런데 멀리서 왔어요?" 그가 물었다.

"아니에요. 노팅엄에서 왔어요." 그녀가 말했다.

"노팅엄이라. 그렇다면 여행하기에 아름다운 날이었겠구려."

그리고 그는 식기실로 가서 손과 얼굴을 닦고 평소에 하던 대로 물기를 닦으려고 수건을 들고 난로로 갔다.

차를 마시면서 클라라는 가족의 세련됨과 침착한 분위기를 느꼈다. 모렐 부인은 완벽하게 여유가 있었다. 차를 따르고 사람들을 돌보는 일이 무의식적으로 이루어졌고 자기가 하던 말을 중단하지 않았다. 타원형의 식탁에는 충분한 공간이 있었으며 암청색의 버드나무 무늬가 새겨진 자기는 윤이 나는 식탁보 위에서 예쁘게 보였다. 노란색의 작은 국화가 든 예쁜 그릇이 있었다. 클라라는 가족들을 다 만났다고 느꼈고 그것은 그녀에게 즐거움을 주었다. 그러나 아버지를 비롯하여 모렐가 사람들 모두의 침착한 모습에 두려움을 느꼈다. 그녀는 그들의 분위기에 맞추었다. 거기에는 균형 감각이 있었다. 그것은 모든 사람이 자기 자신이면서도 조화가 되는 냉정하고 분명한 분위기였다. 클라라는 그것을 즐겼지만 마음속 깊은 곳에는 두려움이 있었다.

폴은 어머니와 클라라가 이야기하는 동안 식탁을 치웠다. 클라라는 그의 민첩하고 원기 왕성한 몸이 바람처럼 가볍게 왔다 갔다 하는 것을 의식했다. 그것은 나뭇잎이 예기치 않게 이리저리 날리는 것과 같았다. 그녀의 마음은 대부분 폴과 함께 움직였다. 클라라가 귀를 기울이는 것처럼 몸을 수그리고 있는 것을 보고 모렐 부인은 클라라가 이야기를 하면서도 마음은 다른 곳에 가있다는 것을 알 수 있었다. 그리고 나이 든 여인은 다시 클라라를 안됐다고 여겼다.

일을 끝내고 나서 폴은 두 여인이 이야기하도록 내버려 두고 정원을 어슬렁거렸다. 몽롱하고 화창한, 온화하고 부드러운 오후였다. 그가 국화들 사이로 걸어다닐 때 클라라는 창문을 통해 그의 모습을 좇아갔다. 그녀는 거의 만질 수 있는 무엇인가가 자기를 그에게 묶어 놓은 것처럼 느꼈다. 그러나 폴의 우아하고 여유 있는 움직임은 너무나 편안하게 보이고 그가 지나치게 무거운 꽃가지를 줄기에 맬 때에는 너무나 초연하게 보여서 클라라는 자신의 무력함에 비명을 지르고 싶었다. 모렐 부인이 일어났다.

"설거지를 돕고 싶어요." 클라라가 말했다.

"아, 별로 할 것도 없어요. 1분밖에 안 걸릴 거예요."

그러나 클라라는 그릇을 말리면서 폴의 어머니와 사이 좋은 시간을 보냈다. 그러나 정원으로 폴을 따라갈 수 없는 것이 고통스러웠다. 마침내 그녀는 나가 보기로 마음먹었다. 발

목에서 밧줄이 풀러지는 것처럼 느껴졌다.

더비셔의 언덕 위에 오후가 황금빛으로 빛났다. 폴은 화단 반대편에 서서 연한 갯개미취 덤불 옆에서 마지막 꿀벌이 벌집으로 기어 들어가는 것을 바라보고 있었다. 클라라가 오는 소리를 듣고 그는 편안한 움직임으로 그녀에게 몸을 돌리고 말했다.

"이 녀석들에게는 이게 장정의 끝이지요."

클라라는 그의 곁에 섰다. 앞쪽의 낮은 붉은 벽 너머로 들판과 멀리 언덕이 온통 황금빛으로 희미하게 보였다.

그 순간 미리엄이 정원의 문으로 들어왔다. 그녀는 클라라가 그에게 다가가는 것을 보았고 그가 돌아서는 것을 보았으며 그들이 함께 쉬는 모습을 보았다. 그들이 함께 완벽하게 격리된 모습에서 미리엄은 그들 사이에 무엇인가 이루어졌다는 것을, 그녀의 말로는, 그들이 결혼했다는 것을 알았다. 미리엄은 긴 정원의 분석(噴石) 길을 따라서 매우 천천히 걸어갔다.

클라라는 접시꽃의 줄기에서 단추 모양의 씨집을 따서 씨를 꺼내기 위해 그것을 쪼개고 있었다. 그녀의 숙인 고개 위에 패랭이꽃들이 마치 그녀를 보호하듯이 응시하고 있었다. 마지막 꿀벌들이 벌통으로 떨어지고 있었다.

"당신 돈을 세어 봐요." 클라라가 동전통 같은 씨집에서 납작한 씨를 하나씩 끄집어내자 폴이 웃었다. 그녀가 그를 바라보았다.

"난 부자예요." 클라라가 미소 지으며 말했다.

"얼마예요? ……퓨!" 폴이 손가락으로 딱 소리를 냈다. "내가 그걸 황금으로 바꿔 줄까요?"

"안 될 것 같네요." 클라라가 웃었다.

그들은 웃으면서 서로의 눈을 바라보았다. 그 순간 그들은 미리엄이 온 것을 알았다. 뚝 하는 소리가 나듯이 모든 것이 변했다.

"안녕, 미리엄!" 그가 외쳤다. "오겠다고 했지!"

"그래, 잊었어?"

미리엄은 클라라와 악수를 하고 말했다.

"여기서 만나니 이상하군요."

"그래요." 클라라가 대답했다. "여기 있으니 이상하군요."

그들은 머뭇거렸다.

"이곳이 예쁘죠?" 미리엄이 말했다.

"아주 마음에 들어요." 클라라가 대답했다.

그러자 미리엄은 폴의 가족이 자기와는 달리 클라라를 받아들인 것을 깨달았다.

"혼자서 여기까지 왔어?" 폴이 물었다.

"그래! 애거사의 집에 차를 마시러 갔어. 우린 교회에 갈 거야. 클라라를 보려고 단지 잠시 들른 거야."

"차를 마시러 왔어야 했는데." 폴이 말했다.

미리엄은 짧게 웃었고 클라라는 못마땅한 듯이 옆을 보았다.

"국화를 좋아해?" 폴이 물었다.

"그래…… 국화꽃이 아주 예쁘구나." 미리엄이 대답했다.

"어떤 종류가 제일 마음에 들어?" 폴이 물었다.

"모르겠어…… 청동색일 거야."

"네가 아직 다 보지 못했을 거야. 와서 봐. 클라라, 여기 와서 어느것이 가장 당신의 마음에 드는지 보세요."

폴은 두 여인을 자기가 만든 정원으로 안내했고 그곳에는 온갖 색깔의 꽃들이 뒤섞인 덤불이 길을 따라 들판까지 아무렇게나 서 있었다. 이 상황에서 자기는 틀림없이 난처해지지 않았다.

"여기 봐, 미리엄…… 이 흰 국화들은 너네 정원에서 가져온 거야. 여기서는 그렇게 보기 좋지 않지?"

"그래." 미리엄이 말했다.

"하지만 더 튼튼해. 너네 것들은 너무 보호를 받았어. 키만 크다가 약해져서 죽어 버려. 난 이 작은 노란 꽃들이 좋아. 몇 송이 꺾어 줄까?"

그들이 바깥에 있을 때 교회에서 종이 울리기 시작했고 종소리는 도시와 들판으로 크게 퍼졌다. 미리엄은 밀집해 있는 지붕들 위로 자랑스럽게 우뚝 솟은 종탑을 쳐다보고 폴이 자기에게 가져왔던 스케치를 기억했다. 그때는 지금과 달랐다. 그러나 아직까지도 그는 자기를 떠나지 않았다. 미리엄은 그에게 책을 빌려 달라고 부탁했다. 폴은 집안으로 달려갔다.

"그래…… 미리엄이냐?" 어머니가 차갑게 물었다.

"네…… 그녀가 와서 클라라를 만나겠다고 했었어요."

"그렇다면 네가 미리엄에게 이야기했니?" 비꼬는 대답이 나왔다.

"네, 못 할 이유가 있나요?"

"못 할 이유는 분명히 없지." 모렐 부인은 이렇게 말하고 다시 읽던 책으로 되돌아갔다. 폴은 어머니의 아이러니컬한 태도에 주춤했고 '원하는 대로 내가 못 할 이유가 뭔가?'라고 생각하고 짜증을 내며 얼굴을 찌푸렸다.

"전에 모렐 부인을 뵌 적이 없지요?" 미리엄이 클라라에게 말하고 있었다.

"없어요…… 하지만 참 좋은 분이세요."

"그래요." 미리엄이 고개를 떨구며 말했다. "어떤 면에서는 아주 훌륭한 분이죠."

"나도 그렇게 생각해요."

"폴이 어머니 얘기를 많이 했어요?"

"대단히 많이요."

"하!"

폴이 책을 가지고 돌아올 때까지 침묵이 흘렀다.

"언제 돌려줘야 하니?" 미리엄이 물었다.

"언제든지 네가 좋을 때." 폴이 대답했다.

폴이 대문으로 미리엄을 바래다주러 갈 때 클라라는 집 안으로 가려고 돌아섰다.

"언제쯤 윌리 농장에 올 거예요?" 미리엄이 물었다.

"글쎄요." 클라라가 대답했다.

"오고 싶으면 언제라도 엄마가 환영한다고 하셨어요."

"고마워요…… 가고 싶은데…… 하지만 언제라고 말할 수 없군요."

"오 알았어요!" 미리엄이 다소 비통하게 돌아서며 말했다.

미리엄은 폴이 준 꽃들을 입에 대고 작은 길을 내려갔다.

"정말 집에 안 들어올 거야?" 폴이 말했다.

"내키지 않아."

"우린 교회에 갈 거야."

"하! ……그럼 곧 보겠군!" 미리엄은 몹시 비통했다.

"그래."

그들은 헤어졌다. 폴은 미리엄에게 죄의식을 느꼈다. 미리엄은 비통해했으며 그를 비웃었다. 그녀는 그가 여전히 자기에게 속한다고 믿었다. 그러나 그는 클라라를 가질 수 있고 그녀를 집으로 데려오고 교회에서는 어머니 곁에 그녀와 함께 앉고 몇 년 전에 자기에게 주었던 바로 그 찬송가집을 클라라에게 줄 수 있을 것이다. 미리엄은 그가 바삐 집안으로 달려가는 소리를 들었다.

그러나 폴은 곧바로 집안으로 들어가지 않았다. 잔디밭에 멈추어 서서 그는 어머니의 목소리를 들었고 곧 클라라의 대답을 들었다.

"제가 싫어하는 것은 미리엄의 집요한 성격이에요."

"그래요." 어머니가 재빨리 말했다. "맞아요! 그래서 그 애를 싫어하게 되잖아요!"

폴의 가슴에 열이 났고 미리엄에 대해 이야기하는 그들에게 화가 났다. 그들은 무슨 권리로 그렇게 이야기하는가? 대화 자체에서 무엇인가가 그를 찔러 미리엄에 대해 증오의 불꽃을 느끼게 만들었다. 그러다가 마음속에서 클라라가 자유롭게 미리엄에 대해 그렇게 말하는 데 대해 격렬하게 반발심이 생겼다. 결국 착한 면에서는 미리엄이 클라라보다 더 낫다고 생각했다. 그는 집안으로 들어갔다. 어머니는 흥분한 것처럼 보였다. 늙어 가는 여자들이 그러하듯이 그녀는 박자에 맞추어 소파의 손잡이를 손으로 두드리고 있었다. 폴은 그런 동작을 참고 볼 수 없었다. 침묵이 흘렀다. 곧 그가 말하기 시작했다.

교회에서 미리엄은 폴이 자기에게 해 주었던 것과 똑같이 클라라를 위해 찬송가집에서 노래를 찾아주는 것을 보았다. 그리고 설교 도중에 폴은 맞은편의 미리엄을 볼 수 있었고 그녀의 모자가 얼굴에 짙은 그림자를 드리우는 것을 볼 수 있었다. 클라라가 자기와 함께 있는 모습을 보고 미리엄은 무슨 생각을 할까? 폴은 그 문제에 대해 더 깊이 생각하지 않았다. 그는 자신이 미리엄에 대해 잔인하다고 느꼈다.

예배가 끝난 후 폴은 클라라와 펜트리치 마을을 지나갔다. 어두운 가을밤이었다. 그들은 미리엄에게 작별 인사를 했고, 그녀를 홀로 보내면서 그의 가슴이 아팠다. '하지만 이렇게 하는 것이 그녀에게 좋을 거야.' 폴은 속으로 말했고, 미리엄이 보는 가운데 다른 멋진 여자와 떠나가는 것은 그에게 즐거움을 주었다.

어둠 속에서 젖은 나뭇잎의 냄새가 났다. 그들이 걸어갈 때 클라라의 따뜻한 손은 그의 손안에서 가만히 있었다. 폴은 갈등으로 가득 찼다. 마음속의 격렬한 갈등으로 인해 그는 절망감을 느꼈다.

펜트리치 언덕 위에서 폴이 걸을 때 클라라가 그에게 몸을 기대었다. 그는 팔을 그녀의 허리에 둘렀다. 클라라가 걸을 때 그의 팔 아래로 그녀의 몸이 강하게 움직이는 것을 느끼면서 미리엄 때문에 답답하던 가슴이 풀어졌고 뜨거운 피가 그를 뒤덮었다. 그는 그녀를 더 가까이 껴안았다.

그때 클라라가 조용히 말했다. "여전히 미리엄과 관계를 계속하는군요."

"이야기만 해요…… 우리 사이에는 이야기 이상은 결코 없었어요." 그가 씁쓸하게 말했다.

"당신의 어머니는 그녀를 좋아하지 않더군요." 클라라가 말했다.

"그래요…… 좋아했으면 미리엄과 결혼했을 거예요. 하지만 모든 게 끝났어요…… 정말로."

갑자기 그의 목소리가 증오심으로 격렬해졌다.

"내가 지금 미리엄과 있다면…… 우리는 '기독교의 신비'나 그와 비슷한 주제에 관해 이야기하고 있을 거예요. 함께 있지 않아서 다행이죠."

그들은 잠시 동안 말없이 계속 걸었다.

"하지만 당신은 미리엄을 진정으로 포기할 수 없어요." 클라라가 말했다.

"줄 게 아무것도 없으니까 그녀를 포기할 수도 없어요." 그가 말했다.

"미리엄은 줄 게 있어요."

"미리엄과 내가 살아 있는 동안 친구가 되지 말아야 할 이유는 없지요." 그가 말했다. "하지만 그저 친구일 뿐이에요."

클라라는 폴과 닿지 않으려고 몸을 기울여서 그로부터 떨어졌다.

"왜 떨어지려고 해요?" 폴이 물었다.

클라라는 대답하지 않고 더욱 멀리 떨어져 갔다.

"왜 혼자 걷고 싶어 하지요?" 폴이 물었다.

여전히 아무런 대답이 없었다. 그녀는 고개를 숙이고 화를 내며 걸었다.

"왜냐하면 내가 미리엄과 친구가 될 거라고 했기 때문인가요!" 그가 외쳤다.

클라라는 그에게 아무런 대답도 하려고 하지 않았다.

"우리 사이에 오가는 것은 말뿐이라고 했잖아요." 그가 그녀를 다시 잡으려고 하면서 계속 주장했다. 갑자기 그는 큰 걸음으로 클라라 앞으로 가서 그녀의 앞을 막았다.

"제기랄!" 그가 말했다. "이제 뭐가 불만이에요?"

"당신은 미리엄을 쫓아가는 게 좋겠어요." 클라라가 비웃었다.

그의 피가 내부에서 불타올랐다. 그는 이빨을 드러내고 서 있었다. 클라라는 토라져서 축 늘어져 있었다. 길은 어둡고 인적이 드물었다. 폴이 갑자기 그녀를 품에 안고 몸을 뻗어 그녀의 얼굴에 격렬한 키스를 퍼부었다. 클라라는 그를 피하기 위해 미친 듯이 고개를 돌렸다. 그는 그녀를 꽉 잡았다. 맹렬하고 무자비하게 그의 입술이 그녀를 향해 왔다. 그녀의 가슴이 그의 벽 같은 가슴에 눌려 아팠다. 어쩔 수 없이 클라라는 폴의 품에서 축 처졌고 그는 그녀에게 키스하고 또 키스했다.

폴은 사람들이 언덕을 내려오는 소리를 들었다.

"일어나요…… 일어나요!" 폴은 아플 정도로 그녀의 팔을 잡으며 탁한 목소리로 말했다. 폴이 팔을 놓았으면 클라라는 바닥에 쓰러졌을 것이다. 그녀는 한숨을 내쉬고 그의 곁에서 어지러움을 느끼며 걸었다. 그들은 말없이 계속 걸어갔다.

"들판을 지나갈 거예요." 폴이 말했고 그러자 클라라는 정신이 들었다.

클라라는 산울타리 계단을 넘을 때 폴이 도와주는 것을 내버려 두었고 첫번째 어두운 들판을 그와 함께 말없이 걸었다. 그것은 노팅엄과 역으로 가는 길이었고 그녀는 그것을 알았다. 폴은 주위를 살피는 것 같았다. 그들은 헐벗은 언덕 꼭대기에 도달했고 거기에는 부서진 풍차가 검게 서 있었다. 거기서 그들은 멈추었다. 그들은 어둠 속에 높이 서서 밤의 공간 속에 그들 앞에 흩어져 있는 불빛을 바라보았다. 불빛의 점들이 손바닥만한 크기로 마을을 이루어 어둠 속의 높고 낮은 곳에서 여기저기 반짝거렸다.

"별들 사이에서 걸어가는 것 같군요." 폴이 떨며 웃으면서 말했다.

그리고 그는 그녀를 꼭 껴안고 길게 키스를 했다. 그녀는 입을 옆으로 돌리고 끈질기고 낮게 물었다.

"몇 시예요?"

"상관없어요." 그가 탁한 목소리로 간청했다.

"아니에요, 상관 있어요…… 아니에요…… 난 가야 해요."

"아직 얼마 되지 않았어요." 그가 말했다.

"몇 시예요?" 그녀가 주장했다.

주위는 온통 칠흑 같은 밤에 불빛이 얼룩져 반짝이고 있었다.

"모르겠어요."

클라라는 손으로 그의 가슴을 더듬어 시계를 찾으려 했다. 그는 몸마디가 불처럼 달아오른 것을 느꼈다. 그가 헐떡이며 서 있는 동안 그녀는 그의 양복조끼 주머니를 더듬었다. 어둠 속에서 그녀는 시계의 둥글고 창백한 숫자판을 볼 수 있었지만 읽을 수는 없었다. 그녀는 시계 위로 몸을 숙였다. 그는 헐떡거리다가 다시 그녀를 안았다.

"읽을 수가 없어요." 클라라가 말했다.

"그러면 개의치 마세요."

"아뇨…… 난 갈 거예요." 그녀가 돌아서며 말했다.

"기다려요…… 내가 볼게요." 그러나 그도 시계를 볼 수 없었다. "성냥불을 켜야겠어요."

폴은 너무 늦어서 기차를 탈 수 없기를 속으로 바랐다. 그가 성냥불을 켜고 손으로 감싸자 클라라는 그의 손이 등불처럼 반짝이는 것을 보았고 곧 그의 얼굴이 밝아졌고 그의 눈이 시계에 고정되었다. 곧 모든 것이 다시 어두워졌다. 그녀의 눈앞에 모든 것이 시커멓게 되었고 타다 만 성냥 끝만이 그녀의 발치에서 빨갰다. 그는 어디에 있나?

"무슨 일이에요?" 클라라가 두려워하며 물었다.

"늦었어요." 그의 목소리가 어둠 속에서 대답했다.

잠시 말이 없었다. 클라라는 자기가 그의 힘 안에 있는 걸 느꼈다. 그녀는 그의 목소리에서 울림을 들었다. 그것은 그녀를 두렵게 했다.

"몇 시예요?" 그녀가 조용히, 단호하게, 절망적으로 물었다.

"9시가 되기 2분 전이에요." 그가 말했다. 그는 갈등 끝에 사실대로 말했다.

"그러면 내가 여기서 역까지 14분 만에 갈 수 있어요?"

"아뇨…… 어쨌든……."

그녀는 일이 미터 떨어져 있는 그의 어두운 형체를 다시 알아볼 수 있었다. 그녀는 도망가고 싶었다.

"내가 갈 수 없나요?" 그녀가 간청했다.

"서두르면 돼요." 그가 무뚝뚝하게 말했다. "하지만…… 편하게 걸어갈 수 있어요, 클라라…… 전차 정거장까지는 11킬로미터 밖에 안 돼요…… 내가 바래다줄게요."

"아니에요…… 기차를 타고 가고 싶어요."

"하지만 왜죠?"

"그러고 싶어요…… 난 기차를 타고 가고 싶어요."

갑자기 그의 목소리가 바뀌었다.

"좋아요." 그가 냉랭하고 사납게 말했다. "그러면 따라와요."

그리고 그는 어둠 속으로 돌진했다. 그녀도 그를 따라 달렸고 울고 싶었다. 이제 그는 그녀에게 냉혹하고 잔인했다. 그녀는 그의 뒤를 따라 숨을 헐떡이며 넘어질 듯 거칠고 어두운 들판을 달렸다. 그런데 정거장의 불빛이 두 줄로 점점 가까이 다가왔다. 갑자기 그가 맹렬하게 달리며 소리쳤다.

"저기 기차가 와요!"

희미하게 덜컹거리는 소리가 들렸다. 오른쪽 너머로 기차가 빛나는 쐐기벌레처럼 밤을 가로질러 나아갔다. 덜커덕거리는 소리가 멈추었다.

"기차가 고가교에 있어요…… 탈 수 있겠어요."

클라라는 숨이 넘어가도록 달렸고 마침내 기차 안으로 들어갔다. 기적 소리가 울렸다. 그는 사라졌다. 사라졌다! 그리고 그녀는 사람들이 가득 탄 객차에 있었다. 그녀는 상황의 잔인함을 느꼈다.

폴은 돌아서서 집으로 달려갔다. 자기도 모르는 사이에 그는 집의 부엌에 있었다. 그는 매우 창백했고 그의 눈은 마치 술에 취한 것처럼 어둡고 위험하게 보였다. 어머니가 그를 바라보았다.

"음, 부츠가 아주 보기 좋구나." 그녀가 말했다.

그는 자기 발을 내려다보았다. 그리고 외투를 벗었다. 어머니는 폴이 취했는지 궁금했다.

"그래 클라라가 기차를 탔니?" 그녀가 말했다.

"네."

"클라라의 신발은 그렇게 더럽지 않았으면 좋겠구나…… 도대체 어디로 끌고 다닌 거냐."

그는 잠시 말이 없었고 꼼짝하지 않았다.

"클라라가 마음에 들어요?" 그가 마지못해 마침내 물었다.

"그래…… 마음에 든다. ……하지만 얘야, 넌 그 여자가 싫증이 날 거야. 너도 그걸 알고 있지."

그는 대답하지 않았다. 그녀는 폴이 가쁘게 숨을 쉬고 있다는 것을 알아차렸다.

"달려갔었니?" 그녀가 물었다.

"기차를 놓치지 않으려고 달려가야 했어요."

"가서 쉬거라. 따뜻한 우유를 마시는 게 좋겠구나."

우유는 그에게 좋은 자극제가 될 수 있었다. 그러나 그는 거절하고 잠자리에 들었다. 침대의 겉 덮개에 얼굴을 묻고 누워 분노와 고통의 눈물을 쏟았다. 육체적인 고통으로 피가 나도록 입술을 깨물었으며 내부의 혼란으로 그는 생각할 수도 없고 거의 느낄 수도 없었다.

"이것이 그녀가 날 대하는 방식이야, 그렇지." 그는 얼굴을 이불에 파묻고 계속해서 마음속으로 말했다. 그리고 그녀를 증오했다. 그 장면을 다시 되돌아보고 그는 다시 그녀를 증오했다.

다음 날 그에게는 전에 없던 초연한 분위기가 감돌았다. 클라라는 아주 부드러웠고 거의 다정하기까지 했다. 그러나 그는 경멸하는 듯한 태도로 거리를 두고 그녀를 대했다. 클라라는 한숨을 내쉬고 계속 부드럽게 대했다. 폴은 기분이 풀렸다.

그 주일의 어느 날 저녁 사라 베르나르[5]가 노팅엄의 왕립극장에서 「춘희」를 공연했다. 폴은 이 나이 든 유명한 여배우를 보고 싶었고 클라라에게 함께 가지고 요청했다. 그는 어머니에게 자기를 위해 창문에 열쇠를 두라고 말했다.

"좌석을 예약할까요?" 그가 클라라에게 물었다.

---

5) Sarah Bernhardt(1844~1923). 프랑스 출신의 연극배우다. 유럽 전역과 미국에서 연기 활동을 했으며 연극사에서 가장 유명한 인물 가운데 하나이다.

"그래요. 그리고 야회복을 입어요, 알겠죠? 당신이 정장한 모습을 본 적이 없어요."

"하지만, 클라라, 극장에서 야회복을 입은 내 모습을 생각해 봐요!" 그가 항의했다.

"입고 싶지 않아요?" 그녀가 물었다.

"입기를 원한다면 입겠어요…… 하지만 난 바보 같다고 느낄 거예요."

클라라는 그를 비웃었다.

"그럼 날 위해 한 번만 바보처럼 느끼세요, 알았죠?"

이 요청이 그의 피를 달아오르게 했다.

"그렇게 해야 될 거라는 생각이 드네요."

"옷가방은 왜 가져가느냐?" 어머니가 물었다.

폴은 격렬하게 얼굴을 붉혔다.

"클라라가 부탁했어요." 그가 말했다.

"그래 어떤 좌석에 앉기로 했니?"

"원형 좌석이에요…… 한 장에 3파운드 6센트예요."

"저런, 놀랄 일이군!" 어머니가 비꼬면서 외쳤다.

"앞으로는 이런 일이 없을 거예요." 폴이 말했다.

폴은 조던 사에서 옷을 갈아입고 외투와 모자를 쓰고 카페에서 클라라를 만났다. 그녀는 여성 참정권론자회 친구들 가운데 한 명과 함께 있었다. 클라라는 자기에게 어울리지 않는 오래된 긴 코트를 입었고 머리를 작은 덮개로 감쌌는데 그것이 그의 마음에 아주 들지 않았다. 세 사람은 함께 극장으로 갔다.

클라라는 계단에서 외투를 벗었고 폴은 그녀가 일종의 준이브닝드레스를 입은 것을 보았다. 그녀의 팔과 목, 그리고 가슴의 일부가 드러났다. 머리는 최신 유행에 따라 다듬었다. 단순한 녹색 크레이프 천으로 만든 야회복은 그녀에게 잘 어울렸다. 폴은 그녀가 매우 화려하게 보인다고 생각했다. 그는 드레스가 그녀를 단단히 감싼 것처럼 옷 속의 그녀의 몸매를 볼 수 있었다. 그녀를 바라보면서 그는 그녀의 탄탄하고 부드러운 곧은 몸을 거의 느낄 수 있었다. 그는 주먹을 불끈 쥐었다.

그리고 그는 저녁 내내 그녀의 드러낸 아름다운 팔 곁에서 강한 가슴에서 올라오는 강한 목과, 녹색 천 아래의 가슴, 그리고 꼭 맞는 옷에 드러나는 허벅지의 곡선을 바라보며 앉아 있어야 했다. 그의 내부에서 무엇인가가 이렇게 그녀 가까이 앉아서 자기가 고통을 겪도록 한 데 대해 다시 그녀를 증오했다. 그리고 그녀가 머리의 균형을 잡고 입술을 삐쭉 내밀고 동경하듯이 꼼짝하지 않고 자기 앞을 똑바로 응시하는 모습을 보고 그녀를 사랑했다. 그녀는 마치 자신의 운명이 자기에게 너무나 강하기 때문에 운명에 자신을 맡긴 것 같았다. 클라라는 자신을 어쩔 수 없었다. 그녀는 자기 자신보다 더 큰 어떤 것에 사로잡혀 있었다. 그녀는 마치 자기가 생각에 잠긴 스핑크스인 양 그녀의 얼굴에 감도는 영원한 표정이 그로 하여금 그녀에게 미칠 듯이 키스하고 싶도록 만들었다. 그는 그녀의 손과 손목에 키스하기 위하여 자기의 프로그램 책자를 떨어트렸고 그것을 집으려고 바닥으로 몸을 숙였다. 그녀의 아름다움은 그에게 고문이었다. 그녀는 움직이지 않고 앉아 있었다. 불이 꺼졌을 때에야 클라라는 그에게 약간 기대었고 그는 손가락으로 그녀의 손과 어깨를 어루만졌다. 그는 그녀에게서 자연스러운 향기를 희미하게 맡을 수 있었고 그것이 그를 갈증으로 사납게 몰아갔다. 내내 그의 피는 거대한 백열의 파도를 치며 솟아올랐고 그것은 그의 의식을 잠시 마비시켰다.

연극은 계속되었다. 폴은 그것을 모두 거리를 두고 보았다. 그것은 그가 알지 못하는 어딘가에서 진행되었지만 마음속에서는 먼 곳으로 여겨졌다. 그는 클라라의 묵직한 흰 팔이었고 그녀의 목, 그리고 그녀의 움직이는 가슴이었다. 그것이 자기 자신 같았다. 그리고 멀리 떨어진 곳에서 극이 진행되었고 그는 그것과도 동일시했다. 자기 자신은 없었다. 클라라의 잿빛의 검은 눈, 그에게 다가와 내려오는 그녀의 가슴, 그의 손 사이에 꼭 쥔 그녀의 팔, 그것들만 존재하는 것 같았다. 그러자 폴은 자신이 왜소하고 무력하며 그녀가 자기 위에 군림한다고 느꼈다.

불이 켜지는 막간은 그를 눈에 띄게 괴롭힐 뿐이었다. 그는 다시 어두워질 때까지 어디든지 달아나고 싶었다. 미로에서 그는 방황하며 술을 찾았다. 그리고 불이 꺼졌을 때 클라라와 연극의 이상하고 비정상적인 현실이 다시 그를 사로잡았다.

연극은 계속되었다. 그러나 폴은 그녀의 팔이 굽어지는 곳에 자리 잡은 가늘고 푸른 핏줄에 키스하고 싶은 욕망에 사로잡혔다. 그는 그 핏줄을 느낄 수 있었다. 입술을 그곳에 갖다 대지 않으면 그의 생명 전체가 정지할 것 같았다. 키스를 해야만 했다. 그런데 사람들이 있었다! 마침내 그는 재빠르게 앞으로 몸을 굽혀 거기에 입술을 댔다. 그의 코밑수염이 그녀의 민감한 살갗을 스치고 지나갔다. 클라라는 몸을 떨고 자기 팔을 빼냈다.

모든 것이 끝나고 불이 들어오고 사람들이 환호하자 그는 정신이 들었고 시계를 보았다. 그의 기차는 이미 떠났다.

"집으로 걸어가야겠어요!" 폴이 말했다.

클라라가 그를 바라보았다.

"너무 늦었어요?" 그녀가 물었다.

폴이 고개를 끄덕였다. 그리고 클라라가 외투 입는 것을 도와주었다.

"당신을 사랑해요. 그 드레스를 입으니 아주 아름다워요." 폴은 부산한 사람들 사이에서 그녀의 어깨 너머로 중얼거렸다. 클라라는 잠자코 있었다. 그들은 함께 극장에서 나갔다. 마차들이 기다리고 사람들이 지나다니고 있었다. 그를 증오하는 한 쌍의 갈색 눈과 마주친 것 같았다. 그러나 누군지 알 수 없었다. 그와 클라라는 기계적으로 역 쪽으로 몸을 돌렸다.

기차는 떠나고 없었다. 그는 집까지 16킬로미터를 걸어가야 했다.

"별일 아니에요." 폴이 말했다. "걷는 건 재미있어요."

"우리 집에서." 클라라가 얼굴을 붉히며 말했다. "자고 가지 않겠어요? 난 엄마와 자고……."

폴은 클라라를 바라보았다. 그들의 눈이 마주쳤다.

"당신 어머니가 뭐라고 할까요?" 폴이 물었다.

"개의치 않을 거예요."

"확실해요?"

"그럼요!"

"그럼 갈까요?"

"원한다면."

"좋아요!"

그리고 그들은 돌아섰다. 첫 정거장에서 그들은 전차를 탔다. 바람이 그들의 얼굴에 신선하게 불었다. 도시는 어두웠고 전차는 빨리 가느라 기울어졌다. 폴은 클라라의 손을 꼭 잡고 앉아 있었다.

"당신 어머니가 잠들었을까요?" 폴이 물었다.

"어쩌면…… 그렇지 않기를 바라요."

그들은 조용하고 어두운 좁은 거리를 서둘러 갔고 바깥에는 그들밖에 없었다. 클라라가 재빨리 집으로 들어갔다. 폴은 망설였다.

"들어와요." 클라라가 말했다.

폴은 계단을 뛰어올라 집안에 들어섰다. 그녀의 어머니가 안쪽 문간에 거대하고 적대적인 모습으로 나타났다.

"너 거기 누굴 데리고 왔어?" 그녀의 어머니가 물었다.

"모렐 씨예요…… 기차를 놓쳤어요. 오늘 밤 여기서 자면 집에 돌아가느라 16킬로미터를 걷지 않아도 될 것 같아서요."

"흠!" 래드포드 부인이 큰소리를 냈다. "그건 네 생각이야! 네가 그를 초대한다면 나로서는 그를 환영한다. 네가 살림을 꾸려 나가니까."

"제가 마음에 들지 않으시면 도로 나가겠어요." 폴이 말했다.

"아니, 아니, 그럴 필요 없어요! 들어와요…… 내가 딸년에게 주려고 준비한 저녁을 어떻게 생각할지 모르겠구려."

작은 접시에 감자 프라이와 베이컨 조각이 담겨 있었다. 식탁이 한 사람을 위해 대충 준비되어 있었다.

"베이컨은 더 있어요." 래드포드 부인이 계속 말했다. "감자는 더 없소."

"폐를 끼쳐서 죄송해요." 폴이 말했다.

"오, 사과할 필요 없어요. 나와 상관없으니까! 클라라에게 연극 구경까지 시켜 주지 않았수?" 비꼬는 투로 그녀가 물었다.

"아!" 폴이 불편하게 웃었다.

"글쎄…… 그런데 베이컨 한 쪽이 대수겠소! 외투를 벗구려."

몸집이 크고 당당한 이 여인은 상황을 짐작하려고 애쓰고 있었다. 그녀는 찬장 주위를 서성거렸다. 클라라가 폴의 외투를 받았다. 방은 램프 불빛 속에 매우 따뜻하고 아늑했다.

"신사 양반!" 래드포드 부인이 소리쳤다. "그런데 두 사람은 훤하게 잘생긴 한 쌍이구려! 왜 그렇게들 차려입었소?"

"우리도 모르겠어요." 폴이 희생자처럼 느끼며 말했다.

"그렇게 멋을 부린다면 이 집에는 두 사람처럼 굉장한 사람들을 위한 방이 없소." 그녀가 그들을 놀렸다. 그것은 심술궂은 비난이었다.

폴은 야회복 웃옷을 입고 클라라는 녹색 드레스에 팔을 드러낸 채 당황했다. 그들은 그 작은 부엌에서 서로를 보호해야 한다고 느꼈다.

"그리고 저 꽃을 보구려!" 클라라를 가리키며 래드포드 부인이 계속했다. "재는 왜 저렇게 차려입었을까?"

폴은 클라라를 바라보았다. 그녀의 얼굴은 장밋빛이었고 목이 벌겋게 달아올랐다. 침묵의 순간이 흘렀다.

"당신은 저런 모습을 보고 싶은 거죠?" 폴이 물었다. 클라라의 어머니는 그들을 지배하고 있었다. 폴의 심장은 내내 빠르게 뛰고 있었고 그는 불안하여 긴장했다. 그러나 한번 싸워 보자.

"내가 보고 싶어 한다!" 나이 든 여자가 소리쳤다. "재가 바보짓을 해서 웃음거리가 되는 걸 내가 왜 보고 싶어 한단 말이오!"

"사람들은 더 바보 같은 짓도 해요." 폴이 말했다. 클라라는 이제 그의 보호 아래 있었다.

"오, 그래요…… 언제 그런 걸 보았수?" 비꼬는 대답이 나왔다.

"자기 자신을 두려워할 때지요." 폴이 대답했다.

래드포드 부인은 포크를 쥐고 거대하고 위협적인 모습으로 난로 깔개 위에 떠 있는 것처럼 서 있었다.

"어떤 식이든 다 바보 같은 짓이지." 부인이 네덜란드식 화덕으로 몸을 돌리며 마침내 대답했다.

"아니지요." 폴이 전투적으로 단호하게 말했다. "될 수 있으면 보기가 좋아야지요."

"그런데 저것을 보기 좋다고 부른단 말이우!" 클라라를 포크로 경멸적으로 가리키며 그 어머니가 외쳤다. "저건, 저건 제대로 옷을 입지 않은 거라오."

"부인께서 저렇게 멋있게 모양을 낼 수 없으니까 질투하시는 것 같군요." 폴이 웃으며 말했다.

"내가 질투를! 내가 원했다면 야회복을 입고 누구와도 다녔을 거요." 경멸하는 대답이 나왔다.

"그런데 왜 원하지 않으셨죠?" 폴이 적절하게 물었다. "원하셨다면 그걸 입으셨나요?"

긴 침묵이 흘렀다. 래드포드 부인은 네덜란드식 화덕에 베이컨을 이리저리 다시 놓았다. 부인의 감정을 상하게 했을까 우려되어 폴의 가슴이 빠르게 뛰었다.

"내가 입었냐고!" 그녀가 마침내 외쳤다. "아니, 입지 않았소! 그리고 내가 일을 하던 시절에 싸구려 무도회에 가느라 어깨를 드러내고 나오는 처녀가 있으면 보자마자 그 여자가 어떤 종류인지 알아봤소."

"부인께서는 너무 고상해서 싸구려 무도회에 가지 않았군요?" 폴이 말했다.

클라라는 고개를 숙이고 앉아 있었다. 폴의 눈은 검고 빛이 났다. 래드포드 부인은 불에서 네덜란드식 화덕을 들어내고 그의 곁에 서서 접시에 베이컨 몇 조각을 덜어 주었다.

"이건 바삭바삭하게 잘 구워진 조각이오!" 그녀가 말했다.

"제게 제일 좋은 것을 주지 마세요." 폴이 말했다.

"재는, 재가 원하는 걸 먹었소." 부인이 대답했다.

나이 든 여인의 어조에 일종의 경멸적인 용서의 기미가 있었고 폴은 그녀의 감정이 누그러진 것을 알았다.

"자, 이걸 좀 먹어요!" 폴이 클라라에게 말했다.

클라라는 모욕당하고 외로워 보이는 잿빛 눈으로 폴을 쳐다보았다.

"괜찮아요!" 클라라가 말했다.

"당신도 먹어 봐요." 폴이 애무하듯이 대답했다.

그의 핏줄에서 피가 불처럼 타올랐다. 래드포드 부인은 거대하고 인상적이며 초연한 모습으로 다시 앉았다. 폴은 클라라를 버려 두고 그 어머니에게 마음을 썼다.

"사라 베르나르가 쉰이라고 하더군요." 폴이 말했다.

"쉰이라! ……그녀는 예순의 나이라오!" 경멸적인 대답이 나왔다.

"그런데." 폴이 말했다. "그렇게 보이지 않았어요! 제가 지금까지도 소리를 지르고 싶게 만들었어요."

"나도 그 나쁜 추한 노파에게 소리지르고 싶다우." 래드포드부인이 말했다. "이젠 베르나르가 자기는 비명을 지르는 캐터머랜이 아니라 할머니라고 생각하기 시작할 때지……."

폴이 웃었다.

"캐터머랜은 말레이 사람들이 쓰는 배지요." 폴이 말했다.

"그런데 그게 내가 쓰는 말이오." 부인이 반박했다.

"제 어머니도 가끔 그러세요…… 그리고 제가 이야기해도 소용없어요." 폴이 말했다.

"그녀가 자네 따귀를 때릴 거라고 생각되는데." 래드포드 부인이 기분 좋게 말했다.

"제 어머니도 그러기를 원했고…… 그럴 거라고 말하고…… 그래서 올라설 수 있도록 제가 작은 의자를 갖다 드리고……."

"그게 우리 엄마의 가장 나쁜 점이에요." 클라라가 말했다. "작은 의자 같은 건 필요없어요."

"하지만 종종 긴 지팡이로도 저 숙녀를 건드릴 수 없어요." 래드포드 부인이 폴에게 반박했다.

"따님이 지팡이로 맞기를 원치 않을 거라고 생각되는군요." 폴이 웃었다. "저도 그래요."

"지팡이로 머리를 한 대씩 맞으면 두 사람에게 도움이 될 거요." 갑자기 웃으며 그 어머니가 말했다.

"왜 저한테 그렇게 감정이 있으세요?" 폴이 말했다. "전 부인한테서 아무것도 훔치지 않았어요."

"맞아요. 내가 그걸 지켜볼 거요." 나이 든 여인이 웃었다.

곧 저녁 식사가 끝났다. 래드포드 부인은 의자에 지키고 앉아 있었다. 폴은 담배에 불을 붙였다. 클라라는 위층에 올라갔다가 잠옷을 가지고 돌아와 말리려고 난로 울에 널었다.

"왜 저 옷에 대해 완전히 잊어버렸을까?" 래드포드 부인이 말했다. "그게 어디서 튀어나왔지?"

"제 서랍에서요."

"흠! ……네가 백스터를 위해 그걸 샀지만 그가 입으려고 하지 않았지, 그렇지?" (웃으면서) "침대에서는 바지를 입지 않고 지낼 생각이라고 말했지." 그녀는 은밀하게 폴에게 돌아서서 말했다. "그는 그걸 견딜 수 없었다오. 파자마 같은 것들 말이오."

젊은이는 담배 연기로 원을 만들며 앉아 있었다.

"글쎄요, 누구나 취향대로 사는 거지요." 그가 웃었다.

그리고 나서 잠옷의 이점에 대해 잠깐 이야기가 뒤따랐다.

"제 어머니는 제가 잠옷 입은 모습을 좋아하세요." 폴이 말했다. "제가 피에로 같대요."

"파자마가 젊은이에게는 잘 어울릴 것 같수." 래드포드 부인이 말했다.

잠시 후 폴은 벽난로 위에서 똑딱거리는 작은 시계를 흘깃 보았다. 12시 반이었다.

"우스운 일이지만." 그가 말했다. "극장에 갔다 와서 마음을 가라앉히고 자는 데는 몇 시간이 걸려요."

"이제 그렇게 되었을 시간이오." 식탁을 치우면서 래드포드 부인이 말했다.

"당신 피곤해요?" 폴이 클라라에게 물었다.

"전혀 피곤하지 않아요." 그녀가 그의 눈을 피하며 대답했다.

"우리 크리비지 카드 놀이를 할까요?" 폴이 말했다.

"어떻게 하는지 잊어버렸어요."

"그러면 내가 다시 가르쳐 줄게요…… 우리 크리비지 게임을 해도 될까요, 래드포드 부인?" 폴이 물었다.

"하고 싶으면 하구려." 그녀가 말했다. "하지만 꽤 늦었오."

"한두 게임을 하면 졸릴 거예요." 폴이 대답했다.

클라라가 카드를 가져왔고 그가 카드를 뒤섞는 동안 앉아서 결혼반지를 돌리고 있었다. 래드포드 부인은 식기실에서 설거지를 하고 있었다. 밤이 깊어지면서 상황이 더욱더 긴장되어 가는 것을 폴은 느꼈다.

"열 다섯 둘, 열 다섯 넷, 열 다섯 여섯, 그리고 둘은 여덟!"

시계가 1시를 쳤다. 여전히 게임이 계속되었다. 래드포드부인은 자기 전에 해야 할 자질구레한 일을 모두 끝내고 문을 잠그고 주전자를 채웠다. 폴은 여전히 패를 나누고 세고 있었다. 그는 클라라의 팔과 목에 사로잡혔다. 그는 그녀의 가슴이 막 갈라지기 시작하는 곳이 보이는 것 같았다. 그는 그녀를 떠날 수 없었다. 클라라는 폴의 손을 바라보았고 그의 손이 민첩하게 움직이자 그녀의 관절들이 녹는 것을 느꼈다. 그녀는 너무나 가까이 있었다. 마치 거의 그가 그녀를 만지는 것 같았다. 그렇지만 정말 그렇지는 않았다. 그의 열정이 자극을 받았다. 그는 래드포드 부인을 증오했다. 그녀는 거의 잠든 것 같았지만 단호하고 굳건하게 자기 의자에 앉아 있었다. 폴은 그녀를 흘깃 보고 나서 클라라를 보았다. 그녀는 분노하고 비웃고 쇠처럼 단단한 그의 눈을 마주 보았다. 그녀의 눈이 수치심을 담고 그에게 대답했다. 폴은 어쨌든 그녀가 자기와 마음이 같다는 것을 알았다. 그는 게임을 계속했다.

마침내 래드포드 부인이 뻣뻣하게 일어나며 말했다.

"두 사람이 자야 할 시간이 거의 되지 않았수?"

폴은 대답하지 않고 계속 게임을 했다. 폴은 살인이라도 하고 싶을 정도로 그녀를 증오했다.

"잠시만 있다가요." 폴이 대답했다.

나이 든 여인이 일어나서 식기실로 완고하게 점잔을 빼며 걸어가 그의 촛불을 가지고 와서는 벽난로 위에 놓았다. 그리고 나서 다시 앉았다. 그녀에 대한 증오심이 그의 핏줄을 따라 너무나 뜨겁게 달아올라 그는 카드를 놓았다.

“그럼 우리 그만해요.” 그가 말했지만 그의 목소리는 여전히 도전적이었다.

클라라는 폴의 입이 굳게 닫히는 것을 보았다. 다시 그가 그녀를 흘깃 보았다. 그것은 일종의 합의처럼 여겨졌다. 그녀는 카드에 고개를 숙이고 기침을 하고 목을 가다듬었다.

“음, 이제 끝났다니 기쁘구려.” 래드포드 부인이 말했다. “자, 이걸 받아요.” 그녀는 따뜻한 옷을 그의 손에 쥐어 주었다. “그리고 이건 댁의 촛불이오. 젊은이가 잘 방은 바로 위라오…… 방이 둘 밖에 되지 않으니 잘못 찾아갈 수 없을 거요…… 그럼…… 잘 자요…… 잘 쉬기 바라오.”

“걱정 마세요…… 전 항상 잘 자니까요.” 폴이 말했다.

“그래…… 젊은이 나이에는 그래야지.” 그녀가 대답했다.

그는 클라라에게 잘 자라고 인사를 하고 올라갔다. 한 발짝씩 내디딜 때마다 문질러 잘 닦은 나선형의 흰 나무계단이 삐걱거리고 털거덕거렸다. 그는 끈기 있게 올라갔다. 두 문이 서로 마주 보고 있었다. 그는 그의 방으로 들어가서 문을 닫았지만 걸쇠는 걸지 않았다.

작은 방에 큰 침대가 있었다. 클라라의 머리핀 몇 개가 화장대 위에 있었다. 그녀의 브러시도 있었다. 구석에 그녀의 옷과 스커트들이 천이 씌워진 채 걸려 있었다. 의자 위에는 스타킹 한 켤레가 있었다. 폴은 방을 살펴보았다. 그의 책 두 권이 책꽂이 위에 있었다. 그는 옷을 벗어서 개고 침대 위에 앉아서 귀를 기울였다. 그리고 나서 촛불을 끄고 누웠고 바로 거의 잠이 들었다. 그런데 별안간 짤깍 하는 소리가 났다! 그는 깨어났고 고통으로 몸부림쳤다. 마치 그가 잠이 들었을 때 무엇인가 갑자기 그를 물어서 미칠 지경으로 만든 것 같았다. 그는 앉아서 어둠 속에서 방을 바라보았다. 곧 의자 위에 그녀의 스타킹 한 켤레가 있다는 것을 알았다. 그는 조용히 일어나서 스타킹을 신었다. 그리고 가만히 앉아 있었다. 자기가 그녀를 가져야 한다는 것을 알았다. 발을 꼬고 침대에 똑바로 앉아 꼼짝하지 않고 귀를 기울였다. 어딘가 바깥의 멀리 떨어진 곳에서 고양이 울음소리가 들렸다. 이어서 클라라 어머니의 무겁고 태연한 걸음걸이가 들렸다. 그리고 클라라의 분명한 목소리가 들렸다.

"제 옷 좀 풀어 주겠어요?"

잠시 침묵이 흘렀다. 마침내 그 어머니가 말했다.

"자, 이제…… 올라가지 않으련?"

"아뇨…… 좀 더 여기 있겠어요." 딸이 조용하게 말했다.

"오, 좋도록 해라! 아직 그렇게 늦지 않았다면 좀 더 있거라. 하지만 내가 자야 할 때 와서 날 깨우지만 말아다오."

"곧 올라갈 거예요." 클라라가 말했다.

곧바로 폴은 그 어머니가 천천히 계단을 오르는 소리를 들었다. 방문 틈으로 촛불이 새어 들어왔다. 부인의 옷이 문을 스쳤고 폴의 가슴이 뛰었다. 그리고 다시 어두워졌고 옆방의 걸쇠가 딸가닥 걸리는 소리가 들렸다. 래드포드 부인은 잘 준비를 하는 데 정말 여유가 있었다. 한참 후에야 조용해졌다. 폴은 침대 위에서 가볍게 떨면서 초조하게 앉아 있었다. 방문은 3센티미터쯤 열려 있었다. 클라라가 2층으로 올라오면 방에 들어가기 전에 가로채야지. 그는 기다렸다. 모든 것이 죽은 듯 조용했다. 시계가 2시를 쳤다. 그때 아래층에서 난로 울을 가볍게 스치는 소리가 들렸다. 이제 그는 자기 자신을 어쩔 수 없었다. 떨리는 몸을 억제할 수 없었다. 내려가지 않으면 죽을 것이라고 느꼈다.

그는 침대에서 내려가 떨면서 잠시 서 있었다. 그리고는 바로 문으로 갔다. 가볍게 내려가려고 했다. 첫 번째 계단이 총소리처럼 커다란 소리를 냈다. 그는 귀를 기울였다. 나이 든 여인이 침대에서 뒤척이는 소리가 들렸다. 계단은 어두웠다. 부엌으로 연결되는 층계 바닥의 문 아래로 한 줄기 빛이 들어왔다. 그는 잠시 멈추어 섰다. 그리고 나서 기계적으로 계속 내려갔다. 한 발짝씩 내디딜 때마다 삐걱거리는 소리가 났고 위에 있는 나이 든 여인의 방문이 뒤에서 열리지 않을까 등이 오싹했다. 그는 바닥에 문을 더듬었다. 걸쇠가 요란한 소리를 내며 열렸다. 그는 부엌으로 들어가서 자기 뒤로 요란하게 문을 닫았다. 나이 든 여인은 이제 감히 오지 못할 것이다.

그때 그는 사로잡힌 듯 멈추어 섰다. 클라라가 난로 깔개 위에 속옷을 깔아 놓고 그 위에 발가벗고 무릎을 꿇고 앉아서 등을 폴 쪽으로 향한 채 몸을 따뜻하게 하고 있었다. 그녀는 돌아보지 않고 꿇어앉아 있었고 그녀의 완벽하고 아름다운 등은 그를 향하고 있었으며 얼굴은 숨겨져 있었다. 그녀는 스스로를 달래려고 난로 불로 몸을 따뜻하게 하고 있었다. 불빛이 한편에는 장밋빛이었고 다른 편은 그늘이 지고 어둡고 따뜻했다. 그녀의 팔은 힘없이 늘어져 있었다.

폴은 격렬하게 몸을 떨었고 이를 꼭 다물고 주먹을 쥐었지만 자신을 통제하기가 어려웠다. 이윽고 그는 그녀에게 나아갔다. 한 손을 그녀의 어깨에 얹고 다른 손을 그녀의 턱 밑으로 넣어 얼굴을 들어올렸다. 그의 손길이 닿자 전율하는 경련이 한 번, 두 번 그녀를 휩싸고 지나갔다. 그녀는 계속 고개를 숙이고 있었다.

"미안해요!" 폴은 자기의 손이 매우 차가운 것을 깨닫고 중얼거렸다.

그러자 죽음을 무서워하는 사람처럼 그녀가 그를 두려워하며 쳐다보았다.

"내 손이 너무 차가워요." 그가 중얼거렸다.

"난 찬 손이 좋아요." 그녀가 눈을 감으며 속삭였다. 그녀가 말할 때 숨결이 그의 입에 닿았다. 그녀의 팔이 그의 무릎을 감쌌다. 잠옷의 끈이 늘어져서 그녀에게 닿았고 그녀는 몸을 떨었다. 몸이 따뜻해지자 그의 떨림이 약해졌다.

마침내 그는 더 이상 그렇게 서 있을 수 없어서 클라라를 일으켜 세웠고 그녀는 머리를 그의 어깨에 묻었다. 그의 손이 천천히 그녀의 몸을 한없이 부드럽게 어루만졌다. 클라라는 자기를 그에게 숨기려는 듯 그에게 꼭 붙었다. 폴은 그녀를 부둥켜안았다. 그리고 마침내 그녀는 자기가 수치스러워해야 하는지 알아보려는 듯이 말없이 애원하는 눈빛으로 그를 바라보았다.

폴의 눈은 검고 몹시 깊고 몹시 잔잔했다. 그것은 마치 그녀의 아름다움과 그가 그 아름다움을 취하는 것이 그를 괴롭고 슬프게 하는 것처럼 보였다. 그는 다소 고통스럽게 그녀를 바라보았고 무서워졌다. 그는 그녀 앞에서 너무나 겸허했다. 클라라는 한쪽씩 그의 눈에 키스를 했고 그에게 안겼다. 그녀는 자기 자신을 맡겼다. 폴은 그녀를 꽉 껴안았다. 그것은 고통스러울 정도로 치열한 순간이었다.

곧 폴은 그녀를 풀어 주었고 그의 피가 자유롭게 흐르기 시작했다. 그녀를 바라보며 그는 자기 입술을 깨물어야 했으며 고통의 눈물이 눈에서 나왔다. 클라라는 너무나 아름답고 매력적이었다. 그녀의 젖가슴에 첫 키스를 하고 그는 두려움으로 헐떡거렸다. 거대한 공포와 거대한 겸손함과 엄청난 욕망은 거의 참기 어려울 정도였다. 그녀의 가슴은 육중했다. 그는 열매 받침에 달린 거대한 열매처럼 그녀의 가슴을 한 손에 하나씩 움켜쥐고 두려움에 떨며 거기에 키스했다. 폴은 그녀가 두려워서 바라보지 못했다. 그의 손은 부드럽고 섬세하게, 그리고 두렵게 분간하고 감탄하면서 그녀의 몸을 탐색했다. 그녀의 무릎이 갑자기 보였고 그는 거기로 내려가서 열렬하게 키스를 했다. 그녀는 몸을 부르르 떨었다. 그리고 그가 손가락으로 허리를 만지자 다시 경련했다.

클라라는 자기에게 폴이 감탄하고 그녀에 대한 기쁨으로 떨도록 내버려 둔 채 서 있었다. 그것은 그녀의 상처받은 자존심을 치유했다. 그것은 그녀를 치유하고 기쁘게 했다. 그것은 그녀가 발가벗은 채 똑바로 서고 자존심을 느끼도록 만들었다. 그녀는 경시당했고 그녀의 자존심은 내부에서 상처를 입었다. 이제 그녀는 기쁨과 자존심으로 다시 빛이 났다. 그것은 재생이었고 자신을 인정하는 것이었다.

폴이 숭배의 의식을 행하는 모습을 클라라가 바라보고 있을 때 그는 그녀를 쳐다보았고 그의 얼굴이 빛났다. 그들은 서로 웃었고 그는 그녀를 자기 가슴으로 잡아당겼다. 초가 똑딱거리며 지나가고 분이 흘러가도 두 사람은 한 쌍의 동상처럼 여전히 입술을 맞대고 함께 꼭 안고 서 있었다.

그러나 그의 손가락은 초조하고 방황하고 불만족스러운 상태에서 다시 그녀의 몸을 더듬었다. 뜨거운 피가 파도처럼 몰려왔고 다시 몰려왔다. 그녀는 머리를 그의 어깨에 기대었다.

"내 방으로 와요." 그가 중얼거렸다.

클라라는 그를 바라보고 고개를 가로 저었다. 입술을 슬프게 내밀고 눈은 열정으로 가득 차 있었다. 폴은 그녀를 뚫어지게 바라보았다.

"와요!" 그가 말했다.

다시 그녀가 고개를 저었다.

"왜 안 돼요?" 그가 물었다.

클라라는 여전히 우울하고 슬프게 그를 바라보았고 다시 고개를 저었다. 폴의 눈이 굳어졌고 그는 포기했다.

나중에 침대로 돌아와서 그는 왜 그녀가 자기 어머니가 알 수 있도록 내놓고 그에게 오는 것을 거부했는지 궁금했다. 어쨌든 그에게 왔다면 상황은 분명해졌을 것이다. 그리고 그녀는 어머니의 침대로 갈 필요가 없이 자기와 함께 밤을 지낼 수 있었을 것이다. 그것은 이상스러웠고 폴은 이해할 수 없었다. 그리고 나서 그는 거의 바로 잠이 들었다.

그는 아침에 누군가 말을 거는 소리에 깨어났다. 눈을 뜨자 래드포드 부인이 크고 당당한 모습으로 그를 내려다보고 있었다. 그녀는 손에 차 한 잔을 들고 있었다.

"심판일까지 잘 작정이시우?" 노부인이 말했다. 폴은 즉시 웃었다.

"5시 정도밖에 안 되었을 거예요." 그가 말했다.

"저런" 그녀가 대답했다. "하여간 7시 반이오. 자, 차 한 잔 가져왔소."

그는 코와 갈색 콧수염을 비비고 내려온 머리를 이마에서 옆으로 돌리고 정신을 차렸다.

"왜 이렇게 늦었을까." 폴이 투덜거렸다.

폴은 자기를 깨운 것에 화가 났다. 그것은 노부인을 즐겁게 했다. 그녀는 플란넬 잠옷 윗도리에 드러난 그의 목이 여자처럼 희고 둥글다는 것을 알았다. 그는 심사가 뒤틀려 머리를 긁적였다.

"머리를 긁어도 소용없어요." 노부인이 말했다. "그래 봐야 시간이 앞당겨지지 않아요. 자, 여기 언제까지 이렇게 잔을 들고 기다리고 서 있어야겠수?"

"오…… 잔을 내던지세요!" 폴이 말했다.

"일찍 잤어야지." 그 여인이 말했다.

폴은 부인을 쳐다보고 뻔뻔스럽게 웃었다.

"제가 부인보다 먼저 자러 갔어요."

"그렇고말고! ……그랬지!" 노부인이 소리쳤다.

"좋군요." 차를 저으며 폴이 말했다. "침대로 차를 가져오게 하니까요. 제 어머니는 제가 평생 타락한 것으로 생각할 거예요."

"그녀는 이런 적이 없었수?" 래드포드 부인이 물었다.

"그녀가 하늘을 나는 게 더 쉬울 거예요."

"아아…… 난 항상 가족들의 응석을 받아 주었다오…… 그래서 결국 그들이 형편없이 되었지."

"클라라밖에 없잖아요." 폴이 말했다. "그리고 하늘에는 래드포드 씨가 계시고요. 그러니까 나쁜 사람은 한 사람밖에 남지 않는 것 같군요."

"난 나쁜 사람이 아니라오…… 약할 뿐이지." 침실을 나가면서 그녀가 말했다. "난 바보일 뿐이라오. 그렇다오."

클라라는 아침식사 때 매우 조용했지만 폴을 자기 것으로 만든 듯한 태도를 취해 그는 한없이 즐거웠다. 래드포드 부인이 자기를 좋아하는 것은 명백했다. 그는 자기 그림에 대해 이야기하기 시작했다.

"그림을 그리느라고." 그 어머니가 소리쳤다. "고민하고 걱정하고 얼굴을 찌푸리고 해서 무슨 소용이 있어요? 내가 알고 싶은 건, 그게 젊은이에게 무슨 이득이 있냐는 거지. 즐겁게 지내는 게 더 나을 텐데."

"오, 하지만!" 폴이 외쳤다. "전 지난해 30기니도 넘게 벌었어요."

"그랬수! 그렇다면…… 다시 생각해 봐야겠구먼. 하지만 그것도 투자하는 시간에 비하면 아무것도 아니지."

"그리고 또 4파운드를 받을 일이 있어요. 어떤 사람이 자기와 마나님, 그리고 개와 집을 그려주면 5파운드를 주겠다더군요. 그런데 그 집에 가서 개 대신에 닭을 그려 넣었더니 이 사람이 화를 내는 바람에 1파운드를 깎아 줘야 했어요. 이런 일에 넌더리가 나요. 전 그 개가 마음에 들지 않았거든요. …… 그 개를 그려 뒀어요. 4파운드를 받으면 뭘 할까요?"

"글쎄, 자기 돈을 어디에 쓸지 자기가 잘 알지." 래드포드 부인이 말했다.

"하지만 전 이 4파운드를 그냥 써 버리려고 해요. 우리 바닷가 피서지로 하루 이틀 다녀올까요?"

"누구?"

"부인과 클라라와 저요."

"뭐라고…… 젊은이 돈으로!" 노부인은 반쯤 화를 내며 소리쳤다.

"안 될 이유가 있어요?"

"젊은이는 허들 경기에서 곧 목을 부러트리게 될 게요."

"제 돈으로 잘 달릴 수만 있다면 문제가 없어요! ……가시겠어요?"

"아니…… 두 사람 사이에 이 문제를 해결해요."

"그러면 기꺼이 갈 생각이 있으신 거죠?" 폴이 놀라고 기뻐서 물었다.

"하고 싶은 대로 하구려." 래드포드 부인이 말했다. "내가 그럴 생각이 있든 없든."

13 백스터 도스

클라라와 극장에 다녀온 지 얼마 되지 않은 어느 날 폴이 친구들과 '펀치 볼'에서 술을 마시고 있을 때 도스가 술집으로 들어섰다. 클라라의 남편은 살이 찌고 있었고 그의 갈색 눈 위로 눈꺼풀이 늘어지는 등 단단하고 건강한 살집을 잃어 가고 있었다. 그는 분명히 내리막길을 걷고 있었다. 그는 누이와 말다툼을 하고 나서 값싼 집으로 옮겼다. 그의 정부는 결혼해 줄 사람을 찾아서 그를 떠난 후였다. 그는 술이 취해 싸워서 하룻밤 유치장에 갇혔던 적도 있었으며 수상쩍은 도박에 관련되었다는 일화도 있었다.

폴과 그는 숙적이었다. 그러나 그들 사이에는 서로 전혀 말을 하지 않는 사람들 사이에도 때때로 존재하는 그런 특이한 친밀감이 있었는데 마치 그들이 속으로는 서로에게 가깝게 느끼는 듯했다. 폴은 종종 백스터를 생각했고 그에게 가까이 가서 친구가 되고 싶었다. 그는 도스도 종종 그에 대해 생각한다는 것과 어떤 인연에 의해서인지 자기에게 끌리고 있다는 것을 알고 있었다. 그러나 그 두 사람은 적의를 느낄 때를 제외하고는 전혀 상대방을 바라보지도 않았다.

조던 회사에서 상사였으므로 폴이 도스에게 한잔 사는 것이 관례였다.

"뭘 마시겠습니까?" 그가 도스에게 물었다.

"자네 같은 벌레와는 아무것도 안 마셔." 그 남자가 대답했다.

폴은 대단히 화가 나서 약간 무시하듯이 어깨를 으쓱 들어올리고는 몸을 돌렸다.

"귀족이란 실제로는 군사적 제도지요." 폴은 계속해서 말했다. "지금의 독일을 예로 들어 봅시다. 독일에는 수천 명의 귀족들이 있는데 이들의 유일한 생존 수단은 군대지요. 이들은 몹시 가난하고 그들의 생활은 대단히 침체되어 있어요. 그래서 전쟁이 일어나기를 바라지요. 그 사람들은 돈을 벌 수 있는 기회로 전쟁을 기대합니다. 전쟁이 일어날 때까지 그들은 아무 짝에도 쓸모 없는 한량들이지만 전쟁이 나면 지도자나 사령관이 되니까요. 바로 그 때문에 그들은 전쟁을 원하는 거예요."

폴은 너무 영리하고 건방지게 보였기 때문에 그의 이야기는 술집에서 인기가 없었다. 나이 든 사람들은 그의 고집스럽고 독단적인 태도를 불쾌하게 느꼈다. 사람들은 아무 말 없이 그의 이야기를 들었고 그의 말이 끝나면 다행스러워했다.

도스는 빈정거리듯이 큰소리로 이 젊은이의 유창한 웅변을 가로막았다.

"자네는 이런 것들을 일전에 극장에서 배웠나?"

폴은 그 남자를 쳐다보았다. 그들의 눈길이 마주쳤다. 그때서야 그는 클라라와 함께 극장에서 나오는 자신을 도스가 보았었다는 사실을 알게 되었다.

"극장이 어떻다는 거야?" 폴의 동료 중 한 사람이 뭔가 재미있는 낌새를 채고 그 젊은이에게 빈정거릴 수 있는 기회가 온 것을 다행으로 여기며 물었다.

"아, 저 작자가 빤질빤질하게 짤막한 꼬리가 달린 야회복을 입었더구먼." 도스는 경멸스럽다는 듯이 머리를 갑자기 폴에게 돌리면서 빈정거렸다.

"그거 대단한데." 그 친구가 말했다. "그래 여자도 있었나?"

"여자, 물론이지." 도스가 말했다.

"계속해 봐. 우리도 알자고." 그 친구가 소리쳤다.

"얘기 다 했네." 도스가 말했다. "아마 모렐은 그것 말고도 다른 일이 있었을 거야."

"설마!" 그 친구가 말했다. "그런데 괜찮은 여자였나?"

"여자? 그렇고 말고!"

"자네가 어떻게 아나?"

"아, 아마 모렐이 그날 밤을 근사하게 보냈을걸?"

폴을 두고 웃음이 터졌다.

"그런데 그 여자가 누군지 자네 알고 있나?" 그 친구가 물었다.

"그렇다고 말해야겠지." 도스가 말했다.

이 말에 다시 웃음이 터졌다.

"그러면 말해 보게." 그 친구가 말했다.

도스가 머리를 흔들며 맥주를 꿀꺽 들이켰다.

"저 작자가 스스로 말을 하지 않는 게 이상하군. 머지않아 자랑하고 다닐 거야." 그가 말했다.

"자, 폴." 친구가 말했다. "소용없네. 고백하는 것이 좋을걸."

"뭘 고백하라는 거야? 우연히 친구하고 극장에 갔다는 걸?"

"자, 괜찮다면 그 여자가 누구인지 말해 보게." 친구가 말했다.

"그 여자는 괜찮았어." 도스가 말했다.

폴은 화가 났다. 도스는 빈정거리며 손가락으로 금빛 도는 턱수염을 문질렀다.

"이거 놀랍군! 이런 일이 있다니?" 그 친구가 말했다. "이봐, 폴, 자네한테 놀랐네. 그런데 백스터, 자네는 그 여자를 아나?"

"조금 알지."

그는 다른 사람들에게 눈을 끔벅 했다.

"자, 나는 가겠어." 폴이 말했다.

그 친구는 폴의 어깨를 잡고 막았다.

"아니, 이보게. 그렇게 쉽게 빠져나갈 수 없지. 그 일에 대한 설명을 전부 들어야겠어." 그가 말했다.

"그러면 도스에게 듣게나." 그가 말했다.

"이봐, 자네가 한 일을 회피해서는 안 돼." 그 친구가 항의했다.

이때 도스가 한마디 했고 그 말을 들은 폴은 도스의 얼굴에 맥주 반 잔을 쏟아 부었다.

"아니 모렐 씨!" 술집 여종업원이 소리를 지르며 '경비원'을 부르려고 벨을 눌렀다. 도스는 침을 뱉고 그 젊은이에게 달려들었다. 그 순간에 소맷자락을 걷어올리고 엉덩이에 꼭 끼는 바지를 입은 기골이 장대한 사람이 끼어들었다.

"자, 자!" 그는 도스의 앞에 자기 가슴을 밀어대면서 말했다.

"이리 나와, 이 조그만 쥐새끼 같은 놈!" 도스가 소리쳤다.

폴은 하얗게 질려 떨면서 술집의 놋쇠 가로대에 기대고 있었다. 그는 도스를 미워했고 그 순간 무엇인가가 그를 끝장 내주기를 바랐다. 그리고 동시에 그 남자의 이마에 젖은 머리카락을 보면서 그가 애처롭게 보인다고 생각했다. 그는 움직이지 않았다.

"이리 나와, 너……." 도스가 말했다.

"이제 그만해요, 도스." 술집 여종업원이 말했다.

"자, 진정하세요." 그 경비원은 점잖게 버티면서 말했다. "당신은 가는 게 좋겠어요."

그리고 자기 몸을 가깝게 밀어붙여 도스로 하여금 물러나게 만들면서 그를 문간으로 몰고 갔다.

"이걸 시작한 건 저 조그만 쥐새끼라고!" 도스가 반쯤 겁에 질려서 폴 모렐을 손가락으로 가리키며 소리쳤다.

"무슨 소리예요, 도스 씨?" 술집 여종업원이 말했다. "시작하는 건 언제나 당신이라는 걸 알고 있잖아요."

그 '경비원'은 계속 가슴을 도스에게 밀었고 도스는 계속해서 뒤쪽으로 밀려가다가 문간을 지나 바깥 층계로 나가게 되었다. 그리고 나서 그는 몸을 돌렸다.

"어디 두고 보자." 그는 적수에게 곧바로 고개를 끄덕이면서 말했다.

폴은 그 남자에 대한 격한 증오심이 동정과 거의 애정에 가까운 감정과 뒤섞인 기묘한 느낌이 들었다. 색칠된 문이 흔들리며 닫혔다. 술집 안은 조용해졌다.

"꼴이 아주 좋군." 술집 여종업원이 말했다.

"하지만 눈에 맥주 세례를 받는 건 아주 불쾌한 일이야." 그 친구가 말했다.

"모렐 씨가 그렇게 해서 나는 정말 기분이 좋았어요." 여종업원이 말했다. "한 잔 더 하시겠어요, 모렐 씨?"

그녀는 물어보듯이 폴의 잔을 들고 있었다. 그는 고개를 끄덕였다.

"저 사람은 어떤 것도 개의치 않는 사람이야, 백스터 도스는 그렇다고." 누군가가 말했다.

"푸…… 정말이에요." 여종업원이 말했다. "그 사람 정말로 입이 거칠어요. 그런 사람은 전혀 도움이 되지 않지요. 막돼먹은 사람이라도 말을 기분 좋게 하는 사람이 나아요."

"여보게, 폴." 그 친구가 말했다. "자네 이제 당분간은 몸조심을 하는 게 좋을 거야."

"그 사람한테 당신을 때려눕힐 기회를 주지 않으면 돼요." 여종업원이 말했다.

"자네 주먹질 할 줄 아나?" 어떤 친구가 물었다.

"전혀." 폴은 아직도 하얗게 질려 대답했다.

"내가 한두 가지 가르쳐 주지." 그 친구가 말했다.

"고마워…… 하지만 시간이 없어."

그리고 이내 그는 밖으로 나왔다.

"젠킨슨 씨, 저 사람하고 같이 가세요." 여종업원은 젠킨슨에게 윙크를 하면서 조그맣게 말했다. 그 사람은 고개를 끄덕이고 모자를 들고는 "모두들 잘 가게!"라고 기운 차게 말하면서 폴을 따라가며 불렀다.

"여보게, 잠깐만. 자네하고 나는 방향이 같을 거야."

"모렐 씨는 이런 일을 좋아하지 않을 거예요." 여종업원이 말했다. "두고 봐요, 그 사람은 이제 여기에 자주 오지 않을 거예요…… 좋은 사람인데 유감이야. 그리고 백스터 도스는 어디에 가둬야 해요. 그 사람에게는 그게 필요해."

폴은 어머니가 이 사건에 대해 알게 되느니 차라리 죽음을 선택했을 것이다. 그는 굴욕감과 자의식으로 고통스러웠다. 이제 그의 삶에는 어머니에게 결코 말할 수 없는 부분들이 상당히 많아졌다. 그에게는 어머니와 분리된 삶이 있었는데, 그것은 그의 성생활이었다. 그 나머지는 아직도 어머니에게 속했다. 그러나 그는 무엇인가를 그녀에게 속여야 한다고 느꼈고 그것이 그를 지치게 만들었다. 그들 사이에는 어떤 침묵이 있었는데 그는 그렇게 침묵하는 가운데 어머니에게서 자기 자신을 방어해야만 한다고 느꼈다. 그는 그녀에 의해 저주받은 것 같았다. 그래서 때때로 그는 어머니를 미워했고 그녀의 구속을 끊어 보려고 했다. 그의 삶은 그녀에게서 자유롭기를 바랐다. 마치 삶이 더 이상 앞으로 나아가지 못하고 원점으로 되돌아가는 원을 이루고 있는 것 같았다. 어머니는 그를 낳았고 사랑했으며 지켜 주었고 그의 사랑은 그녀에게로 되돌아갔기 때문에 이제 그는 자유롭게 자기만의 삶을 진척시킬 수도 진정으로 다른 여자를 사랑할 수도 없었다. 이 무렵 그는 무의식적으로 자기 어머니의 영향력에 저항했다. 그는 어떤 일이 있었는지 어머니에게 이야기하지 않았고 그들 사이에는 거리가 생겼다.

클라라는 폴에 대해 거의 확신을 가지면서 행복하게 느꼈다. 그녀는 이제야 그를 자기의 것으로 가지게 되었다고 느꼈다. 그러다가 다시 불확실해지는 순간들도 있었다. 그는 그녀에게 농담하듯이 그녀 남편과의 사건을 이야기했다. 그녀의 얼굴이 붉어지고 그녀의 잿빛 눈이 반짝였다.

"꼭 그 사람답군요." 클라라가 소리쳐 말했다. "막노동하는 일꾼처럼! 그 사람은 점잖은 사람들과 어울리기에 적합지 않아요."

"하지만 그 사람과 결혼했잖아요." 그가 말했다.

폴이 그 사실을 상기시켰기 때문에 그녀는 화가 났다.

"그랬어요!" 그녀가 소리쳤다. "그렇지만 내가 어떻게 알았겠어요?"

"그 사람이 과거에는 근사했을 것 같은데요." 그가 말했다.

"내가 그 사람을 그렇게 만들었다고 생각하는군요." 그녀가 큰소리로 말했다.

"아니. 그 자신이 그렇게 만들었지요. 하지만 그 사람에게는 무언가가 있어요…….”

클라라는 자기 애인을 찬찬히 바라보았다. 그에게는 그녀가 싫어하는 어떤 면, 그녀에 대한 편견이 없는 비판이라던가 냉정함이 있었고 그 때문에 여성의 영혼은 그에 대해서 굳어져 버렸다.

“그런데 어떻게 할 생각이에요?” 그녀가 물었다.

“뭘요?”

“백스터에 대해서 말이에요.”

“아무것도 할 게 없지 않아요?” 그가 대답했다.

“부딪치면 싸울 수 있겠지요.” 그녀가 말했다.

“아뇨…… ‘주먹’에 대해서는 아는 것이 없어요…… 우스운 일이죠…… 대부분의 남자들에게는 주먹을 쥐고 때리는 본능이 있지만 난 그렇지 않아요. 싸우려면 차라리 칼이나 권총이나 그런 것들이 나아요.”

“그러면 뭘 지니고 다니는 게 좋겠어요.” 그녀가 말했다.

“아뇨, 난 검객이 아니에요.” 그가 웃으며 말했다.

“하지만 그 사람은 당신에게 해코지를 할 거예요…… 당신은 그 사람을 몰라요.”

“알았어요. 두고 봅시다.” 그가 말했다.

“그냥 내버려 둘 생각이에요?”

“아마도…… 어쩔 도리가 없잖아요.”

“만약 그 사람이 당신을 죽이면요?” 그녀가 말했다.

“그 사람을 위해서나 나를 위해서나 유감스러운 일이죠.”

클라라는 잠시 가만히 있었다.

"정말로 화나게 만드는군요." 그녀가 큰소리로 말했다.

"그건 새로운 일이 아니죠." 폴이 웃었다.

"하지만 왜 그렇게 어리석게 구는 거예요? 당신은 그 사람을 몰라요."

"알고 싶지도 않아요."

"그래요. 하지만…… 그 사람 좋을 대로 당신에게 어떻게 하든지 그냥 놔두지는 않겠죠?"

"내가 어떻게 해야 돼요?" 그가 웃으며 대답했다.

"나라면 권총을 가지고 다니겠어요. 그 사람은 정말 위험해요." 그녀가 말했다.

"그러다가 아마 내 손가락이나 날려버릴 거예요." 그가 말했다.

"그러지야 않겠지요…… 그런데 정말 그렇게 하지 않을 거예요?"

"아뇨."

"아무것도 안 하겠다고요?"

"안 하겠어요."

"그래서 그냥 그 사람을 내버려 둔다고요?"

"그래요."

"당신은 바보예요!"

"사실이에요."

클라라는 화가 나서 이를 악물었다.

"나는 당신을 뒤흔들고 싶어요." 그녀는 강렬한 감정으로 몸을 떨면서 소리쳤다.

"무엇 때문에요?"

"당신에게 마음대로 하라고 그런 사람을 그냥 놔두다니."

"그 사람이 이기면 당신은 그에게 돌아가도 좋아요." 그가 말했다.

"내가 당신을 미워하기를 바라나요?" 그녀가 물었다.

"글쎄요…… 내가 말하는 건 단지……." 그가 말했다.

"그러면서 당신은 나를 사랑한다고 말한단 말이지요!" 그녀는 분개하여 나지막한 소리로 외쳤다.

"당신을 즐겁게 해 주기 위해서 그 사람을 죽여야 한단 말이에요? 그러나 만약 내가 그렇게 한다면 그 사람이 얼마나 나를 속박하게 될지를 생각해 봐요." 그가 말했다.

"날 바보라고 생각하는군요!" 그녀가 외쳤다.

"전혀 그렇지 않아요. 다만 당신이 나를 이해하지 못하고 있어요."

그들은 잠시 침묵했다.

"하지만 당신은 스스로를 위험에 드러내서는 안 돼요." 그녀가 간청하듯이 말했다.

그는 어깨를 으쓱했다.

> 순수하고 탓할 바 없는 감정을
> 정의로움으로 치장한 사람은
> 예리한 톨레도의 칼날이나
> 독화살이 필요하지 않으니…….

그는 이렇게 인용했다.

클라라는 그를 유심히 바라보았다.

"당신을 이해할 수 있으면 좋겠어요." 그녀가 말했다.

"이해해야 할 게 없을 뿐이에요." 그는 웃었다.

그녀는 생각에 잠겨 고개를 숙였다.

폴은 며칠간 도스를 보지 못했다. 그러던 어느 날 아침 그는 나선과에서 위층으로 뛰어 올라가다가 그 억세고 튼튼한 금속공과 거의 부딪칠 뻔했다.

"이거 뭐야!" 그 금속공이 소리쳤다.

"미안해요!" 폴이 말하며 지나쳤다.

"미안하다고!" 도스가 빈정거렸다.

폴은 "나를 여자들 가운데 두세요."라는 노래를 경쾌하게 휘파람으로 불고 있었다.

"이봐, 젊은이, 자네 휘파람을 멈추게 해 주지." 그가 말했다.

상대방은 전혀 대꾸하지 않았다.

"며칠 전 밤에 있었던 일에 대해서 대가를 치르게 될 거야."

폴은 구석에 있는 자기 책상으로 가서 원장의 갈피를 넘겼다.

"가서 패니에게 내가 97호 주문품을 빨리 받아야겠다고 말해라." 그는 사환에게 말했다.

도스는 큰 키에 위협적인 태도로 문간에 서서 그 젊은이의 머리 꼭대기를 바라보았다.

"6펜스에 5펜스를 더하면 11펜스, 거기에 7펜스를 더하면 1실링 6펜스……." 폴은 소리를 내어 덧셈을 했다.

"이봐, 내 말 듣고 있지!" 도스가 말했다.

"5실링 9펜스!" 폴은 숫자를 적어 넣었다. "무슨 일이에요?" 그가 말했다.

"무슨 일인지 보여 줄 참이다." 금속공이 말했다.

폴은 소리를 내면서 숫자를 계속 더하고 있었다.

"이 조그만 쥐새끼 같은 놈이. 감히 내 얼굴을 제대로 쳐다보지도 못하면서."

폴은 재빨리 무거운 자를 움켜쥐었다. 도스는 깜짝 놀랐다. 젊은이는 장부에 선을 몇 개 그었다. 도스는 격분했다.

"어디에서건 내가 너와 마주칠 때까지 기다려. 끽 소리 못하게 해 주겠다, 이 조그만 겁쟁이야."

"좋습니다." 폴이 말했다.

그 말에 금속공은 육중한 발걸음으로 문간에서 물러섰다. 바로 그 순간에 송화관이 날카롭게 울렸다. 폴은 송화관으로 갔다.

"네!" 그가 말하고는 귀를 기울였다. "아…… 네!" 그는 다시 듣다가 웃었다. "곧 내려갈게요…… 지금 손님이 있어요."

도스는 폴의 음조로 그가 클라라에게 이야기하고 있다는 것을 알았다. 그는 앞으로 다가섰다.

"이 조그만 악마 같은 놈!" 그가 말했다. "2분 안에 너를 끝장내 주겠다. 네가 건방을 떨며 다니는 것을 그냥 놔둘 거라고 생각해?"

창고의 다른 사무원들이 고개를 들고 쳐다보았다. 폴의 사환이 흰 물건을 들고 나타났다.

"미리 알려 줬으면 어젯밤에 끝낼 수 있었을 거라고 패니가 말했어요." 그가 말했다.

"알았어." 폴은 스타킹을 바라보며 말했다. "그걸 가지고 가."

도스는 격분하여 어쩌지 못하고 좌절감을 느끼며 서 있었다. 모렐은 몸을 돌렸다.

"잠깐만 실례하겠어요." 그가 도스에게 말하면서 아래층으로 뛰어내려가려고 했다.

"네놈이 뛰어다니는 꼴을 확실히 끝내 주지." 금속공은 폴의 팔을 잡으며 소리쳤다. 폴은 재빨리 몸을 돌렸다.

"아니! ……이봐요!" 사환이 놀라서 소리쳤다.

토머스 조던이 유리창으로 구분된 그의 조그마한 사무실에서 깜짝 놀라서 뛰어나와 사무실을 내달려왔다.

"무슨 일이야, 무슨 일이냐고!" 그는 노인의 날카로운 목소리로 말했다.

"내가 이 조그만 녀석과 해결할 게 있소. 그게 다요." 도스가 자포자기조로 말했다.

"무슨 말이야?" 토머스 조던이 재빨리 말을 가로챘다.

"말 그대로요." 도스는 말했지만 꾸물거리고 있었다.

모렐은 이가 드러나도록 입을 반쯤 벌린 상태로 수치스러움을 느끼며 카운터에 기대서 있었다.

"이게 무슨 일이냐고?" 토머스 조던이 낚아채듯이 말했다.

"말할 수 없어요." 폴은 머리를 흔들고 어깨를 으쓱하며 말했다.

"말할 수 없어…… 말할 수 없다고!" 도스는 잘생긴 얼굴을 분개하여 앞으로 내밀고 주먹으로 칠 자세를 취하며 소리쳤다.

"다 끝났나?" 노인은 점잔 빼고 걸으면서 소리쳤다. "자네 일하는 곳으로 가게. 그리고 아침에 술이 취해서 이곳에 오지 말라고."

도스는 그의 큰 체구를 천천히 노인에게로 돌렸다.

"술에 취했다고!" 그가 말했다. "누가 취했단 말이오? 당신이나 나나 취하지 않았소."

"그 얘기는 전에도 들었네." 노인은 재빨리 말을 받았다. "이제 가게나. 그리고 여기서 어물쩡대지 말란 말이야…… 여기 와서 소동을 부리다니……."

금속공은 그의 고용주를 경멸하듯이 내려다보았다. 더러워졌지만 그의 일에 적합하게 잘생긴 큰 손이 부산하게 움직였다. 폴은 그것이 클라라 남편의 손이라는 것을 기억했고 갑자기 증오심이 그의 뇌리를 관통했다.

"쫓겨나기 전에 여기서 나가라고!" 토머스 조던이 재빨리 소리쳤다.

"어, 누가 나를 쫓아낸단 말이오?" 도스가 빈정거리기 시작하며 말했다.

조던 씨는 깜짝 놀라 그 금속공에게 걸어가서는 통통하고 조그만 손가락으로 그를 찌르며 쫓아내면서 말했다.

"내 작업장에서 나가…… 나가라고!"

그는 도스의 팔을 잡고 비틀었다.

"이거 놔!"라고 하면서 그 금속공은 팔꿈치를 잡아챘고 그 조그마한 공장주는 비틀거리며 뒤쪽으로 넘어졌다. 누군가 붙잡아주기도 전에 토머스 조던은 허술한 용수철 문에 부딪쳤다. 그 문은 부서졌고 조던은 대여섯 개쯤 층계를 굴러 패니의 방으로 나가 떨어졌다. 일순간 모두 놀라서 직원들과 여공들이 뛰어나왔다. 도스는 이 광경을 잠시 가혹한 표정으로 바라보다가 곧 나가 버렸다.

토머스 조던은 타박상을 입고 떨고 있었지만 다친 곳은 없었다. 그러나 그는 화가 나서 제정신이 아니었다. 그는 도스를 해고했고 폭행죄로 법정에 고소했다.

법정에서 폴 모렐은 증인이 되어야만 했다. 어떻게 사건이 일어났는가에 대한 질문을 받고 그는 대답했다.

"내가 도스 부인과 함께 일전에 극장에 갔다고 해서 도스는 기회를 틈타서 그녀와 나를 모욕했습니다. 그래서 내가 그에게 맥주를 부었고 그는 보복을 하려고 했던 겁니다."

"사건에 여자가 끼어 있었군!" 판사가 웃으며 말했다.

재판관이 도스에게 비열한 인간이라고 생각한다고 말한 다음 그 사건은 기각되었다.

"자네가 그 사건을 망쳐 버렸어." 조던 씨는 폴에게 덤비듯이 말했다.

"제가 그랬다고는 생각하지 않습니다." 폴이 대답했다. "게다가 사장님께서 정말로 유죄 판결이 나기를 바란 것은 아니지 않습니까?"

"그렇다면 내가 무엇 때문에 소송을 걸었다고 생각하나?"

"글쎄요, 제가 말을 잘못했으면 죄송합니다." 폴이 말했다.

클라라도 몹시 화가 나 있었다.

"어째서 내 이름까지 끌어 댈 필요가 있어요?" 그녀가 말했다.

"수군거리게 하느니 공공연히 말해 버리는 것이 낫지요."

"전혀 그럴 필요가 없었어요." 그녀가 선언하듯이 말했다.

"그렇다고 우리가 손해 본 것도 없소." 그는 무심하게 말했다.

"당신은 그렇겠지요." 그녀가 말했다.

"그럼 당신은?" 그가 물었다.

"내 이름은 전혀 거론될 필요가 없었어요."

"미안해요." 그는 말했다. 그러나 그의 목소리는 전혀 미안해하는 듯이 들리지 않았다.

그는 '그녀가 마음을 돌릴 거야'라고 편안하게 생각했고 실제로 그녀는 그렇게 되었다.

그는 조던 씨가 굴러 떨어졌다는 것과 도스의 재판에 대해서 어머니에게 이야기했다. 모렐 부인은 폴을 유심히 바라보았다.

"그 일 전체에 대해 어떻게 생각하니?" 그녀가 그에게 물었다.

"도스가 바보라고 생각해요." 그는 말했다.

그러나 그럼에도 불구하고 그는 대단히 불편한 심사가 되었다.

"이 일이 어떻게 끝날지 생각해 본 적이 있니?" 그의 어머니가 말했다.

"아니오, 일이 저절로 해결이 되겠지요." 그가 대답했다.

"그렇지. 대개는 원치 않는 방식으로 말이다." 어머니가 말했다.

"그러면 참는 수밖에 도리가 없지요." 그가 말했다.

"네가 생각하는 것처럼 '참는' 것이 그다지 쉽지 않다는 것을 알게 될 거다." 그녀가 말했다.

그는 계속해서 그의 도안을 재빨리 그리고 있었다.

"클라라가 어떻게 생각하는지 물어본 적이 있니?" 그녀가 한참 후에 말했다.

"무엇에 대해서요?"

"너에 대해서…… 그리고 다른 일들에 대해서 말이다."

"클라라가 저에 대해서 어떻게 생각하는지 개의치 않아요. 그 여자는 굉장히 나를 사랑하지만 그렇게 깊은 것은 아니에요."

"하지만 클라라에 대한 네 감정만큼이야 되겠지."

그는 이상하다는 듯이 어머니를 올려다보았다.

"그래요. 자, 엄마. 내게 무슨 문제가 있는 것 같아요. 사랑을 할 수 없거든요. 클라라와 함께 있으면 대체로 그녀를 정말 사랑해요. 때로 클라라를 그저 여자로 보게 될 때 전 그녀를 사랑해요, 엄마. 그런데 그녀가 이야기를 하거나 비판을 할 때면 종종 그녀의 말을 듣지 않아요." 그가 말했다.

"하지만 클라라는 미리엄만큼 지각이 있는 여자다."

"어쩌면 그렇겠지요. 미리엄보다는 그녀를 더 사랑해요. 그런데 어째서 그 여자들은 나를 붙잡지 못하는 걸까요?"

마지막 질문은 거의 탄식에 가까웠다. 그의 어머니는 얼굴을 돌리고 아주 조용히 진지하게 무언가 체념하는 듯한 태도로 방을 가로질러 바라보고 있었다.

"그런데 너는 클라라와 결혼하고 싶지 않겠지?" 그녀가 말했다.

"네…… 처음에는 어쩌면 결혼하고 싶었을 거예요. 그런데 내가 왜, 어째서 그 여자나 아니면 다른 누군가와 결혼하기를 바라지 않을까요? 때때로 내가 여자들을 부당하게 대하는 것처럼 느낄 때가 있어요."

"어떻게 부당하게 대했다는 말이니, 얘야?"

"모르겠어요."

폴은 다소 자포자기하듯이 계속 그림을 그렸다. 그는 문제의 핵심을 건드린 것이었다.

"그리고 결혼을 원하는 것에 관해서는, 아직 시간이 많이 남아 있다." 어머니가 말했다.

"하지만 아니에요, 엄마. 나는 클라라를 여전히 사랑하고 과거에는 미리엄을 사랑했어요. 하지만 결혼해서 나 자신을 그들에게 주는 것…… 그런 일은 할 수 없어요. 그들에게 예속될 수가 없어요. 그들은 나를 원하는 듯이 보이는데 나는 나 자신을 그들에게 줄 수가 없는 거예요."

"네 짝이 될 만한 여자를 만나지 못한 거겠지."

"그런데 엄마가 살아 있는 동안에는 그런 여자를 결코 만나지 못할 거예요."

그녀는 아주 조용히 침묵했다. 이제 그녀는 힘을 다 써 버린 듯이 다시 피곤해졌다.

"두고 보자, 얘야." 그녀가 대답했다.

상황이 순환적인 궤도를 밟고 있다는 느낌으로 폴은 미칠 것 같았다.

열정에 관한 한 클라라는 실제로 열정적으로 폴을 사랑했고 그도 그녀를 사랑했다. 그러나 대낮이면 폴은 클라라에 대해서 거의 잊고 지냈다. 그녀가 같은 건물에서 일하고 있었지만 그는 그것을 의식하지 않았다. 그는 바빴고 그녀의 존재는 그에게 전혀 중요하지 않았다. 그러나 클라라는 나선과에 머물러 있는 동안 언제나 그가 위층에 있다는 것을 의식했고 같은 건물에 있는 그의 존재를 육체적 감각으로 느낄 수 있었다. 그녀는 그가 문을 열고 들어오기를 매 순간 기대하고 있었고 그가 들어서면 그녀는 충격을 느꼈다. 그러나 그는 종종 잠깐 동안 그녀에게 사무적으로 대할 뿐이었다. 그는 그녀에게 사무적인 태도로 지시하면서 그녀의 접근을 막았다. 그녀는 거의 정신이 없는 상태에서 그의 말을 들었다. 그녀는 이해하지 못하거나 기억하지 못하는 일이 없도록 노력했지만 그것은 그녀에게 잔인하게 여겨졌다. 그녀는 그의 가슴을 만지고 싶었다. 그녀는 조끼 속으로 그의 가슴이 어떻게 생겼는지를 정확히 알고 있었고 그것을 만지고 싶었다. 그가 기계적인 목소리로 작업에 관한 명령을 내리는 것을 듣고 있노라면 미칠 것 같았다. 그녀는 허울을 찢어 내고 자기 자신과 그 남자를 덮고 있는 일이라는 하찮은 덮개를 깨뜨려 버리고 다시 그 남자에게 닿고 싶었다. 그러나 그녀는 두려웠다. 그녀가 그의 온기를 한번이라도 느낄 수 있기 전에 그는 가 버렸고 그러면 그녀는 다시 고통을 느꼈다.

폴은 클라라가 자기를 보지 못하는 저녁이면 언제나 울적해한다는 것을 알고 있었기 때문에 그녀에게 많은 시간을 할애했다. 낮 시간은 그녀에게 종종 비참했지만 저녁과 밤은 그들 둘 다에게 더없이 행복한 시간이었다. 그 시간이면 그들은 말없이 있었다. 몇 시간 동안 그들은 어둠 속에서 함께 앉아 있거나 걸어다녔고 거의 의미 없는 몇 마디의 말을 할 뿐이었다. 그러나 그는 그녀의 손을 쥐고 있었고 그녀의 가슴은 그의 가슴에 온기를 남겨서 그를 완전하게 느끼도록 만들어 주었다.

어느 날 저녁 그들은 운하 옆을 걷고 있었고 폴은 무엇 때문인지 고민하고 있었다. 클라라는 자신이 그를 사로잡지 못했다는 것을 알았다. 그는 내내 부드럽게 혼자서 휘파람을 불고 있었다. 그녀는 그의 말보다 휘파람에서 더 많은 것을 알 수 있으리라 생각하며 휘파람 소리에 귀를 기울였다. 그것은 구슬프고 불만을 품은 곡조였고 그녀로 하여금 그가 그녀에게 머물지 않을 것이라고 느끼게 해 주었다. 그녀는 말없이 계속 걸었다. 그들이 선회교에 다다랐을 때 그는 물 속에 비친 별들을 보며 커다란 기둥에 앉았다. 그녀는 폴이 자기한테서 멀리 떨어져 있구나 하고 생각하고 있었다.

"계속 조던 회사에 있을 건가요?" 클라라가 물었다.

"아뇨." 폴은 생각하지 않고 대답했다. "아니요…… 노팅엄을 떠나서 외국으로 갈 거예요…… 곧."

"외국에 간다고요…… 무엇 때문에?"

"모르겠어요! 내가 들떠 있는 것 같아요."

"하지만 무얼 할 건데요?"

"아마 디자인 작업을 꾸준히 계속해야 할 거고 우선 내 그림들을 몇 점 팔아야 하겠죠." 그가 말했다. "점차 내 삶을 개척하고 있어요. 그렇다고 확신해요."

"그러면 언제 갈 거라고 생각해요?"

"모르겠어요. 엄마가 살아 계신 동안에는 오랫동안 가 있을 수는 없지요."

"어머니를 떠날 수 없어요?"

"오랫동안 그럴 수는 없어요."

클라라는 검은 물에 비친 별들을 바라보았다. 별들은 흰 빛을 내며 응시하듯이 잠겨 있었다. 폴이 자기를 떠나리라는 것을 아는 것은 고통스러운 일이었지만 자기 옆에 그 남자를 두는 것도 괴롭기는 거의 마찬가지였다.

"그런데 당신이 돈을 꽤 많이 번다면 뭘 할 거예요?" 그녀가 물었다.

"런던 근처 어딘가에 예쁜 집을 사고 엄마와 살겠어요."

"그래요."

오랫동안 침묵이 흘렀다.

"내가 계속 당신을 보러 올 수 있겠지요." 그가 말했다. "모르겠어요…… 내가 뭘 할 건지 묻지 말아요. 나도 몰라요."

침묵이 흘렀다. 별들은 흔들리며 물 위로 흩어졌다. 한 줄기 바람이 불어왔다. 그는 갑자기 그녀에게 다가와서 그녀의 어깨에 손을 얹었다.

"미래에 대해서 묻지 말아요." 그는 비참한 듯이 말했다. "나는 아무것도 모르니까요…… 지금 나하고 같이 있어 줘요. 그것이 무엇이건 간에…….”

클라라는 폴을 품에 안았다. 어차피 그녀는 결혼한 여자였기에 그가 그녀에게 준 것을 받을 권리조차 없었다. 그는 그녀를 몹시 필요로 했다. 그녀는 그를 안았지만 그는 비참한 기분이었다. 클라라는 열정을 다하여 그를 감싸고 위로하고 사랑했다. 그녀는 그 순간 자체가 정지하도록 만들고 싶었다.

잠시 후 그는 무엇인가 말하고 싶은 양 고개를 들었다.

“클라라.” 그는 간신히 말했다.

클라라는 열정적으로 그의 몸을 자신에게 끌어당기고 손으로 그의 머리를 자기의 가슴에 갖다대었다. 그녀는 고통스러워하는 그의 목소리를 참을 수 없었다. 그녀의 영혼은 두려움을 느꼈다. 그녀는 그에게 어떤 것이든, 무엇이든 줄 수 있었지만 다만 알고 싶지는 않았다. 그녀는 그것을 견딜 수 없다고 느꼈다. 그녀는 그가 자신에게서 위로받고 위안을 얻기를 바랐다. 그녀는 그를 꼭 껴안고 애무하며 서 있었고 그는 그녀에게 미지의 어떤 것, 거의 불길한 어떤 존재였다. 그녀는 그를 위로하여 모든 것을 잊도록 만들고 싶었다.

그리고 이내 그의 영혼 속에서 갈등은 가라앉았고 그는 망각에 빠졌다. 그러나 그때 거기 존재하는 것은 클라라가 아니라 어둠 속에 존재하는 어떤 따뜻한 여자, 그가 사랑하고 숭배했던 그 어떤 존재였다. 그것은 클라라가 아니었고 그 여자는 그에게 자신을 내맡겼다. 그녀에 대한 그의 사랑의 적나라한 갈망과 필연성, 그 원색적인 면에서 강렬하고 맹목적이며 무자비한 어떤 것이 그녀에게는 그 시간이 거의 끔찍하게 여겨지도록 만들었다. 그녀는 그가 홀로 완전한 존재라는 것을 알고 있었고 그가 그녀에게 왔다는 것을 대단한 일로 느꼈다. 그리고 그녀는 오로지 그의 욕구가 그녀 자신이나 그 사람보다도 더욱 큰 것이었기 때문에 그를 받아들였고 그녀의 영혼은 여전히 그녀의 내면에 머물러 있었다. 그가 그녀를 떠난다 해도 그녀는 그를 사랑했기 때문에 그를 위하여 그의 욕구를 받아들인 것이었다.

그동안 들판에서 물떼새들이 비명을 지르듯이 소리 내고 있었다. 그가 정신을 차렸을 때 그는 자기 눈 가까이 어둠 속에서 충만한 생명으로 곡선을 그리고 있는 것이 무엇인지 그리고 소리를 내고 있는 것이 무엇인지 의아했다. 잠시 후에 그것이 풀잎이고 물떼새가 지르는 소리라는 것을 깨달았다. 숨을 들이쉬는 클라라에게서 따뜻함이 흘러나왔다. 그는 머리를 들고 그녀의 눈을 들여다보았다. 그 눈은 어둡게 빛나고 있었고 낯설었으며, 근원적으로 거친 생명이 그의 생명을 응시하고 있었고, 낯선 사람으로서 그를 마주하고 있었다. 그는 두려움을 느끼며 얼굴을 그녀의 목에 묻었다. 그녀는 어디 있을까? 이 시간 내내 어둠 속에서 그와 함께 숨쉬던 강렬하고 낯설고 거친 생명은. 그것이 그들 자신보다도 훨씬 더 거대한 것이었기에 그는 침묵했다. 그들은 만났었고 그들의 만남에는 찌를 듯한 풀잎들과 물떼새의 외침과 별들의 선회가 어우러져 있었다.

그들이 일어섰을 때 그들은 다른 연인들이 반대편 산울타리 아래로 내려오고 있는 것을 보았다. 그들이 거기 있는 것은 자연스럽게 보였다. 밤은 모두를 감싸 주었던 것이었다.

그런 저녁을 보낸 다음에는 두 사람 다 거대한 열정을 경험하게 되었으므로 아주 차분해졌다. 아담과 이브가 순진함을 상실하고 그들을 낙원에서 쫓아내어 인간으로서의 거대한 밤과 낮을 통과하도록 만든 그 막대한 힘을 깨닫게 되었을 때처럼 그들은 스스로를 왜소하게 느끼면서 약간 두려움을 느끼기도 하고 또 어린아이처럼 의아한 느낌에 사로잡힌 상태가 되었다. 그것은 그들 각각에게 하나의 입문이자 만족이었다. 그들 자신이 아무것도 아니라는 사실을 아는 것, 그들을 언제나 실어 나르는 엄청난 살아 있는 흐름을 아는 것은 그들의 내면에 안식을 주었다. 만약 그렇게 장엄한 힘이 그들을 압도할 수 있고 그들과 완전히 동화될 수 있다면, 그래서 모든 풀잎을 그 자그마한 높이로 들어올리고 모든 나무와 생명체들을 들어올리는 그 엄청난 기복의 흐름에서 그들 자신은 그저 미미한 낟알에 불과하다는 것을 알게 되었다면, 그렇다면 무엇 때문에 그들 자신에 대해서 초조해하겠는가? 그들은 생명의 흐름에 운반되도록 스스로를 내맡길 수 있었고 각각 상대방에게서 어떤 평화를 느꼈다. 그들이 함께 경험했다는 것을 입증할 수 있어서 어느 무엇도 그것을 무화하거나 빼앗아 갈 수 없었다. 그것은 거의 삶에 대한 그들의 믿음이라고 할 수 있었다.

그러나 클라라는 만족하지 않았다. 어떤 위대한 것이 존재한다는 것을 그녀도 알고 있었고 그 위대한 것이 그녀를 감쌌다. 그러나 그녀에게 그 상태는 지속되지 않았다. 아침이면 다른 상태가 되었다. 그들은 같이 체험했었다. 하지만 그녀는 그 순간을 지속할 수 없었다. 그녀는 그것을 다시 원했고 영구적인 어떤 것을 원했다. 그녀는 완전히 체험하지 못한 것이었다. 그녀는 자신이 바라는 것이 폴이라고 생각했다. 그러나 그 사람은 그녀에게 안정감을 주지 않았다. 그들 사이에 있었던 일이 다시는 일어나지 않을 수도 있고 그는 그녀를 떠날지도 모른다. 그녀는 그 남자를 소유한 것이 아니었으므로 만족하지 못했다. 그녀는 그곳에 도달했었지만 그 무엇…… 그녀가 알지 못하지만 맹렬히 가지고 싶어 하는 그 무엇을 움켜잡지 못했었다.

아침이면 폴은 상당히 평화로웠고 내면에 행복함을 느꼈다. 마치 그가 열정의 불로 세례를 받은 것 같았고 그것은 그를 편안하게 만들었다. 그러나 그것은 클라라가 아니었다. 그녀로 인해 일어난 것이기는 하지만 그녀는 아니었다. 그들은 서로에게 더 가까워지지 않았다. 마치 그들이 거대한 힘의 맹목적인 대리인이기라도 되는 듯이 여겨졌다.

그날 클라라가 공장에서 폴을 보았을 때 그녀의 심장은 불에 녹은 방울처럼 녹아 내렸다. 그의 몸과 그의 눈썹만이 보였다. 그 불 방울은 그녀의 가슴에서 더욱 강렬해졌고 그녀는 그를 안아야 했다. 그러나 그는 그날 아침 아주 조용하고 대단히 침착하게 지시 사항만을 계속 늘어놓았다. 그녀는 그를 따라서 어둡고 누추한 지하실로 내려갔고 팔을 들어올려 그를 안았다. 그는 그녀에게 키스했고 강렬한 열정이 그를 다시 태우기 시작했다. 누군가가 입구에 나타났다. 그는 위층으로 뛰어 올라갔고 그녀는 황홀경에 빠진 듯이 자기 방으로 돌아갔다.

그 이후로 불길은 서서히 잦아들게 되었다. 폴은 자신의 경험이 클라라와 관계가 없는 일반적인 것이라고 더더욱 느끼게 되었다. 그는 그녀를 사랑했다. 그들이 함께 경험한 그 강렬한 감정 이후에 의당 그러하듯이 커다란 애정을 느꼈다. 그러나 그의 영혼을 확고하게 만들 수 있는 사람은 그녀가 아니었다. 그는 그녀로서는 될 수 없는 어떤 존재가 되기를 원한 것이었다.

그리고 클라라는 그에 대한 욕망으로 미칠 듯한 상태였다. 그를 보게 되면 만지지 않을 수가 없었다. 공장에서 그가 나선형 스타킹에 대해 그녀에게 이야기하고 있을 때 그녀는 은밀히 손을 넣어 그의 옆구리와 엉덩이를 쓸어 내렸다. 그녀는 짧은 키스를 하려고 그를 따라 지하실로 갔다. 항상 말이 없고 열망하며 억제할 수 없는 열정으로 가득 찬 그녀의 눈은 그의 눈에 고정되어 있었다. 그는 그녀가 다른 여공들 앞에서 너무 무모하게 자신을 드러낼까 봐 두려웠다. 그녀는 저녁 시간이면 퇴근하기 전에 그가 와서 안아주기를 언제나 기다렸다. 그는 그녀가 무기력하고 거의 짐스러운 존재인 양 느끼게 되었고 이러한 일로 화가 났다.

"그런데 당신은 왜 언제나 키스하고 포옹하기를 바라는 거예요?" 폴이 말했다. "모든 일에는 다 때가 있잖아요."

클라라는 그를 올려다보았고 그녀의 눈에 증오심이 서렸다.

"내가 언제나 당신을 키스하고 싶어 한다는 말인가요?" 그녀가 말했다.

"언제나 그래요. 심지어 일에 대해 부탁하고 있을 때도. 일할 때는 사랑이 개입되기를 바라지 않아요. 일은 일이에요……."

"그러면 사랑은 뭔가요? 사랑에 특별한 시간이 있나요?" 그녀가 물었다.

"그렇죠…… 일하는 시간 말고요."

"그러면 조던 씨의 작업 종료 시간에 맞추어 그것을 조정할 건가요?"

"그렇죠…… 어떤 종류의 일이건 일하지 않는 자유 시간에 맞추어야지요."

"그렇다면 사랑은 그저 남는 시간에만 가능하겠군요?"

"그렇죠…… 그것도 언제나 가능한 건 아니지요…… 키스 같은 그런 종류의 사랑은 말이에요."

"이게 당신이 생각하는 전부인가요?"

"전부는 아니지만 많은 부분이에요."

"당신이 그렇게 생각한다니 기쁘군요."

클라라는 얼마 동안 그를 미워하면서 냉정하게 대했다. 그녀가 냉정하고 경멸하듯이 대할 때면 그는 그녀가 자신을 용서할 때까지 편안하지 못했다. 그러나 그들이 다시 화해했을 때 그들은 조금도 더 가까워지지 않았다. 그는 그녀에게 결코 만족감을 주지 않았기 때문에 그녀와의 관계를 유지하고 있는 것이었다.

봄이 되자 그들은 바닷가에 놀러 갔다. 그들은 세들소프 근처에 조그마한 집에 방을 얻었고 부부처럼 지냈다. 래드포드 부인은 가끔 그들과 함께 갔다.

폴 모렐과 도스 부인이 사귀고 있다는 소문이 노팅엄에 돌았지만 명백한 일은 아무것도 없었고 클라라가 항상 홀로 지내는 사람인 데다 폴이 아주 단순하고 순진하게 보였기 때문에 별로 달라진 점이 없었다.

폴은 링컨셔 해변을 좋아했고 클라라는 바다를 좋아했다. 이른 아침이면 그들은 종종 수영하러 밖으로 나갔다. 잿빛이 도는 새벽과 겨울 날씨에 짓눌려 멀리 황량하게 펼쳐진 늪지, 바닷물이 범람하는 풀이 무성한 초원은 그의 영혼을 즐겁게 해주리만큼 강렬했다. 그들이 나무다리에서 내려와 길로 들어서서 하늘보다 조금 더 어두운 색깔을 띠고 끝없이 단조롭게 펼쳐진 평평한 땅과 모래언덕 너머로 조그맣게 소리를 내는 바다를 둘러보았을 때 그의 마음은 파죽지세로 사정없이 휩쓸어가는 생명에 대한 강렬한 느낌으로 가득 찼다. 클라라는 그런 순간의 그를 좋아했다. 그는 고립된 존재로서 강하게 보였고 그의 눈은 아름다운 빛을 띠고 있었다.

그들은 추위로 몸을 떨었고 그는 그녀와 녹색 잔디가 깔린 다리로 뛰어 내려갔다. 그녀는 달리기를 잘했다. 그녀의 얼굴에 곧 홍조가 돌았고 목을 드러낸 채 그녀의 눈이 빛나고 있었다. 그는 그녀가 그다지도 풍부한 몸집을 갖고 있으면서도 아주 동작이 빠른 것을 좋아했다. 그 자신은 몸이 가벼웠고 그녀는 아름답게 돌진하면서 달렸다. 그들의 몸이 더워졌고 그들은 손을 잡고 걸었다.

하늘이 붉게 물들기 시작했고 서쪽 하늘의 중턱에 걸린 창백한 달은 의미심장하게 가라앉았다. 어둑한 땅에서 사물이 생명을 띠기 시작하고 있었고 커다란 이파리가 달린 식물들이 점점 분명하게 보였다. 그들은 높고 차가운 모래 언덕의 좁은 길을 지나 해변으로 나아갔다. 길고 황량한 바닷가는 새벽의 대기와 바닷물 아래에서 신음하고 있었고 바다는 하얀 띠가 둘러진 평평하고 어두운 조각 같았다. 우울한 바다 위로 하늘은 붉은 색이었다. 이내 불꽃이 구름 사이에 펼쳐지고 구름을 흩뜨려 놓았다. 태양은 진홍빛에서 오렌지색으로, 오렌지색에서 흐릿한 황금빛으로, 그리고 강한 황금빛으로 반짝이면서 솟아올랐고, 마치 누군가 걸어서 지나가면서 통 속의 광선 빛을 쏟아 놓은 것처럼, 파도의 작은 분말 위로 태양 빛이 불타오르듯이 반사되었다.

해안을 따라 길고 거칠게 소리를 내며 파도가 부서져 내렸다. 물방울처럼 보이는 조그만 갈매기들은 파도가 부딪치는 선을 따라 공중에서 선회하고 있었다. 그것들이 내는 소리는 갈매기들보다도 더 크게 느껴졌다. 멀리까지 해안선이 펼쳐져서 아침의 대기로 녹아들었고 덤불로 덮인 모래 언덕은 해안과 같은 높이로 가라앉는 듯이 보였다. 오른쪽으로 메이블소프가 자그마하게 자리 잡고 있었다. 평평한 해안과 바다, 솟아오르는 해, 파도의 희미한 소음, 갈매기의 날카로운 울음소리, 이 모든 공간을 누리는 사람은 오로지 그들뿐이었다.

모래언덕에는 바람이 들어오지 않는 따뜻하고 우묵한 굴이 있었다. 폴은 서서 바다를 내다보았다.

"아주 좋군요." 그가 말했다.

"자, 감상적으로 나오지 말아요." 그녀가 말했다.

그가 고독한 시인처럼 바다를 바라보고 서 있는 것을 보노라면 그녀는 화가 났다. 그는 웃었다. 그녀는 재빨리 옷을 벗었다.

"오늘 아침 파도는 아주 잔잔해요." 그녀가 의기양양하게 말했다.

그녀는 그보다도 수영을 잘했고 그는 한가하게 그녀를 바라보며 서 있었다.

"들어오지 않을래요?" 그녀가 말했다.

"조금 있다가요." 그가 대답했다.

그녀는 건장한 어깨에 희고 부드러운 피부를 가지고 있었다. 바다에서 불어오는 미풍이 그녀의 몸을 지나갔고 머리카락을 헝클어뜨렸다.

"우! 추워요!" 그녀는 양팔로 가슴을 부둥켜안고 말했다.

아침의 대기는 아름답게 투명한 황금색을 띠고 있었다. 어둠의 장막이 북쪽과 남쪽에서 바람에 불려 날리는 듯이 보였다. 클라라는 머리카락을 꼬면서 바람이 닿자 약간 몸을 움츠리며 서 있었다. 옷을 벗은 흰 몸의 여자 뒤편으로 해변의 풀들이 보였다. 그녀는 바다를 바라보고 그를 바라보았다. 그는 그녀를 검은 눈으로 바라보았고, 그녀는 그 눈을 사랑했지만 이해할 수 없었다. 그녀는 몸을 움츠리고 웃으면서 양팔로 두 가슴을 모았다.

"아, 아주 차가울 거예요!" 그녀가 말했다.

그는 몸을 앞으로 굽히고 그녀가 감싸안고 있는 희고 반짝이는 두 유방에 키스했다. 그녀는 서서 기다리고 있었다. 그는 그녀의 눈을 들여다보고는 멀리 희미한 모래를 바라보았다.

"자, 가요!" 그가 조용히 말했다.

그녀는 팔로 그의 목을 감싸고 그의 몸을 끌어안고는 그에게 열정적으로 키스했다. 그리고는 가면서 말했다.

"당신도 들어올 거죠?"

"곧 들어갈 거예요."

클라라는 벨벳처럼 부드러운 모래 위를 무거운 걸음걸이로 걸어갔다. 그녀의 희고 풍부한 몸은 육중한 우아함으로 물가를 가로지르며 움직이고 있었다. 그는 모래언덕에 앉아서 거대하고 희끄무레한 해안이 그녀를 감싸는 것을 바라보았다. 그녀는 점점 작아졌고 어떤 부분이 보이지 않다가 힘들여 앞으로 나아가는 커다란 흰 새처럼 보였다.

'바닷가의 하얗고 큰 조약돌보다 뭐 나을 것도 없고…… 모래 위로 불려와 구르는 물거품 자국보다 더 나을 것도 없군.' 폴이 중얼거렸다. 그녀는 거대한 소리를 내고 있는 해안에서 아주 천천히 움직이는 듯이 보였다. 그가 바라보는 있는 동안에 그녀의 모습이 사라졌다. 그녀는 눈부신 햇빛에 가려 보이지 않게 되었다. 다시 그녀를 보게 되었을 때 그녀는 웅얼거리는 흰 바닷가를 배경으로 움직이는 하얀 반점에 지나지 않았다.

'어쩌면 저렇게도 작을까!' 그는 중얼거렸다. '그녀는 바닷가의 모래 한 알처럼 사라졌어…… 그저 바람에 이리저리 불리는 응집된 작은 알맹이이고…… 조그마한 흰 거품이고…… 이

아침의 대기 가운데 거의 아무것도 아닌 존재지. 그녀가 왜 내 마음을 빼앗는 것일까.'

아침의 대기는 전혀 방해받지 않았고 그녀는 물속으로 사라졌다. 널리 해안과 푸른 풀이 덮인 모래언덕과 반짝이는 물이 광막하고 지속적인 고독 속에서 타오르고 있었다.

'결국 그녀는 무엇일까?' 그는 중얼거렸다. '여기 장대하고 영원하고 아름다운 해변의 아침이 있어. 저기에는 초조해하고 언제나 만족하지 못하고 거품 방울처럼 일시적인 그녀가 있지. 결국 그녀는 나에게 무엇을 의미하는 것일까? 거품 방울이 바다를 의미하듯이 그녀도 무언가를 의미하겠지. 그러나 그녀는 무엇일까! 내가 좋아하는 것은 그녀가 아냐……'

그러다가 자신의 무의식적 생각이 아침의 모든 사물에 들릴 만큼 분명하게 말하는 듯해서 그는 깜짝 놀라 옷을 벗고 재빨리 모래사장을 달려 내려갔다. 그녀는 그를 바라보고 있었다. 반짝이는 팔로 그에게 손을 흔들면서 그녀는 파도를 타고 올랐다가 물속으로 가라앉았고 그녀의 어깨는 은빛이 도는 물에 잠겨 있었다. 그는 파도를 넘어 뛰어들었고 이내 그녀의 손이 그의 어깨에 닿았다.

그는 수영을 잘하지 못했고 물에 오래 있을 수 없었다. 그녀는 의기양양하게 그의 주위에서 맴돌며 자신만만한 태도로 장난쳤고 그는 이것을 부러워했다. 햇빛이 수면 위로 깊숙이 섬세하게 내리 쏟아졌다. 그들은 바다에서 잠시 웃다가 다시 모래언덕으로 줄달음쳐 올라갔다.

그들이 숨을 헐떡거리며 몸을 말리고 있을 때 그는 숨 가쁘게 웃고 있는 그녀의 얼굴과 빛나는 어깨와 그녀가 몸을 닦을 때마다 흔들리면서 그를 곤혹스럽게 만드는 그녀의 가슴을 바라보았다. 그리고 그는 다시 생각했다. '하지만 그녀는 아침이나 바다보다도 더 장엄하고 더 굉장하다. ……과연 그런가? ……과연 그런가?'

클라라는 폴의 검은 눈이 자기 몸에 고착되어 있는 것을 보고 웃으면서 몸 닦는 것을 그만두었다.

"무얼 보고 있어요?" 그녀가 말했다.

"당신." 그가 웃으며 대답했다.

그녀의 눈이 그의 눈과 마주쳤고 이내 그는 '소름 돋은' 그녀의 흰 어깨에 입을 맞추며 생각했다. '이 여자가 무엇일까? 이 여자는 무엇일까?'

아침나절이면 클라라는 그를 사랑했다. 그 시간에는 마치 폴이 자기의 의지만을 의식하고 그녀나 그녀가 그를 원한다는 것을 전혀 의식하지 않는 것처럼, 그의 키스에는 어떤 고립되고 냉정하며 근원적인 것이 있었다.

나중에 오후가 되면 그는 스케치하러 밖으로 나갔다.

"당신은 어머니와 서턴에 가요…… 나하고 같이 있으면 너무 따분할 거예요."

클라라는 서서 그를 바라보았다. 폴은 그녀가 같이 가고 싶어한다는 것을 알고 있었지만 혼자 있는 것이 더 좋았다. 그녀가 같이 있을 때면 그녀는 그가 감옥에 갇힌 듯이 느끼도록 만들었는데 마치 숨을 자유롭게 깊이 쉴 수 없고 자신의 위에서 뭔가가 억누르는 것 같았다. 그녀는 그가 그녀에게서 자유롭기를 바란다는 것을 느꼈다.

저녁이면 그는 그녀에게 돌아왔다. 그들은 어둠 속에서 해변을 걸었고 잠시 모래 언덕의 아늑한 곳에 앉았다.

"당신은 밤에만 나를 사랑하고…… 낮에는 사랑하지 않는 것처럼 보여요." 그들이 한 줄기 빛도 비치지 않는 깜깜한 바다를 응시하고 있을 때 그녀가 말했다.

그는 손가락으로 차가운 모래를 쓸면서 그 비난에 대해 죄의식을 느꼈다.

"밤 시간은 당신에게 열려 있어요." 그가 대답했다. "낮에는 혼자 있고 싶어요."

"그런데 어째서 그렇죠?" 그녀가 말했다. "지금처럼 짧은 휴가에도 그래야 하나요?"

"모르겠어요. 낮 시간의 성교는 나를 질식시키는 것 같아요."

"하지만 항상 성교를 해야 할 필요는 없잖아요." 그녀가 말했다.

"당신하고 내가 함께 있을 때면 항상 그래요."

그녀는 비감한 마음으로 앉아 있었다.

"혹시 나와 결혼하고 싶어요?" 그가 궁금하다는 듯이 물었다.

"당신은 그렇게 하고 싶어요?" 그녀가 대답했다.

"그래요…… 그래요…… 우리가 아이를 가졌으면 좋겠어요." 그는 천천히 대답했다.

그녀는 고개를 숙이고 모래를 만지작거리면서 앉아 있었다.

"그런데 백스터와 이혼하기를 정말 바라지 않는 거예요?"

그가 말했다.

몇 분 지나서 그녀가 대답했다.

"그래요. 원하지 않는다고 생각해요."

"왜 그래요?"

"나도 모르겠어요."

"그에게 속한다고 느끼고 있어요?"

"아니…… 그렇게 생각하지 않아요."

"그렇다면 뭐예요?"

"그 사람이 내게 속한다고 생각해요." 그녀가 대답했다.

그는 거칠고 어두운 바다 위로 바람이 불어오는 소리를 들으면서 잠시 가만히 있었다.

"그리고 당신은 진정으로 내게 속할 생각이 전혀 없다는 거예요?" 그가 말했다.

"아니, 나는 당신에게 속해 있어요." 그녀가 대답했다.

"그렇지 않아요. 당신이 이혼하기를 바라지 않으니까." 그가 말했다.

그것은 그들이 풀 수 없는 매듭이었기 때문에 그 문제를 그냥 내버려 두었고 그들이 얻을 수 있는 것만을 가졌으며 얻을 수 없는 것은 무시해 버렸다.

"나는 당신이 백스터를 고약하게 대했다고 생각해요." 또 한 번은 폴이 말했다.

그는 그의 어머니가 하듯이 "당신 일이나 신경 써요. 남의 일에 대해서는 잘 알지 못하는 법이에요."라고 클라라가 대답할 거라고 반쯤 기대했었다. 그러나 놀랍게도 그녀는 그의 말을 진지하게 받아들였다.

"왜요?" 그녀가 말했다.

"당신은 그 사람을 골짜기의 백합이라고 생각하고 그에 적합한 항아리에 그 사람을 담아서 그에 따라서 그 사람을 다루었다고 생각해요. 당신이 그가 골짜기의 백합이라고 작정을 한 이상 그 사람이 쇠풀이라는 게 아무 소용도 없었던 거지요. 당신이 그걸 인정하려 하지 않았으니까."

"그 사람을 골짜기의 백합이라고 생각한 적이 없어요."

"당신은 그 사람을 그가 아닌 어떤 다른 것으로 생각했어요. 그게 바로 여자들이 잘하는 일이지요. 여자들은 남자에게 무엇이 좋은지 자기들이 알고 있다고 생각하고 그가 그것을 얻는 것을 지켜보려고 해요. 아무리 굶어 죽을 지경이라도 남자는 앉아서 원하는 것을 얻기 위해 휘파람을 불고 있어야 해요. 한편 여자는 남자를 붙잡고 그에게 좋을 거라고 여겨지는 것을 줘요."

"그러면 당신은 무엇을 하고 있는데요?" 그녀가 물었다.

"휘파람으로 어떤 곡을 불까 생각하고 있어요." 그가 웃었다.

그의 따귀를 때리기는커녕 그녀는 그의 말을 심사숙고했다.

"내가 당신에게 좋은 것을 주고 싶어 한다고 생각해요?" 그녀가 물었다.

"그러기를 바라요…… 하지만 사랑은 감옥이 아니라 자유를 줘야 해요. 미리엄은 나를 말뚝에 묶인 당나귀처럼 느끼게 만들었어요. 나는 그 여자의 밭에서 먹이를 찾아야 했고 그것은 신물나는 일이었어요."

"그런데 당신은 여자가 스스로 원하는 대로 하도록 내버려 둘 건가요?"

"그래요…… 그녀가 나를 사랑하기를 좋아하는지 알아볼 거예요. 그렇지 않다면…… 글쎄요, 그 여자를 붙잡을 이유가 없지요."

"당신이 말처럼 그렇게 훌륭하다면……." 클라라가 대답했다.

"바로 지금같이 놀라운 존재가 되겠죠." 그가 웃었다.

비록 웃기는 했지만 그들은 침묵하면서 서로를 미워했다.

"사랑이란 여물통에서 심술 부리는 개와 같아요." 그가 말했다.

"그럼 우리 둘 중에서 누가 개인가요?"

"아, 글쎄요…… 물론 당신이죠."

이렇게 그들 사이의 전투는 계속되었다. 클라라는 자신이 그를 완전히 소유하지 못했다는 것을 알고 있었다. 그녀는 그의 내면의 어떤 크고 필수적인 부분을 장악하지 못했고 그것을 얻으려고 하거나 그것이 무엇인지 이해하려고 하지도 않았다. 그리고 그는 그녀가 자신을 아직도 도스 부인으로 여기고 있다는 것을 어떻게든 알고 있었다. 그녀는 도스를 사랑하지 않았고 사랑한 적도 없지만 도스가 자기를 사랑하고 아니면 최소한 자신에게 의존하고 있다고 믿었다. 그녀는 폴 모렐에게서는 전혀 느끼지 못하는 어떤 확신을 도스에 대해서는 느꼈다. 그 젊은이에 대한 그녀의 열정은 그녀의 영혼을 충만하게 만들었고 그녀에게 어떤 만족감을 주었으며 그녀의 자기 불신이나 의혹을 감소시켜 주었다. 그녀가 어떤 존재이든지 간에 그녀의 내면은 확신을 얻었다. 마치 그녀는 자기 자신을 얻은 것과 같았고 이제 그녀는 독자적이고 완전한 존재로 설 수 있었다. 그녀는 자신에 대한 확증을 얻은 것이었다. 그러나 그녀는 자신의 삶이 폴 모렐에게 속한다거나 그의 삶이 그녀에게 속한다고 믿지 않았다. 그들은 결국 헤어지게 될 것이고 그녀의 여생은 그에 대한 갈망으로 점철될 것이다. 그러나 어찌되었든 이제 그녀는 알고 있었고 자기 자신에 대해 확신하고 있었다. 그리고 폴에 대해서도 거의 같은 상태라고 말할 수 있었다. 그들은 각각 상대방을 통하여 함께 삶의 세례를 받았지만 이제 그들의 소명은 달랐다. 그가 가고자 하는 곳에 그녀는 함께 갈 수 없었다. 조만간 그들은 헤어져야 할 것이다. 비록 그들이 결혼하고 서로에게 충실할지라도 여전히 그는 그녀를 내버려 두고 혼자서 나아갈 것이며 그녀는 그가 집에 돌아올 때 그를 돌보는 것 외에는 할 수 있는 일이 없을 것이다. 그러나 그런 일은 가능하지 않았다. 두 사람 다 나란히 같이 나아갈 수 있는 배우자를 원했다.

클라라는 어머니와 함께 매펄리 평원으로 가서 살게 되었다. 어느 날 저녁 그녀와 폴이 우드버로우 길을 따라 걷고 있을 때 그들은 도스와 마주쳤다. 모렐은 무언가 사람의 형체가 다가오는 것을 알고 있었지만 그 순간에 자기 생각에 몰두하여 있었고 다만 그의 화가다운 눈으로 낯선 사람의 형체를 관찰했을 뿐이었다. 그러다가 갑자기 그는 웃으면서 클라라에게 몸을 돌리고 그녀의 어깨에 손을 얹으며 말했다.

"그런데 우리가 나란히 걷고 있지만 나는 런던에서 가상의 오르펜과 논쟁을 벌이고 있어요…… 그런데 당신은 어디 있어요?"

그 순간 도스가 모렐과 거의 닿을 듯이 스치며 지나갔다. 젊은이는 힐끗 바라보았고 증오에 차 있지만 피곤하게 보이는 암갈색의 눈이 타오르고 있는 것을 보았다.

"누구였어요?" 그가 클라라에게 물었다.

"백스터예요." 그녀가 대답했다.

폴은 클라라의 어깨에서 손을 떼고 주위를 둘러보았다. 그리고 그는 자신에게 접근하고 있을 때의 그 사람의 형체를 다시 분명하게 보았다. 도스는 그의 멋진 어깨를 뒤로 젖히고 얼굴을 든 채 여전히 곧은 자세로 걷고 있었다. 그러나 그의 눈에는 회피하는 듯한 표정이 깃들어 있었는데 자기와 마주치는 사람들이 자기에 대해 어떻게 생각하는지 알아보려고 의심쩍게 쳐다보면서 사람들에게 주목받지 않고 지나가려는 듯한 인상을 주었다. 그리고 그의 손은 숨고 싶어 하는 듯이 보였다. 그는 낡은 옷을 입고 있었고 바지는 무릎 부분이 찢어졌으며 목에 두른 수건은 더러웠다. 그러나 그는 아직도 도전하듯이 모자를 한쪽 눈 위로 덮어쓰고 있었다. 그를 바라보면서 클라라는 죄책감을 느꼈다. 그의 얼굴에는 피곤함과 절망이 어려 있었고 그것이 그녀에게 고통을 주었기 때문에 그녀는 그를 미워했다.

"그 사람 수상쩍게 보이는군요." 폴이 말했다.

그러나 연민을 담은 듯한 그의 목소리가 그녀를 질책하는 듯이 들렸기 때문에 그녀는 냉정하게 무장했다.

"그 사람의 비열한 참모습이 나오는 거지요." 그녀가 대답했다.

"그를 미워해요?" 그가 물었다.

"당신은 여자들의 잔인함에 대해 말하지요…… 남자들 폭력의 잔인성에 대해서도 알았으면 좋겠어요. 그들은 여자가 존재한다는 사실을 알지도 못하고 있어요." 그녀가 말했다.

"내가 알지 못한단 말이에요?" 그가 물었다.

"그래요." 그녀가 대답했다.

"당신이 존재한다는 걸 내가 모른다고요?"

"나에 대해서 아무것도 몰라요." 그녀가 침통하게 대답했다."나에 관해서 말이에요!"

"백스터보다 더 모른단 말인가요?" 그가 물었다.

"아마 백스터만큼도 알지 못할 거예요."

폴은 어리둥절하고 무력해하며 화가 치밀어 오르는 것을 느꼈다. 그들이 함께 그런 경험을 겪었지만 거기 걷고 있는 여자는 그에게 미지의 존재였다.

"하지만 당신은 나를 꽤 잘 알지요." 그가 말했다.

그녀는 대답하지 않았다.

"나를 아는 것만큼 백스터에 대해서도 알고 있어요?" 그가 물었다.

"그 사람은 내가 알 수 있게 해 주지 않았어요." 그녀가 말했다.

"그러면 나는 당신에게 나를 알게 해 주었어요?"

"문제는 남자들이 무엇을 허용하지 않는가 하는 것이에요.

남자들은 자신들에게 진정으로 가까이 가도록 허용하지 않아요." 그녀가 말했다.

"내가 당신에게 허용하지 않았어요?"

"했지요." 그녀가 천천히 말했다. "하지만 당신은 결코 내게 가까이 오지 않았어요. 자기 자신에게서 벗어날 수가 없는 거예요. 그럴 수 없지요. 백스터는 당신보다는 그 점에서 더 잘할 수 있었어요."

폴은 곰곰 생각하면서 계속 걸었다. 클라라가 자기보다 백스터에게 점수를 더 주어서 그녀에게 화가 났다.

"이제 백스터를 갖지 못하게 되니까 그 사람을 높이 평가하는 거예요."

"아뇨…… 그 사람이 어떤 점에서 당신과 다른지를 알 수 있게 된 것뿐이에요."

그러나 폴은 그녀가 자기에 대해 원망을 품고 있다고 느꼈다.

어느 날 저녁 그들이 들판을 가로질러 집으로 돌아가고 있을 때 클라라는 이런 질문으로 그를 놀라게 했다.

"당신은 그것…… 섹스가 가치 있다고 생각해요?"

"사랑하는 행위, 그 자체 말인가요?"

"그래요…… 그게 당신에게 어떤 가치라도 있나요?"

"하지만 그것을 어떻게 구별할 수 있겠어요?" 그가 말했다. "그것은 모든 것의 절정이지요…… 우리의 친밀함이 거기서 절정을 이루어요."

"나에게는 그렇지 않아요." 그녀가 말했다.

그는 잠자코 있었다. 그녀에 대한 증오심이 섬광처럼 번뜩였다. 결국 그들이 서로를 충족시켜 주었다고 생각했던 그 부분에서조차 그녀는 그에게 불만을 품고 있었던 것이다. 그러나 그는 그녀를 너무 무조건적으로 믿고 있었다.

"나는 당신을 가지지 못한 것처럼…… 당신 전부가 거기에 있지 않은 것처럼…… 그리고 당신이 가진 것이 내가 아닌 것처럼 느껴요……." 그녀가 천천히 말했다.

"그렇다면 누구란 말이죠?"

"무언가 당신만을 위한 것이지요. 그 행위가 좋기 때문에 감히 그런 생각을 하지 않으려고 하지만 말이에요. 하지만…… 당신이 원하는 나인가요 아니면 그것인가요?"

그는 또다시 죄책감을 느꼈다. 그가 클라라를 배제시키고 단순히 여자를 취한 것이었을까? 그러나 그는 그것이 쓸데없는 구별이라고 생각했다.

"내가 백스터를 소유했을 때, 정말로 그가 내 사람이었을 때, 나는 그 사람 전부를 가졌다고 느꼈어요." 그녀가 말했다.

"그것이 더 좋았어요?" 그가 물었다.

"그래요…… 그래요…… 더 완전했지요. 당신이 나에게 준 것이 도스가 준 것보다 적다고 말하는 것은 아니에요……."

"아니면 그가 줄 수 있는 것보다."

"그래요…… 어쩌면. ……하지만 당신은 내게 당신 자신을 주지 않았어요."

그는 화가 나서 이마를 찡그렸다.

"내가 당신에게 사랑의 행위를 하기 시작하면 나는 그저 바람에 불리는 나뭇잎처럼 나아갈 뿐이에요……."

"그리고는 나를 배제시켜 버리지요." 그녀가 말했다.
"그렇다면 그것이 당신에게는 아무것도 아닌가요?" 그는 화가 나서 거의 딱딱한 말투로 물었다.
"그것은 대단해요. 때로 당신은 나를 도취시켜서…… 완전히 넋을 잃게 만들지요……. 나도 알아요……. 그리고…… 그 점에 대해서 당신을 숭배해요…… 하지만……."
"'하지만'이라고 말하지 말아요." 그는 그녀에게 재빨리 키스하면서 말했고 그의 내면에서는 격앙된 감정이 스쳐 지나갔다.
그녀는 순순히 복종했고 아무 말도 없었다.
폴이 말한 것은 사실이었다. 그가 사랑의 행위를 시작할 때면 대체로 그 감정은 마치 트렌트강이 소리 없이 검은 소용돌이와 뒤얽힌 것들을 송두리째 실어 가듯이 그 모든 이성이니, 영혼과 정열을 휩쓸어 실어 갈 만큼 강렬한 것이었다. 점차적으로 사소한 비판이나 사소한 감정들은 사라지고 생각도 또한 없어지며 모든 것이 하나의 흐름으로 실려 갔다. 그는 마음을 가진 사람이 아니라 거대한 본능이 되었다. 그의 손은 살아 있는 생명체와 같고 그의 수족과 몸은 그 자신의 의지에 종속된 것이 아니라 살아 있는 생명과 의식 그 자체였다. 그가 그런 상태일 때 반짝이는 겨울의 별들도 강렬한 생명으로 가득 찬 듯이 보였다. 그 사람과 별들은 똑같은 불의 맥박으로 고동쳤다. 그리고 그의 눈 가까이 있는 고사리 이파리를 단단하게 만들어준 활력의 기쁨이 똑같이 그의 몸을 굳건하게 만들어 주었다. 마치 그와 별들과 검은 이파리들과 클라라가 앞으로 위로 돌진하는 거대한 불꽃의 혀로 다 태워진 것 같았다. 그의 주변에 있는 모든 사물이 삶의 흐름으로 돌진했으며 모든 것이 그와 더불어 고요했고 그 자체로 완벽했다. 이처럼 사물이 삶의 황홀경에 실려 가면서 각각 그 자체로 경이로운 정적을 유지하는 것이 최고의 행복이라고 여겨졌다.

이러한 경험 때문에 그가 자기에게 머물러 있다는 것을 알고 있었으므로 클라라는 그 열정을 완전히 믿었다. 그러나 그녀는 종종 그 정도에 도달하지 못했다. 전에 물떼새가 울부짖던 날과 같은 그 경지에 다시 도달하지 못하는 일이 자주 있었다. 점차 어떤 기계적인 노력으로 그들의 사랑을 망쳐 버리거나 아니면 황홀한 순간을 느낄 때도 그 순간이 제각각 달랐기 때문에 그다지 만족스럽지 않았다. 그래서 종종 그는 그저 혼자서 질주하는 듯이 보였다. 또다시 실패했고 그들이 원한 것은 이것이 아니라는 것을 깨닫는 경우도 자주 있었다. 그날 저녁은 그들 사이에 약간의 틈을 만들었을 뿐이라는 것을 알면서 헤어지곤 했다. 그들의 사랑은 점점 기계적이 되었고 경이로운 마력을 상실했다. 점차로 그들은 어떤 만족감을 되찾기 위해서 색다른 것을 시도하기 시작했다. 거의 위험할 정도로 강 가까이 자리 잡아서 검은 물이 그의 얼굴에서 멀지 않은 곳까지 밀려오는 때도 있었다. 이것이 약간은 스릴을 느끼게 했다. 또는 도시 변두리에서 사람들이 가끔 지나다니는 길 담장 아래 우묵하게 들어간 곳에서 때때로 사랑을 나누곤 했다. 그럴 때면 발자국이 다가오는 소리를 들었고 그 발걸음의 진동을 거의 느낄 수 있었으며 남들이 들을 거라고는 생각지 않고 지나가는 사람들이 말하는 그 기묘하고 사소한 이야기들을 들었다. 그런 후에는 그들 둘 다 수치스럽게 느꼈고 이러한 것들이 그들 사이를 멀어지게 만들었다. 그는 마치 그녀가 경멸받을 만하다는 듯이 그녀를 경멸하기 시작했다.

어느 날 밤 그는 그녀와 헤어져서 들판 너머에 있는 데이브룩 역으로 향했다. 봄이 온 지 꽤 되었지만 눈발이 날릴 것 같은 아주 어두운 밤이었다. 모렐은 시간이 별로 없어서 돌진하듯이 발걸음을 재촉했다. 시가지는 가파른 계곡의 언저리에서 거의 돌연히 끝났다. 그곳의 집들은 어둠을 등지고 노란 불을 밝힌 채 서 있었다. 그는 산울타리 계단을 넘어서 재빨리 우묵한 들판으로 뛰어 내렸다. 과수원 아래로 스와인즈헤드 농장에서 유리창 하나가 따뜻하게 보이는 불빛을 반짝이고 있었다. 그는 주위를 돌아보았다. 등뒤로 경사진 언덕의 언저리에 있는 집들은 노란 눈을 부라리며 어둠을 신기하다는 듯이 내려다보는 야생동물처럼 하늘을 배경으로 어두컴컴하게 서 있었다. 시가지는 야만적이고 조야하게 그의 등 너머 구름에 눈을 부라리고 있는 듯이 보였다. 농장 연못의 버드나무 아래에서 어떤 생물이 움직였다. 무엇인지를 알아보기에는 너무 어두운 밤이었다.

그가 다음 산울타리 계단에 가까이 다가섰을 때 그는 울타리에 기대서 있는 검은 형체를 보았다. 그 사람은 옆으로 움직였다.

"안녕하시오!" 그가 말했다.

"안녕하세요." 모렐은 알아차리지 못하고 대답했다.

"폴 모렐?" 그 남자가 말했다.

그때서야 그는 도스를 알아보았다. 도스는 그를 가로막았다.

"이제 네놈을 잡았군, 안 그래?" 그가 어색하게 말했다.

"기차를 놓치겠어요." 폴이 말했다.

그는 도스의 얼굴을 전혀 볼 수 없었다. 그가 말하고 있을 때 그 사람의 이가 딱딱 부딪쳐 소리나는 것 같았다.

"이번엔 내가 맛을 보여 주지." 도스가 말했다.

모렐은 앞으로 움직이려고 했다. 상대방은 그의 앞으로 한 발 다가섰다.

"외투를 벗고 싸우겠어." 그가 말했다. "아니면 입은 채 혼나겠어?"

폴은 그 사람이 미쳤을까 봐 두려웠다.

"하지만 난 싸울 줄 모르는데요." 그가 말했다.

"그래 좋아." 도스가 대답했다. 그리고 그 젊은이는 자신이 어디 있는지조차 알지 못하는 사이에 얼굴을 한방 맞고 뒤로 비틀거리게 되었다. 밤은 완전히 깜깜해졌다. 그는 일격을 피하면서 외투와 윗저고리를 벗어 젖히고 그 옷들을 도스에게 집어던졌다. 도스는 야만스럽게 욕설을 퍼부었다. 셔츠의 소매 바람으로 모렐은 이제 민첩했고 격렬한 상태였다. 그는 자기 몸 전체가 짐승의 발톱처럼 꼿꼿이 일어서는 것을 느꼈다. 그는 싸우는 법을 모르니까 기지를 사용할 작정이었다. 상대방은 이제 더욱 분명하게 보였다. 특히 셔츠의 가슴 부분이 잘 보였다. 도스는 폴의 옷에 걸려 비틀거렸지만 앞으로 돌진했다. 젊은이의 입술은 피를 흘리고 있었다. 폴은 상대방의 입술에 공격을 가하려고 노력했고 그 욕구가 너무 강렬했기 때문에 거의 고통스러울 정도였다. 그는 재빨리 산울타리 계단을 넘어갔고 도스가 그를 따라 넘어오는 동안에 도스의 입에 섬광처럼 한방을 먹였다. 그는 기쁨으로 몸을 떨었다. 도스는 침을 뱉으며 천천히 다가왔다. 폴은 두려웠다. 그는 다시 산울타리 계단 쪽으로 돌아갔다. 갑자기 어디에선지 알 수 없이 거대한 주먹이 그의 귀를 강타했고 그는 무력하게 뒤로 넘어졌다. 그는 야생짐승 같은 도스의 무거운 숨소리를 들었다. 그리고 나서 그의 무릎에 발길질을 당했는데 그것이 너무 고통스러워서 그는 일어났고 완전히 맹목적으로 적의 방어 태세 속에 정통으로 뛰어들었다. 그는 주먹질과 발길질을 느꼈지만 고통스럽지 않았다. 그는 들고양이처럼 체구가 큰 사람에게 매달렸고 마침내 도스는 균형을 잃고 쿵 소리를 내며 쓰러졌다. 폴은 그와 함께 넘어졌다. 순전히 본능적으로 그는 도스의 목을 손으로 잡았고, 도스가 극심한 고통을 겪으면서 자기 몸을 자유롭게 풀지 못하는 동안에 폴은 자기의 주먹을 스카프 속에 집어넣고 도스의 목을 두 손으로 조였다. 그는 이성이나 감정도 없는 순수한 본능이었다. 그 자체 단단하고 경이로운 그의 몸은 몸부림치는 상대방의 몸에 달라붙었다. 그의 근육은 전혀 이완되지 않았다. 그는 완전히 무의식적이었고 오로지 그의 몸이 그 상대방을 죽이겠다는 결의를 수행하고 있을 뿐이었다. 스스로에 대해서는 감정도 이성도 없었다. 그는 적의 몸에 밀착하여 누워 있었고 그의 몸은 상대방의 목을 조르겠다는 단 한 가지의 목적에 따라서 적시에 정확히 알맞은 힘으로 상대방의 몸부림을 막아내면서 말없이 변함 없는 자세로 점차 손가락을 깊이 밀어 넣는 데 전념하며 상대방의 몸부림이 점점 거칠어지고 더욱 광포해지는 것을 느끼고 있었다. 그의 몸은 무언가 부서질 때까지 점차로 더 조여가는 나사처럼 점점 더 팽팽해졌다.

그러다가 갑자기 그는 어리둥절하고 불안해지면서 느슨해졌다. 도스가 굴복하고 있었던 것이었다. 모렐은 자신이 무엇을 하고 있었는지를 깨달으면서 온 몸이 고통으로 타오르는 듯이 느꼈다. 그는 완전히 어리둥절했다. 도스는 갑자기 맹렬한 경련과 함께 다시 몸부림을 쳤다. 도스는 스카프에 감겨 있던 폴의 손을 비틀어 떼어내며 폴을 내던졌고 폴은 무기력하게 나가떨어졌다. 폴은 상대방이 헐떡이는 끔찍한 소리를 들었지만 마비된 듯이 누워 있었다. 여전히 혼미한 상태에서 그는 도스의 발길질을 느꼈고 의식을 잃었다.

고통으로 짐승처럼 끙끙거리면서 도스는 엎어져 있는 적수의 몸을 발로 찼다. 갑자기 두 들판을 넘어서 기차의 기적 소리가 비명을 지르듯이 들려왔다. 그는 몸을 돌리고 의심스럽게 눈을 부라리며 보았다. 무엇이 오고 있었을까? 그는 그의 시야로 기차의 불빛이 다가오는 것을 보았다. 그에게는 사람들이 다가오고 있는 것 같았다. 그는 들판을 가로질러 노팅엄으로 달아났다. 그리고 걸어가면서 희미한 의식으로 그는 자기 발에서 그의 구둣발이 그 젊은이의 뼈를 걷어찼던 부분을 감지했다. 그 타격은 그의 몸 속에서 다시 메아리치는 것 같았다. 그는 그것에서 벗어나려고 서둘러 달려갔다.

모렐은 점차적으로 의식을 회복했다. 그는 자신이 어디 있는지 그리고 어떤 일이 일어났었는지를 알고 있었지만 움직이고 싶지 않았다. 그는 가만히 누워 있었고 조그만 눈송이들이 그의 얼굴을 간질렀다. 아주 완벽하게 조용히 누워 있는 것은 쾌적한 일이었다. 시간이 흘러갔다. 그는 일어나고 싶지 않은데도 눈송이들이 그를 자꾸 깨웠다. 마침내 그의 의지가 퍼뜩 행동으로 바뀌었다.

"여기 누워 있으면 안 돼. 그건 어리석은 일이야." 그가 말했다.

그러나 그는 여전히 움직이지 않았다.

"일어날 거라고 말했잖아. 그렇게 해야지!" 그가 반복해서 말했다.

그러나 그가 충분히 몸을 추슬러 움직이게 될 때까지 상당한 시간이 흘렀다. 그리고 나서 그는 조금씩 일어섰다. 고통으로 구역질이 나고 어지러웠다. 그러나 그의 머리는 맑았다. 몸을 빙그르르 돌리면서 그는 손을 뻗어 옷을 찾아 입고 외투의 단추를 귀 바로 아래까지 채웠다. 모자를 찾는 데도 한참 시간이 걸렸다. 그는 지금도 얼굴에서 피가 나는지 알지 못했다. 한 발자국씩 고통으로 구역질을 느끼면서 맹목적으로 연못으로 걸어가서 얼굴과 손을 씻었다. 얼음 같은 물은 고통스러웠지만 정신을 차리는 데 도움이 되었다. 그는 기어가듯이 언덕을 다시 올라 전차를 타러 갔다. 그는 어머니에게 가고 싶었고 어머니에게 가야만 했다. 그것은 그의 맹목적인 의지였다. 그는 가능한 얼굴을 가리고 떨리는 몸으로 힘들게 앞으로 나아갔다. 발걸음을 옮기는 동안 땅이 계속해서 멀어지는 듯이 보였고 그는 메스껍게 느끼면서 허공으로 떨어지는 것 같았다. 이런 악몽과도 같은 상태로 그는 집으로 돌아왔다.

모두들 잠자고 있었다. 그는 자신을 바라보았다. 멍이 들고 피로 얼룩져서 마치 죽은 사람의 얼굴 같았다. 그는 얼굴을 씻고 잠자리에 들었다. 정신을 잃은 가운데 밤이 지나갔다. 아침이 되자 그는 어머니가 자기를 바라보고 있는 것을 보았다. 그녀의 푸른 눈, 그가 보고 싶었던 것은 그것뿐이었다. 그녀는 거기 있었고 그의 손을 잡고 있었다.

"대단한 건 아니에요, 엄마." 그가 말했다. "백스터 도스였어요."

"어디가 아픈지를 말해라." 그녀가 조용히 말했다.

"모르겠어요…… 어깨 같아요…… 자전거 사고였다고 말해 주세요, 엄마."

그는 팔을 움직일 수 없었다. 이내 어린 하녀인 미니가 차를 가지고 위층으로 올라왔다.

"어머니에게 이야기를 듣고 깜짝 놀라서 기절할 뻔했어요."

그는 참을 수 없었다. 그의 어머니가 그를 간호했고 그는 어머니에게 이야기를 털어놓았다.

"이제 나라면 그들 모두와 관계를 끊겠다." 그녀가 조용히 말했다.

"그렇게 할 거예요, 엄마."

그녀는 이불을 덮어 주었다.

"그 문제에 대해선 생각하지 말고 잠이나 푹 자거라. 의사는 11시가 되어야 올 거야." 그녀가 말했다.

그의 어깨가 탈구되었고 다음 날부터는 급성 기관지염 증세가 시작되었다. 그의 어머니는 그 즈음 죽은 사람처럼 창백했고 몹시 여위었다. 그녀는 앉아서 그를 바라보다가 멀리 허공을 바라보곤 했다. 그들 사이에는 둘 다 감히 언급할 수 없는 무엇인가가 있었다. 클라라가 그의 병문안을 왔다. 나중에 그는 어머니에게 말했다.

"클라라는 피곤하게 만들어요, 엄마."

"그래, 앞으로 오지 않았으면 좋겠다." 모렐 부인이 대답했다.

다른 날 미리엄이 왔다. 그러나 그녀는 그에게 거의 낯선 사람처럼 보였다.

"엄마, 나는 그 여자들 둘 다 좋아하지 않아요." 그가 말했다.

"유감스럽게도 그런 것 같구나, 얘야." 그녀가 슬프다는 듯이 대답했다.

자전거 사고를 당했다는 소문이 도처에 퍼졌다. 곧 그는 다시 일하러 나갈 수 있었지만 그의 가슴에 끊임없이 쥐어뜯는 듯한 통증이 있었다. 그는 클라라를 만나러 갔지만 실상 그곳에는 아무도 없는 것 같았다. 그는 일손이 잡히지 않았다. 그와 어머니는 거의 서로를 피하는 듯이 보였다. 그들 사이에는 견딜 수 없는 비밀이 있었다. 그는 그것을 의식하지 못하고 있었다. 다만 그는 그의 삶이 이내 산산조각으로 쪼개질 것처럼 불균형 상태라는 것을 알고 있었다.

클라라는 그에게 어떤 일이 있는지 알지 못했다. 그녀는 자기를 폴이 의식하지 않는 듯이 보인다는 것을 깨달았다. 그가 그녀에게 왔을 때조차도 그는 그녀를 의식하지 않는 것 같았다. 언제나 그는 어떤 다른 곳에 있었다. 그녀는 그를 사로잡으려고 했지만 그는 다른 곳에 있다고 느꼈다. 이런 일로 고통스러웠기 때문에 그녀는 그를 괴롭혔다. 한번은 한 달 동안 그를 멀리했다. 그는 그녀를 거의 증오하다시피 했고 자기 자신의 의지와 상관없이 그녀에게로 이끌렸다. 대부분의 시간에 그는 남자들과 어울리면서 언제나 '조지'나 '백마'와 같은 주점에 있었다. 그의 어머니는 병이 들어 소원한 태도로 조용히 환영 같이 지내고 있었다. 그는 무엇인가가 두려웠다. 그는 감히 어머니를 바라보려고 하지 않았다. 그녀의 눈은 점점 검게 변해 가고 그녀의 얼굴은 납빛으로 변해 갔다. 그래도 여전히 그녀는 몸을 끌고 다니며 집안 일을 했다.

성령 강림절이 되어 그는 친구 뉴턴과 함께 나흘 간 블랙풀에 가겠다고 말했다. 뉴턴은 체구가 크고 명랑하며 약간 버릇없는 구석이 있었다. 폴은 어머니에게 셰필드에 살고 있는 애니에게 가서 일주일을 머물라고 말했다. 어쩌면 변화를 주는 것이 그녀에게 도움이 될지도 모른다. 모렐 부인은 노팅엄의 산부인과에 다니고 있었다. 의사는 그녀의 심장과 소화 기관이 좋지 않다고 말했다. 그녀는 내키지 않았지만 셰필드에 가기로 동의했다. 이제 그녀는 아들이 원하는 것이라면 무엇이든지 하려고 했다. 폴은 자기가 닷샛날 그녀에게 갈 것이며 휴가가 끝날 때까지 셰필드에서 같이 지내겠다고 말했다. 모두들 동의했다.

두 젊은이는 명랑하게 블랙풀을 향해서 출발했다. 폴이 그녀에게 키스하며 작별할 때 모렐 부인은 아주 명랑했다. 일단 역에 도착하자 그는 모든 것을 잊어버렸다. 나흘간을 자유롭게 지낼 수 있었다. 걱정거리도 생각할 것도 없었다. 두 젊은이는 즐기는 데 몰두했다. 폴은 다른 사람 같았다. 그 자신의 어떤 면도 남지 않았다. 클라라도 미리엄도 그를 불안하게 만드는 어머니도 없었다. 그는 그들 모두에게 편지를 썼고 어머니에게 긴 편지를 보냈다. 그 명랑한 내용의 편지를 받고 폴의 어머니는 기쁘게 웃었다. 그는 젊은이들이 블랙풀과 같은 곳에서처럼 즐겁게 보내고 있었다. 그러나 그 밑바닥에는 그녀에 대한 불안이 있었다.

폴은 아주 명랑했고 셰필드에서 어머니와 함께 보낼 생각에 흥분한 상태였다. 뉴턴은 하루를 그들과 함께 보낼 예정이었다. 기차가 늦었다. 파이프를 이 사이에 물고 웃고 농담을 하며 젊은이들은 전차에 가방을 휙 올려놓았다. 폴은 어머니에게 줄 진짜 레이스로 만든 조그만 칼라를 샀고 어머니가 그것을 옷에 달면 놀려주려고 기대에 차 있었다.

애니는 멋진 집에 살고 있었고 어린 하녀가 있었다. 폴은 명랑하게 계단을 뛰어 올라갔다. 그는 홀에서 어머니가 웃고 있기를 기대했다. 그러나 문을 열어 준 것은 애니였다. 애니는 그에게 멀리 떨어져 있는 듯이 보였다. 그는 일순간 당황하여 서 있었다. 폴은 애니의 뺨에 키스했다.

"엄마가 아프셔?" 그가 말했다.

"그래…… 아주 좋지 않아…… 엄마에게 걱정을 끼치지 마."

"침대에 계셔?"

"응."

그러자 마치 햇빛이 그에게서 모두 사라지고 완전히 어둠이 덮인 듯한 기묘한 느낌이 그를 엄습했다. 그는 가방을 떨어뜨리고 위층으로 뛰어 올라갔다. 주저하다가 그는 문을 열었다. 그의 어머니는 낡은 장밋빛 가운을 입고 침대에 앉아 있었다. 그녀는 거의 수줍어하며 간청하는 듯한 겸손한 태도로 아들을 바라보았다.

그는 어머니의 잿빛 얼굴을 보았다.

"엄마!" 그가 말했다.

"네가 오지 않는 줄 알았다." 그녀는 명랑하게 대답했다.

그러나 그는 침대 가에 무릎을 꿇고는 침대보에 얼굴을 묻고 고통스럽게 소리질러 말했다. "엄마…… 엄마…… 엄마!" 그녀는 여윈 손으로 그의 머리카락을 천천히 쓰다듬었다.

"울지 마라." 그녀가 말했다. "울지 마, 아무 일도 아냐."

그러나 그는 피가 녹아서 눈물로 흐르는 듯이 느꼈고 공포와 고통에 질려 소리쳤다.

"울지 마, 울지 마라." 어머니가 더듬듯이 말했다.

천천히 그녀는 그의 머리카락을 쓰다듬었다. 그는 혼비백산할 정도로 충격을 받아서 울었고 눈물이 그의 몸의 모든 기관에 상처를 내는 것 같았다. 갑자기 그는 울음을 멈추었다. 그러나 침대보에서 얼굴을 들 수가 없었다.

"그런데 늦었구나…… 어디에 있었니?" 그의 어머니가 물었다.

"기차가 늦었어요." 그는 침대보에 얼굴을 묻고 대답했다.

"그래…… 그 한심한 중앙선이! ……뉴턴도 왔니?"

"네."

"틀림없이 배가 고프겠구나…… 애니가 식사를 차려 놓고 기다렸단다."

갑자기 얼굴을 비틀어 올리며 그는 어머니를 보았다.

"무슨 병이래요, 엄마?" 그는 가차없이 물었다.

그녀는 대답하면서 눈을 피했다.

"그저 조그마한 종양이야…… 걱정할 필요 없다…… 그 덩어리가 오랫동안 거기 있었어."

눈물이 다시 솟아올랐다. 그의 마음은 명료하고 견고했지만 그의 몸은 울고 있었다.

"어디에요?" 그가 말했다.

그녀는 옆구리에 손을 대었다.

"여기야! ……하지만 종양을 녹여서 없앨 수 있다더라."

그는 어린아이처럼 어리둥절하고 무력해하며 서 있었다. 어쩌면 그녀가 말한 대로일 거라고 생각했다. 그래, 그게 맞을 거라고 스스로를 안심시켰다. 그러나 그의 피와 그의 몸은 그것이 무엇인지 명확히 알고 있었다. 그는 침대에 앉아서 그녀의 손을 잡았다. 그녀는 언제나 하나의 반지, 그녀의 결혼반지를 끼고 있었다.

"언제부터 아팠어요?" 그가 물었다.

"시작한 건 어제였어." 그녀가 복종하듯이 대답했다.

"통증이요?"

"그래…… 하지만 집에서 종종 겪었던 정도였어…… 앤젤 의사는 틀림없이 괜히 겁주는 사람일 거야."

"혼자 여행을 해서는 안 되었을 텐데." 그는 그녀에게라기보다는 스스로에게 말했다.

"그게 병과 무슨 관계라도 있다는 것 같구나." 그녀가 재빨리 대답했다.

그들은 잠시 말이 없었다.

"이제 가서 점심을 먹어라. 무척 배고프겠다." 그녀가 말했다.

"엄마는 드셨어요?"

"그래, 아주 맛있는 넙치를 먹었어. 애니가 나에게 아주 잘해 준단다."

그들은 잠시 이야기를 더 한 후에 아래층으로 내려갔다. 그는 얼굴이 하얗게 질리고 긴장하고 있었다. 뉴턴은 슬픈 마음으로 공감을 드러내며 앉아 있었다.

점심을 먹은 후 폴은 애니가 설거지하는 것을 도우러 식기실로 갔다. 어린 하녀는 심부름을 가고 없었다.

"정말 종양이야?" 그가 물었다.

애니는 다시 울기 시작했다.

"엄마가 어제 겪은 고통을 생각하면…… 누구도 그렇게 고통스러워하는 것을 본 적이 없어." 그녀는 울었다. "레너드가 미친 사람처럼 앤젤 의사를 부르러 달려갔지…… 엄마가 침대에 눕자 내게 '애니야, 내 옆구리에 이 덩어리를 봐라…… 이게 무엇인지 궁금해'라고 하셨어…… 그래서 거기를 보았지. 그리고 기절할 정도였어. 폴, 맹세코 내 주먹 두 개만 한 큰 덩어리가 있었어. 내가 '맙소사, 엄마, 그게 언제부터 생겼어요?'라고 물었어…… 엄마는 '글쎄, 상당히 오래되었다, 얘야'라고 말했지…… 죽을 것 같은 심정이었어, 폴. 정말로…… 엄마는 집에서 몇 달이나 이 고통을 겪고 있었는데 아무도 그녀를 돌봐 주지 않았던 거야.”

그의 눈에 눈물이 솟다가 돌연히 말라 버렸다.

“하지만 엄마는 노팅엄의 병원에 다니고 있었잖아…… 그리고 엄마는 전혀 그런 이야기를 하지 않으셨어.” 그가 말했다.

“내가 집에 있었더라면 내가 보고 알았을 텐데.” 애니가 말했다.

그는 비현실 속을 걷고 있는 사람처럼 느꼈다. 오후에 그는 의사를 만나러 갔다. 그는 빈틈없고 다정한 사람이었다.

“그런데 그게 무슨 병입니까?” 그가 말했다.

의사는 젊은이를 쳐다보고는 손깍지를 꼈다.

“세포막에 큰 종양이 생긴 것 같아요.” 그가 천천히 말했다. “그럴 경우에 어쩌면 없앨 수도 있겠지요…….”

“수술할 수 없나요?” 폴이 물었다.

“그곳은 안 돼요.” 의사가 대답했다.

“확실합니까?”

“물론이에요.”

폴은 잠시 생각했다.

“종양이 확실합니까?” 그가 물었다. “노팅엄의 제임슨 의사는 왜 전혀 알지 못했을까요? 어머니가 그 의사에게 몇 주일 동안 다녔는데 어머니의 심장과 소화 불량만 치료했어요.”

“모렐 부인은 제임슨 의사에게 혹에 대한 이야기를 하지 않았더군요.” 의사가 말했다.

"그것이 종양이라는 것은 확실합니까?"

"아니, 확실하지는 않아요."

"그럼 다른 가능성은 뭔가요? 집안에 암 환자가 있었는지 누이에게 물어보셨다면서요. 암일 가능성도 있습니까?"

"아직 모릅니다."

"그러면 어떻게 하실 겁니까?"

"제임슨 의사와 함께 검사를 해 보고 싶습니다."

"그러면 그렇게 하시지요."

"준비를 하셔야겠군요. 노팅엄에서 여기까지 오는 데 왕진료가 적어도 10기니는 될 겁니다."

"그분이 언제 오시면 좋겠습니까?"

"오늘 저녁에 편지를 해서 그것에 대해 상의를 하도록 하지요."

폴은 입술을 깨물면서 돌아왔다.

어머니가 차를 마시러 아래층으로 내려올 수 있다고 의사가 말했다. 아들은 그녀를 도우러 위층으로 올라갔다. 그녀는 레너드가 애니에게 주었던 퇴색한 장미색의 가운을 입고 있었고 얼굴에 약간 홍조를 띠면서 다시 젊게 보였다.

"그런데 엄마, 그 옷을 입으니 정말 멋져 보여요." 그가 말했다.

"그래, 얘들이 날 잘 꾸며 주어서 나도 못 알아보겠다." 그녀는 대답했다.

그러나 그녀가 일어서서 걸으려고 했을 때 그녀의 얼굴에서 핏기가 가셨다. 폴은 그녀를 부축했고 거의 절반쯤은 그녀를 나르다시피 했다. 계단의 꼭대기에서 그녀는 쓰러졌다. 그는 어머니를 들어올리고 재빨리 아래층으로 날라서 그녀를 침상 위에 놓았다. 그녀는 가볍고 연약했다. 그녀의 얼굴은 마치 죽은 사람처럼 푸른 입술을 꼭 다물고 있었다. 그녀는 그 푸르고 변함이 없는 눈을 떴다. 그리고는 간청하듯이, 아들이 자신을 용서해 주기를 원하는 듯이 그를 바라보았다. 그는 그녀의 입술에 브랜디를 대었지만 그녀의 입술은 열리지 않았다. 계속해서 그녀는 아들을 사랑스럽게 바라보고 있었다. 그녀는 아들에게 미안할 뿐이었다. 눈물이 끊임없이 그의 얼굴을 따라 흘러 내렸지만 그는 손끝 하나 움직이지 않았다. 그는 브랜디를 그녀의 입술 사이에 조금 집어넣는 데 열중하고 있었다. 곧 그녀는 차 숟가락 정도를 마실 수 있었다. 그녀는 너무 지쳐서 드러누웠다. 눈물이 그의 얼굴 위로 계속 흘러내렸다.

"하지만 곧 나아질 거야…… 울지 말아라." 그녀가 숨 가쁘게 말했다.

"울지 않아요." 그가 말했다.

잠시 후에 그녀는 다시 괜찮아졌다. 그는 침상 옆에 무릎을 꿇고 있었다. 그들은 서로의 눈을 들여다보았다.

"네가 이 문제로 수선을 피우지 않았으면 좋겠다." 그녀가 말했다.

"아뇨, 엄마…… 엄마는 그저 가만히 누워 있기만 하면 곧 좋아질 거예요."

그러나 그는 입술까지도 하얗게 질렸고, 서로를 바라보는 그들의 눈은 상황을 이해하고 있었다. 그녀의 눈은 푸른색이었고 경이로울 정도로 푸른 물망초 빛이었다. 그는 그녀의 눈이 다른 색이었더라면 자신이 좀 더 잘 견딜 수 있을 것 같았다. 그의 심장은 그의 가슴에서 천천히 찢겨 나가고 있는 것 같았다. 그는 그녀의 손을 잡고 무릎을 꿇고 있었고 둘 다 아무 말도 하지 않았다. 그때 애니가 들어왔다.

"괜찮으세요?" 그녀가 어머니에게 머뭇거리며 물었다.

"물론이야." 모렐 부인이 대답했다.

폴은 앉아서 그녀에게 블랙풀에 대해 이야기했다. 그녀는 호기심을 가지고 들었다.

하루 이틀이 지난 후에 그는 왕진을 결정하기 위해서 노팅엄으로 제임슨 의사를 만나러 갔다. 폴은 수중에 돈이 전혀 없었지만 돈을 꿀 수 있었다.

그의 어머니는 토요일 아침이면 아주 적은 금액에 의사를 만날 수 있는 공중 진찰을 받으러 다니곤 했었다. 그녀의 아들도 토요일에 갔다. 대기실에는 가난한 여자들이 벽을 따라 늘어선 의자에 앉아 참을성 있게 기다리고 있었다. 폴은 자기 어머니가 검은색 옷을 입고 앉아서 이 여자들처럼 기다리는 것을 상상했다. 의사는 늦었다. 여자들은 모두 다소 겁에 질린 듯이 보였다. 폴은 시중 들고 있는 간호원에게 의사가 오자마자 의사를 만날 수 있는지 물어보았다. 간호원은 그렇게 해 주겠다고 했다. 방의 벽을 따라서 끈기 있게 앉아 있는 여자들은 그 젊은이를 호기심어린 눈으로 쳐다보았다.

마침내 의사가 왔다. 그는 갈색 피부에 잘생긴 마흔 살가량

된 사람이었다. 그의 아내가 죽었고 그는 아내를 사랑했기 때문에 여성 질병을 전공했었다. 폴은 그의 이름과 어머니의 이름을 말했다. 의사는 기억하지 못했다.

"M46번입니다." 간호사가 말했고 의사는 그의 진찰 기록에서 병력을 찾아보았다.

"종양일 수도 있는 큰 덩어리가 있다고 합니다. 앤젤 의사가 당신에게 편지를 쓰겠다고 했습니다." 폴이 말했다.

"아, 그렇소." 의사는 주머니에서 편지를 꺼내며 말했다. 그는 대단히 우호적이고 상냥하며 활동적이고 친절했다. 그는 다음 날 셰필드로 오겠다고 했다.

"아버지는 무얼 하시오?" 그가 물었다.

"석탄 광부입니다." 폴이 대답했다.

"그렇게 넉넉하진 않겠군요."

"이 문제…… 이 문제는 제가 책임질 겁니다." 폴이 말했다.

"그럼 당신은?" 의사가 미소를 지으며 물었다.

"조던 의료 기구 공장의 사무원입니다."

의사는 그에게 미소를 지었다.

"아…… 셰필드에 간다!" 그는 손가락 끝을 모으고 눈웃음을 지으며 말했다. "8기니면 어떻겠어요?"

"고맙습니다." 폴은 얼굴을 붉히고 일어서며 말했다. "그럼 내일 오시겠습니까?"

"내일이라…… 일요일이군요! ……좋아요! 오후 몇 시에 기차가 있는지 아시오?"

"4시 15분에 도착하는 중앙 기차가 있습니다."

"그리고…… 집에 가는데 어떻게 가야 하나요? 걸어야 할까요?" 의사가 미소를 지었다.

"전차가 있습니다. 웨스턴 파크 전차입니다."

의사는 그것을 메모했다.

"고맙습니다." 이렇게 말하면서 그는 악수했다.

그리고 나서 폴은 아버지를 보러 집으로 갔다. 아버지는 미니가 돌보아주고 있었다. 월터 모렐은 이제 머리가 상당히 세었다. 폴은 아버지가 정원에서 흙을 파고 있는 것을 보았다. 그는 아버지에게 편지를 보냈었다. 그는 아버지와 악수했다.

"그래, 아들아. 이제 도착했니?" 아버지가 말했다.

"네." 아들이 대답했다. "하지만 오늘 밤에 돌아갈 거예요."

"맙소사!" 아버지가 큰 소리로 말했다. "무얼 좀 먹었니?"

"아뇨."

"너답게 구는구나." 모렐이 말했다. "자 들어가자."

아버지는 그의 아내에 대해 말하기를 겁내고 있었다. 그 둘은 안으로 들어갔다. 폴은 아무 말 없이 음식을 먹었고 아버지는 소매를 걷어 올리고 손에 흙이 묻은 채로 건너편 안락의자에 앉아서 그를 바라보았다.

"그래, 어머니는 어떠니?" 마침내 광부는 작은 목소리로 물었다.

"일어나 앉을 수 있고…… 부축을 받아서 차를 마시러 아래층으로 내려올 수 있어요." 폴이 말했다.

"다행이구나!" 모렐이 큰소리로 말했다. "그러면 곧 집으로 올 수 있겠구나. 그런데 노팅엄의 의사가 뭐라고 하던?"

"그 의사가 내일 어머니를 진찰하러 갈 거예요."

"맙소사! ……그래, 꽤 돈이 들 텐데."

"8기니예요."

"8기니라고!" 광부는 숨 막히듯이 말했다. "그래, 그 돈을 어딘가에서 구해야겠구나."

"내가 낼 수 있어요." 폴이 말했다.

그들은 잠시 아무 말도 하지 않았다.

"아버지가 미니와 잘 지내고 있기를 바란다고 엄마가 말씀하셨어요." 폴이 말했다.

"그래. 나는 괜찮다…… 네 엄마도 그랬으면 좋으련만." 모렐이 말했다. "미니가 아주 좋은 애야." 그는 침울하게 보이며 앉아 있었다.

"3시 반에 가야 해요." 폴이 말했다.

"네가 바쁘게 다녀야겠구나! ……8기니라! ……네 어머니가 언제나 여기에 올 수 있을 거라고 생각하니?"

"내일 의사들이 무어라고 하는지 봐야겠지요." 폴이 말했다.

모렐은 깊이 한숨을 쉬었다. 집은 이상하게 텅 빈 것 같았고 폴은 아버지가 어찌 할 바를 모르고 있고 외롭고 늙어 보인다고 생각했다.

"다음 주에 어머니를 만나러 가셔야 할 거예요, 아버지." 그가 말했다.

"그때쯤에 네 어머니가 집에 오면 좋겠구나." 모렐이 말했다.

"그렇지 않다면 아버지가 오셔야겠지요." 폴이 말했다.

"어디서 돈을 구할 수 있을지 모르겠다." 모렐이 말했다.

"의사가 무어라고 하는지 편지를 써서 알려 드릴게요." 폴이 말했다.

"그런데 네가 편지를 멋들어지게 쓰기 때문에 나는 도통 그걸 이해할 수가 없다." 모렐이 말했다.

"그럼…… 쉽게 쓸게요."

모렐은 자기 이름 정도밖에 쓰지 못하기 때문에 그에게 답장하라고 해 봐야 소용이 없었다.

의사가 도착했다. 레너드는 차를 빌려서 의사를 마중 나가는 것이 자신의 의무라고 생각했다. 진찰은 오래 걸리지 않았다. 애니와 아서, 폴과 레너드는 응접실에서 불안한 심정으로 기다리고 있었다. 의사들이 아래층으로 내려왔다. 폴은 그들을 힐끗 바라보았다. 그는 자기를 속일 때를 제외하고는 전혀 희망을 가지지 않았었다.

"종양일지도 모르겠어요…… 좀 더 두고 봅시다." 제임슨 의사가 말했다.

"만약 그렇다면 그걸 녹여서 없앨 수 있어요?" 애니가 말했다.

"어쩌면 가능하겠지요." 의사가 말했다.

폴은 탁자 위에 8파운드와 반 파운드를 놓았다. 의사는 그것을 세어 보고 지갑에서 2실링 은화를 꺼내어 내려놓았다.

"고마워요!" 그가 말했다. "모렐 부인이 그렇게 아파서 유감입니다. 하지만 어떤 방도가 있는지 알아봐야지요."

"수술은 할 수 없습니까?" 폴이 말했다.

의사가 고개를 저었다. "안 돼요." 그가 말했다. "설사 할 수 있다 하더라도 어머니의 심장이 그걸 견뎌 낼 수 없어요."

"심장이 위험한가요?" 폴이 물었다.

"그렇소…… 어머니를 조심해서 보살펴야 합니다."

"대단히 위험합니까?"

"아니…… 어, 아니…… 아니오! 그저 잘 보살피세요."

그리고 의사는 가 버렸다.

그 후에 폴은 어머니를 아래층으로 옮겼다. 그녀는 그저 아이처럼 누워 있었다. 그러나 그가 계단에 올라섰을 때 그녀는 팔을 그의 목에 두르고 매달렸다.

"나는 이 끔찍한 계단들이 정말 겁난다." 그녀가 말했다.

그리고 그도 역시 겁이 났다. 다음번에는 레너드에게 어머니를 옮기라고 시킬 것이다. 그는 이제 어머니를 옮길 수 없을 것 같았다.

"의사 말로는 그저 종양이래요!" 애니가 어머니에게 소리쳐 말했다. "그리고 그걸 녹여 버릴 수 있대요."

"그럴 줄 알았다." 모렐 부인이 경멸하듯이 단언했다.

그녀는 폴이 방을 나간 것을 모른 척하고 있었다. 그는 부엌에 앉아서 담배를 피웠다. 그리고 나서 웃옷에 묻은 회색의 재를 털어내려고 했다. 그러나 다시 보았을 때 그것은 어머니의 잿빛 머리카락이었다. 그것은 아주 길었다! 그는 그것을 집어 올렸다. 그리고 굴뚝으로 날아가도록 내버려 두었다. 그 긴 잿빛 머리카락은 부유하다가 검은 굴뚝으로 들어가 버렸다.

다음 날 그는 일하러 돌아가기 전에 어머니에게 키스했다. 아주 이른 아침이었고 그들은 단둘이었다.

"걱정하지 마라, 얘야!" 그녀가 말했다.

"네, 엄마."

"그래…… 걱정하는 건 어리석은 일이야. 그리고 몸 조심해라."

"네." 그가 대답했다. 그리고 나서 잠시 후에 "다음 토요일에 올게요. 아버지도 같이 오자고 할까요?"

"아버지가 오고 싶어 하겠지." 그녀가 대답했다. "어쨌든 아버지가 원하면 그렇게 해야겠지."

그는 그녀에게 다시 키스하고 마치 애인에게 하듯이 부드럽고 다정하게 관자놀이에 드리워진 머리카락을 쓰다듬었다.

"늦지 않겠니?" 그녀가 중얼거렸다.

"갈 거예요." 그는 아주 나지막한 목소리로 말했다.

"이제 더 아프지 않을 테지요, 엄마?"

"그래, 얘야."

"약속해요?"

"그래…… 더 나쁘지 않을 거야."

그는 어머니에게 키스하고 잠시 그녀를 팔로 안고 나서 출발했다. 햇빛이 화창한 이른 아침에 그는 무엇 때문인지 모르지만 내내 울면서 역으로 달려갔다. 그녀는 푸른 눈을 크게 뜨고 응시하며 그를 생각했다.

오후에 그는 클라라와 산책했다. 그들은 블루벨이 피어 있는 조그마한 숲 속에 앉아 있었다. 그는 그녀의 손을 잡았다.

"그런데, 어머니는 결코 회복되지 않을 거요." 그가 클라라에게 말했다.

"오, 그건 알 수 없어요." 그녀가 대답했다.

"난 알아요." 그가 말했다.

그녀는 충동적으로 그를 가슴에 끌어안았다.

"잊으려고 노력해 보세요." 그녀가 말했다. "잊으려고 해 봐요." 그녀가 말했다.

"그럴게요." 그가 대답했다.

그녀의 가슴은 그에게 따뜻함을 전하며 거기 있었고 그녀의 손은 그의 손안에 있었다. 그것은 위안이 되었고 그는 그녀의 몸에 팔을 둘렀다. 하지만 그는 잊을 수 없었다. 그는 클라라에게 다른 이야기를 줄곧 했다. 하지만 마찬가지였다. 그녀는 그의 고뇌가 다가오는 것을 느낄 때면 그에게 소리쳤다.

"그걸 생각하지 말아요, 폴, 생각하지 말아요."

그리고 클라라는 그를 가슴에 끌어안고 흔들면서 아이처럼 위로했다. 그래서 그는 그녀를 위해 그 고통을 잠시 접어 두었지만, 혼자 있게 되면 그 즉시 그 고통을 다시 부여잡곤 했다. 그는 이리저리 다니면서 언제나 기계적으로 울었다. 그의 마음과 손은 분주했지만 계속 울었고 자신도 그 이유를 알 수 없었다. 피눈물이 나는 것 같았다. 그는 클라라와 함께 있건 아니면 '백마'에서 다른 남자들과 있건 간에 언제나 혼자 있는 것 같았다. 그 자신과 그의 마음속의 이 압박감, 이것만이 유일하게 존재하고 있었다. 그는 때로 책을 읽었다. 어떻게 해서건 다른 일에 그의 마음을 몰입해야 했다. 클라라는 그의 마음을 사로잡는 한 가지 수단이었다.

토요일에 월터 모렐은 셰필드로 갔다. 그는 마치 아무도 그를 인정하지 않는 듯이 보이는 외로운 사람이었다. 폴은 위층으로 뛰어 올라갔다.

"아버지가 오셨어요." 그는 어머니에게 키스하며 말했다.

"그래?" 그녀는 지친 듯이 말했다.

그 늙은 광부는 다소 겁에 질린 듯이 침실로 들어섰다.

"여보, 어떻소?" 그는 앞으로 나오며 겁나는 듯이 성급하게 그녀에게 키스하고 말했다.

"글쎄요…… 그저 그래요." 그녀가 대답했다.

"그런 것 같구려." 그는 말했다. 그는 그녀를 내려다보며 서 있었다. 그리고 나서 손수건으로 눈을 훔쳤다. 아무도 그를 인정하지 않는 듯이 그는 무기력하게 보였다.

"당신은 잘 지냈어요?" 아내는 말하는 것이 힘든 일인 양 다소 지친 듯이 물었다.

"그랬소!" 그가 대답했다. "미니가 일하는 것이 때로 굼뜨지. 당연히 그렇겠지만."

"그 애가 당신 저녁 식사를 준비해 놓나요?" 모렐 부인이 물었다.

"글쎄…… 한두 번 그 애에게 소리를 질러요." 그가 말했다.

"준비가 되어 있지 않으면 소리를 지르세요. 그 애는 끝까지 일을 미뤄 놓거든요."

그녀는 남편에게 몇 가지 일을 지시했다. 그는 그녀를 바라보며 앉아 있었는데 마치 거의 낯선 사람 앞에서 어색하고 겸손한 듯이, 그리고 자기 자신은 침착함을 잃고 밖으로 달려나가고 싶은 듯이 보였다. 달아나고 싶은 이 감정과, 견디기 어려운 상황에서 탈출하고 싶어 초조하지만 머물러 있는 것이 더 보기 좋기 때문에 그렇게 해야 한다는 감정으로 인해서, 거기 머물러 있기란 대단히 고통스러운 것이었다. 그는 괴로운 심정으로 눈썹을 찡그리고는 무릎 위에 올려놓은 주먹을 꽉 쥐고 커다란 근심거리 앞에서 대단히 거북하게 느끼며 있었다.

모렐 부인의 병세는 별로 차도가 없었다. 그녀는 셰필드에 두 달 동안 머물러 있었다. 그 기간이 끝나갈 무렵 그녀는 다소 악화되었다. 그러나 그녀는 집에 가고 싶어 했다. 애니에게는 돌봐주어야 할 아이들이 있었다. 모렐 부인은 집에 가기를 원했다. 그들은 노팅엄에서 자동차를 빌렸다. 그녀의 통증으로 인해 기차를 탈 수 없었기 때문이었다. 해가 화창한 날에 그녀를 옮겼다. 8월이었고 모든 것이 밝게 화사하고 따뜻했다. 푸른 하늘 아래에서 그들은 그녀가 죽어가고 있다는 것을 알 수 있었다. 그러나 그녀는 지난 몇 주일보다도 더욱 명랑했다. 그들은 함께 웃으며 이야기했다.

"애니야!" 그녀가 큰 소리로 말했다. "저 바위에서 도마뱀이 쏜살같이 달아나는 것을 보았다."

그녀의 눈은 기민했고 아직 그녀는 생명력으로 가득 차 있었다.

모렐은 그녀가 온다는 것을 알고 있었다. 그는 현관문을 열어두었다. 사람들이 모두 학수고대하고 있었다. 사람들이 절반쯤은 거리에 나와 기다리고 있었다. 그들은 커다란 자동차 소리를 들었다. 모렐 부인은 차를 타고 미소를 지으면서 거리를 따라 집으로 오고 있었다.

"사람들이 모두 나를 보려고 나와 있는 것 좀 봐!" 그녀가 말했다. "하지만 나도 그렇게 했을 거야…… 안녕하세요, 매튜즈 부인! ……해리슨 부인, 어떠세요?"

그들은 그녀의 목소리를 전혀 들을 수 없었지만 그녀가 미소짓고 고개를 끄덕이는 것을 보았다. 그리고 그들은 모두 그녀의 얼굴에서 죽음의 그림자를 보았다고 말했다. 그 거리에서 그것은 큰 사건이었다.

모렐은 그녀를 안고 안으로 들어가고 싶었다. 그러나 그는 너무 늙었다. 아서는 마치 어머니가 어린아이인 것처럼 덥석 그녀를 안아 올렸다. 그녀의 흔들의자가 있었던 난로 가에 그들은 크고 깊숙한 의자를 가져다 놓았었다. 옷을 벗고 의자에 앉아서 브랜디를 약간 마시고 난 후에 그녀는 방을 둘러보았다.

"내가 네 집을 맘에 들어하지 않았다고 생각하지 마라, 애니야." 그녀가 말했다. "하지만 다시 내 집에 오게 되니 아주 좋다."

모렐이 잠긴 목소리로 말했다.

"그래, 여보, 그래."

그 어리고 기묘한 하녀, 미니가 말했다.

"아주머니가 돌아와서 기뻐요."

정원에는 노란 해바라기들이 사랑스럽게 엉클어져 있었다. 그녀는 창밖을 바라보았다.

"내 해바라기들이 저기 있었구나!" 그녀가 말했다.

14 해방

모렐이 셰필드에 있던 어느 날 앤젤 의사가 말했다. "그런데 여기 열병 전문 병원에 노팅엄에서 온 사람이 있어요…… 도스라고 하더군요. 그 사람에게는 별로 가족이나 친지가 있는 것 같지 않던데요."

"백스터 도스군요!" 폴이 소리쳐 말했다.

"바로 그 사람이에요…… 신체적으로는 건강한 사람이었던 것 같던데. 최근에 어려운 고비에 빠졌었지요. 그 사람을 아세요?"

"같은 직장에서 일했던 사람입니다."

"그랬어요? 그 사람에 대해 아는 것이 있어요? 그저 화만 내고 있는데 그렇지 않았다면 지금쯤 훨씬 좋아졌을텐데."

"그 사람 가정 환경에 대해서는 전혀 모르고 다만 아내하고 별거했고 약간 정신적으로 침체되었다는 걸 알아요. 그 사람에게 나에 대해서 얘기해 주시겠어요? 내가 그를 만나러 가겠다고요."

모렐이 다음번에 의사를 만났을 때 물어보았다.

"도스가 뭐라고 하던가요?"

"그 사람에게 노팅엄에서 온 모렐이라는 사람을 아느냐고 물어보았지요." 의사가 말했다. "그랬더니 나에게 달려들어 목이라도 조를 듯이 쳐다보더군요. 그래서 '그 이름을 알고 있는 듯하네요. 폴 모렐입니다.'라고 말했지요. 그리고 나서 당신이 그를 만나러 오고 싶어 한다고 말했어요. 마치 당신이 경찰이라도 되는 듯이 '뭘 원한대요?'라고 말하더군요."

"나를 만나겠다고 하던가요?" 폴이 물었다.

"아무 말도 하지 않았어요…… 좋은지, 싫은지, 무관심한지." 의사가 대답했다.

"왜 그랬을까요?"

"그게 내가 알고 싶은 거예요. 그 사람은 하루 종일 누워서 골을 내고 있지요…… 그에게서 한마디 정보도 알아낼 수가 없어요."

"내가 가도 된다고 생각하세요?" 폴이 물었다.

"되겠지요."

그 라이벌 사이에는 그들이 격투를 벌인 이래로 더욱더 유대감이 생겨났다. 모렐은 일면 그 상대방에 대해 죄의식을 느꼈고 다소간 책임감도 느끼게 되었다. 그리고 자신도 고통을 받고 있는 상태였기 때문에 그는 같이 고통을 겪고 절망하고 있는 도스에 대해서 거의 통증에 가까운 친밀감을 느꼈다. 게다가 그들은 적나라하게 극단적인 증오심을 가지고 대면했었는데 그것이 결속감을 만들어 냈다. 어찌 되었든 각각의 내면에 있는 원초적인 인간들이 만난 것이었다.

그는 앤젤 의사의 소개장을 가지고 격리 병원으로 찾아갔다. 젊고 건강한 아일랜드계의 수녀가 그를 병실로 안내했다.

"방문객이 왔어요, 까마귀 양반" 그녀가 말했다.

그는 깜짝 놀라 끙끙거리며 갑자기 몸을 돌렸다.

"어?"

"까악?" 그녀가 놀렸다. "이 사람은 '까악!' 소리만 할 줄 알지요…… 당신을 만나러 온 신사분을 모시고 왔어요. 자 고맙다고 말하고 예의 바르게 행동해 보세요."

도스는 어둡고 놀라움이 가득한 눈으로 재빨리 수녀 너머의 폴을 쳐다보았다. 그의 표정은 공포와 불신, 증오, 비참함으로 가득했다. 모렐은 그 어둡고 신속하게 움직이는 눈을 마주했고 망설였다. 두 남자는 과거 자신들의 적나라한 자아를 두려워했다.

"여기 있다고 앤젤 의사에게 들었지요." 모렐은 손을 내밀면서 말했다.

도스는 기계적으로 악수했다.

"그래서 와봐야겠다고 생각했어요." 폴은 계속 말했다.

아무 대답도 없었다. 도스는 누워서 반대편 벽을 응시하고 있었다.

"'까악!'이라고 해 보세요." 간호사가 놀렸다. "'까악!' 하세요, 까마귀 양반!"

"이분이 좋아지고 있겠지요?" 폴이 그녀에게 말했다.

"그럼요! 그런데 누워서 자기가 죽을 거라고 생각하고 있지요." 간호사가 말했다. "그래서 겁에 질려 아무 말도 하지 못하는 거예요."

"당신한테는 말할 상대가 있어야 할 텐데요." 모렐이 웃었다.

"맞아요!" 간호사가 웃으며 말했다. "단지 노인 두 분하고 언제나 울고 있는 어린아이 한 명뿐이에요. 정말 괴로운 처지예요. 여기서 나는 까마귀 씨의 목소리를 듣고 싶어 몸살이 날 지경인데 그가 하는 말이라고는 그저 이상한 '까악' 소리밖에 없으니까요."

"정말 딱하군요." 모렐이 말했다.

"정말이에요!" 간호사가 말했다.

"내가 신의 사자와 같겠군요." 그가 웃었다.

"아…… 하늘에서 곧바로 떨어졌지요." 간호사가 웃었다.

이내 그녀는 두 사람을 남겨두고 나갔다. 도스는 더 말라서 다시 잘생긴 얼굴이 드러났지만 그의 내면의 생명력은 약해 보였다. 의사가 말했듯이 그는 누워서 끙끙거리면서, 회복기로 나아가려는 움직임을 보이지 않았다. 그는 자기 심장의 박동마저도 불만스럽게 여기고 있는 듯했다.

"힘드셨겠어요?" 폴이 말했다.

갑자기 도스는 그를 다시 쳐다보았다.

"셰필드에서 무얼 하고 있는 거요?" 그가 물었다.

"어머니가 병에 걸려 서스턴가의 누이 집에 계세요. 여기서 무얼 하고 있어요?"

아무 대답도 없었다.

"얼마나 오래 있었어요?" 모렐이 물었다.

"확실히 말할 수 없소." 도스가 마지못해 대답했다.

그는 모렐이 거기 없다고 믿으려고 하는 듯이 건너편 벽을 뚫어지게 바라보며 누워 있었다. 폴은 마음이 냉정해지고 화가 나는 것을 느꼈다.

"앤젤 의사가 당신이 여기 있다고 말했지요." 그는 냉정하게 말했다.

상대방은 대답하지 않았다.

"장티푸스는 꽤 지독한 병이지요." 모렐은 끈기 있게 계속 말했다.

갑자기 도스가 말했다.

"왜 여기 왔소?"

"당신이 여기에 아는 사람이 없다고 앤젤 의사가 말했어요. 그래요?"

"나는 어디에도 아는 사람이 없소." 도스가 말했다.

"그래요." 폴이 말했다. "그건 당신이 선택한 삶이지요."

또다시 그는 침묵했다.

"우리는 가능한 빨리 어머니를 집으로 모시고 갈 거예요." 폴이 말했다.

"당신 어머니에게 무슨 일이요?" 도스는 환자들이 병에 대해 가지는 관심을 보이면서 물었다.

"암이에요."

그는 다시 침묵했다.

"하지만 어머니를 집으로 모시고 가려고 해요. 자동차를 빌려야 할 거예요." 폴이 말했다.

도스는 누워서 생각했다.

"토머스 조던에게 차를 빌려달라고 하는 것이 어떻소?" 도스가 말했다.

"충분히 크지 않아요." 모렐이 대답했다.

도스는 검은 눈을 끔벅이면서 생각했다.

"그렇다면 잭 필킹턴에게 부탁해 보지…… 그는 빌려줄 거요…… 그 사람 알지요?"

"차를 한 대 임대해야겠어요." 폴이 말했다.

"그건 바보짓이지." 도스가 말했다.

그 병자는 수척했고 다시 날카롭게 보였다. 폴은 그의 눈이 아주 지쳐 있는 듯이 보였기 때문에 그가 안됐다고 느꼈다.

"이곳에서 직업을 구했어요?" 폴이 말했다.

"여기서 하루 이틀 정도 있다가 병이 났소." 도스가 대답했다.

"회복기 환자를 위한 보양소에 들어가는 게 좋겠군요." 그가 말했다.

상대방의 얼굴이 다시 흐려졌다.

"나는 보양소에 가지 않을 거요." 그가 말했다.

"아버지가 시소프의 보양소에 계셨던 적이 있는데 그곳을 좋아하시더군요…… 앤젤 의사가 당신에게 추천서를 써 줄 거예요."

도스는 누워 생각하고 있었다. 그에게 다시 세상을 대면할 용기가 없다는 것은 분명했다.

"지금쯤 바닷가가 좋을 거예요. 모래 언덕에 햇빛이 비치고 멀지 않는 곳에 파도가 있고." 모렐이 말했다.

상대방은 대답하지 않았다.

"정말이지, 당신이 다시 걸을 수도 있고 수영도 할 수 있다고 생각하면 괜찮은 거예요." 폴은 너무 비참한 기분이어서 더 이상 애쓰고 싶지도 않아 결론 조로 말했다.

도스는 그를 재빨리 쳐다보았다. 그 사람의 검은 눈은 세상의 어느 누구의 눈도 마주치기를 두려워했다. 그러나 정말로 비참하고 무기력하게 들리는 폴의 목소리가 그에게 안도감을 주었다.

"당신 어머니는 위독한 상태인가?" 그가 물었다.

"밀랍처럼 녹아가고 있지요." 폴이 대답했다. "하지만 명랑하고…… 생기가 있어요."

그는 입술을 깨물었다. 잠시 후 그는 일어섰다.

"자 가야겠어요." 그가 말했다. "반 크라운 동전을 여기 두고 가겠어요."

"필요하지 않소." 도스가 중얼거렸다.

모렐은 대답하지 않고 동전을 탁자 위에 두었다.

"자." 그가 말했다. "내가 다시 셰필드에 오게 되면 들리겠어요. 혹시 제 매부를 만나보고 싶을지 모르겠군요. 그 사람은 파이크로프츠에서 일하지요."

"난 그 사람을 모르오." 도스가 말했다.

"괜찮은 사람이에요. 그에게 여기 오라고 말할까요? 당신에게 신문을 가져다줄 거예요."

상대방은 대답하지 않았다. 폴은 나왔다. 도스가 그에게 일으킨 강렬한 감정은 그를 짓누르고 오싹하게 만들었다.

그는 어머니에게는 말하지 않았지만 다음 날 그 만남에 대해 클라라에게 이야기했다. 저녁 시간이었다. 두 사람은 근래에 함께 나가는 일이 별로 없었지만 그날은 그가 먼저 성터에 가자고 했다. 거기 앉아서 그들은 진홍빛 제라늄과 노란 칼세올라리아가 햇빛에 타오르는 것을 보았다. 그 당시 그녀는 언제나 방어적이었고 그에 대해 다소 원망을 품고 있었다.

"백스터가 장티푸스로 셰필드의 병원에 입원했다는 것을 알고 있었어요?" 그가 물었다.

그녀는 깜짝 놀라 그녀의 잿빛 눈으로 그를 바라보았고 얼굴이 창백해졌다.

"아뇨." 그녀는 겁에 질려 말했다.

"회복되고 있어요…… 어제 그를 보러 갔었지요…… 의사가 말해 주었어요."

클라라는 그 소식으로 공포에 질린 듯이 보였다.

"아주 심한 상태인가요?" 그녀가 죄의식을 느끼며 물었다.

"그랬지요. 지금은 나아가고 있어요."

"그 사람이 무슨 말을 하던가요?"

"아무 말도 안했어요. 그저 골을 내고 있는 것 같더군요."

두 사람 사이에는 거리가 있었다. 그는 그녀에게 다른 사실들을 알려 주었다.

클라라는 입을 다물고 말없이 걸었다. 다음번에 같이 산책하게 되었을 때 그녀는 그의 팔짱을 풀고 그와 조금 떨어진 곳에서 걸었다. 그는 그녀의 위안을 몹시 바라고 있었다.

"나에게 친절하게 대해 주지 않겠어요?" 폴이 물었다.

그녀는 대답하지 않았다.

"무슨 일이에요?" 그는 그녀의 어깨에 팔을 두르면서 말했다.

"그러지 마세요." 그녀는 몸을 빼며 말했다.

그는 그녀를 내버려 두고 자신의 생각에 몰두했다.

"당신을 혼란스럽게 만드는 게 백스터요?" 그가 마침내 물었다.

"내가 그 사람에게 고약하게 굴었어요." 그녀가 말했다.

"당신이 그 사람을 제대로 대우하지 않았다고 여러 번 말했었지요." 그가 대답했다.

이제 두 사람 사이에는 적대감이 있었다. 각각은 자기 나름의 생각을 계속했다.

"내가 그 사람을…… 정말, 그 사람을 함부로 대했지요. 그리고 이제 당신이 날 아무렇게나 대하고 있어요. 내가 그런 대접을 받아 마땅하지요." 그녀가 말했다.

"내가 어떻게 당신을 아무렇게나 대하고 있단 말이죠?" 그가 말했다.

"그런 대접을 받아 마땅해요." 그녀는 다시 말했다. "나는 그 사람을 소유할 만한 가치가 없는 사람이라고 생각했었고 이제 당신은 나를 그렇게 생각하고 있어요…… 그런 대접을 받아 마땅해요…… 그는 당신보다 나를 몇천 배 더 사랑했어요."

"그렇지 않았어요." 폴이 항의했다.

"그랬어요! ……최소한 그 사람은 나를 존중했지만 당신은 그렇지 않아요."

"그 사람이 당신을 존중하는 것처럼 보였겠지요." 그가 말했다.

"존중했어요! 그런데 나는 그 사람을 엉망으로 만들었지요. 내가 그랬다는 것을 알아요. 당신이 나에게 그걸 가르쳤지요…… 그리고 그는 나를 당신보다 몇천 배 더 사랑했어요."

"알았어요." 폴이 말했다.

그는 지금 혼자 있기를 바랐다. 그에게는 거의 참을 수 없을 정도로 버거운 자기 자신의 고통이 있었다. 클라라는 그를 고문하고 지치게 만들 뿐이었다. 그녀와 헤어졌을 때 그는 유감스럽게 느끼지 않았다.

그녀는 기회가 오자마자 그녀의 남편을 만나러 셰필드로 갔다. 그 만남은 성공적이지 않았다. 그렇지만 그녀는 장미와 과일과 돈을 두고 왔다. 그녀는 보상하고 싶어 했다. 그를 사랑한 것은 아니었다. 그가 거기 누워 있는 것을 보았을 때 그녀의 마음은 사랑으로 타오르지 않았다. 오로지 그녀는 그의 앞에서 겸손하게 굴고 무릎을 꿇고 싶을 뿐이었다. 그녀는 이제 자기 희생적이 되기를 원했다. 결국 그녀는 모렐이 진정으로 자신을 사랑하도록 만드는 데 실패한 것이었다. 그녀는 도덕적 두려움에 사로잡혔다. 그녀는 속죄를 하고 싶었다. 그래서 그녀는 도스 앞에 무릎을 꿇었고 그것은 그에게 미묘한 기쁨을 주었다. 그러나 그들은 아직도 대단히 멀리 떨어져 있었고 그것도 너무 먼 거리였다. 이러한 사실이 그 남자에게 두려움을 느끼게 했지만 그녀에게는 거의 기쁨을 주었다. 그녀는 자신이 넘을 수 없는 거리를 두고 그 남자에게 봉사하고 있다고 느끼기를 좋아했다. 그녀는 이제 자부심도 느끼게 되었다.

모렐은 한두 번 도스를 만나러 갔다. 언제나 치명적인 라이벌이었던 두 사람 사이에 일종의 우정이 생겨났다. 그러나 그들은 두 사람 사이에 있는 여자에 대해서 전혀 언급하지 않았다.

모렐 부인은 점차 상태가 나빠졌다. 처음에 그들은 그녀를 아래층으로 때로는 정원으로 옮기곤 했다. 그녀는 의자에 기대어 앉아 있을 때면 미소를 지으면서 아주 아름답게 보였다. 황금 결혼반지가 그녀의 흰 손에서 빛났고 그녀의 머리카락은 조심스레 빗질되어 있었다. 그리고 그녀는 뒤엉킨 채 시들어가는 해바라기와 새로 피기 시작하는 국화꽃과 달리아를 바라보았다.

폴과 어머니는 서로를 두려워했다. 그녀가 죽어가고 있다는 것을 그도 알고 있었고 그녀도 알고 있었다. 그러나 그들은 계속 명랑한 척했다. 아침마다 일어나면 그는 파자마 차림으로 그녀의 방에 들어갔다.

"엄마, 잘 주무셨어요?" 그가 물었다.

"그래." 그녀가 대답했다.

"별로 안 좋으세요?"

"아니…… 괜찮아."

그러면 그는 그녀가 밤새 깨어 있었다는 것을 알았다. 그는 그녀의 손이 침대보 아래에서 통증이 심한 옆구리 쪽을 누르고 있는 것을 보았다.

"통증이 심했어요?" 그가 물었다.

"아니! 약간 아팠지만 얘기할 정도는 아냐."

그리고 그녀는 예전처럼 경멸조로 콧소리를 냈다. 누워 있는 그녀의 모습은 소녀처럼 보였다. 그리고 그녀의 푸른 눈은 내내 그를 바라보고 있었다. 그러나 눈 아래 쪽으로 검은 반원이 드리워져 있었고 그것이 그의 마음을 다시 아프게 했다.

"화창한 날이에요." 그가 말했다.

"아름다운 날이야."

"아래층으로 내려가실 수 있겠어요?"

"글쎄다."

그리고 폴은 그녀의 아침식사를 가지러 나갔다. 하루 종일 그는 오로지 어머니만을 생각했다. 그것은 긴 고통이었고 그의 몸은 미열로 시달렸다. 저녁 일찍 집으로 돌아올 때면 그는 부엌 창문을 통해 들여다보았다. 그녀는 부엌에 없었다. 침대에서 일어나지 못한 것이었다.

그는 곧장 위층으로 뛰어 올라가서 그녀에게 키스했다. 그녀에게 물어보기가 거의 겁이 날 지경이었다.

"오늘 일어나지 않으셨어요, 엄마?"

"아니." 그녀가 말했다. "모르핀 때문이야…… 피곤하게 만들었어."

"의사가 모르핀을 너무 많이 주는 것 같아요." 그가 말했다.

"그런 것 같아." 그녀가 대답했다.

그는 비참한 기분으로 침대 옆에 앉았다. 그녀는 어린아이처럼 몸을 웅크리고 옆구리 쪽으로 눕는 습관이 있었다. 회갈색의 머리카락이 그녀의 귓전에 늘어져 있었다.

"간지럽지 않아요?" 그가 머리카락을 부드럽게 뒤로 넘기면서 물었다.

"간지러워." 그녀가 대답했다.

그는 어머니의 얼굴 가까이 얼굴을 대었다. 그녀의 푸른 눈은 소녀의 눈처럼 아들의 눈을 들여다보며 미소를 지었고 따뜻하게, 부드러운 사랑으로 웃음을 지었다. 그것은 공포와 고뇌와 사랑으로 그를 숨막히게 만들었다.

"머리를 땋고 싶으시지요." 그가 말했다. "가만히 누워 계셔요."

그리고 그녀의 뒤로 가서 그는 조심스럽게 머리를 풀고 빗질을 했다. 그것은 갈색과 회색이 어우러진 섬세한 실크 같았다. 그녀의 머리는 어깨 사이에 파묻혀 있었다. 가볍게 머리카락을 빗질하고 땋으면서 그는 입술을 깨물었고 현기증을 느꼈다. 이 모든 것은 비현실적이었고 그는 그것을 이해할 수 없었다.

밤에 종종 폴은 어머니의 방에서 일하면서 이따금 그녀를 올려다보았다. 그러면 그녀의 눈길이 그에게 고정되어 있는 것을 보는 일이 허다했다. 그들의 눈이 마주치면 그녀는 미소를 지었다. 그는 다시 기계적으로 일했고 자신이 무엇을 하는지도 알지 못하면서 좋은 작품들을 만들어 냈다.

때때로 그는 술에 취해 거의 죽을 지경이 된 사람처럼 아주 창백하고 고요한 태도로, 신중하고 돌연한 눈빛을 하고 집에 들어왔다. 그들은 둘 다 그들 사이에서 찢겨 나가고 있는 가면들을 두려워했다.

그러다가 그녀는 더 나아진 척하고 그에게 명랑하게 수다를 떨며 몇 가지 뉴스거리들을 가지고 수선을 피웠다. 왜냐하면 그들이 엄청난 문제에 굴복하지 않고 그들의 인간적 자립심이 산산조각이 나지 않도록 하기 위해서는 사소한 일들을 가지고 법석을 떨어야 하는 상태에 둘 다 이르렀기 때문이었다. 두려웠기 때문에 그들은 매사를 가볍게 받아들였고 명랑하게 행동했다.

어머니가 누워서 때로 과거에 대해 회상하고 있다는 것을 폴은 알고 있었다. 그녀의 입은 점점 일자로 굳게 다물어졌다. 그녀는 자기에게서 터져 나오는 커다란 고함소리를 외치지 않고 죽을 수 있도록 자신을 엄격하게 통제했다. 그는 몇 주 동안이나 그녀가 입을 대단히 씁쓸하게 그리고 완고하게 꽉 다물고 있었던 것을 결코 잊지 못했다. 때로 조금 마음이 가벼울 때면 그녀는 남편에 대해 이야기했다. 그녀는 남편을 미워했다. 그녀는 그를 용서하지 않았다. 그녀는 그가 방에 있는 것도 참을 수 없었다. 그리고 그녀에게 가장 쓰라렸던 몇 가지 일들이 다시 강렬하게 떠올라 그녀에게서 떨어져 나오게 되면 그녀는 아들에게 이야기했다.

폴은 자신의 삶이 내면에서 산산조각 부서지고 있는 듯이 느꼈다. 이따금 눈물이 갑자기 쏟아졌다. 그는 눈물방울을 보도 위로 떨구면서 역으로 달려갔다. 종종 그는 일을 계속할 수 없었다. 펜이 멈추어져서 더 이상 글씨를 쓸 수 없었다. 그는 전혀 의식 없이 뚫어지게 응시하며 앉아 있었다. 그가 정신을 차리게 되었을 때면 구역질이 나고 손발이 떨렸다. 그는 무엇 때문에 그런지 결코 생각도 하지 않았다. 그의 마음은 분석하거나 이해하려고 하지 않았다. 그는 단지 감수하면서 눈을 감고 자기에게 일이 벌어지도록 내버려 두었다.

그의 어머니도 마찬가지였다. 그녀는 통증과 모르핀과 다음 날에 대해서 생각했지만 결코 죽음에 대해서는 생각하지 않았다. 죽음이 오고 있다는 것을 그녀는 알고 있었다. 그녀는 그것에 굴복해야만 했다. 그러나 그녀는 죽음에 간청하거나 화해를 하려고 하지 않았다. 맹목적으로 얼굴을 굳게 다물고 눈을 감은 채 그녀는 죽음의 문을 향해 내밀려지고 있었다. 며칠이 지났고 몇 주가 지났고 몇 달이 지났다.

때로 화창한 오후에 그녀는 거의 행복하게 보였다.

"나는 좋았던 시절을 생각하려고 해…… 우리가 메이블소프와 로빈 후드 만과 섄클린에 갔던 때 말이야." 그녀가 말했다. "결국 누구나 다 그 아름다운 곳들에 가 보지는 못했을 거야. 정말 아름다웠지. 나는 그것을 생각하려고 해. 다른 것들은 생각하지 않고."

그러다가 또다시 어머니는 저녁 내내 한마디 말도 하지 않았고 폴도 마찬가지였다. 그들은 함께 단호하고 완고하게 침묵하고 있었다. 마침내 그가 잠자리에 들려고 그의 방으로 가면 그의 몸이 마비되기라도 한 듯이 더 이상 나갈 수 없어 문에 기대야 했다. 그의 의식이 사라져갔다. 그가 알지 못하는 격렬한 폭풍우가 그의 내면에서 강타하는 듯했다. 그는 거기에 기대어 아무것도 묻지 않고 수용하는 태도로 서 있었다.

아침이면 그녀의 얼굴이 모르핀 때문에 잿빛으로 변하고 그녀의 몸은 재로 변한 듯이 여겨졌지만 두 사람 다 다시 평상시와 같은 태도를 취했다. 그 여러 가지 것들에도 불구하고 그들은 다시 명랑해졌다. 이따금 특히 애니나 아서가 집에 있을 때면 그는 그녀를 내버려 두었다. 그는 클라라를 자주 만나지 않았다. 보통 남자들과 함께 있었다. 그는 민첩하고 활동적이며 생기가 있었지만 그의 친구들은 그의 얼굴이 창백하게 질리고 어두운 눈이 반짝이는 것을 볼 때 그에 대한 어떤 의혹을 가지게 되었다. 때때로 그는 클라라에게 갔지만 그녀는 그에게 거의 냉정했다.

"나를 받아 줘요!" 그는 간단히 말했다.

때로 클라라는 그렇게 했다. 그러나 그녀는 두려웠다. 폴이 그녀를 소유한 순간에도 그녀가 그에게서 몸을 움츠리게 되는 어떤 자연스럽지 않은 것이 있었다. 그녀는 그를 두려워하게 되었다. 그는 너무나 조용하고 아주 낯설었다. 그녀는 연인을 가장하는 이 사람의 이면에서 느낄 수 있는 어떤 불길한 사람, 그녀 자신과 함께 거기에 존재하지 않는 사람을 두려워하게 되었고 그 사람이 그녀를 공포로 질리게 했다. 그녀는 그에 대한 일종의 두려움을 가지게 되었다. 마치 그가 범죄자라도 되는 것 같았다. 그는 그녀를 원했고 (그녀를 가졌지만) 그 행위는 그녀를 죽음의 손아귀에 사로잡힌 것처럼 느끼게 만들 뿐이었다. 그녀는 공포에 질려 누워 있었다. 거기에는 그녀를 사랑하는 남자가 없었다. 그녀는 거의 그를 증오했다. 그리고 나서 그가 한 차례 약간 다정해지는 순간들이 있었다. 그러나 그녀는 그 남자를 감히 동정할 수도 없었다.

도스는 노팅엄 근방의 커널 실리 보양소로 옮겼다. 폴은 그곳을 때로 방문했고 클라라는 자주 그곳을 찾았다. 두 남자 사이에서 특이한 우정이 발전하게 되었다. 아주 천천히 회복되고 있지만 아직도 매우 쇠약한 도스는 자신을 모렐의 손에 내맡기는 듯이 보였다.

11월이 시작되었을 때 어느 날 클라라는 그날이 자기 생일이라고 폴에게 상기시켰다.

"거의 잊고 있었어요." 그가 말했다.

"그렇게 생각했어요." 그녀가 대답했다.

"잊지는 않았어요! ……주말에 바닷가에 갈까요?"

그들은 갔다. 춥고 다소 음울했다. 클라라는 그 남자가 자기에게 따뜻하고 부드럽게 대해 주기를 기다렸다. 그러나 오히려 그는 그녀를 거의 의식하지 않는 듯이 보였다. 그는 기차간에 앉아서 밖을 내다보고 있었고 그녀가 말을 걸면 깜짝 놀랐다. 분명히 그는 어떤 생각을 하고 있는 것도 아니었다. 사물이 존재하지 않는 듯이 보였다. 그녀는 그에게 가까이 갔다.

"무슨 일이에요?" 그녀가 물었다.

"아무것도 아니에요!" 그가 말했다. "저기 풍차의 날개가 단조롭게 보이지 않아요?"

폴은 클라라의 손을 잡고 앉아 있었다. 그는 아무런 말도 생각도 할 수 없었다. 그러나 그녀의 손을 잡고 앉아 있는 것은 위안을 주었다. 하지만 그녀는 불만스러웠고 비참했다. 그는 그녀와 함께 있지 않았고 그녀는 아무것도 아니었다.

저녁에 그들은 검고 침울하게 보이는 바다를 내려다보며 모래언덕에 앉아 있었다.

"엄마는 결코 굴복하지 않을 거예요." 폴이 조용히 말했다.

클라라의 마음이 덜컹 내려앉았다.

"그렇겠지요." 그녀가 대답했다.

"죽는 데에는 여러 가지 방법이 있지요. 아버지 쪽 사람들은 겁에 질려 있고 도살장의 가축처럼 목을 매어 삶에서 죽음으로 잡아끌어야 하지요. 하지만 엄마 쪽 사람들은 뒤에서 조금씩 밀려가지요. 그들은 완강한 사람들이고 죽으려고 하지 않아요."

"그렇군요." 클라라가 말했다.

"그리고 엄마는 죽으려고 하지 않아요. 죽을 수가 없지요. 지난번에 렌쇼우 목사가 왔었어요. '생각해 보세요. 저 다른 세상에서 당신은 어머니와 아버지, 자매들과 아들을 만나게 될 겁니다.'라고 그가 말했지요. 그랬더니 엄마는 '나는 그 사람들 없이도 오랫동안 살아왔고 지금도 그 사람들 없이 살 수 있어요. 내가 원하는 것은 살아 있는 사람들이지 죽은 사람들이 아니에요.'라고 말하더군요. 엄마는 지금도 살기를 원해요."

"정말 끔찍한 일이군요!" 클라라가 말할 수 없이 겁에 질려서 말했다.

"그리고 엄마는 나를 바라보고 나와 함께 있기를 바라지요." 그는 단조로운 목소리로 계속했다. "그녀는 강한 의지를 가지고 있어서 결코, 결코 죽지 않을 것처럼 보여요……."

"그런 생각은 하지 말아요." 클라라가 큰 소리로 말했다.

"그런데 그녀는 종교적이었고…… 지금도 그렇지만…… 아무 소용이 없어요. 그녀는 그저 굴복하지 않으려는 거예요. 목요일에 내가 엄마에게 말했지요. '엄마, 내가 죽어야만 한다면 난 죽을 거예요. 죽기를 바랄 거예요.' 그러자 그녀가 날카롭게 말하더군요. '난 안 그렇다고 생각하니…… 죽기를 원할 때 죽을 수 있다고 생각해!'"

그의 목소리가 멈추었다. 그는 울지는 않았다. 그러나 단조로운 목소리로 계속 말했다. 클라라는 달아나고 싶었다. 그녀는 주위를 둘러보았다. 검은 해안에서 소리가 울리고 있고 어둑한 하늘이 그녀를 누르고 있었다. 그녀는 겁에 질려 일어섰다. 그녀는 빛이 있고 다른 사람들이 있는 곳에 가고 싶었다. 그녀는 그 남자에게서 달아나고 싶었다. 그는 머리를 떨구고는 전혀 움직이지 않고 앉아 있었다.

"난 엄마가 식사를 하지 않기를 바라요. 그녀도 그걸 알고 있죠. 내가 엄마에게 '무얼 좀 드실래요?'라고 물으면 '그래'라고 대답하기를 거의 겁내고 계시죠. '벤저나 물에 타 한 컵 먹어야겠다.'고 말하지요. '그게 엄마의 기운을 더욱 돋구어줄 텐데요.'라고 말했지요. '그래, 하지만 아무것도 먹지 않으면 속이 너무 쓰려서 참을 수가 없단다.'라고 거의 울 듯이 말씀하지요. 그래서 밖에 나가 음식을 만들어 갖다드려요…… 엄마를 그렇게 갉아먹는 것은 바로 암이에요…… 엄마가 차라리 죽었으면 좋겠어요."

"가요, 난 갈 거예요." 클라라가 거칠게 말했다.

폴은 그녀를 따라 어두운 모래사장을 걸었다. 그는 그녀에게 다가오지 않았다. 그는 그녀의 존재를 거의 의식하지 않는 듯이 보였다. 그리고 그녀는 그가 두려웠고 싫었다.

똑같이 극도로 멍한 상태에서 그들은 노팅엄으로 돌아왔다. 폴은 언제나 무엇인가를 하고 친구들을 이 사람 저 사람 만나러 다니면서 계속 바빴다.

월요일 아침에 그는 백스터 도스를 만나러 갔다. 활력이 없고 창백한 그 사람은 그에게 인사하려고 손을 내밀면서 의자를 붙잡고 일어나려고 했다.

"일어나서는 안 돼요." 폴이 말했다.

도스는 모렐을 의심어린 눈으로 쳐다보면서 육중하게 앉았다.

"내게 당신 시간을 낭비하지 마시오. 해야 할 일이 많을 텐데." 그가 말했다.

"내가 오고 싶었어요." 폴이 말했다. "여기…… 과자를 가져왔어요."

환자는 그것을 옆으로 밀어놓았다.

"대단한 주말은 아니었어요." 모렐이 말했다.

"어머니는 어떻소?" 상대방이 물었다.

"거의 차이가 없어요."

"일요일에 오지 않기에 어머니 상태가 더 나빠졌나 보다고 생각했소."

"스케그니스에 갔었어요. 기분 전환이 필요했지요." 폴이 말했다.

상대방은 폴을 검은 눈으로 바라보았다. 그는 물어볼 수는 없었지만 이야기를 들을 수 있을 거라고 믿으면서 기다리는 듯이 보였다.

"클라라와 같이 갔었어요." 폴이 말했다.

"그럴 거라고 알고 있었소." 도스가 조용히 대답했다.

"예전에 한 약속이었지요." 폴이 말했다.

"당신 마음대로 하는 거지." 도스가 말했다.

클라라의 이름이 그들 사이에서 분명히 언급되기는 이번이 처음이었다.

"아니, 그녀는 내게 싫증을 내고 있어요." 모렐이 천천히 말했다.

도스는 그를 다시 쳐다보았다.

"8월 이후로 그녀는 내게 싫증을 내게 되었지요." 모렐은 다시 말했다.

두 사람은 함께 아무 말도 하지 않았다. 폴은 체커 게임을 제안했다. 그들은 말없이 게임을 했다.

"어머니가 죽게 되면 외국에 갈 거예요." 폴이 말했다.

"외국에!" 도스가 반복했다.

"그래요…… 내가 뭘 하든지 상관없어요."

그들은 게임을 계속했다. 도스가 이기고 있었다.

"난 어떤 새로운 삶을 착수해야 할 거예요. 당신도 마찬가지겠지요." 폴이 말했다.

그는 도스의 말을 하나 잡았다.

"나는 어디서 시작해야 할지 모르는데." 도스가 말했다.

"일이란 벌어지기 마련이지요." 모렐이 말했다. "무언가를 해봐야 소용이 없어요…… 적어도…… 아니, 모르겠어요…… 과자 좀 주세요."

두 사람은 과자를 먹으면서 체커 게임을 다시 시작했다.

"당신 입의 흉터는 어떻게 된 거요?" 도스가 물었다.

폴은 성급히 손을 입술에 대고는 정원 너머를 바라보았다.

"자전거 사고가 있었어요." 그가 말했다.

말을 잡고 움직이는 도스의 손이 떨렸다.

"당신이 날 비웃지 말았어야 했는데." 그가 아주 천천히 말했다.

"언제요?"

"그날 밤 우드버로우 길에서. 당신이 그녀 어깨에 손을 두르고 같이 나를 지나쳤을 때."

"난 당신을 비웃은 적이 없어요." 폴이 말했다.

도스는 자기의 말을 잡은 채로 있었다.

"당신이 옆을 지나가는 순간까지도 당신이 거기 있는지 전혀 몰랐어요."

도스는 그의 말을 옮겼다.

"그게 바로 날 그렇게 행동하도록 만들었소." 그가 아주 낮은 목소리로 말했다.

폴은 다시 과자를 집었다.

"난 전혀 웃지 않았어요. 다만 언제나 잘 웃지요." 그가 말했다.

그들은 게임을 끝냈다.

그날 밤 모렐은 어떻게 해서건 시간을 보내기 위해서 노팅엄에서 집까지 걸어왔다. 불월 너머로 붉은 반점을 이루며 용광로가 타고 있었다. 검은 구름은 나지막한 천장처럼 드리워져 있었다. 16킬로미터가량 대로를 걸으면서 그는 마치 검고 평평한 하늘과 땅 사이에서 삶의 끝으로 걸어 나가고 있는 것처럼 느꼈다. 그러나 그 끝에는 병실이 있을 따름이었다. 그가 영원히 걷는다 하더라도 도달할 수 있는 곳은 오로지 그 병실이었다.

집 근처에 왔을 때 그는 피곤하지 않았고 아니면 피곤한 것도 모르고 있었다. 들판 너머에서 그는 그녀의 침실 창문에 붉은 난로 불빛이 어른거리는 것을 볼 수 있었다.

"어머니가 죽게 되면 저 불이 꺼지겠지." 그는 중얼거렸다.

그는 조용히 신발을 벗고 위층으로 살며시 올라갔다. 그의 어머니는 아직도 혼자 잤기 때문에 그 방문이 활짝 열려 있었다. 붉은 난로에서 번져 나온 불빛이 층계참에 어렸다. 그는 그림자처럼 조용히 그녀의 방문을 들여다보았다.

"폴!" 그녀가 중얼거렸다.

그의 심장이 또다시 멎는 것 같았다. 그는 들어가 침대 옆에 앉았다.

"무척 늦었구나!" 그녀가 중얼거렸다.

"많이 늦지는 않았어요." 그가 말했다.

"글쎄, 지금 몇 시지?" 중얼거림은 무기력한 불평조로 새어 나왔다.

"이제 막 11시가 되었어요."

그건 사실이 아니었다. 거의 1시가 되어 가고 있었다.

"아." 그녀가 말했다. "훨씬 더 늦었다고 생각했다."

그리고 그는 쉽게 지나가지 않는 밤에 그녀가 느낄 이루 말할 수 없는 비참함을 알고 있었다.

"잠이 오지 않아요, 엄마?" 그가 말했다.

"그래…… 잘 수가 없구나." 그녀가 구슬프게 말했다.

"걱정 말아요, 엄마." 그는 읊조리듯이 말했다. "걱정 말아요, 내 사랑. 엄마하고 30분간 같이 있을 거예요. 그러면 아마 훨씬 나아질 거예요."

그리고 그는 침대 옆에 앉아서 손가락 끝으로 천천히 규칙적으로 그녀의 이마를 쓰다듬고 그녀의 감은 눈을 어루만지며 그녀를 위로하고 다른 손으로 그녀의 손가락을 잡고 있었다. 그들은 다른 방에서 잠자는 사람들의 숨소리를 들을 수 있었다.

"자 이제 가서 자거라." 그녀는 그의 손가락 애무와 사랑을 받으면서 조용히 누워서 중얼거리듯이 말했다.

"잠이 올 것 같아요?" 그가 물었다.

"그래…… 그럴 것 같다."

"훨씬 기분이 낫지요, 그렇지요?"

"그래!" 그녀는 반쯤 위안을 얻은 불평 많은 아이처럼 말했다.

여전히 며칠이 지나고 몇 주가 지났다. 그는 이제는 거의 클라라를 만나러 가지 않았다. 그러나 그는 이 사람에서 저 사람으로 쉴 새 없이 옮겨다니며 도움을 구했지만 어디에서도 찾을 수 없었다. 미리엄이 그에게 친절하게 편지를 보내왔다. 그는 그녀를 만나러 갔다. 창백하고 수척하며 어둡고 혼란스러운 눈빛의 그를 보았을 때 그녀의 마음은 몹시 쓰라렸다. 동정심이 솟아올라서 그녀의 마음은 참을 수 없을 정도의 아픔을 느꼈다.

"어머니는 어때?" 그녀가 물었다.

"똑같아⋯⋯ 똑같아." 그가 말했다. "의사는 그녀가 이런 상태를 지속할 수 없다고 말해⋯⋯ 하지만 난 그렇게 생각하지 않아. 크리스마스에도 살아 계실 거야."

미리엄은 몸을 떨었다. 그녀는 그를 자기 쪽으로 잡아당겨서 그의 머리를 자기 가슴에 파묻고는 그에게 계속해서 키스를 했다. 그는 가만히 있었지만 그것은 고문이었다. 그녀는 그의 고뇌에 키스할 수 없었다. 그것은 홀로 떨어져 존재하는 부분이었다. 그녀는 그의 얼굴에 키스하고 그의 피를 끓어오르게 했지만 그의 영혼은 떨어져 나왔고 죽음의 고뇌로 몸부림치고 있었다. 그리고 그녀는 그에게 키스하고 그의 몸을 손으로 만졌는데 마침내 그는 미칠 것 같이 느끼면서 그녀에게서 떨어져 나왔다. 그것은 바로 그때 그가 원한 것이 아니었다. 그것이 아니었다. 그러나 미리엄은 그를 위로했으며 그에게 좋은 일을 해 주었다고 생각했다.

12월이 오고 눈도 내렸다. 이제 그는 거의 내내 집에 있었다. 그들은 간호사를 고용할 만한 여유가 없었다. 애니가 어머니를 돌보러 왔다. 그들이 좋아했던 교구의 간호원이 아침저녁으로 들렀다. 폴은 애니와 간호를 나눠서 맡았다. 가끔 저녁때 친구들이 놀러 와서 부엌에 모여 앉아 모두 함께 소리내어 웃으면서 포복절도를 하곤 했다. 그것은 하나의 반동적인 몸부림이었다. 폴은 아주 희극적이었고 애니는 대단히 익살스럽게 보였다. 모인 사람들은 소리를 낮추려고 애쓰면서 모두 다 웃다가 눈물이 날 지경이었다. 모렐 부인은 어둠 속에 혼자 누워서 그 소리를 들었고 비통한 가운데서도 안도감을 느끼곤 했다.

그리고 나서 폴은 어머니가 그 소리를 들었는지 알아보러 죄의식을 느끼며 조심스럽게 2층으로 올라가곤 했다.

"우유 좀 드릴까요?" 그가 물었다.

"조금만." 그녀가 애처롭게 대답했다.

그리고 그는 그녀에게 영양분을 공급하지 않도록 우유에 물을 섞곤 했다. 하지만 그는 자신의 생명보다도 어머니를 더 사랑했다.

그녀는 매일 밤 모르핀을 복용했기 때문에 그녀의 심장 박동은 불규칙해졌다. 애니는 어머니와 함께 잤다. 폴은 그의 누이가 일어나면 이른 아침 그 방으로 들어가곤 했다. 그의 어머니는 아침이면 모르핀으로 쇠진하여 거의 잿빛이었다. 그녀의 눈, 눈동자 전체가 고통으로 점점 더 검은 색으로 변해 갔다. 아침마다 피로함과 고통은 견딜 수 없을 정도였다. 그러나 그녀는 울거나 불평조차도 할 수 없었고 하려고도 하지 않았다.

"오늘 아침은 조금 더 오래 주무셨네요." 그가 어머니에게 말하곤 했다.

"그랬어?" 그녀는 짜증 섞인 피로함을 내보이며 대답했다.

"네…… 거의 8시예요."

그는 창밖을 내다보며 서 있었다. 마을 전체가 눈에 덮여 황량하고 활기가 없어 보였다. 그리고 나서 그는 그녀의 맥을 짚어 보았다. 어떤 소리가 난 다음에 그 메아리가 들리듯이 한번 강하게 맥박 치고 그 다음에는 약한 맥박이 느껴졌다. 이런 맥박은 종말을 알려 준다고 했다. 그녀는 아들이 원하는 것이 무엇인지를 알면서 그녀의 손목을 짚어 보도록 아들에게 내맡겼다.

때때로 그들은 서로의 눈을 들여다보았다. 그리고 나서 그들은 거의 약속을 하는 것 같았다. 그가 같이 죽을 것을 거의 동의하는 듯이 보였다. 그러나 그녀는 죽는 데 동의하지 않았고, 동의하려고 하지 않았다. 그녀의 몸은 쇠진하여 한 줌의 재와 같았다. 그녀의 눈은 검게 타들어 갔고 고통으로 가득 찼다.

"어머니의 고통을 끝내도록 무언가를 주실 수 없어요?" 마침내 그가 의사에게 물었다.

그러나 의사는 고개를 저었다.

"이제 어머니는 많이 버틸 수 없어요, 모렐 씨." 그가 말했다.

폴은 안으로 들어갔다.

"난 더 오래 참을 수 없어. 우리 모두 미칠 거야." 애니가 말했다.

둘은 앉아서 아침을 먹었다.

"미니, 우리가 밥 먹는 동안 가서 어머니 옆에 앉아 있어." 애니가 말했다. 그러나 그 여자아이는 겁에 질려 있었다.

폴은 눈에 덮인 숲 속과 시골길을 걸어다녔다. 그는 하얀 눈 위에 있는 토끼와 새들의 발자국을 보았다. 정처 없이 몇 킬로미터를 돌아다녔다. 천천히 고통스럽게 망설이듯이 석양이 붉은 안개 속에 지고 있었다. 그는 어머니가 오늘 죽을 거라고 생각했다. 숲가에서 눈 위로 당나귀가 한 마리 다가와 머리를 그에게 기대고 그와 함께 걸었다. 그는 당나귀 목에 팔을 두르고 당나귀 뺨에 귀를 대고 문질렀다.

그의 어머니는 고요했지만 아직 살아 있었다. 굳은 입술을 완강하게 다물고 있었고 어두운 고통을 담은 눈만이 살아 있는 듯했다.

크리스마스가 가까워졌고 눈이 더 내렸다. 애니와 그는 더 이상 견뎌 낼 수 없다고 느꼈다. 아직도 그녀의 검은 눈은 살아 있었다. 모렐은 말없이 겁에 질려 죽은 듯이 조용히 지냈다. 때로 그는 병실에 들어가 그녀를 바라보곤 했다. 그리고는 혼란스러이 돌아 나오곤 했다.

그녀는 여전히 생명을 움켜쥐고 있었다. 광부들은 파업을 벌였었고 크리스마스가 되기 이 주일쯤 전에 다시 작업을 시작했다. 미니는 컵을 들고 2층으로 올라갔다. 사람들이 작업을 시작한 지 이틀 후였다.

"미니야, 사람들이 살기 어렵다고 하더냐?" 그녀는 결코 굴하지 않으려는 작지만 불평하는 듯한 목소리로 물었다. 미니는 깜짝 놀라 서 있었다.

"아뇨, 모렐 부인."

"틀림없이 어려울 거야." 그 죽어 가는 여자는 지친 한숨을 쉬고 머리를 돌리며 말했다. "하지만 어찌되었건 이번 주에는 물건 살 돈이 생기겠구나."

그녀는 어느 일 하나도 빠뜨리지 않았다.

"애니야, 네 아버지가 탄광에서 쓰는 물건들을 잘 말려야 한다." 사람들이 다시 일을 시작했을 때 그녀가 말했다.

"그런 일에 신경 쓰지 마세요, 엄마." 애니가 말했다.

어느 날 밤 애니와 폴은 단둘이 있었다. 간호사는 2층에 있었다.

"엄마가 크리스마스가 지나도 살아 있을 거야." 애니가 말했다. 그들은 둘 다 공포에 질렸다.

"아냐." 그가 음울하게 대답했다. "내가 엄마에게 모르핀을 줄 거야."

"어느 것을?" 애니가 말했다.

"셰필드에서 온 것을 전부" 폴이 말했다.

"아…… 그렇게 해!" 애니가 말했다.

다음 날 그는 침실에서 그림을 그리고 있었다. 그녀는 잠이 든 것처럼 보였다. 그는 조용히 앞뒤로 걸어 다니며 그림을 살펴보았다. 갑자기 그녀의 작은 목소리가 구슬프게 들렸다.

"걸어 다니지 마라, 폴."

그는 돌아보았다. 그녀의 얼굴에 일고 있는 검은 거품처럼 보이는 그녀의 눈이 그를 바라보고 있었다.

"안 그럴게요." 그는 조용히 말했다. 마음속에서 몸의 어느 부분인가가 딱 부러지는 것 같았다.

그날 저녁 그는 남아 있는 모르핀을 모두 가지고 아래층으로 내려왔다. 조심스럽게 그는 그것을 갈아서 가루로 만들었다.

"무얼 하고 있니?" 애니가 말했다.

"밤에 마실 우유에 이것을 넣을 거야."

그리고 나서 그들은 음모를 꾸미는 두 명의 아이들처럼 같이 웃었다. 그들이 느끼는 공포 위로 미약하나마 이러한 온전한 정신이 남아서 반짝거렸다.

그날 밤 간호사는 모렐 부인의 잠자리를 보살피러 오지 않았다. 폴은 컵에 뜨거운 우유를 담아가지고 올라갔다. 9시였다.

어머니를 침대에 일으켜서 앉히고 그는 어머니의 입술에 컵을 대었다. 그 입술을 다치지 않도록 하기 위해서 그는 자신의 목숨이라도 바쳤을 것이다. 그녀는 한 모금 마시고 컵의 주둥이를 밀어내면서 어둡고 의아한 눈빛으로 그를 바라보았다.

"아, 정말 쓰다, 폴!" 그녀는 약간 인상을 찡그리면서 말했다.

"의사가 엄마에게 준 새로운 수면제예요." 그가 말했다. "그는 이 약이 아침에 어머니를 고통스럽게 만들지 않을 거라고 생각했어요."

"나도 그러기를 바란다." 그녀는 아이처럼 말했다.

그녀는 우유를 조금 더 마셨다.

"그렇지만 정말 끔찍한 맛이야!" 그녀가 말했다.

그는 컵을 잡은 그녀의 연약한 손가락과 그녀의 입술이 약간 움직이는 것을 보았다.

"알아요…… 나도 맛을 보았어요." 그가 말했다. "나중에 새 우유를 갖다드릴게요."

"그래라." 이렇게 말하면서 그녀는 계속 마셨다. 그녀는 아이처럼 그의 말을 잘 들었다. 그는 어머니가 눈치를 챘는지 궁금했다. 그는 그녀가 힘들게 마시고 있을 때 그녀의 수척한 목이 움직이는 것을 보았다. 그리고 나서 그는 우유를 더 가지러 아래층으로 내려갔다. 컵의 바닥에는 가루가 남아 있지 않았다.

"엄마가 드셨어?" 애니가 속삭이듯이 물었다.

"그래…… 아주 쓰다고 하셨어."

"아!" 애니는 윗입술을 깨물면서 웃었다.

"새 약이라고 말했어. 우유가 어디 있지?"

그들은 같이 위층으로 올라갔다.

"왜 간호사가 잠자리를 봐주러 오지 않는지 이상하네!" 어머니는 생각에 잠겨서 아이처럼 불평했다.

"음악회에 갈 거라고 했어요, 엄마." 애니가 대답했다.

"그랬어?"

그들은 잠시 가만히 있었다. 모렐 부인은 조금 남은 새 우유를 꿀꺽 마셨다.

"애니야, 그 약이 정말 끔찍했다." 그녀는 불평하듯이 말했다.

"그랬어요, 엄마? ……신경 쓰지 마세요."

어머니는 지쳐서 다시 한숨을 쉬었다. 그녀의 맥박은 아주 불규칙적이었다.

"우리가 잠자리를 봐드릴게요. 아마 간호사가 아주 늦을 거예요." 애니가 말했다.

"아, 그래라." 어머니가 말했다.

그들은 침구를 걷었다. 폴은 어머니가 어린 소녀처럼 면 잠옷을 입고 웅크리고 있는 것을 보았다. 재빨리 그들은 침대의 반쪽을 정리하고 그녀를 옮긴 다음 다른 쪽을 정리하고 그녀의 가운을 쭉 펴서 그녀의 작은 발을 덮고 그녀에게 이불을 덮어 주었다.

"자." 폴은 그녀를 부드럽게 어루만지며 말했다. "자! 이제 주무실 수 있을 거예요."

"그래." 그녀가 말했다. "너희들이 이렇게 침구 정리를 잘할 거라고는 생각하지 않았었다." 그녀가 거의 명랑하게 덧붙였다. 그리고 나서 손에 뺨을 대고 머리를 어깨 사이에 파묻고 몸을 웅크렸다. 폴은 길고 가느다란 회색 머리 다발을 그녀의 어깨 너머로 넘기고 그녀에게 키스했다.

"자 이제 주무세요." 그가 말했다.

"그래." 그녀는 신뢰에 찬 목소리로 말했다. "잘 자라."

그들은 불을 껐고 이내 고요해졌다.

모렐은 잠자리에 들은 후였다. 간호사는 오지 않았다. 애니와 폴은 11시쯤 그녀를 보러 들어갔다. 그녀는 약을 먹은 후 평소와 마찬가지로 잠자고 있는 듯이 보였다. 그녀의 입은 약간 벌어져 있었다.

"우리 계속 앉아 있을까?" 폴이 말했다.

"항상 하듯이 내가 엄마와 함께 잘게. 엄마가 깨어날지도 몰라." 애니가 말했다.

"그래…… 무슨 일이 있으면 나를 불러."

"알았어."

그들은 난로 앞에서 머뭇거리며 서 있었다. 밖에서는 거대하고 칠흑 같은 밤에 눈이 내리고 있었고 그들 둘만이 이 세상에 존재하고 있는 듯이 느껴졌다. 마침내 그는 옆방으로 가서 잠자리에 들었다.

그는 거의 즉시 잠들었지만 계속해서 가끔씩 깨었다. 그러다가 그는 깊이 잠들었다. 그는 애니가 '폴…… 폴.' 하고 속삭이는 소리에 깜짝 놀라 깨어났다. 그의 누이가 흰 잠옷을 입고 길게 땋은 머리를 등 너머로 늘어뜨린 채 어둠 속에 서 있었다.

"응!" 그는 일어나 앉으며 조그맣게 말했다.

"이리 와서 엄마 좀 봐."

그는 침대에서 미끄러지듯이 나왔다. 병실에서 가스 불꽃이 조그맣게 타오르고 있었다. 그의 어머니는 잠이 들었을 때처럼 빰을 손에 대고 몸을 웅크리고 자고 있었다. 그러나 그녀의 입은 활짝 벌어진 채로 마치 코를 골 듯이 크고 거친 소리를 내면서 숨을 쉬고 있었고 숨쉬는 사이에 긴 간격이 있었다.

"엄마가 돌아가시나 보다." 그가 속삭이며 말했다.

"그래." 애니가 말했다.

"이런 상태가 얼마나 계속되었어?"

"나도 방금 깼어."

애니는 가운을 급히 걸치고 폴은 갈색 담요로 몸을 감쌌다. 3시였다. 그는 난로 불을 지폈다. 그리고 그들은 앉아서 기다렸다. 어머니는 큰 소리로 코를 골듯이 숨을 들이마시고 (한참 멈추었다가) 다시 내쉬었다. 그리고 한참 동안 아무런 소리도 들리지 않았다. 그러면 그들은 깜짝 놀랐다. 그러다가 다시 코를 고는 듯이 크게 숨을 들이쉬었다. 그는 가까이 가서 몸을 굽히고 그녀를 보았다.

"끔찍하지 않아!" 애니가 속삭였다.

그는 머리를 끄덕였다. 그들은 다시 무력하게 앉았다. 또다시 코고는 큰소리가 들렸다. 또다시 그들은 불안한 상태로 서성댔다. 또다시 길고 거친 숨을 내뱉는 소리가 들렸다. 오랜 간격을 두고 아주 불규칙적으로 나는 그 소리는 온 집안에 울려 퍼졌다. 모렐은 그의 방에서 계속 자고 있었다. 폴과 애니는 몸을 움츠리고 아무런 움직임도 없이 쪼그리고 앉아 있었다. 그 커다란 코고는 소리가 다시 시작되었고 (숨을 멈추고 있는 고통스러운 시간이 지속되다가) 목에 걸리는 듯한 숨소리가 다시 나왔다. 몇 분이 지났다. 폴은 그녀 위로 몸을 낮게 굽히고 그녀를 다시 바라보았다.

"엄마가 이 상태로 계속 있을지도 몰라." 그가 말했다.

그들은 아무 말도 하지 않았다. 그는 창밖을 내다보았고 정원에 쌓인 눈을 어렴풋이 알아볼 수 있었다.

"가서 자. 내가 앉아 있을게." 그는 애니에게 말했다.

"아냐, 너하고 같이 있을 거야." 그녀가 말했다.

"그러지 않는 게 좋겠어." 그가 말했다.

마침내 애니는 살며시 방을 나갔고 폴이 혼자 남았다. 그는 갈색 담요로 몸을 감싸고 어머니 앞에 쭈그리고 앉아서 바라보았다. 그녀는 아래턱을 떨군 채 무시무시하게 보였다. 그는 계속 바라보았다. 때로 그는 그 큰 숨소리가 다시는 시작하지 않을 거라고 생각했다. 그는 기다리는 것을 참을 수 없었다. 그러다가 갑자기 크고 거친 숨소리가 들려서 그를 깜짝 놀라게 했다. 그는 소리 없이 다시 난로 불을 지폈다. 그녀를 방해해서는 안 되었다. 몇 분이 지나갔다. 그녀의 숨소리로 밤이 지나가고 있었다. 그 소리가 나올 때마다 그 소리가 그를 쥐어짜는 듯이 느꼈지만 그러다가 마침내 그렇게 느낄 수도 없게 되었다.

그의 아버지가 일어났다. 폴은 아버지가 하품하면서 양말 신는 소리를 들었다. 모렐은 셔츠를 입고 양말을 신은 채 들어왔다.

"쉬!" 폴이 말했다.

모렐은 서서 바라보았다. 그리고 그는 무력하게 공포에 질려 아들을 보았다.

"오늘은 일을 그만두는 게 좋지 않을까?" 그가 속삭였다.

"아니에요…… 일하러 가세요…… 엄마는 내일까지 계속 이런 상태일 거예요."

"그럴 것 같지 않은데."

"아니에요. 일하러 가세요."

광부는 겁에 질려 그녀를 다시 보고는 순순히 방에서 나갔다. 폴은 양말 대님의 끈이 아버지의 다리에 부딪치며 흔들리는 것을 보았다.

30분이 지난 후 폴은 아래층으로 내려가 차를 한잔 마시고 다시 돌아왔다. 모렐은 탄광에 갈 차림을 하고 다시 2층으로 올라왔다.

"내가 가야 할까?" 그가 말했다.

"네."

몇 분 지나서 그는 소리가 거의 나지 않는 눈 위에서도 아버지의 육중한 발걸음이 쿵쿵 소리를 내며 가는 것을 들었다. 광부들은 무거운 걸음걸이로 무리를 지어 일하러 가면서 길거리에서 소리를 질러 서로를 부르고 있었다. 그 끔찍하고 오래 끄는 호흡이 계속되었다. 숨을 들이쉬고, 또 들이쉬고, 또 들이쉬다가, 오랫동안 잠잠해졌고 그리고 나서 '아아…… 아아…… 아…… 아……아!' 하며 숨을 토해 냈다. 멀리서 철공소의 경적 소리가 눈 쌓인 들판 위로 들려왔다. 탄광과 다른 작업장의 확성기에서 나는 소리가 어떤 것은 작고 멀리서, 또 어떤 것은 가까이에서 차례로 들려왔다. 그리고 나서 아무런 소리도 들리지 않았다. 그는 난로 불을 지폈다. 커다란 숨소리가 정적을 깨뜨렸다. 그녀는 여전히 똑같이 보였다. 그는 블라인드를 걷고 밖을 내다보았다. 아직도 어두웠다. 조금 어둠이 엷어지는 듯이 보이기도 했다. 눈은 더 푸른색을 띠고 있는 듯이 보였다. 그는 블라인드를 내리고 옷을 입었다. 그리고 나서 몸을 떨면서 세면대 위의 술병에서 브랜디를 마셨다. 눈은 점점 푸른색으로 변하고 있었다. 길을 따라 수레가 덜컹거리면서 내려가는 소리가 들렸다. 이제 7시였고 조금씩 밝아지고 있었다. 사람들이 부르는 소리도 들렸다. 세상이 깨어나고 있었다. 잿빛의 죽음 같은 새벽이 눈 위로 기어오고 있었다. 이제 집들을 볼 수 있었다. 그는 가스불을 껐다. 아주 어둡게 보였다. 숨소리는 여전히 계속되고 있었지만 그는 거의 그것에 익숙해져 있었다. 그는 그녀를 볼 수 있었다. 그녀는 전혀 달라 보이지 않았다. 그녀의 몸 위에 무거운 옷을 올려놓는다면 숨쉬기를 더 어렵게 만들어서 그 끔찍한 숨이 멎지 않을까 하는 생각이 들었다. 그는 그녀를 바라보았다. 그것은 어머니가 아니었다. 조금도 아니었다. 만약 그가 담요와 무거운 옷을 그녀 위에 올려놓는다면.

갑자기 문이 열리고 애니가 들어왔다. 그녀는 무언가를 묻듯이 그를 바라보았다.

"마찬가지야." 그는 조용히 대답했다.

그들은 잠시 조그만 목소리로 말했고 그는 아침을 먹으러 아래층으로 내려갔다. 7시 40분이었다. 곧 애니가 내려왔다.

"끔찍하지 않아…… 엄마가 끔찍하게 보이지?" 그녀는 공포에 질려서 속삭였다.

그는 고개를 끄덕였다.

"엄마가 그렇게 보인다면……." 애니가 말했다.

"차를 좀 마셔." 그가 말했다.

그들은 다시 2층으로 올라갔다. 곧 이웃 사람들이 와서 겁에 질린 소리로 어머니가 어떠시냐고 물었다.

같은 상태가 지속되었다. 그녀는 손에 뺨을 대고 입을 벌린 채 누워 있었고 크고 무시무시한 코고는 듯한 소리는 여전히 계속되었다.

10시에 간호사가 왔다. 그녀는 평상시와 달리 고통스러운 얼굴을 하고 있었다.

"간호사!" 폴이 외쳤다. "어머니가 이런 상태로 며칠 계속 있을 거예요, 간호사."

"그럴 수 없어요, 모렐 씨." 간호사가 말했다. "그럴 수 없어요."

침묵이 이어졌다.

"정말 두려운 일이에요." 간호사가 비탄하듯이 말했다. "그녀가 견딜 수 있을 거라고 누가 생각했겠어요…… 자 이제 내려가세요, 모렐 씨, 내려가세요."

마침내 11시쯤 되어 그는 아래층으로 내려갔고 이웃집에 가서 앉았다. 애니는 아래층에 있었다. 간호사와 아서는 위층에 있었다. 폴은 머리를 손으로 받치고 앉아 있었다. 갑자기 애니가 마당을 가로질러 날듯이 뛰어오면서 반쯤 미친 듯이 소리를 질렀다.

"폴…… 폴…… 엄마가 돌아가셨어."

즉시 그는 집으로 돌아가 위층으로 올라갔다. 그녀는 몸을 웅크리고 여전히 손에 얼굴을 대고 누워 있었고 간호사가 그녀의 입술을 닦아 주고 있었다. 그들은 모두 물러섰다. 그는 무릎을 꿇고 얼굴을 그녀의 얼굴에 대고 팔로 그녀를 감싸 안았다.

"사랑하는 엄마…… 사랑하는 엄마…… 아 사랑하는 엄마." 그는 끊임없이 속삭였다. "사랑하는 엄마…… 아 사랑하는 엄마!"

뒤에서 간호사가 울면서 말했다.

"어머니는 이제 훨씬 나을 거예요, 모렐 씨, 훨씬 좋으실 거예요."

아직 따뜻하지만 이제는 죽은 그의 어머니에게서 얼굴을 들고 그는 곧장 아래층으로 내려가서 구두에 검은 약을 바르기 시작했다.

부고를 써야 하고 그 밖에도 할 일이 많았다. 의사가 와서 그녀를 바라보고는 한숨을 쉬었다.

"불쌍한 사람." 이렇게 말하고 나서 그는 몸을 돌렸다. "사망증명서를 받으러 6시에 병원으로 오세요."

아버지는 4시쯤 일터에서 집으로 돌아왔다. 그는 말없이 몸을 질질 끌며 집안으로 들어와 앉았다. 미니가 그의 저녁을 준비하느라 수선을 떨었다. 피곤하여 그는 검은 팔을 식탁에 올려놓았다. 저녁 식사에는 그가 좋아하는 스웨덴 순무가 있었다. 폴은 아버지가 알고 있는지 궁금했다. 얼마 시간이 지났고 아무도 그에게 말하지 않았었다. 마침내 아들이 말했다.

"블라인드가 내려진 것을 보셨어요?"

모렐은 올려다보았다.

"아니!" 그가 말했다. "그럼…… 엄마가 돌아가셨니?"

"네."

"언제였니?"

"오늘 아침 12시쯤이었어요."

"흠!"

광부는 잠시 가만히 앉아 있다가 저녁을 먹기 시작했다. 마치 아무 일도 일어나지 않은 것 같았다. 그는 말없이 순무를 먹었다. 그리고 나서 그는 몸을 씻고 위층으로 올라갔다. 그녀의 방문은 닫혀져 있었다.

"엄마를 보셨어요?" 그가 아래층으로 내려왔을 때 애니가 물었다.

"아니." 그가 말했다.

잠시 후에 그는 밖으로 나갔다. 애니도 밖으로 나갔고 폴은 장의사와 목사, 의사, 호적계원을 찾아갔다. 그것은 오래 걸리는 일이었다. 그는 거의 8시가 되어 돌아왔다. 장의사는 관의 치수를 재러 곧 오기로 했다. 집은 어머니를 제외하고는 텅 비어 있었다. 그는 촛불을 가지고 위층으로 올라갔다.

아주 오랫동안 따뜻했던 그 방이 이제는 차가웠다. 꽃이며 약병, 접시 등 병실의 잡동사니들이 모두 치워져 있었고 모든 것이 간소하고 엄격했다. 그녀는 침대 위에 누워 있었고 발을 덮은 시트 자락이 깨끗한 눈처럼 위에서 아래로 곡선을 이루며 정적을 더해 주었다. 그녀는 잠자는 처녀처럼 누워 있었다. 촛불을 손에 들고 폴이 그녀에게 몸을 굽혔다. 그녀는 잠을 자면서 연인을 꿈꾸는 소녀처럼 누워 있었다. 자신이 겪는 고통이 의아하다는 듯이 입을 약간 벌리고 있었지만 마치 삶이 그녀를 건드리지 않은 듯 얼굴은 어려 보였고 이마는 맑고 깨끗했다. 그는 눈썹과, 약간 한쪽으로 치우친 작고 매혹적인 코를 바라보았다. 그녀는 다시 젊었다. 다만 관자놀이에서 아름답게 곡선을 그리며 늘어진 머리카락에 은색이 감돌고 있었고 두 가닥으로 단순하게 땋아서 어깨에 드리운 머리 다발은 은색과 갈색의 섬세한 세공품 같았다. 그녀는 일어날 것이다. 그녀는 눈꺼풀을 들어올릴 것이다. 그녀는 아직도 그와 함께 있었다. 그는 몸을 굽히고 그녀에게 열렬하게 키스했다. 그러나 그녀의 입술에 닿았을 때 냉기가 느껴졌다. 그는 경악감으로 입술을 깨물었다. 그녀를 바라보면서 그는 결코 어머니를 가게 둘 수 없다고 느꼈다. 안 돼! 그는 관자놀이의 머리카락을 어루만졌다. 그것도 역시 차가웠다. 그는 고통에 의아해하는 듯한 말없는 입을 바라보았다. 그리고 나서 그는 바닥에 주저앉아서 그녀에게 속삭였다. "엄마…… 엄마!"

폴이 아직도 어머니와 같이 있을 때 장의사들이 왔고 그들은 그와 같이 학교에 다니던 젊은이들이었다. 그들은 그녀를 공손하게 그러나 조용히 사무적으로 다루었다. 그들은 그녀를 보지 않았다. 그는 시샘하듯이 그들을 바라보았다. 그와 애니는 어머니의 시신을 맹렬하게 보호했다. 어느 누구에게도 그녀를 보러 오도록 허용하지 않았기 때문에 이웃 사람들의 감정을 상하게 했다.

잠시 후 그는 밖으로 나가 친구 집에서 카드놀이를 했다. 집에 돌아왔을 때는 자정이었다. 그가 들어섰을 때 아버지가 침상에서 일어나 불평하듯이 말했다.

"네가 오지 않는 줄 알았다, 얘야."

"아버지가 일어나 계시리라고 생각하지 못했어요." 폴이 말했다.

아버지는 아주 외로워 보였다. 모렐은 겁이 없는 사람이었다. 어떤 일에도 두려워하지 않았다. 폴은 그의 아버지가 죽은 사람만 빼고 아무도 없는 집에서 혼자 잠자리에 들기 겁내고 있었다는 것을 놀라운 사실로 깨닫게 되었다. 그는 미안하게 느꼈다.

"아버지가 혼자 계신다는 것을 잊어버렸어요." 그가 말했다.

"무얼 좀 먹을래?" 모렐이 물었다.

"아뇨."

"자…… 너 줄려고 우유를 뜨겁게 데웠다. 그걸 마셔라. 이게 필요할 만큼 추운 날이야."

폴은 우유를 마셨다.

"내일 노팅엄에 가야겠어요." 그가 말했다.

잠시 후에 모렐은 잠자리에 들었다. 그는 닫힌 문을 서둘러 지나갔고 자기 방문을 열어 두었다. 곧 아들이 위층으로 올라왔다. 그는 평소와 마찬가지로 어머니에게 밤 인사를 하려고 들어갔다. 춥고 어두웠다. 그는 그녀의 방에 불을 계속 지펴두었으면 좋았을 거라고 생각했다. 여전히 그녀는 젊은 시절의 꿈을 꾸고 있었다. 그러나 그녀는 추울 것이다.

"엄마!" 그가 속삭였다. "엄마!" 그는 속삭였다.

그러나 그는 어머니가 차갑고 낯설게 느껴질까 봐 키스하지 않았다. 어머니가 그렇게 아름답게 자고 있는 것이 그의 마음을 편안하게 해 주었다. 그는 그녀를 깨우지 않도록 문을 조용히 닫고 잠자리에 들었다.

아침에 모렐은 애니가 아래층에서 내는 소리와 층계참 건너편 방에서 폴이 기침하는 소리를 듣고 용기를 냈다. 그는 아내의 방문을 열고 어둡게 블라인드를 내린 방안으로 들어갔다. 그는 희미한 가운데 위로 올려진 하얀 형체를 보았지만 감히 그녀를 보려고 하지 않았다. 당황하고 겁에 질려서 허둥거리면서 그는 다시 방을 나왔고 그녀를 내버려 두었다. 그는 다시는 결코 그녀를 보려고 하지 않았다. 그는 겁이 나서 그녀를 보려고 하지 않았기 때문에 지난 몇 달 동안 그녀를 보지 않왔었다. 그런데 그녀는 지금 다시 그의 젊은 아내처럼 보였다.

"엄마를 보셨어요?" 아침을 먹은 후에 애니가 날카로운 목소리로 물었다.

"그래." 그가 대답했다.

"엄마가 근사하게 보인다고 생각하지 않으세요?"

"그렇더구나."

그는 곧 집 밖으로 나갔다. 그리고 계속해서 죽은 아내를 피하기 위해서 주위를 맴돌고 있는 듯이 보였다.

폴은 여기저기 장례식 절차를 밟느라 돌아다녔다. 그는 노팅엄에서 클라라를 만났고 카페에서 함께 차를 마셨는데 그들은 다시 아주 명랑했다. 그녀는 폴이 어머니의 죽음을 비극적으로 받아들이지 않아서 무척 안도감을 느꼈다.

나중에 장례식에 친척들이 오기 시작하고 어머니의 죽음이 공적인 일이 되면서 자식들은 사회적 존재로서 역할을 하게 되었다. 그들은 내밀한 자아를 밀어내 버렸다. 장대비가 쏟아지고 바람이 부는 폭풍우 속에서 그들은 장례식을 치렀다. 비에 젖은 진흙이 번들거렸고 흰 꽃들은 물에 젖었다. 애니는 그의 팔을 움켜쥐고 앞으로 몸을 숙였다. 저 아래에서 그는 윌리엄이 묻힌 관의 한쪽 검은 모퉁이를 볼 수 있었다. 참나무로 만든 관은 천천히 가라앉았다. 그녀는 가버린 것이었다. 무덤 속으로 빗줄기가 쏟아졌다. 반짝이는 우산 아래로 검은색의 행렬은 흩어져갔다. 사람들이 떠난 묘지는 흠뻑 적시는 차가운 빗줄기 아래 황량해졌다.

폴은 집으로 돌아와 손님들에게 음료수를 대접하느라 바빴다. 그의 아버지는 모렐 부인의 친척들, '귀하신' 분들과 부엌에 앉아서 울면서 아내가 얼마나 좋은 여자였는지 그리고 자기가 아내를 위해서 할 수 있는 모든 일…… 어떤 일이든 하려고 얼마나 노력해 왔는가를 말했다. 자기는 평생 아내를 위해서 할 수 있는 일을 다 하려고 노력해 왔고 그래서 스스로 비난할 바가 없다는 것이었다. 아내는 갔지만 자기는 그녀를 위해서 최선을 다해 왔다. 그는 흰 손수건으로 눈을 훔쳤다. 그는 자신을 책할 만한 것이 없다고 되풀이했다. 평생 동안 그는 그녀를 위해 최선을 다한 것이었다.

그런 식으로 모렐은 아내를 마음속에서 지우려고 했다. 사적으로 그는 아내에 대해 전혀 생각하지 않았다. 그의 마음속 깊은 곳에 있는 것들을 그는 부정했다. 폴은 아버지가 어머니에 대해 감상적으로 정리하며 앉아 있는 것을 미워했다. 그는 아버지가 술집에서도 그렇게 할 거라는 것을 알고 있었다. 그러나 그러한 태도에도 불구하고 모렐의 마음속에서는 사실상 비극이 진행되고 있었다. 얼마 후에 그는 때로 오후에 낮잠을 자고는 얼굴이 하얗게 질려서 몸을 움츠리며 내려오곤 했다.

"네 어머니 꿈을 꾸었다." 그는 작은 목소리로 말했다.

"그랬어요, 아버지? ……내가 어머니 꿈을 꿀 때는 언제나 어머니가 건강했을 때처럼 보여요. 어머니 꿈을 자주 꾸는데 아무 일도 없었던 것처럼 아주 멋지고 자연스럽게 보여요."

그러나 모렐은 공포에 질려 난롯불 앞에 쭈그리고 앉아 있었다.

그다지 현실감이 없이 고통스럽지도 않고 그렇다고 어떤 강렬한 느낌도 없이 그저 약간의 안도감을 느끼며 대체로 뜬눈으로 밤을 새우며 몇 주가 지나갔다. 폴은 쉴 새 없이 여기저기를 돌아다녔다. 그의 어머니가 악화된 이후로 폴은 몇 달 동안 클라라와 관계를 맺지 않았었다. 그녀는 사실 그에게 말을 하지 않았고 다소 거리를 두었다. 도스는 그녀를 자주 만났지만 그 둘은 그들 사이의 엄청난 거리를 조금도 메울 수 없었다. 그들 세 명은 부유하고 있었다.

도스는 아주 천천히 회복되고 있었다. 그는 크리스마스에 스케그니스의 보양원에 있었고 다시 거의 건강해졌다. 폴은 며칠간 그 바닷가에 갔다. 아버지는 애니와 셰필드에 머무르고 있었다. 도스는 보양원에 있을 기한이 끝났기에 폴의 숙소로 왔다. 그 두 남자 사이에는 서로 언급하지 않는 중요한 문제가 하나 있었지만 그들은 서로에게 충실해 보였다. 도스는 이제 모렐에게 의존하고 있었다. 그는 폴과 클라라가 실제로 헤어졌다는 것을 알고 있었다.

크리스마스가 지나고 이틀 후에 폴은 노팅엄으로 돌아갈 예정이었다. 전날 저녁 그는 도스와 난롯가에서 담배를 피우며 앉아 있었다.

"클라라가 내일 잠깐 다니러 온다는 걸 알고 있지요?" 폴이 말했다.

상대방은 그를 바라보았다.

"그래, 자네가 말했지." 그가 대답했다.

폴은 남은 위스키를 마셨다.

"이 집 여주인에게 당신 부인이 온다고 말했어요." 그가 말했다.

"그랬소?" 도스는 움츠러들면서 그러나 자신을 상대방에게 거의 내맡기면서 말했다. 그는 다소 뻣뻣해진 몸으로 일어서서 모렐의 잔을 집었다.

"내가 채워 주겠소." 그가 말했다.

폴은 벌떡 일어섰다.

"가만히 앉아 계세요." 그가 말했다.

그러나 도스는 다소 떨리는 손으로 위스키에 물을 섞기 시작했다.

"얼마나 따를까?" 도스가 말했다.

"됐어요!" 상대방이 말했다. "하지만 당신이 일어날 필요가 없는데요."

"나에게 운동이 되고 좋은 일이지. 내가 다시 건강해졌다고 생각하게 되었소." 도스가 말했다.

"거의 회복된 것처럼 보여요."

"그래, 틀림없이 그런 것 같아." 도스가 그에게 고개를 끄덕이며 말했다.

"그리고 렌이 셰필드에서 당신을 고용할 수 있다고 하더군요."

도스는 어쩌면 상대방에게 약간 지배되어 그가 말하는 것이 무엇이든 동의할 듯한 어두운 눈으로 그를 다시 바라보았다.

"우습군요." 폴이 말했다. "다시 시작한다니! ……난 당신보다 훨씬 더 엉망인 상태 같아요."

"어떤 식으로 그렇단 말이지?"

"모르겠어요. 모르겠어요. 마치 어둡고 황량하고 어디로건 갈 길이 없는 뒤엉킨 구멍에 빠져 있는 것 같아요."

"알겠소…… 이해하겠소." 도스는 고개를 끄덕이며 말했다. "하지만 괜찮아진다는 것을 알게 될 거요."

그는 달래듯이 말했다.

"그렇겠지요." 폴이 말했다.

도스는 낙담한 태도로 파이프를 털었다.

"당신은 나처럼 스스로를 망가뜨리지는 않았소." 그가 말했다.

모렐은 마치 모든 것을 포기한 듯이 담뱃대를 잡고 재를 떨어내는 상대방의 손목과 흰 손을 보았다.

"당신은 나이가 어떻게 되지요?"

"서른아홉이오." 도스는 그를 바라보며 말했다.

도스의 갈색 눈은 실패했다는 자의식으로 가득 차 있고 확신을 간청하는 듯하며 누군가 그의 내면에 있는 남성성을 다시 일으켜 세우고 그에게 온기를 줘서 다시 굳건하게 만들어 주기를 바라는 듯했다. 그것이 폴을 괴롭혔다.

"당신은 이제 한창 때가 될 거예요." 모렐이 말했다. 당신에게서 생명력이 빠져나간 것처럼 보이지 않아요." 모렐이 말했다.

상대방의 갈색 눈이 갑자기 반짝였다.

"물론 아니지. 여기 생명력이 있소." 그가 말했다.

폴은 올려다보며 웃었다.

"우리 둘 다 큰일을 벌일 만큼 아직 내면에 생명력이 충만하지요."

두 남자의 눈길이 마주쳤고 한 가지 표정을 나누었다. 서로 상대방에게서 열정의 긴장감을 느끼면서 그들은 둘 다 위스키를 마셨다.

"그래, 물론 그렇지!" 도스가 숨 가쁘게 말했다.

잠시 아무 말도 하지 않았다.

"그런데 당신이 중단한 곳에서 계속해 나가는 것이 어떨까요?" 폴이 말했다.

"뭐라고!" 도스는 넌지시 말했다.

"그래요…… 예전의 가정을 다시 짜 맞추는 거예요."

도스는 얼굴을 가리고 고개를 저었다.

"그럴 수 없소." 이렇게 말하면서 냉소적으로 웃으며 그는 올려다보았다.

"왜요? ……원하지 않으세요?"

"어쩌면."

그들은 잠자코 담배를 피웠다. 도스는 이를 벌리고 파이프 끝을 깨물었다.

"그녀를 원하지 않는다는 뜻인가요?" 폴이 물었다.

도스는 조소하는 듯한 표정을 얼굴에 띠고 그림을 응시하고 있었다.

"모르겠소." 그가 말했다.

담배 연기는 부드럽게 위로 올라갔다.

"나는 그녀가 당신을 원한다고 생각해요." 폴이 말했다.

"그래?" 상대방은 부드럽고도 빈정거리는 듯한 목소리로 알 수 없다는 듯이 대답했다.

"그래요…… 그녀는 진정으로 내게 매달렸던 적이 없어요…… 당신이 항상 뒷전에 있었지요. 그래서 그녀가 이혼하지 않으려고 했을 거예요."

도스는 계속해서 빈정거리는 듯한 태도로 벽난로 위의 그림을 바라보았다.

"여자들이 나에게는 그런 식이지요." 폴이 말했다. "나를 미친 듯이 원하지만 나에게 속하기를 바라지 않아요…… 그리고 그녀는 언제나 당신에게 속해 있었지요. 나는 알고 있었어요……."

도스의 내면에서 의기양양한 남성성이 솟아올랐다. 그는 이를 보다 분명하게 드러내 보였다.

"어쩌면 내가 바보였소." 그가 말했다.

"큰 바보였지요." 그가 말했다.

"하지만 그렇다면 당신은 어쩌면 더한 바보였소." 도스가 말했다. 그 말에는 승리와 악의가 섞여 있었다.

"그렇게 생각하세요!" 폴이 말했다.

그들은 잠시 가만히 있었다.

"어찌되었건 나는 내일 떠나요." 모렐이 말했다.

"알겠소." 도스가 대답했다.

그리고 나서 그들은 더 이상 말하지 않았다. 서로를 죽이고 싶은 본능이 다시 돌아왔다. 그들은 서로를 피하다시피 했다.

그들은 같은 침실을 쓰고 있었다. 그들이 잠자리에 들었을 때 도스는 무엇인가를 생각하면서 멍한 상태로 있는 듯이 보였다. 그는 셔츠 바람으로 침대 가에 앉아서 다리를 보고 있었다.

"춥지 않아요?" 모렐이 물었다.

"나는 다리를 보고 있었소." 그가 대답했다.

"다리가 어떻다고요? 아무렇지도 않게 보이는데요." 폴은 자기 침대에서 대답했다.

"괜찮아 보이지…… 그렇지만 아직 그 안에 물이 고여 있소."

"그게 어때서요?"

"와서 보구려."

폴은 마지못해 침대에서 일어나 반짝이는 짙은 황금빛 털로 덮인 상대방의 멋진 다리를 보러 갔다.

"여기를 봐요." 도스는 정강이를 가리키면서 말했다. "이 아래 물을 보라고."

"어디요?" 폴이 말했다.

그 사람은 그의 손가락 끝으로 눌렀다. 조금 우묵하게 들어갔다가 천천히 다시 채워졌다.

"아무것도 아니에요." 폴이 말했다.

"당신도 해 봐요." 도스가 말했다.

폴은 자기 손가락으로 시도해 보았다. 우묵한 부분이 거의 만들어지지 않았다.

"흠!" 그가 말했다.

"살이 썩은 거지, 그렇지 않소?" 도스가 말했다.

"아니? ……대단한 일이 아니에요."

"다리에 물이 있고서야 대단한 남자라고 할 수가 없지."

"그게 왜 문제가 되는지 모르겠군." 모렐이 말했다. "나는 심장이 약하거든요."

그는 자기 침대로 돌아왔다.

"다른 부분들은 다 괜찮을 거야." 도스가 말하며 불을 껐다.

아침이 되자 비가 내리고 있었다. 모렐은 가방을 꾸렸다. 바다는 잿빛으로 거칠고 음울하게 보였다. 그는 스스로를 삶으로부터 더욱 단절시키고 있는 것 같았다. 그렇게 하는 것은 그에게 악의적인 기쁨을 주었다.

두 사람은 역에 나갔다. 클라라는 열차에서 내려서 아주 곧은 자세로 냉정하고 침착하게 플랫폼을 따라 걸어왔다. 그녀는 긴 코트를 입고 트위드 모자를 쓰고 있었다. 그녀의 침착한 태도 때문에 폴과 도스 모두 그녀가 미웠다. 폴은 난간 너머로 그녀와 악수했다. 도스는 잡지 매점에 기대서서 바라보고 있었다. 그는 비 때문에 검은 오버코트의 턱 부분까지 단추를 채우고 있었다. 그는 창백했고 그의 고요함에는 거의 기품이 있어 보였다. 그는 약간 다리를 절면서 앞으로 걸어왔다.

"지금보다 더 나은 줄 알았어요." 그녀가 말했다.

"아, 이제는 괜찮소."

그 세 명은 어쩔 줄 모르고 서 있었다. 그녀는 두 남자가 옆에서 주저하고 있는 것을 내버려 두었다.

"숙소로 곧장 갈까요 아니면 다른 곳으로 갈까요?" 폴이 말했다.

"집으로 가는 것이 좋겠소." 도스가 말했다.

폴은 보도의 바깥쪽에서 걸었고 그 옆에서 도스가 그리고 그 옆에서 클라라가 걸었다. 그들은 예의 바르게 대화했다. 거실은 바다를 향하고 있었고 잿빛의 거친 파도가 멀지 않은 곳에서 쉿 소리를 내고 있었다.

모렐은 큰 안락의자를 돌려 놓았다.

"여기 앉아요." 그가 말했다.

"나는 의자가 필요없소." 도스가 말했다.

"앉아요." 모렐이 다시 말했다.

클라라는 코트를 벗어 침상에 걸쳐 놓았다. 그녀의 태도는 약간 화가 난 듯이 보였다. 머리카락을 손가락으로 쓸어 올리면서 그녀는 다소 무관심한 듯이 냉정하게 앉았다. 폴은 여주인에게 이야기하러 아래층으로 내려갔다.

"당신이 추울 것 같은데. 난로에 더 가까이 와서 앉아요." 도스가 그의 아내에게 말했다.

"고맙지만 난 따뜻해요." 그녀가 대답했다.

그녀는 창밖으로 비와 바다를 바라보았다.

"언제 돌아갈 거예요?" 그녀가 물었다.

"글쎄…… 방을 내일까지 잡아 놨기 때문에 그 사람이 나보고 있으라는구먼. 그는 오늘 밤에 돌아갈 거요."

"그러면 셰필드로 갈 생각인가요?"

"그렇소."

"일을 시작할 만큼 건강한가요?"

"시작할 거요."

"정말 일자리를 구했어요?"

"그렇소…… 월요일에 시작할 거요."

"아직 일을 할 정도는 아닌 것 같아요."

"그럴 리가?"

그녀는 대답하지 않고 다시 창밖을 내다보았다.

"셰필드에 숙소를 구했어요?"

"그렇소."

다시 그녀는 창밖으로 멀리 바라보았다. 흐르는 빗줄기로 창유리가 얼룩져 있었다.

"잘 꾸려 갈 수 있겠어요?" 그녀가 물었다.

"그럴 거요. 그렇게 해야지."

모렐이 돌아왔을 때 그들은 말없이 있었다.

"나는 4시 20분 차로 갈 거예요." 들어서면서 그가 말했다.

아무도 대답하지 않았다.

"신발을 벗는 것이 좋을 것 같군요. 내 슬리퍼를 신으세요." 그가 클라라에게 말했다.

"고마워요. 신발이 젖지 않았어요." 그녀가 말했다.

그는 슬리퍼를 그녀의 발치에 놓았다. 그녀는 그것을 건드리지 않았다.

모렐은 앉았다. 두 남자는 무력함을 느꼈고 각각 막다른 골목에 몰리고 있는 듯한 표정을 짓고 있었다. 그러나 도스는 이제 차분하게 처신하면서 자신을 내맡기는 듯이 보였지만 폴은 스스로를 죄어드는 듯이 보였다. 클라라는 그가 그렇게 왜소하고 비열해 보이는 것을 본 적이 없다고 생각했다. 그는 마치 가능한 한 작은 구멍으로 들어가려고 하는 듯했다. 그리고 정리하면서 돌아다니거나 앉아서 이야기를 하는 그의 모습에는 무엇인가 거짓되고 어울리지 않는 면이 있었다. 몰래 그를 바라보면서 그녀는 그에게 안정감이 없다고 생각했다. 그는 그 나름으로는 괜찮았고 어떤 한 가지 기분에 빠져 있을 때에는 열정적이고 그녀에게 순수한 생명수를 줄 수 있었다. 그러나 지금 그는 하찮고 무가치하게 보였다. 그에게는 안정된 것이 없었다. 그녀의 남편이 더욱 남자다운 긍지를 가지고 있었다. 어떻든 도스는 아무 바람에나 불려 흔들리지는 않았다. 모렐에게는 순간적으로 쉽게 변하고 거짓된 면이 있었다. 그는 어떤 여자에게도 안전하고 확실한 발판을 만들어주지 않을 것이다. 폴이 움츠러들고 더욱 왜소해지고 있었기 때문에 그녀는 그를 다소 경멸했다. 그녀의 남편은 최소한 남자다웠고, 자신이 패배했을 때는 굴복했다. 그러나 이 남자는 결코 패배했다고 인정하지 않을 것이다. 그는 이리저리 옮겨 다니며 배회하고 점점 왜소해질 것이다. 그러나 그녀는 도스보다 그를 더 자주 바라보았고 마치 그들 세 명의 운명이 그의 손에 달려 있는 듯이 여겨졌다. 그래서 그녀는 폴을 증오했다.

이제 그녀는 남자들에 대해서 그들이 무엇을 할 수 있는지 그리고 무엇을 하고 싶어 하는지 더 잘 이해하는 것 같았다. 그녀는 남자들에 대한 두려움이 줄어들었고 자기 자신에 대한 확신을 가지게 되었다. 그녀가 상상했던 대로 남자들이 치졸한 이기주의자들이 아니라는 사실이 그녀를 더욱 편안하게 만들어 주었다. 그녀는 이제 배운 것이 많고, 거의 자신이 원하는 수준까지 다다른 것 같았다. 그녀의 잔은 과거에 완전히 채워졌었다. 그것은 아직도 그녀가 감당할 수 있을 만큼 차 있었다. 전체적으로 보아 폴이 떠나가 버려도 그녀는 유감스럽지 않을 것이다.

그들은 점심을 먹고 난롯가에 앉아서 호두를 먹으면서 술을 마시고 있었다. 심각한 말은 전혀 오가지 않았다. 그러나 클라라는 모렐이 거기서 물러나고 있으며 그녀에게 남편과 함께 머무를 선택의 기회를 주고 있다는 것을 깨닫게 되었다. 그것이 그녀를 화나게 했다. 그는 결국 자기가 원하는 것을 가진 후에 다시 돌려주는 비열한 인간이었다. 그녀는 자기도 원하는 것을 가졌다는 사실을 기억하지 못했고 실제로 그녀의 마음 깊은 곳에서는 원상태로 돌아가기를 원하고 있었다.

폴은 형편없이 위축되고 홀로 남겨진 듯한 외로움을 느꼈다. 그의 어머니는 진정으로 그의 삶을 지탱해 주었었다. 그는 어머니를 사랑했고 그들 모자는 실제로 함께 세상을 대면했었다. 이제 어머니가 없었으므로 그의 뒷전에서 삶은 영원히 갈라져서 틈새가 생겨났고 베일이 찢어져서 마치 죽음을 향해 이끌리듯이 그의 삶은 천천히 표류하고 있었다. 그는 누군가 자발적으로 자신을 도와주기를 바랐다. 그가 사랑하는 사람의 자국을 좇아서 죽음으로 빠져들고 싶은 이 엄청난 욕구에 대한 두려움 때문에 그는 사소한 것들을 모두 놓아 버렸다. 클라라는 그를 지탱해 줄 수 있는 사람이 아니었다. 그녀는 폴을 원했지만 그를 이해하려고 하지는 않았다. 그녀가 원하는 것은 고뇌에 빠진 남자가 아니라 우위에 선 남자라고 폴은 느꼈다. 고통을 겪고 있는 남자는 그녀에게 너무 부담스러울 것이기 때문에 그는 그녀에게 그런 자신을 제공할 수 없었다. 그녀는 그를 적절히 대처할 수 없었다. 그는 이러한 사실을 부끄럽게 느꼈다. 자신이 엉망인 상태이고, 자신의 삶을 장악하는 힘이 불확실하며, 아무도 그를 지탱해 주지 않았기 때문에 그는 내밀히 수치스러웠다. 또한 실체가 없는 환영이라도 되는 듯이 그리고 이 현실적인 세상에서 자신이 별로 중요하지 않은 듯이 느끼면서 그는 점점 더 움츠러들었다. 그는 죽고 싶어하거나 굴복하지 않을 것이다. 그러나 그는 죽음이 두렵지 않았다. 아무도 도움을 주지 않는다면 그는 혼자서 나아갈 것이다.

도스는 삶의 극단까지 내몰렸고 거기서 두려움을 느꼈다. 그는 죽음의 벼랑까지 가서 그 끝에 누워 그 속을 들여다볼 수 있었다. 그리고 나서 겁에 질려 두려움에 떨며 다시 기어 나와서 거지처럼 주어진 것을 받아야 했다. 거기에는 어떤 고귀함이 있었다. 클라라가 보기에 그는 자신이 패배했다는 것을 인정했고 자신이 어떻든지 간에 다시 받아들여지기를 원하고 있었다. 이것은 그녀가 그에게 해줄 수 있는 일이었다.

3시였다.

"나는 4시 20분 차로 갈 거예요. 당신은 그때 가겠어요, 아니면 나중에 갈래요?" 폴이 클라라에게 말했다.

"모르겠어요." 그녀가 말했다.

"아버지를 7시 15분에 노팅엄에서 만나기로 했어요." 그가 말했다.

"그렇다면 나는 나중에 가겠어요." 그녀가 대답했다.

도스는 긴장하고 있었던 듯이 갑자기 몸을 홱 움직였다. 그는 바다를 내다보았지만 아무것도 눈에 들어오지 않았다.

"구석에 책이 한두 권 있어요. 나는 다 읽었으니까 필요 없어요." 모렐이 말했다.

4시경에 그는 일어섰다.

"나중에 두 사람 다 만날 수 있겠지요." 폴이 악수하면서 말했다.

"그렇겠지. 그리고 어쩌면…… 언젠가…… 내가 돈을 갚게 될 거요." 도스가 말했다.

"그걸 받으러 올 거예요." 폴이 웃었다. "아마 나이를 많이 먹기도 전에 돈이 없어서 고생할지 모르니까요."

"자…… 그럼" 도스가 말했다.

"안녕히!" 그는 클라라에게 말했다.

"안녕히" 그녀는 손을 내밀면서 말했다. 그리고 그녀는 마지막으로 말없이 겸손한 태도로 그를 바라보았다.

그는 가 버렸다. 도스와 그의 아내는 다시 앉았다.

"여행하기에는 나쁜 날씨요." 그 남자가 말했다.

"그래요." 그녀가 대답했다.

그들은 어두워질 때까지 이런저런 이야기를 했다. 여주인이 차를 가지고 왔다. 남편들이 하듯이 도스는 앉으라는 말이 없어도 의자를 탁자로 끌고 왔다. 그리고 그는 차를 따라주기를 기다리며 겸손하게 앉아 있었다. 그녀는 아내들이 그러하듯이 그의 취향을 묻지도 않고 차를 타서 따라 주었다.

차를 마신 후 거의 6시가 되어서 그는 창가로 갔다. 밖은 완전히 어두웠다. 바다는 포효하고 있었다.

"아직도 비가 오는군." 그가 말했다.

"정말이네요!" 그녀가 대답했다.

"오늘 밤에 가지 않겠지, 그렇지 않소?" 그가 주저하면서 말했다.

그녀는 대답하지 않았다. 그는 기다렸다.

"나라면 이 빗속에 가지 않겠소." 그가 말했다.

"내가 머물렀으면 해요?" 그녀가 물었다.

검은 커튼을 잡고 있는 그의 손이 떨렸다.

"그렇소." 그가 말했다.

그는 그녀에게 등을 돌린 채로 서 있었다. 그녀는 일어나 천천히 그에게 갔다. 그는 커튼을 놓고 주저하면서 그녀에게로 몸을 돌렸다. 그녀는 손을 등뒤로 돌린 채 진지하고 이해할 수 없는 시선으로 그를 올려다보며 서 있었다.

"백스터, 나를 원해요?" 그녀가 물었다.

그는 쉰 목소리로 대답했다.

"당신은 나에게 다시 돌아오기를 바라오?"

그녀는 신음하는 듯한 소리를 내며 팔을 들어서 그의 목을 감싸안고 그를 끌어당겼다. 그는 얼굴을 그녀의 어깨에 묻고 그녀를 꼭 끌어안았다.

"나를 다시 가지세요!" 그녀가 도취된 듯한 목소리로 속삭였다. "나를 다시 가지세요, 다시 가지세요!" 그리고 그녀는 반쯤 의식을 잃은 듯이 손가락으로 그의 섬세하고 가느다란 검은색 머리카락들을 쓸어내렸다. 그는 그녀를 더욱 힘주어서 안았다.

"당신은 나를 다시 원하오?" 그는 감정에 압도되어 중얼거렸다.

15 버려진 자

클라라는 남편과 함께 셰필드로 떠났고 폴은 그녀를 거의 다시 볼 수 없었다. 월터 모렐은 그에게 닥친 모든 고통에 압도된 듯이 여전히 진창에서 헤어나지 못하고 그 속에서 기어 다니는 듯했다. 아버지와 아들 사이에는 거의 유대라고 할 만한 것이 하나도 없었지만 각각 상대방이 어떤 현실적인 결핍에 빠지도록 내버려 둘 수 없다고 느끼는 점에서는 일치했다. 집을 지킬 사람이 없었고 그들 둘 다 텅 빈 집을 참을 수 없었기 때문에 폴은 노팅엄에 숙소를 구했고 모렐은 베스트우드의 한 친구 집으로 가서 살게 되었다.

젊은이에게는 모든 일이 다 끝장난 듯이 보였다. 그는 그림을 그릴 수도 없었다. 어머니가 죽던 날 끝낸 그림은 그의 마음에 들었는데 그것이 마지막 그림이었다. 일터에는 클라라도 없었다. 집에 돌아오면 그는 다시 붓을 잡을 수 없었다. 남은 것은 아무것도 없었다.

그래서 그는 항상 시내에서 여기저기를 돌아다니며 술을 마시고 자기가 알고 있는 사람들을 괴롭히곤 했다. 실제로 그런 일들이 그를 지치게 했다. 그는 술집의 여종업원이나 다른 여자에게도 말을 걸었지만 그의 눈에는 마치 무엇인가를 추격하고 있는 듯 어둡고 긴장된 표정이 감돌았다.

모든 것들이 이전과는 전혀 다르고 아주 비현실적으로 보였다. 사람들이 거리를 따라 걸어야 할 이유도, 대낮에 집들을 쌓아 올려야 할 이유도 없는 듯이 보였다. 이러한 사물들이 공간을 그냥 내버려 두지 않고 점유해야 할 이유도 없어 보였다. 친구들이 말을 걸면 그는 그 소리를 듣고 대답했다. 그러나 이야기의 소음이 있어야 하는 이유를 그는 이해할 수 없었다.

그는 혼자 있거나 아니면 공장에서 기계적으로 열심히 일하고 있을 때만 가장 자신의 모습으로 돌아올 수 있었다. 공장에서 그는 자의식의 무게로부터 벗어나 순전한 망각의 경지에 머물 수 있었다. 그러나 그것은 끝이 있기 마련이었다. 사물이 그 실체감을 상실했다는 것이 그를 대단히 괴롭혔다. 처음으로 아네모네가 피었다. 그는 잿빛 속에서 조그마한 진주 알갱이들을 보았다. 한때 그것은 그에게 생생한 느낌을 주었을 것이다. 이제 꽃은 피었지만 그에게는 아무 의미도 없어 보였다. 얼마 지나지 않아 그 꽃들은 그 자리를 차지하지 못하게 될 것이고 그저 그 공간은 과거의 상태로 돌아갈 것이다. 밤이면 크고 휘황하게 불이 켜진 전차들이 거리를 따라 달렸다. 차들이 요란한 소리를 내며 힘들여 질주하는 것은 거의 놀라운 일로 보였다. '무엇 때문에 이리저리 흔들리며 트렌트 브리지로 힘들여 돌진하는 것일까?' 그는 그 큰 전차에 대해 의구심을 가졌다. 전차들이 움직이거나 그렇지 않거나 간에 차이가 없는 듯이 보였다.

가장 실감을 주는 것은 밤의 짙은 어둠이었다. 어둠은 그에게 완전하고 이해할 수 있으며 휴식을 주는 듯했다. 그는 자신을 어둠에 내맡길 수 있었다. 갑자기 종이 한 장이 그의 발치에서 바람에 불려 솟구치더니 도로를 따라 날아갔다. 그는 가만히 딱딱한 자세로 주먹을 쥐고 서 있었고 고뇌의 불길이 그를 감쌌다. 그는 다시 병실과 그의 어머니와 그녀의 눈을 보았다. 무의식 속에서 그는 어머니와 함께 있었고 어머니와 동반하고 있었다. 재빨리 바람에 날리는 종이 조각이 그에게 어머니가 가 버렸다는 사실을 상기시켜 주었다. 그러나 그는 그녀와 함께 있었다. 그는 그녀와 다시 함께 있을 수 있도록 모든 것이 정지되기를 기다렸다.

며칠이 지나고 몇 주가 지났다. 그러나 모든 일은 뒤섞여서 혼합된 덩어리를 이루고 있는 것 같았다. 그는 하루하루, 한 주와 다른 주, 어떤 곳과 다른 곳을 거의 구별할 수 없었다. 어떤 것도 분명하게 인식할 수 없었다. 종종 그는 한 시간 정도 무의식 속에 있었고 자신이 무엇을 했는지 기억할 수 없었다.

어느 날 저녁 그는 늦게 숙소로 돌아왔다. 불은 나지막하게 타고 있었고 모든 사람들이 자고 있었다. 그는 석탄을 좀 더 넣고 식탁을 바라본 다음 저녁을 먹지 않겠다고 생각했다. 그리고 나서 안락의자에 앉았다. 완전히 고요했다. 그는 아무 생각도 없이 희미한 연기가 굴뚝으로 흔들리며 올라가는 것을 보았다. 이윽고 생쥐 두 마리가 조심스럽게 밖으로 나와 떨어진 빵 껍질들을 갉아먹었다. 그는 그것들이 아주 멀리 떨어져 있는 듯이 생쥐들을 바라보았다. 교회의 시계가 2시를 알리는 종을 쳤다. 멀리서 철로 위의 무개화차가 날카로운 쇳소리를 내는 것이 들렸다. 아니, 멀리 있는 것은 화차들이 아니었다. 그것들은 거기 제자리에 있었다. 그러면 그 자신은 어디 있는 것일까?

시간이 흘러갔다. 두 마리의 생쥐들은 거칠게 질주하면서 대담하게도 그의 슬리퍼를 넘어 돌아다니고 있었다. 그는 손 하나 까딱하지 않았다. 그는 움직이고 싶지 않았고 아무것도 생각하지 않았다. 그렇게 하는 것이 훨씬 쉬웠다. 어떤 것을 의식해야 하는 고통이 없었다. 그러다가 때로 어떤 다른 의식이 기계적으로 작동하다가 번개처럼 날카로운 문구로 스쳐 지나갔다.

'내가 뭘 하고 있는 걸까?'

그러면 반쯤 취한 몽롱한 상태에서 답이 들려왔다.

'나 자신을 파괴하고 있지.'

그러자 답답하면서도 생생한 감정이 나타나 그것은 잘못이라고 말하고 이내 사라졌다. 그러나 잠시 후에 갑자기 질문이 솟구쳤다.

'왜 잘못이란 말이야?'

또다시 아무런 답도 들리지 않았다. 그러나 그의 가슴속의 한 줄기 뜨겁고 완강한 의지가 그 자신의 소멸에 저항했다.

무거운 수레가 길을 따라 덜컹거리며 내려가는 소리가 들렸다. 갑자기 전등불이 나갔고 동전을 넣는 자동 전력계의 계량기에서 부서지는 듯한 쿵 소리가 들렸다. 그는 움직이지 않고 앞을 응시하면서 앉아 있었다. 쥐들만이 종종걸음으로 돌아다니고 있었고 난롯불은 어두운 방에서 붉게 타고 있었다.

그리고 나서 그의 내면에서 아주 기계적으로 좀 더 분명하게 다시 대화가 시작되었다.

'어머니는 죽었어…… 그 모든 것…… 그녀의 투쟁은 다 무엇을 위한 것이었을까?'

이것은 그녀를 뒤쫓아가기를 바라는 그의 절망의 변이었다.

'너는 살아 있지.'

'어머니는 그렇지 않아.'

'살아 있어…… 네 속에.'

갑자기 그는 그 모든 짐 때문에 지친 듯이 느꼈다.

'너는 어머니를 위해서 계속 살아야 해.' 그의 내면에 있는 의지가 말했다.

무엇인가가 분발하지 않으려는 듯이 골이 난 채로 남아 있었다.

'너는 그녀의 삶을 지속해야 돼. 그녀가 해왔던 일을 계속 하라고…….'

그러나 그는 그렇게 하고 싶지 않았다. 그는 포기하고 싶었다.

'하지만 그림을 계속 그릴 수 있잖아.' 그의 의지가 말했다.

'아니면 아이들을 낳을 수도 있어…… 그것들이 모두 그녀의 노력을 이어갈 거야…….'

'그림을 그리는 것은 삶이 아니야.'

'그렇다면 살아 봐.'

'누구와 결혼하고?' 그 음울한 질문이 계속되었다.

'가장 좋은 상대하고.'

'미리엄.'

그러나 그는 확신을 가질 수 없었다.

그는 갑자기 일어나 곧장 침대로 갔다. 침실로 들어와 문을 닫고 주먹을 꽉 쥐었다.

'엄마…….' 그는 영혼의 온 힘을 다해 말을 시작했다. 그리고는 멈추었다. '더 이상 말하지 않을 거야. 죽고 싶다는 것을, 다 끝내 버리고 싶다는 것을 인정하지 않을 거야. 삶에 패배했다는 것을 아니면 죽음에 패배했다는 것을 자백하지 않을 거야.'

곧장 침대에 들어서 그는 잠에 빠져 버리듯이 곧 잠이 들었다.

그렇게 몇 주가 지나갔다. 항상 혼자 있으면서 그의 영혼은 처음에는 죽음 쪽으로 그 다음에는 삶 쪽으로 완강하게 요동쳤다. 고뇌의 진정한 실체는 그가 갈 곳이 없으며 할 일이 없고 말할 것도 없으며 그 자신이 아무것도 아닌 존재라는 사실이었다. 때로 그는 미친 듯이 길거리를 따라 달려갔으며 이따금 그는 실제로 미쳐 있었다. 사물이 거기 존재하면서도 거기에 있지 않았다. 그것이 그를 숨막히게 만들었다. 때로 그는 한잔 하러 들렀었던 술집의 바 앞에 서 있었다. 모든 것이 갑자기 그에게서 물러나는 듯이 보였다. 여종업원의 얼굴에 대해 지껄이고 있는 술꾼들. 엎질러 더럽혀진 탁자 위에는 자기 술잔이 멀리 떨어져 있는 듯이 보였다. 그와 그들 사이에는 무엇인가가 가로막고 있었다. 그는 접촉할 수 없었다. 그는 그들을 원하지도 않았고 술도 마시고 싶지 않았다. 갑자기 돌아서서 그는 밖으로 나왔다. 문간에 서서 그는 환한 거리를 바라보았다. 그러나 그는 그 거리의 사람도 아니었고 그 거리에 존재하지도 않았다. 무엇인가가 그를 분리시켰다. 모든 것이 그와 단절된 채로 그 램프불 아래 그곳에서 진행되어 갔다. 그는 그것들에 도달할 수가 없었다. 그는 자기가 손을 내민다고 하더라도 가로등 기둥을 잡을 수 없을 거라고 느꼈다. 그가 어디로 갈 수 있을까? 다시 술집으로 돌아갈 수도 없고, 앞으로 나아갈 곳도 없고 그가 갈 수 있는 곳이 없었다. 그는 숨이 막히는 듯했다. 그에게는 갈 곳이 아무 데도 없었다. 그의 내면에 긴장감이 쌓이면서 그는 자신이 산산조각으로 박살이 날 거라고 느꼈다.

'이래선 안 돼.' 그는 말했다. 그리고 맹목적으로 몸을 돌려서 안으로 들어가 술을 마셨다. 때로 술은 그에게 도움이 되기도 했지만 때로는 그의 상태를 악화시켰다. 그는 길을 달려 내려갔다. 끝없이 불안정하게 그는 여기저기를 돌아다녔다. 그는 몇 번이나 그림을 그리려고 마음을 먹었다. 그러나 화필을 들어 대여섯 번만 긋고 나면 그는 격렬하게 연필을 집어 던지고 일어서서 밖으로 나가 카드나 당구를 할 수 있는 클럽이나 술집으로 서둘러 갔다. 술집에서 그는 술을 푸는 펌프 자루만큼이나 그에게 무의미한 술집 여자와 시시덕거렸다.

폴은 아주 여위었고 턱이 홀쭉해졌다. 그는 거울에서 자신의 눈을 마주하려고 하지 않았고 자신의 모습을 전혀 쳐다보지도 않았다. 그는 자기 자신에게서 벗어나기를 원했지만 그가 붙잡을 수 있는 것이 없었다. 절망에 잠겨 그는 미리엄을 생각했다. '혹시 어쩌면…… 어쩌면?'

그러다가 어느 일요일 저녁 우연히 들른 교회에서 모두 일어나 두 번째 성가를 부르고 있을 때 폴은 자기 앞에 있는 미리엄을 보았다. 노래하는 그녀의 아랫입술에서 빛이 반짝였다. 그녀는 어떻든 무엇인가를, 이 지상에서는 아니라도 천상에 대한 희망을 가지고 있는 듯이 보였다. 그녀의 위안과 삶은 내세에 있는 듯이 보였다. 그녀에 대한 따뜻하고 강한 감정이 솟아올랐다. 그녀는 노래를 하면서 신비와 위안을 갈망하는 듯이 보였다. 그는 그녀에게 희망을 걸었다. 그는 설교가 끝나자 그녀에게 다가가 이야기할 수 있기를 갈망했다.

사람들에게 밀려서 미리엄은 바로 폴 앞에서 떠밀려 가고 있었다. 그는 미리엄을 거의 잡을 수 있었다. 그녀는 폴이 거기 있다는 것을 모르고 있었다. 그는 검은 곱슬머리 아래로 겸손하게 보이는 그녀의 갈색 목덜미를 보았다. 그는 자신을 그녀에게 내맡길 것이다. 그녀는 자기보다 더욱 크고 더 나은 존재였다. 그는 그녀에게 의존할 것이다.

미리엄은 교회 앞에 사람들이 조금씩 무리 지어 서 있는 가운데 자기 나름의 맹목적인 태도로 이리저리 배회하고 있었다. 그녀는 항상 사람들 사이에서는 길을 잃고 제자리를 찾지 못한 듯이 보였다. 폴은 앞으로 가서 자기의 손을 그녀의 팔에 올려놓았다. 미리엄은 몹시 깜짝 놀랐다. 그녀의 큰 갈색 눈이 두려움으로 커졌다가 그를 보고는 무엇인가를 묻는 듯한 시선으로 바뀌었다. 그는 약간 그녀에게서 몸을 움츠렸다.

"몰랐어……." 그녀가 말을 더듬었다.

"나도 그래." 그가 말했다.

그는 시선을 돌렸다. 갑작스럽게 타오르던 그의 희망이 다시 가라앉았다.

"시내에서 무얼 하고 있어?" 그가 물었다.

"사촌 앤의 집에 있어."

"하! 얼마 동안이나?"

"아니…… 그저 내일까지."

"곧장 집에 가야 해?"

그녀는 그를 바라보고 얼굴을 모자 그늘 아래로 숨겼다.

"아니! 그럴 필요는 없어."

폴은 몸을 돌리고 미리엄은 그와 함께 걸었다. 그들은 신자들이 무리 지어 서 있는 곳을 헤치고 나아갔다. 성 마리아 성당에서는 아직도 오르간이 울리고 있었다. 어두운 형체들이 불을 밝힌 문을 통과해 나오고 사람들이 계단을 내려오고 있었다. 색유리로 덮힌 큰 창문들이 한밤중에 불타 오르듯이 빛났다. 교회는 마치 공중에 매달린 커다란 호롱등 같았다. 그들은 홀로스톤을 걸어 내려왔고 폴은 브리지스로 가는 차를 탔다.

"나하고 저녁이나 같이 먹지. 그리고 바래다줄게." 그가 말했다.

"좋아." 그녀는 나지막하고 쉰 목소리로 말했다.

그들은 차에 타고 있는 동안 거의 말을 하지 않았다. 다리 아래로 트렌트강은 물이 가득 차서 어둠에 덮여 흐르고 있었다. 멀리 콜위크 쪽으로는 천지가 암흑이었다. 그는 도시의 황량한 변두리 지역 홈스 로드에 살고 있었고 거기서는 강의 초원을 넘어 스나인턴 허미티지와 콜위크 숲의 가파른 비탈이 보였다. 만조의 물은 빠져나갔다. 그들의 왼쪽으로 고요한 물과 어둠이 멀리까지 펼쳐져 있었다. 거의 두려움을 느끼며 그들은 서둘러 그곳을 지나갔다.

저녁식사는 차려져 있었다. 폴은 창문에 커튼을 쳤다. 식탁 위의 꽃병에는 프리지아와 진홍색 아네모네가 있었다. 미리엄은 꽃으로 몸을 굽혔다. 손가락 끝으로 꽃들을 어루만지면서 그녀는 그를 보고 말했다.

"예쁘지 않아?"

"그래." 그가 말했다. "뭘 마시겠어…… 커피?"

"그게 좋겠어." 그녀가 말했다.

"그러면 잠깐만 기다려."

그는 부엌으로 갔다.

미리엄은 모자와 외투를 벗고 주위를 돌아보았다. 장식이 없고 단정하게 보이는 방이었다. 자신과 클라라, 애니의 사진이 벽에 걸려 있었다. 그녀는 그가 무엇을 그리고 있는지 알아보려고 화판을 보았다. 의미 없는 선들이 몇 개 있을 뿐이었다. 그녀는 그가 무슨 책을 읽고 있는지 살펴보았다. 그저 평범한 소설인 것이 분명했다. 상자 속의 편지들은 애니와 아서, 그리고 그녀가 알지 못하는 어떤 사람들에게서 온 것이었다. 그가 만졌던 모든 것, 조금이라도 그에게 개인적인 것들을 그녀는 미련을 가지고 열중하여 훑어보았다. 폴은 그녀에게서 너무 오래 떨어져 있었기 때문에 그녀는 그를, 그의 처지를, 그가 지금 어떤 사람인지를 다시 발견하고 싶었다. 그러나 방에는 그녀에게 도움이 될 만한 것들이 많지 않았다. 방이 너무 검소하고 허전했기 때문에 그녀는 약간 슬프게 느꼈다.

미리엄이 호기심을 느끼며 스케치북을 보고 있을 때 폴이 커피를 가지고 돌아왔다.

"거기 새로운 것도 없고 흥미로운 것도 없어." 그가 말했다.

폴은 쟁반을 내려놓고 그녀의 등뒤로 가서 어깨 너머로 바라보았다. 그녀는 골똘히 모든 것을 살펴보면서 천천히 페이지를 넘겼다.

"흠!" 그녀가 어떤 스케치를 보고 멈추었을 때 그가 말했다. "이걸 잊었었군. 그다지 나쁘지 않은데."

"나쁘지 않아!" 그녀가 말했다. "그런데 이걸 완전히 이해하지는 못하겠어."

폴은 그녀에게서 스케치북을 받아 들고 죽 넘겨보았다. 또다시 그는 놀람과 기쁨의 기묘한 소리를 냈다.

"여기에 그다지 나쁘지 않은 것들이 있어." 그가 말했다.

"전혀 나쁘지 않아." 그녀가 진지하게 대답했다.

폴은 또다시 자기 작품에 대한 미리엄의 관심을 느꼈다. 아니 그것은 자신에 대한 관심일까? 왜 그녀는 항상 자기 작품에 나타나 있는 자신에 대하여 무엇보다도 관심을 가지는 것일까?

그들은 저녁을 먹으려고 앉았다.

"그런데." 그가 말했다. "일을 하게 되었다는 이야기를 들은 것 같은데?"

"그래." 그녀는 검은 머리를 찻잔 위로 숙이면서 대답했다.

"그런데 어떤 일이야?"

"그저 브로턴에 있는 농업학교에 세 달 정도 가 있을 거야. 그리고 아마도 그곳에서 선생으로 있게 될 것 같아."

"아…… 아주 잘된 일이네! 언제나 독립하고 싶어 했잖아."

"그래."

"왜 내게 말하지 않았어?"

"나도 지난주에 알았어."

"하지만 그 이야기를 한 달 전에 들었는데." 그가 말했다.

"그래…… 하지만 그때는 결정되지 않았어."

"그런 시도를 하고 있다고 알려 줄 수도 있었을 텐데." 그가 말했다.

미리엄은 천천히 긴장한 태도로, 그가 익히 알고 있듯이, 마치 어떤 일이건 공공연히 하는 것을 약간 회피하는 듯한 태도로 음식을 먹었다.

"즐겁겠구나." 그가 말했다.

"아주 기뻐."

"그래…… 잘된 일이야."

그는 다소 실망했다.

"난 대단한 일이라 생각해." 미리엄은 거의 거만하고 성을 내듯이 말했다.

그가 짧게 웃었다.

"그렇지 않을 거라 생각해?" 그녀가 물었다.

"아니, 그게 대단한 일이 아닐 거라고 생각하는 건 아냐. 다만 생활비를 버는 것이 전부는 아니라는 걸 알게 될 거지."

"아니겠지." 그녀가 어렵사리 음식을 삼키면서 말했다. "나도 그렇다고 생각하지는 않아……."

"일이 남자에게는 거의 모든 것이 될 수 있어." 그가 말했다. "비록 나에게는 그렇지 않지만. 그렇지만 여자는 자신의 일부분을 가지고 일을 할 뿐이야. 지극히 중요하고 진정한 부분은 은폐되어 있지."

"그런데 남자들은 자신의 전부를 일에 바칠 수 있단 말이지?" 그녀가 물었다.

"실제로 그래."

"그리고 여자들은 자신의 중요하지 않은 부분만 일에 투여하고?"

"맞아."

그녀는 그를 올려다보았고 그녀의 눈은 분노로 커졌다.

"그렇다면……." 그녀가 말했다. "그게 사실이라면…… 그건 대단히 부끄러운 일이야."

"그래…… 하지만 내가 모든 걸 다 아는 건 아니니까." 그가 대답했다.

저녁을 먹은 후 그들은 불가에 다가갔다. 폴은 미리엄이 앉을 의자를 자기 쪽으로 돌려 놓고 마주 보고 앉았다. 그녀는 짙은 자줏빛 옷을 입고 있었고 그것은 그녀의 까무잡잡한 피부와 큰 체구에 어울렸다. 아직도 그녀의 곱슬머리는 섬세하고 느슨하게 늘어져 있었지만 그녀의 얼굴은 훨씬 나이 들어 보였고 성숙한 목은 훨씬 가늘어져 있었다. 그녀는 나이 들어 보였고 클라라보다 더 나이 든 것처럼 보였다. 그녀의 한창 때는 재빨리 지나가 버린 것이었다. 나무처럼 딱딱한 경직성이 그녀의 몸에 배어 있었다. 그녀는 잠시 생각하다가 그를 바라보았다.

"그래 어떻게 지내?" 그녀가 물었다.

"그저 그래." 그가 대답했다.

그녀는 그를 바라보며 다음 말을 기다렸다.

"그렇지 않지." 그녀는 아주 나지막하게 말했다.

미리엄은 무릎 위로 갈색이 도는 자신의 불안정한 손을 꼭 쥐고 있었다. 그녀의 손은 아직도 자신감이나 평정함이 없고, 거의 히스테리에 가까운 모양을 하고 있었다. 그는 그 손을 바라보면서 몸을 움츠렸다. 그리고 나서 그는 무자비하게 웃었다. 그녀는 손가락들을 입술 사이에 넣었다. 폴의 가늘고 까무잡잡하며 고통에 찌든 몸은 의자에서 아주 조용히 꼼짝도 하지 않고 있었다. 그녀는 갑자기 손가락을 입에서 빼고 그를 보았다.

"그래, 클라라하고 헤어졌어?"

"그래."

그의 몸은 버림받은 물건처럼 의자에 늘어져 있었다.

"그런데……." 하고 그녀가 말했다. "우리가 결혼해야 한다고 생각해."

폴은 몇 달 만에 처음으로 눈을 크게 뜨고 그녀의 말을 경청했다.

"왜?" 그가 말했다.

"네가 얼마나 스스로를 소모시키고 있는지 봐." 그녀가 말했다. "넌 병에 걸릴 수도 있고, 죽을 수도 있지만 내가 그걸 모를 수도 있잖아. 그렇게 되면 내가 널 전혀 알지 못한 것과 다를 바가 없어."

"그런데 우리가 결혼한다면?" 그가 물었다.

"어떻든 네가 스스로를 소모하고…… 클라라…… 같은…… 다른 여자들에게 먹이가 되는 것을 내가 막을 수 있겠지."

"먹이라고?" 그가 웃으며 따라했다.

미리엄은 말없이 고개를 숙였다. 폴은 절망감이 다시 솟아오르는 것을 느꼈다.

"결혼한다고 만사가 잘될 거라고 확신할 수가 없어." 그가 천천히 말했다.

"나는 오로지 너만 생각해." 그녀가 대답했다.

"네가 그렇게 한다는 것은 알아. 하지만 넌 날 너무 사랑해서 네 주머니에 넣고 싶어 하지. 그리고 난 거기에서 숨 막혀 죽을 거고."

그녀는 고개를 숙이고 손가락을 입술 사이에 넣었고 그녀의 가슴에서는 비통한 감정이 북받쳐 올랐다.

"그러면 넌 다른 방법이 있어?" 그녀가 물었다.

"나도 모르겠어…… 이대로 계속해 나가겠지. 어쩌면 곧 외국으로 갈 거야."

그의 목소리의 절망적인 완강함을 느끼고 그녀는 난로 가의 카펫 위를 무릎으로 기어서 그에게 아주 가까이 다가갔다. 거기서 그녀는 무엇인가에 짓눌린 것처럼 쭈그리고 앉아서 고개를 들 수도 없었다. 그의 손은 의자의 팔걸이에 아무런 생기도 없이 늘어져 있었다. 그녀는 그 손을 의식했다. 그녀는 지금 그가 완전히 자기 수중에 있다고 느꼈다. 그녀가 몸을 일으켜서 그를 붙잡고 그녀의 팔로 그를 안고 '넌 내 거야'라고 말할 수 있다면 그가 자신을 자기에게 내맡길 거라고 느꼈다. 그러나 감히 그렇게 할 수 있을까? 그녀는 자기 자신을 희생하는 일은 쉽게 할 수 있었다. 그러나 스스로를 주장할 수 있을까? 그녀는 한 줄기 생명처럼 보이는 그의 가느다란 몸이 검은 옷을 입은 채 그녀 가까이 있는 의자에 늘어져 있는 것을 의식했다. 그녀는 감히 그 몸에 팔을 두르고 일으켜 세워서 '이 몸은 내 거야. 이걸 내게 맡겨'라고 말할 수 없었다. 그런데 그렇게 하고 싶었다. 그것은 자기의 여성으로서의 본능을 모두 요구하는 일이었다. 그러나 그녀는 웅크리고 앉아서 감히 움직일 수가 없었다. 그녀는 그가 허락하지 않을까 두려웠다. 또한 그 일이 너무 엄청날 것이 두려웠다. 그의 몸은 버려진 채 거기 누워 있었다. 그녀는 자기가 그것을 일으켜 세우고 그것에 대한 모든 권리를 주장해야 한다는 것을 알고 있었다. 그러나…… 자기가 그 일을 할 수 있을까? 그의 앞에서, 그의 내면에 있는 어떤 미지의 것이 표출하는 강한 요구 앞에서 느끼는 무력함이 그녀에게는 곤혹스러운 일이었다. 그녀의 손이 떨렸고 그녀는 반쯤 고개를 들었다. 그녀의 눈이 떨리고 호소하면서 거의 미칠 것 같은 지경에 이르렀다가 갑자기 그에게 애원하는 듯이 보였다. 그의 마음은 동정심에 사로잡혔다. 그는 그녀의 손을 잡고 그녀의 몸을 자신에게 끌어당기고 그녀를 위로했다.

"나와 결혼해서 나를 소유하고 싶어?" 그가 아주 나지막한 목소리로 물었다.

아, 그는 왜 자기를 가지지 않을까! 자기의 영혼 그 자체가 그에게 속해 있었다. 그는 왜 자신의 것을 가지려고 하지 않을까? 그녀는 아주 오랫동안 그에게 속하면서도 그의 것으로 인정받지 못하는 잔인한 처사를 견뎌 왔다. 이제 그는 다시 자기에게 지나친 것을 요구하고 있다. 이것은 너무 심한 일이었다. 그녀는 머리를 빼고 얼굴을 손에 묻고 그의 눈을 바라보았다. 아니, 그는 냉정했다. 그는 무언가 다른 것을 바라고 있었다. 그녀는 자신의 사랑을 전부 담아서 이 문제가 그녀의 선택이 되지 않도록 그에게 간청했다. 그녀는 이런 선택이나 이 남자, 그녀가 알지 못하는 어떤 것에 맞서서 대처할 수가 없었다. 그녀는 극심한 긴장감으로 쓰러질 것 같았다.

"그러길 원해?" 그녀가 아주 신중하게 물었다.

"그다지 원하지 않아." 그가 고통스럽게 대답했다.

그녀는 얼굴을 옆으로 돌렸다. 그리고 나서 위엄 있는 태도로 몸을 일으키면서 그의 머리를 가슴에 대고 그를 부드럽게 흔들었다. 자, 그러면 그녀는 폴을 가지지 않아도 되는 것이었다. 그래서 그녀는 그를 위로할 수 있었다. 그녀는 손가락으로 그의 머리카락을 쓸어내렸다. 그녀에게 있어서 이러한 행위에는 자기 희생의 고통스런 달콤함이 있었다. 그는 또 다른 실패에 대한 혐오와 비참함을 느꼈다. 그는 따뜻한 그녀의 가슴, 그의 짐을 나누려 하지 않으면서 요람처럼 자신을 흔들어주는 그녀의 가슴을 참을 수 없었다. 그는 그녀에게서 쉴 수 있기를 너무나 바랐기 때문에 휴식의 시늉에 불과한 것은 그에게 고문일 뿐이었다. 그는 몸을 빼냈다.

"그러면 결혼하지 않으면 우리는 아무것도 할 수 없을까?" 그가 물었다.

그의 입술은 고통으로 인해 벌어져서 이를 드러내고 있었다. 그녀는 새끼손가락을 입술에 물었다.

"할 수 없어. 그렇게 생각해." 그녀는 마치 조종처럼 울리는 낮은 목소리로 말했다.

그렇다면 그들 사이는 이것으로 끝이었다. 그녀는 그를 지탱하면서 그의 의무를 덜어 줄 수 없었다. 그녀는 오직 자신을 그에게 희생할 수 있을 뿐이었다. 그것도 매일매일을 즐거운 마음으로 자신을 희생하는 것이었다. 그런데 그는 그러한 희생을 원하지 않았다. 그는 그녀가 자신을 붙잡고 즐거운 마음으로 당당하게 '이 모든 동요와 죽음에 대한 싸움을 끝내. 넌 내 거야. 내 남편이야'라고 말하기를 바랐다. 그녀는 그럴 만한 힘이 없었다. 그녀가 원하는 것이 남편이었을까? 아니면 그녀는 그에게서 그리스도를 원한 것일까?

그는 그녀를 떠나면서 그녀에게서 생명을 빼앗고 있다고 느꼈다. 그러나 그는 자신이 그녀 옆에 머무르면서 자기 내면의 절박한 남성성을 억누른다면 그것은 자신의 생명을 부정하는 것이라는 사실을 알고 있었다. 그리고 그는 자신의 생명을 부정하면서 그녀에게 생명을 주고 싶지는 않았다.

그녀는 아주 조용하게 앉아 있었다. 그는 담배에 불을 붙였다. 담배에서 연기가 흔들리며 올라갔다. 그는 어머니를 생각하고 있었고 미리엄의 존재를 잊어버렸다. 그녀는 갑자기 그를 바라보았다. 그녀에게서 비통한 마음이 솟아올랐다. 그렇다면 그녀의 희생은 쓸모 없는 것이었다. 그는 그녀에 대해 무관심하게 거기 초연히 앉아 있었다. 갑자기 그녀는 그가 종교적 심성이 결여되어 있고 끊임없이 불안정하다는 것을 다시 상기했다. 그는 고집 센 아이처럼 자신을 파괴하게 될 것이다. 그러면, 그렇게 하라지!

"가야겠어." 그녀가 부드럽게 말했다.

그녀의 목소리로 폴은 그녀가 자신을 경멸하고 있다는 것을 알았다. 그는 조용히 일어났다.

"같이 갈게." 그는 대답했다.

그녀는 거울 앞에 서서 모자에 핀을 꽂았다. 그가 자신의 희생을 거부했다는 것은 그녀의 마음을 말할 수 없을 정도로 쓰라리게 만들었다. 앞으로의 삶은 불꽃이 꺼져 버린 죽음과 같이 보였다. 그녀는 식탁 위에서 흔들리고 있는 봄처럼 달콤한 프리지아와 진홍색 아네모네 위로 얼굴을 숙였다. 이런 꽃들을 꽂아 두다니 그 사람다웠다.

그는 어떤 확실한 감각을 가지고 재빠르게 가차없이 그러나 조용하게 이리저리 돌아다녔다. 그녀는 그 남자에 맞서 대처할 수 없었다. 그는 족제비처럼 그녀의 손에서 빠져나갈 것이다. 그러나 그가 없다면 그녀의 삶은 생명이 끊어진 채 질질 끌려가는 삶이 될 것이다. 곰곰이 생각에 잠겨 그녀는 꽃을 만졌다.

"그걸 가지고 가." 폴이 꽃을 항아리에서 꺼내서 물이 뚝뚝 떨어지는 채 부엌으로 재빨리 들고 갔다. 그녀는 그를 기다렸고 꽃을 받아 들고 그들은 함께 나왔다. 그는 말을 하고 있었고 그녀는 죽음을 맛보았다.

그녀는 이제 그로부터 떠나가고 있었다. 차에 앉아서 그녀는 비참한 기분으로 그의 몸에 기댔다. 그는 반응이 없었다. 그가 어디로 갈 것인가 그리고 그는 어디에 도달할 것일까? 그녀는 그가 어디에 있을지 알지 못하게 될 때의 공허한 감정을 참을 수 없었다. 그는 아주 어리석고 대단히 소모적이며 자기 자신과 결코 평화로이 공존할 수 없는 사람이었다. 이제 그가 어디로 갈 것인가? 그 자신이 그녀의 삶을 헛되이 만들었다는 것을 한순간이라도 생각이나 한단 말인가? 그에게는 종교가 없었다. 그가 좋아하는 것은 일순간의 매력이었으며 그 밖의 다른 것이나 좀 더 심오한 것이 아니었다. 글쎄, 그녀는 그가 어떻게 될지 기다리며 지켜볼 것이다. 세상사를 충분히 겪고 나면 그도 굴복하고 그녀에게 돌아올 것이다.

그는 그녀의 사촌 집 문간에서 악수를 하고 헤어졌다. 돌아서면서 그는 자신을 지탱하던 마지막 보루가 사라져 버렸다고 느꼈다. 차에 앉아서 바라보는 도시는 플랫폼 너머로 멀리 펼쳐져 있고 부연 빛의 연무에 골고루 잠겨 있었다. 도시를 지나면 더 많은 도시가 들어설, 가물가물하게 빛이 보이는 작은 시골이 있고 그 너머로 바다가(밤이) 그 밖의 다른 것들이 펼쳐져 있었다. 그런데 그는 거기에 갈 곳이 없었다. 자신이 서 있는 곳이 어디든 간에 그는 홀로 서 있을 뿐이었다. 그의 가슴으로부터 그리고 그의 입으로부터 무한한 공간이 흘러나왔고, 그의 뒤에도 사방에 펼쳐져 있었다. 거리를 따라 바쁘게 움직이는 사람들은 그가 서 있는 허공에 전혀 부딪치지 않았다. 그들은 조그마한 그림자에 지나지 않았고 그들의 발 소리나 목소리를 들을 수는 있지만 그 어느 것에나 똑같은 밤과 똑같은 침묵이 깃들어 있었다. 그는 차에서 내렸다. 시골에서는 모든 것이 죽은 듯이 조용했다. 조그마한 별들이 높은 곳에서 빛나고 있었고 여기 지상의 창공인 강물 위에서 멀리까지 펼쳐져 빛나고 있었다. 낮이 되면 잠시 일깨워지고 동요되지만 돌아와서 끝내는 영원히 남을 거대한 밤의 광막함과 공포가 도처에서 모든 사물을 그 침묵과 살아 있는 어둠 속에 감싸고 있었다. 시간은 없고 공간만이 있을 따름이었다. 그의 어머니가 살아 있었고 이제는 살아 있지 않다고 누가 말할 수 있겠는가? 그녀는 한 장소에 있었는데 이제 다른 곳으로 옮긴 것이었다. 그것이 전부였다. 그리고 그의 영혼은 어머니가 어디 있든지 그녀를 떠날 수 없었다. 이제 그녀는 밤의 세계로 떠났고 그는 여전히 그녀와 함께 있었다. 그들은 함께 있었다. 그러나 그의 몸은 여기 있어서 그의 가슴을 들판의 산울타리 계단에 기대고 목재 난간을 손으로 잡고 있었다. 이것은 어떤 의미가 있는 것처럼 보였다. 그가 어디 있는 것일까? 밀밭에 숨어 있는 하나의 밀 이삭보다도 못한 똑바로 서 있는 조그마한 하나의 살점인 자신은. 그는 그것을 참을 수 없었다. 사방에서 거대한 어둠의 침묵이 그를, 그 조그마한 반점을 소멸하도록 짓누르고 있는 것 같았지만 그는 거의 아무것도 아닌 존재이면서도 소멸할 수가 없었다. 모든 것을 삼켜 버리는 밤이 별들과 해를 넘어서 계속 확장되어 나갔다. 몇 개의 빛나는 미소한 낟알 같은 별들과 해는 그것들 모두를 능가하고 그들을 왜소하고 미약하게 만들어 버리는 거기 어둠 속에서 공포에 질려 빙빙 돌면서 서로를 부둥켜안고 있었다. 그 자신도 마찬가지여서 무한히 작고 그 근저에 있어서는 무가치한 존재이지만 그러나 단순히 아무것도 아니라고는 할 수 없었다.

'엄마!' 그는 속삭였다. '엄마!'

어머니는 이 모든 것들 가운데 그 자신을 지탱해 준 유일한 존재였다. 그리고 그녀는 가 버렸고 이 어둠 속에 뒤섞여 버렸다. 그는 그녀가 자기를 만져 주고 그녀 옆에 자신을 두기를 바랐다.

그러나 아냐, 그는 굴복하지 않을 것이다. 갑자기 몸을 돌리면서 도시의 황금빛 인광을 향해 걸어갔다. 그는 주먹을 꼭 쥐고 입을 굳게 다물었다. 그는 어머니를 따라서 그 방향으로 어둠을 향해 나아가지 않을 것이다. 그는 희미하게 소음이 들리고 불빛이 타오르는 도시를 향하여 재빨리 걸어갔다.

작가 연보

1885년 9월 11일, 영국 노팅엄셔 이스트우드에서 광부의 넷째 아들로 태어났다.

1898년 노팅엄 고등학교에 장학생으로 입학. 졸업 후에 서기와 초등학교 교사 일을 했다.

1906년 노팅엄 유니버시티 칼리지에 진학했다.

1908년 이스트우드를 떠나 크로이든의 데이비드슨로드 학교에서 교편을 잡았다.

1910년 《잉글리시 리뷰(English Review)》에 처녀작 「흰 공작(The White Peacock)」을 발표했다.

1912년 노팅엄에서 로렌스를 가르쳤던 교수의 아내이자 독일 귀족 출신인 프리다 위클리(Frieda Weekly)를 만나 함께 독일, 이탈리아 등을 떠돌았다. 두 번째 소설 「침입자(The Trespasser)」를 발표했다. 이 소설은 친구 헬레나와 함께한 아일오브와이트섬 여행을 다룬 작품인데 당시 덕워스출판사의 출판 고문이었던 친구 에드워드 가넷의 호평을 받았다.

1913년 경제적으로 궁핍했던 로렌스는 『아들과 연인(Sons and Lovers)』을 상당 부분 삭제하고 노골적인 표현을 고친 후에 출간했다. 당시 많이 팔리지는 않았으나 이 작품으로 명성을 얻었다. 첫 시집 『연시(Love Poems and Others)』를 출간했다.

1914년 7월 프리다 위클리와 결혼했다. 첫 단편집 『프러시아의 사관(Prussian Officer and Others)』을 출간했다.

1915년 『무지개(The Rainbow)』를 발표했으나 외설 혐의로 판매가 금지되었다.

1916년 플로리다로 떠나려 했으나 프리다의 여권 문제로 콘월주의 세인트아이브스 근처 한 오두막집에서 살게 되었다. 그러나 곧 군에 징집되었다.

1917년 자전적 요소가 강한 시집 『보라! 우리는 이렇게 극복하였다!(Look! We have come through!)』를 출간했다. 제1차 세계 대전 기간이었던 당시 독일 국적의 프리다와 수염이 긴 로렌스는 주위의 의심과 반감을 사서 경찰의 이주 명령을 받고 런던과 더비셔를 전전해야 했다.

1920년 『사랑하는 여인들(Women in Love)』과 『길 잃은 소녀(The Lost Girl)』를 출간했다.

1921년 프리다와의 사르데냐 여행담인 『바다와 사르데냐(Sea

and Sardinia)』를 출간했다.

1922년 심리 이론을 다룬 논문 「무의식의 환상(Fantasia of the Unconscious)」과 소설 「아론의 지팡이(Aaron's rod)」를 완성했다.

1923년 『새, 짐승, 꽃(Birds, beasts and flowers)』을 출간했다. 이 작품은 지중해 연안과 미국 남서부 지역의 경치에 대한 자신의 느낌을 표현한 독창적인 시로서 영시사에 큰 공헌을 한 작품이다. 군대 생활과 전쟁 때 겪은 기분 나쁜 체험을 묘사한 『캥거루(Kangaroo)』를 발표했다. 『미국 고전문학의 연구(Studies in Classic American)』는 미국 출판사를 통해 돈을 벌려고 쓴 작품이다.

1925년 「세인트 모어(St. Mawr)」를 발표했다.

1926년 『날개 달린 뱀(The plumed serpent)』과 단편집 『태양(Sun)』을 출간했다.

1928년 『죽은 남자(The man who died(The escaped cock))』를 출간했다. 『채털리 부인의 연인(Lady Chatterley's lover)』을 영국에서 출판하지 못하고 피렌체에서 한정판으로 냈다.

1929년 사회에 대한 증오가 담긴 가벼운 시 「팬지(Pansies)」를 완성했다. 화가이기도 했던 로렌스는 런던에서 그림 전시회를 가졌으나 역시 외설이라는 이유로 그림 열세 점을 압수당했다.

1930년 소설 『처녀와 집시(The virgin and the gipsy)』, 시집 『쐐

기풀(Nettles)』을 출간했다. 로렌스는 요양소에서 결핵으로 사투를 벌이다가 운명했다.

1931년 「요한 계시록」을 해석한 『묵시록(Apocalypse)』이 출간되었다.

1932년 런던에서 『채털리 부인의 연인』의 많은 부분이 삭제되어 출간되었다. 수필 『에투루리아의 이곳저곳(Etruscan Places)』, 『최후의 시집(Last poems)』이 출간되었다.

1960년 『채털리 부인의 연인』이 외설 시비로 떠들썩한 법정 싸움 끝에 비로소 런던에서 완본이 출간되었다.

1992년 『아들과 연인』의 무삭제 판본이 출간되었다.

세계문학전집 60

아들과 연인 2

1판 1쇄 펴냄 2002년 1월 30일
1판 42쇄 펴냄 2022년 6월 21일

지은이 D. H. 로렌스
옮긴이 정상준
발행인 박근섭, 박상준
펴낸곳 (주)민음사

출판등록 1966. 5. 19. (제 16-490호)
서울특별시 강남구 도산대로1길 62(신사동) 강남출판문화센터 5층 (우편번호 06027)
대표전화 02-515-2000 팩시밀리 02-515-2007
www.minumsa.com

ISBN 978-89-374-6060-9 04800
ISBN 978-89-374-6000-5 (세트)

민음사 세계문학전집

세계문학전집 목록

1·2 변신 이야기 오비디우스·이윤기 옮김 서울대 권장도서 100선
3 햄릿 셰익스피어·최종철 옮김 서울대 권장도서 100선 | 미국대학위원회 선정 SAT 추천도서
4 변신·시골의사 카프카·전영애 옮김 서울대 권장도서 100선
5 동물농장 오웰·도정일 옮김 미국대학위원회 선정 SAT 추천도서 | 《타임》 선정 현대 100대 영문소설
6 허클베리 핀의 모험 트웨인·김욱동 옮김 《뉴스위크》 선정 100대 명저
7 암흑의 핵심 콘래드·이상옥 옮김 미국대학위원회 선정 SAT 추천도서 | 《뉴스위크》 선정 10대 명저
8 토니오 크뢰거·트리스탄·베니스에서의 죽음 토마스 만·안삼환 외 옮김 노벨 문학상 수상 작가
9 문학이란 무엇인가 사르트르·정명환 옮김
10 한국단편문학선 1 김동인 외·이남호 엮음 국립중앙도서관 선정 청소년 권장도서
11·12 인간의 굴레에서 서머싯 몸·송무 옮김
13 이반 데니소비치, 수용소의 하루 솔제니친·이영의 옮김 노벨 문학상 수상 작가
14 너새니얼 호손 단편선 호손·천승걸 옮김
15 나의 미카엘 오즈·최창모 옮김
16·17 중국신화전설 위앤커·전인초, 김선자 옮김
18 고리오 영감 발자크·박영근 옮김
19 파리대왕 골딩·유종호 옮김 노벨 문학상 수상 작가 | 《타임》 선정 현대 100대 영문소설
20 한국단편문학선 2 김동리 외·이남호 엮음
21·22 파우스트 괴테·정서웅 옮김 서울대 권장도서 100선 | 미국대학위원회 선정 SAT 추천도서
23·24 빌헬름 마이스터의 수업시대 괴테·안삼환 옮김
25 젊은 베르테르의 슬픔 괴테·박찬기 옮김 논술 및 수능에 출제된 책(1998~2005)
26 이피게니에·스텔라 괴테·박찬기 외 옮김
27 다섯째 아이 레싱·정덕애 옮김 노벨 문학상 수상 작가
28 삶의 한가운데 린저·박찬일 옮김
29 농담 쿤데라·방미경 옮김
30 야성의 부름 런던·권택영 옮김
31 아메리칸 제임스·최경도 옮김
32·33 양철북 그라스·장희창 옮김 노벨 문학상 수상 작가 | 서울대 권장도서 100선
34·35 백년의 고독 마르케스·조구호 옮김 노벨 문학상 수상 작가 | 서울대 권장도서 100선
36 마담 보바리 플로베르·김화영 옮김 서울대 권장도서 100선
37 거미여인의 키스 푸익·송병선 옮김
38 달과 6펜스 서머싯 몸·송무 옮김
39 폴란드의 풍차 지오노·박인철 옮김
40·41 독일어 시간 렌츠·정서웅 옮김
42 말테의 수기 릴케·문현미 옮김
43 고도를 기다리며 베케트·오증자 옮김 노벨 문학상 수상 작가 | 서울대 권장도서 100선
44 데미안 헤세·전영애 옮김 노벨 문학상 수상 작가

45 **젊은 예술가의 초상** 조이스 · 이상옥 옮김 서울대 권장도서 100선

46 **카탈로니아 찬가** 오웰 · 정영목 옮김

47 **호밀밭의 파수꾼** 샐린저 · 공경희 옮김 《타임》 선정 현대 100대 영문소설 | 미국대학위원회 선정 SAT 추천도서 | 《뉴스위크》 선정 100대 명저 | BBC 선정 꼭 읽어야 할 책

48·49 **파르마의 수도원** 스탕달 · 원윤수, 임미경 옮김

50 **수레바퀴 아래서** 헤세 · 김이섭 옮김 노벨 문학상 수상 작가 | 국립중앙도서관 선정 청소년 권장도서

51·52 **내 이름은 빨강** 파묵 · 이난아 옮김 노벨 문학상 수상 작가

53 **오셀로** 셰익스피어 · 최종철 옮김 서울대 권장도서 100선

54 **조서** 르 클레지오 · 김윤진 옮김 노벨 문학상 수상 작가

55 **모래의 여자** 아베 코보 · 김난주 옮김

56·57 **부덴브로크 가의 사람들** 토마스 만 · 홍성광 옮김 노벨 문학상 수상 작가

58 **싯다르타** 헤세 · 박병덕 옮김 노벨 문학상 수상 작가

59·60 **아들과 연인** 로렌스 · 정상준 옮김 《뉴스위크》 선정 100대 명저

61 **설국** 가와바타 야스나리 · 유숙자 옮김 노벨 문학상 수상 작가 | 서울대 권장도서 100선

62 **벨킨 이야기 · 스페이드 여왕** 푸슈킨 · 최선 옮김

63·64 **넙치** 그라스 · 김재혁 옮김 노벨 문학상 수상 작가

65 **소망 없는 불행** 한트케 · 윤용호 옮김 노벨 문학상 수상 작가

66 **나르치스와 골드문트** 헤세 · 임홍배 옮김 노벨 문학상 수상 작가

67 **황야의 이리** 헤세 · 김누리 옮김 노벨 문학상 수상 작가

68 **뻬쩨르부르그 이야기** 고골 · 조주관 옮김

69 **밤으로의 긴 여로** 오닐 · 민승남 옮김 노벨 문학상 수상 작가 | 미국대학위원회 선정 SAT 추천도서

70 **체호프 단편선** 체호프 · 박현섭 옮김

71 **버스 정류장** 가오싱젠 · 오수경 옮김 노벨 문학상 수상 작가

72 **구운몽** 김만중 · 송성욱 옮김 서울대 권장도서 100선 | 국립중앙도서관 선정 청소년 권장도서

73 **대머리 여가수** 이오네스코 · 오세곤 옮김

74 **이솝 우화집** 이솝 · 유종호 옮김 논술 및 수능에 출제된 책(1998~2005)

75 **위대한 개츠비** 피츠제럴드 · 김욱동 옮김 《타임》 선정 현대 100대 영문소설

76 **푸른 꽃** 노발리스 · 김재혁 옮김

77 **1984** 오웰 · 정회성 옮김 《타임》 선정 현대 100대 영문소설 | 《뉴스위크》 선정 100대 명저

78·79 **영혼의 집** 아옌데 · 권미선 옮김

80 **첫사랑** 투르게네프 · 이항재 옮김

81 **내가 죽어 누워 있을 때** 포크너 · 김명주 옮김 노벨 문학상 수상 작가

82 **런던 스케치** 레싱 · 서숙 옮김 노벨 문학상 수상 작가

83 **팡세** 파스칼 · 이환 옮김

84 **질투** 로브그리예 · 박이문, 박희원 옮김

85·86 **채털리 부인의 연인** 로렌스 · 이인규 옮김

87 **그 후** 나쓰메 소세키 · 윤상인 옮김

88 **오만과 편견** 오스틴 · 윤지관, 전승희 옮김 미국대학위원회 선정 SAT 추천도서

89·90 **부활** 톨스토이 · 연진희 옮김 논술 및 수능에 출제된 책(1998~2005)

91 **방드르디, 태평양의 끝** 투르니에 · 김화영 옮김

92 **미겔 스트리트** 나이폴 · 이상옥 옮김 노벨 문학상 수상 작가

93 **빼드로 빠라모** 룰포 · 정창 옮김

94 **차라투스트라는 이렇게 말했다** 니체 · 장희창 옮김 국립중앙도서관 선정 청소년 권장도서
95·96 **적과 흑** 스탕달 · 이동렬 옮김 국립중앙도서관 선정 청소년 권장도서
97·98 **콜레라 시대의 사랑** 마르케스 · 송병선 옮김 노벨 문학상 수상 작가 | BBC 선정 꼭 읽어야 할 책
99 **맥베스** 셰익스피어 · 최종철 옮김 서울대 권장도서 100선 | 미국대학위원회 선정 SAT 추천도서
100 **춘향전** 작자 미상 · 송성욱 풀어 옮김 서울대 권장도서 100선
101 **페르디두르케** 곰브로비치 · 윤진 옮김
102 **포르노그라피아** 곰브로비치 · 임미경 옮김
103 **인간 실격** 다자이 오사무 · 김춘미 옮김
104 **네루다의 우편배달부** 스카르메타 · 우석균 옮김
105·106 **이탈리아 기행** 괴테 · 박찬기 외 옮김
107 **나무 위의 남작** 칼비노 · 이현경 옮김
108 **달콤 쌉싸름한 초콜릿** 에스키벨 · 권미선 옮김
109·110 **제인 에어** C. 브론테 · 유종호 옮김 BBC 선정 꼭 읽어야 할 책
111 **크눌프** 헤세 · 이노은 옮김 노벨 문학상 수상 작가
112 **시계태엽 오렌지** 버지스 · 박시영 옮김 《타임》 선정 현대 100대 영문소설 | 《뉴스위크》 선정 100대 명저
113·114 **파리의 노트르담** 위고 · 정기수 옮김 미국대학위원회 선정 SAT 추천도서
115 **새로운 인생** 단테 · 박우수 옮김
116·117 **로드 짐** 콘래드 · 이상옥 옮김 《뉴스위크》 선정 100대 명저
118 **폭풍의 언덕** E. 브론테 · 김종길 옮김 미국대학위원회 선정 SAT 추천도서
119 **텔크테에서의 만남** 그라스 · 안삼환 옮김 노벨 문학상 수상 작가
120 **검찰관** 고골 · 조주관 옮김
121 **안개** 우나무노 · 조민현 옮김
122 **나사의 회전** 제임스 · 최경도 옮김 미국대학위원회 선정 SAT 추천도서
123 **피츠제럴드 단편선 1** 피츠제럴드 · 김욱동 옮김
124 **목화밭의 고독 속에서** 콜테스 · 임수현 옮김
125 **돼지꿈** 황석영
126 **라셀라스** 존슨 · 이인규 옮김
127 **리어 왕** 셰익스피어 · 최종철 옮김 서울대 권장도서 100선 | 《뉴스위크》 선정 100대 명저
128·129 **쿠오 바디스** 시엔키에비츠 · 최성은 옮김 노벨 문학상 수상 작가
130 **자기만의 방** 울프 · 이미애 옮김
131 **시르트의 바닷가** 그라크 · 송진석 옮김
132 **이성과 감성** 오스틴 · 윤지관 옮김
133 **바덴바덴에서의 여름** 치프킨 · 이장욱 옮김
134 **새로운 인생** 파묵 · 이난아 옮김 노벨 문학상 수상 작가
135·136 **무지개** 로렌스 · 김정매 옮김
137 **인생의 베일** 서머싯 몸 · 황소연 옮김
138 **보이지 않는 도시들** 칼비노 · 이현경 옮김
139·140·141 **연초 도매상** 바스 · 이운경 옮김 《타임》 선정 현대 100대 영문소설
142·143 **플로스 강의 물방앗간** 엘리엇 · 한애경, 이봉지 옮김 미국대학위원회 선정 SAT 추천도서
144 **연인** 뒤라스 · 김인환 옮김
145·146 **이름 없는 주드** 하디 · 정종화 옮김
147 **제49호 품목의 경매** 핀천 · 김성곤 옮김 《타임》 선정 현대 100대 영문소설

148 **성역** 포크너 · 이진준 옮김 노벨 문학상 수상 작가 | 퓰리처상 수상 작가

149 **무진기행** 김승옥

150·151·152 **신곡(지옥편 · 연옥편 · 천국편)** 단테 · 박상진 옮김 서울대 권장도서 100선 | 미국대학위원회 선정 SAT 추천도서 | 국립중앙도서관 선정 청소년 권장도서 | 《뉴스위크》 선정 100대 명저

153 **구덩이** 플라토노프 · 정보라 옮김

154·155·156 **카라마조프가의 형제들** 도스토옙스키 · 김연경 옮김 서울대 권장도서 100선 | 국립중앙도서관 선정 청소년 권장도서

157 **지상의 양식** 지드 · 김화영 옮김 노벨 문학상 수상 작가

158 **밤의 군대들** 메일러 · 권택영 옮김 퓰리처상 수상 작가

159 **주홍 글자** 호손 · 김욱동 옮김 서울대 권장도서 100선 | 미국대학위원회 선정 SAT 추천도서

160 **깊은 강** 엔도 슈사쿠 · 유숙자 옮김

161 **욕망이라는 이름의 전차** 윌리엄스 · 김소임 옮김

162 **마사 퀘스트** 레싱 · 나영균 옮김 노벨 문학상 수상 작가

163·164 **운명의 딸** 아옌데 · 권미선 옮김

165 **모렐의 발명** 비오이 카사레스 · 송병선 옮김

166 **삼국유사** 일연 · 김원중 옮김 서울대 권장도서 100선

167 **풀잎은 노래한다** 레싱 · 이태동 옮김 노벨 문학상 수상 작가

168 **파리의 우울** 보들레르 · 윤영애 옮김

169 **포스트맨은 벨을 두 번 울린다** 케인 · 이만식 옮김

170 **썩은 잎** 마르케스 · 송병선 옮김 노벨 문학상 수상 작가

171 **모든 것이 산산이 부서지다** 아체베 · 조규형 옮김 《타임》 선정 현대 100대 영문소설 | 《뉴스위크》 선정 100대 명저

172 **한여름 밤의 꿈** 셰익스피어 · 최종철 옮김 미국대학위원회 선정 SAT 추천도서

173 **로미오와 줄리엣** 셰익스피어 · 최종철 옮김 미국대학위원회 선정 SAT 추천도서

174·175 **분노의 포도** 스타인벡 · 김승욱 옮김 노벨 문학상 수상 작가 | 《타임》 선정 현대 100대 영문소설

176·177 **괴테와의 대화** 에커만 · 장희창 옮김

178 **그물을 헤치고** 머독 · 유종호 옮김 《타임》 선정 현대 100대 영문소설

179 **브람스를 좋아하세요...** 사강 · 김남주 옮김

180 **카타리나 블룸의 잃어버린 명예** 하인리히 뵐 · 김연수 옮김 노벨 문학상 수상 작가

181·182 **에덴의 동쪽** 스타인벡 · 정회성 옮김 노벨 문학상 수상 작가

183 **순수의 시대** 워튼 · 송은주 옮김 《뉴스위크》 선정 100대 명저 | 퓰리처상 수상작

184 **도둑 일기** 주네 · 박형섭 옮김

185 **나자** 브르통 · 오생근 옮김

186·187 **캐치-22** 헬러 · 안정효 옮김 《타임》 선정 현대 100대 영문소설 | 《뉴스위크》 선정 100대 명저 | BBC 선정 꼭 읽어야 할 책

188 **숄로호프 단편선** 숄로호프 · 이항재 옮김 노벨 문학상 수상 작가

189 **말** 사르트르 · 정명환 옮김

190·191 **보이지 않는 인간** 엘리슨 · 조영환 옮김 《타임》 선정 현대 100대 영문소설 | 미국대학위원회 선정 SAT 추천도서 | 《뉴스위크》 선정 100대 명저

192 **왑샷 가문 연대기** 치버 · 김승욱 옮김 퓰리처상 수상 작가

193 **왑샷 가문 몰락기** 치버 · 김승욱 옮김 퓰리처상 수상 작가

194 **필립과 다른 사람들** 노터봄 · 지명숙 옮김

195·196 하드리아누스 황제의 회상록 유르스나르·곽광수 옮김
197·198 소피의 선택 스타이런·한정아 옮김 퓰리처상 수상 작가
199 피츠제럴드 단편선 2 피츠제럴드·한은경 옮김
200 홍길동전 허균·김탁환 옮김
201 요술 부지깽이 쿠버·양윤희 옮김
202 북호텔 다비·원윤수 옮김
203 톰 소여의 모험 트웨인·김욱동 옮김
204 금오신화 김시습·이지하 옮김
205·206 테스 하디·정종화 옮김 미국대학위원회 선정 SAT 추천도서 | BBC 선정 꼭 읽어야 할 책
207 브루스터플레이스의 여자들 네일러·이소영 옮김
208 더 이상 평안은 없다 아체베·이소영 옮김
209 그레인지 코플랜드의 세 번째 인생 워커·김시현 옮김 퓰리처상 수상 작가
210 어느 시골 신부의 일기 베르나노스·정영란 옮김
211 타라스 불바 고골·조주관 옮김
212·213 위대한 유산 디킨스·이인규 옮김 서울대 권장도서 100선 | BBC 선정 꼭 읽어야 할 책
214 면도날 서머싯 몸·안진환 옮김
215·216 성채 크로닌·이은정 옮김
217 오이디푸스 왕 소포클레스·강대진 옮김 서울대 권장도서 100선
218 세일즈맨의 죽음 밀러·강유나 옮김
219·220·221 안나 카레니나 톨스토이·연진희 옮김 서울대 권장도서 100선
222 오스카 와일드 작품선 와일드·정영목 옮김
223 벨아미 모파상·송덕호 옮김
224 파스쿠알 두아르테 가족 호세 셀라·정동섭 옮김 노벨 문학상 수상 작가
225 시칠리아에서의 대화 비토리니·김운찬 옮김
226·227 길 위에서 케루악·이만식 옮김 《타임》 선정 현대 100대 영문소설 | 《뉴스위크》 선정 100대 명저
228 우리 시대의 영웅 레르몬토프·오정미 옮김
229 아우라 푸엔테스·송상기 옮김
230 클링조어의 마지막 여름 헤세·황승환 옮김 노벨 문학상 수상 작가
231 리스본의 겨울 무뇨스 몰리나·나송주 옮김
232 뻐꾸기 둥지 위로 날아간 새 키지·정회성 옮김 《타임》 선정 현대 100대 영문소설 | 《뉴스위크》 선정 100대 명저
233 페널티킥 앞에 선 골키퍼의 불안 한트케·윤용호 옮김 노벨 문학상 수상 작가
234 참을 수 없는 존재의 가벼움 쿤데라·이재룡 옮김
235·236 바다여, 바다여 머독·최옥영 옮김
237 한 줌의 먼지 에벌린 워·안진환 옮김 《타임》 선정 현대 100대 영문소설
238 뜨거운 양철 지붕 위의 고양이·유리 동물원 윌리엄스·김소임 옮김 퓰리처상 수상작
239 지하로부터의 수기 도스토옙스키·김연경 옮김
240 키메라 바스·이운경 옮김
241 반쪼가리 자작 칼비노·이현경 옮김
242 벌집 호세 셀라·남진희 옮김 노벨 문학상 수상 작가
243 불멸 쿤데라·김병욱 옮김
244·245 파우스트 박사 토마스 만·임홍배, 박병덕 옮김 노벨 문학상 수상 작가

246 사랑할 때와 죽을 때 레마르크·장희창 옮김
247 누가 버지니아 울프를 두려워하랴? 올비·강유나 옮김
248 인형의 집 입센·안미란 옮김
249 위폐범들 지드·원윤수 옮김 노벨 문학상 수상 작가
250 무정 이광수·정영훈 책임 편집 서울대 권장도서 100선
251·252 의지와 운명 푸엔테스·김현철 옮김
253 폭력적인 삶 파솔리니·이승수 옮김
254 거장과 마르가리타 불가코프·정보라 옮김
255·256 경이로운 도시 멘도사·김현철 옮김
257 야콥을 둘러싼 추측들 욘존·손대영 옮김
258 왕자와 거지 트웨인·김욱동 옮김
259 존재하지 않는 기사 칼비노·이현경 옮김
260·261 눈먼 암살자 애트우드·차은정 옮김 《타임》 선정 현대 100대 영문소설
262 베니스의 상인 셰익스피어·최종철 옮김
263 말리나 바흐만·남정애 옮김
264 사볼타 사건의 진실 멘도사·권미선 옮김
265 뒤렌마트 희곡선 뒤렌마트·김혜숙 옮김
266 이방인 카뮈·김화영 옮김 노벨 문학상 수상 작가 | 미국대학위원회 선정 SAT 추천도서
267 페스트 카뮈·김화영 옮김 노벨 문학상 수상 작가 | 국립중앙도서관 선정 청소년 권장도서
268 검은 튤립 뒤마·송진석 옮김
269·270 베를린 알렉산더 광장 되블린·김재혁 옮김
271 하얀 성 파묵·이난아 옮김 노벨 문학상 수상 작가
272 푸슈킨 선집 푸슈킨·최선 옮김
273·274 유리알 유희 헤세·이영임 옮김 노벨 문학상 수상 작가
275 픽션들 보르헤스·송병선 옮김 서울대 권장도서 100선
276 신의 화살 아체베·이소영 옮김
277 빌헬름 텔·간계와 사랑 실러·홍성광 옮김
278 노인과 바다 헤밍웨이·김욱동 옮김 노벨 문학상 수상 작가 | 퓰리처상 수상작
279 무기여 잘 있어라 헤밍웨이·김욱동 옮김 미국대학위원회 선정 SAT 추천도서
280 태양은 다시 떠오른다 헤밍웨이·김욱동 옮김 《타임》 선정 현대 100대 영문 소설
281 알레프 보르헤스·송병선 옮김
282 일곱 박공의 집 호손·정소영 옮김
283 에마 오스틴·윤지관, 김영희 옮김
284·285 죄와 벌 도스토옙스키·김연경 옮김 미국대학위원회 선정 SAT 추천도서
286 시련 밀러·최영 옮김
287 모두가 나의 아들 밀러·최영 옮김
288·289 누구를 위하여 종은 울리나 헤밍웨이·김욱동 옮김 노벨 문학상 수상 작가 | 《뉴스위크》 선정 100대 명저
290 구르브 연락 없다 멘도사·정창 옮김
291·292·293 데카메론 보카치오·박상진 옮김
294 나누어진 하늘 볼프·전영애 옮김
295·296 제브데트 씨와 아들들 파묵·이난아 옮김 노벨 문학상 수상 작가

351·352 **올리버 트위스트** 디킨스 · 이인규 옮김
353·354·355·356 **전쟁과 평화** 톨스토이 · 연진희 옮김
357 **다시 찾은 브라이즈헤드** 에벌린 워 · 백지민 옮김
358 **아무도 대령에게 편지하지 않다** 마르케스 · 송병선 옮김
359 **사양** 다자이 오사무 · 유숙자 옮김
360 **좌절** 케르테스 · 한경민 옮김 노벨 문학상 수상 작가
361·362 **닥터 지바고** 파스테르나크 · 김연경 옮김 노벨 문학상 수상 작가
363 **노생거 사원** 오스틴 · 윤지관 옮김
364 **개구리** 모옌 · 심규호, 유소영 옮김 노벨 문학상 수상 작가
365 **마왕** 투르니에 · 이원복 옮김 공쿠르상 수상 작가
366 **맨스필드 파크** 오스틴 · 김영희 옮김
367 **이선 프롬** 이디스 워튼 · 김욱동 옮김 퓰리처상 수상 작가
368 **여름** 이디스 워튼 · 김욱동 옮김 퓰리처상 수상 작가
369·370·371 **나는 고백한다** 자우메 카브레 · 권가람 옮김
372·373·374 **태엽 감는 새 연대기** 무라카미 하루키 · 김연경 옮김
375·376 **대사들** 제임스 · 정소영 옮김
377 **족장의 가을** 마르케스 · 송병선 옮김 노벨 문학상 수상 작가
378 **핏빛 자오선** 매카시 · 김시현 옮김
379 **모두 다 예쁜 말들** 매카시 · 김시현 옮김
380 **국경을 넘어** 매카시 · 김시현 옮김
381 **평원의 도시들** 매카시 · 김시현 옮김
382 **만년** 다자이 오사무 · 유숙자 옮김
383 **반항하는 인간** 카뮈 · 김화영 옮김 노벨 문학상 수상 작가
384·385·386 **악령** 도스토옙스키 · 김연경 옮김
387 **태평양을 막는 제방** 뒤라스 · 윤진 옮김
388 **남아 있는 나날** 가즈오 이시구로 · 송은경 옮김
389 **앙리 브륄라르의 생애** 스탕달 · 원윤수 옮김
390 **찻집** 라오서 · 오수경 옮김
391 **태어나지 않은 아이를 위한 기도** 케르테스 · 이상동 옮김 노벨 문학상 수상 작가
392·393 **서머싯 몸 단편선** 서머싯 몸 · 황소연 옮김
394 **케이크와 맥주** 서머싯 몸 · 황소연 옮김
395 **월든** 소로 · 정회성 옮김
396 **모래 사나이** E. T. A. 호프만 · 신동화 옮김
397·398 **검은 책** 오르한 파묵 · 이난아 옮김 노벨 문학상 수상 작가
399 **방랑자들** 올가 토카르추크 · 최성은 옮김 노벨 문학상 수상 작가
400 **시여, 침을 뱉어라** 김수영 · 이영준 엮음
401·402 **환락의 집** 이디스 워튼 · 전승희 옮김
403 **달려라 메로스** 다자이 오사무 · 유숙자 옮김
404 **아버지와 자식** 투르게네프 · 연진희 옮김
405 **청부 살인자의 성모** 바예호 · 송병선 옮김

세계문학전집은 계속 간행됩니다.